MAIN

W9-CHQ-001

LOS MUERTOS VIAJAN DEPRISA

LA TRAMA

LOS MUERTOS VIAJAN DEPRISA

Nieves Abarca
y
Vicente Garrido

GRUPO ZETA

Barcelona • Madrid • Bogotá • Buenos Aires • Caracas • México D.F. • Miami • Montevideo • Santiago de Chile

1.ª edición: febrero, 2016

© Nieves Abarca y Vicente Garrido, 2016
© Ediciones B, S. A., 2016
  Consell de Cent, 425-427 - 08009 Barcelona (España)
  www.edicionesb.com

Printed in Spain
ISBN: 978-84-666-5781-5
DL B 337-2016

Impreso por LIBERDÚPLEX, S.L.U.
Ctra. BV 2249 km 7,4
Polígono Torrentfondo
08791 Sant Llorenç d'Hortons

Dedicatoria de Nieves Abarca

A los raros, que aún en estos tiempos brindan en copas talladas y ornamentadas a partir de calaveras que algún viejo jardinero encontró en la abadía de Newstead.

Dedicatoria de Vicente Garrido

A mis padres, que tantas veces me llevaron a cines de sesión continua.

Agradecimientos

A Carlos Zanón, bardo laureado, por dejarnos su poesía y prestarnos sus poemas. A Teresa Cadenas, por sus comentarios acertados sobre armamento, derecho, medicina forense y procedimiento policial. A Cristina y a María, por su aportación literaria y ortográfica. A Rafa Pinell, por impedir un secuestro justo a tiempo en las Fragas del Eume. A Claudio Cerdán, que sin saberlo fue en Facebook el inspirador de esta novela con un comentario sobre la Semana Negra de Gijón del que ya no se acuerda. A mis amigos de Barna Toni, Aramys y Laura por llevarme a la Moritz. A Álvaro y Carlos por llevarme a la Estrella.

Y a ti, lector, por haber llegado hasta aquí.

NIEVES ABARCA

A todos los lectores que se toman la molestia de decirme cuánto han disfrutado pasando unas horas con mis libros, y a mis estudiantes de Criminología, que luchan por su sueño.

VICENTE GARRIDO

If you must write prose and poems
The words you use should be your own
Don't plagiarise or take «on loans»
There's always someone, somewhere
With a big nose, who knows
And who trips you up and laughs
When you fall.

Cemetry Gates, THE SMITHS

Sonreía al hablar, y la luz de la lámpara cayó sobre una boca de expresión dura, de labios rojos y
dientes afilados, blancos como el marfil.
Uno de mis compañeros susurró a otro un verso
de *Leonora*, de Bürger:
Denn die Todten Reiten Schnell
(Porque los muertos viajan deprisa)

Drácula, BRAM STOKER

Como Lázaro, una segunda oportunidad.
Si es difícil venir de la nada y sobrevivir,
imagínate llegar de la muerte y echar a andar.

Como Lázaro, CARLOS ZANÓN

Dramatis personae
(Por orden alfabético, principales protagonistas):

Amaro: mayordomo de Pedro Mendiluce.
Analía Paredes: comisaria de la A Coruña Negra.
Basilio Sauce: escritor de novela histórica.
Carlos Andrade: profesor de instituto, aspirante a escritor de novela negra.
Cecilia Jardiel: escritora de novela negra.
Cristina Cienfuegos: bloguera y empleada de José Torrijos.
Diego Aracil: inspector de la brigada de Patrimonio Histórico en Madrid.
Enrique Cabanas: escritor y ex convicto.
Estela Brown: escritora de novela negra (seudónimo de Carmen Pallares).
Freddy: trabaja en hostelería; hermano de Valentina Negro.
Germán Romero: técnico de la brigada de Investigación Tecnológica en Lonzas.
Ginés: esbirro 1 de Pedro Mendiluce.
Hugo Vane (seudónimo): autor de la novela *No morirás en vano*.
Ignacio Bernabé: inspector del CNP destinado en Gijón.
Isabel y **Garcés**: forman parte de la Policía Judicial de Lonzas.
Iturriaga: jefe de la Policía Judicial en Lonzas. Superior de Valentina.
Iván: esbirro 2 de Pedro Mendiluce.
Javier Sanjuán: criminólogo y profesor de la Universidad de Valencia.

José Torrijos: dueño de la Editorial Empusa.

Karina Desmonts: amiga íntima de Carlos Andrade.

Lúa Castro: periodista de sucesos de la *Gaceta de Galicia.*

Manuel Velasco y **Fernández Bodelón:** subinspectores del CNP, trabajan con Valentina y tienen una estrecha amistad.

Marcos Albelo: violador convicto de adolescentes (también figura con el nombre de Esteban Huerta).

Marina Alonso: miembro de la Policía Científica de Lonzas.

Marta de Palacios: hija de la magistrada Rebeca de Palacios.

Miguel Román (el Detective Invidente): personaje de ficción en las novelas de Estela Brown.

Paco Serrano: crítico literario.

Pedro Mendiluce: empresario indultado de un delito de trata de mujeres al cabo de dos años de prisión. Mecenas de A Coruña Negra.

Ramiro Toba: experto en lingüística forense.

Rebeca de Palacios: magistrada de la Audiencia Provincial de A Coruña. Impuso la condena a Pedro Mendiluce.

Sara Rancaño: abogada de Pedro Mendiluce.

Thalía: aspirante a escritora.

Toni Izaguirre: escritor de novela negra.

Valentina Negro: inspectora de la Policía Judicial con sede en la comisaría de Lonzas, A Coruña.

Verónica Johnson: detective privado.

Xosé García: médico forense de A Coruña.

Prólogo 1

Cecilia

Cecilia Jardiel reposaba sobre la litera, el pecho aún agitado por la intensa sesión de sexo que había tenido con Toni Izaguirre. Sintió un repentino escalofrío y se levantó para recoger la manta del suelo. Estaba desnuda y descalza. Apoyó los pies en la cálida moqueta del vagón. En el espejo se reflejó su pequeño cuerpo, delgado, casi infantil, la media melena castaña desordenada sobre sus ojos color miel, los pechos pequeños, los pezones oscuros aún excitados, el pubis breve y depilado, húmedo por el sudor y los fluidos. Notó cómo caía entre sus piernas un líquido tibio y espeso, y buscó sus bragas, perdidas entre el revoltijo de manta y sábanas que habían caído en el fragor de la batalla erótica.

Escuchó un ruido en el exterior y unos leves golpes en la puerta.

«Será Toni. Se habrá dejado algo.»

Cecilia se puso el camisón con prisa y fue a abrir la puerta de la cabina. Asomó la cabeza, sonriendo, esperaba una cara conocida. Fuera había un hombre vestido de uniforme, barbudo, un revisor.

Cecilia elevó las cejas con curiosidad. Iba a decir algo cuando el hombre la golpeó en la cabeza con una porra, en un gesto muy rápido, mientras se colaba en el compartimento con el movimiento grácil de un bailarín. Cecilia no pudo reaccionar; la sorpresa dejó paso al estupor y finalmente a la inconsciencia en fracciones de segundo. Pero antes de que cayera al suelo su captor tuvo tiempo de recogerla entre sus brazos.

Cecilia despertó. Abrió los ojos de repente, ojos atravesados por punzadas insoportables. Se intentó mover, pero fue un gesto que solo duró unos segundos, un gesto que la espabiló por completo a la vez que la enfrentaba a la terrible realidad, angustiosa, inesperada, en la que se encontraba tras su sueño traumático.

Estaba atada. El dolor terrible laceraba sus muñecas, sus tobillos, su cabeza. Casi no podía respirar. Tenía la boca ocluida por un trapo y silenciada por un trozo de cinta. El hombre de la barba se había sentado en un taburete y la contemplaba sin mover un músculo. De repente, se levantó y comenzó a hablar en voz muy queda.

—«Haces bien en ocuparte de mis flores; que te paguen lo que a mí no me pagaron.» ¿Quién te crees que eres, putilla? ¿El inmortal Baudelaire? ¿Cómo te atreves?

¿Flores? ¿Baudelaire? Cecilia intentó comprender, pero lo que escuchaba no tenía sentido; no entendía nada. Solo movía la cabeza, desesperada. En silencio rogaba por que alguien entrase en la cabina, que alguien sacase a aquel hombre de ojos alucinados de su compartimento.

Pero nadie entró. Y el hombre volvió a inclinarse sobre ella con ferocidad, susurrando más letanías, ininteligibles a veces, que la estaban sumiendo en un miedo angustioso, agudizado por la falta de aire. Ese miedo dio paso al terror cuando comenzó el agresor a desnudarse delante de ella, sin dejar de mirarla con ojos de insania. La erección era plena y el desconocido comenzó a masturbarse y a frotar el glande por su rostro y sus pechos, mientras ella intentaba en vano desasirse de sus ataduras con todas sus fuerzas. Pero el dolor la venció de nuevo y no pudo hacer nada más que contemplar con impotencia cómo la empezaba a vejar sin contemplaciones.

—¿Con cuántos has hecho esto para llegar adonde estás ahora? Uno más no te importará, zorra. Todo ha salido de tu coño de puta, nada ha salido de tu alma ni de tu mente. Y yo ahora también voy a degustar lo que tantos otros han disfrutado y libado. ¿Te acuerdas de cuando decías que te habían violado? ¿Te acuerdas de tu acusación?

Se subió sobre ella y la penetró con fuerza, forzándola como un animal, gruñendo y salivando, agarrándola del pelo, mordiéndole el cuello, asfixiándola. A pesar de que aún estaba lubricada por culpa de Toni, sintió como si un martillo golpeaba su cérvix y se abría paso hasta el centro mismo de su ser, que era ya puro sufrimiento. Luego le desató las piernas y le dio la vuelta.

—Voy a aprovecharlo todo de ti. La boca, el culo, tu coño. Voy a saborear lo que han saboreado los otros. Me servirás porque es para lo único que sirves.

Cecilia sintió que se partía en dos cuando la penetró por detrás.

Al fin el intruso pareció correrse, la boca lamiendo sus orejas, susurros de lascivia y gemidos de placer repulsivo, un sapo jadeante disfrutando de una virgen. La consciencia cada vez se alejaba más de ella; su hálito vital parecía desprenderse de su cuerpo con el peso de aquel hombre que no paraba de profanarla.

Su violador se incorporó y buscó en una bolsa de lona que traía consigo. Sacó una pistola de encolar.

—De ti no ha salido nunca nada. Eres una persona estéril. Todo es engaño y frivolidad, lo que exudas por cada poro de tu piel de ramera. Vendes tu obra como tu cuerpo, todo al servicio de tus mundanos deseos de placer y reconocimiento. Pero todo es una gran mentira. En ti entra todo, pero no sale nada real. Y a partir de ahora nada entrará ni saldrá de ti. Nunca más.

Le quitó la cinta de embalar y el trapo de la boca. Luego se subió de nuevo sobre ella y la penetró. Para ahogar los gemidos, la golpeó primero en la cara y puso la mano oprimiendo sus labios, entreabrió los dedos y metió entre ellos la punta de la pistola.

Cecilia notó que su boca se llenaba de una pasta horrible y adhesiva, el olor tóxico inundó su nariz cortándole la respiración por completo, ahogándola. Su estómago vomitó hiel, pero la hiel se quedó en la garganta mientras la pasta se endurecía por momentos. Aquel hombre soltó la pistola, cogió unas bragas de Cecilia que había en la maleta y se las incrustó en la boca. Luego rodeó su frágil cuello con el sujetador y apretó con fuerza.

Su orgasmo coincidió con la muerte, la cara granate, los ojos a punto de salirse de las órbitas, la explosión de placer con la contorsión agónica del cuerpo de Cecilia al perder la vida.

Luego, el hombre procedió a sellar su ano y su vagina.

Cuando terminó su misión, se dirigió a la ducha con la bolsa de lona.

Prólogo 2

El Peluquero

Prisión de Teixeiro, A Coruña

Marcos Albelo, alias *el Peluquero*, miraba con ojos entrecerrados y un cigarrillo en la boca el deambular de sus compañeros de patio. Él, como otros presos preventivos acusados de delitos sexuales particularmente infamantes, disfrutaba del patio en un horario distinto al de sus compañeros de reclusión. Sabía perfectamente que muchos de ellos no dudarían en clavarle un pincho en el cuello y enviarle al otro mundo si se lo tropezaran de cara.

El Peluquero había alcanzado una gran notoriedad por secuestrar y violar a chicas adolescentes a la salida del colegio, y posteriormente abandonarlas en un estado lamentable, con el cabello cortado —de ahí su apodo— y a punto de morir por una sobredosis de un cóctel casi letal de drogas. Apuesto, de complexión fuerte y delgada y ojos claros, en la mitad de la treintena, su formación de químico y enólogo le había servido para vivir sin penurias, pero no le había librado de su compulsión por el sexo violento, algo que le corroía el alma desde su juventud. Más bien al contrario: había utilizado ese conocimiento para anestesiar a las chicas y, de este modo, tener vía libre para satisfacer sus fantasías repugnantes en sus cuerpos inermes y ya cercanos a la plenitud.

Un preso enorme, mulato, tenía su mirada puesta en él. Wilson, de origen caribeño y lleno de tatuajes, compartía con Albelo la atracción por el sexo con menores, pero tenía a gala decir que solo los miraba, y para su desgracia había incluido en su catálogo un robo con homicidio, lo que le iba a acarrear la pena máxima cuando se celebrara el juicio. Wilson comenzó a andar muy despacio hasta donde estaba Albelo, apoyado indolente en la pared exterior del pequeño gimnasio. Este se apercibió del movimiento, tensó su cuerpo, pero no se movió. El mulato continuó su camino con parsimonia, mirando con disimulo a los funcionarios que, dispersos en un radio de unos cien metros, charlaban entre sí con despreocupación o con alguno de los otros presos.

Cuando estuvo a unos cinco metros de Albelo, Wilson deslizó en su mano derecha un pincho y lo aferró con fuerza. De pronto, el Peluquero se volvió y lo miró, pero rápidamente agachó la mirada. A continuación sintió que algo le quemaba el hombro derecho. Lleno de rabia, se abalanzó sobre el mulato, derribándolo. Este, casi sin inmutarse, le hizo una presa en la muñeca izquierda. El dolor intenso de la torcedura le hizo gritar.

—¡¿Eh, qué pasa ahí?! —Uno de los funcionarios había escuchado el jaleo y levantó la vista, alarmado. Cuando vio a los dos presos enzarzados empezó a dar la alarma.

—¡Te voy a matar, hijo de puta! —escupió el Peluquero, que se había arrancado el pincho y ahora lo sostenía él, el gesto amenazante ante la cara tatuada de Wilson, que había levantado una de las manos en señal de paz. Otros funcionarios corrían con denuedo y ya estaban llegando al lugar de la lucha dispuestos a detener la pelea. Para entonces ambos contendientes se habían levantado otra vez y se miraban, fieros, salivando; pero Albelo reaccionó con prontitud, soltando el cuchillo improvisado y levantando las manos.

—¡Vale, vale! ¡Tranquilos! No pasa nada. ¡Este cabrón me ha atacado, solo me estaba defendiendo!

—¡Albelo, sepárate y mantén las manos en alto! —exclamó Joan, el funcionario más joven y fornido, que había intercambiado algunas palabras con él en los seis meses que llevaba preso. En segundos, tres funcionarios habían llegado al lugar, dos de ellos rodearon a Wilson, quien se había quedado inmóvil, mirando con furia a Albelo.

—Este cabrón violador de niñas se ha librado... por ahora; no hay problema —masculló con su acento cubano mientras se rendía abiertamente.

Albelo no respondió; aspiró hondo, miró su hombro, del que manaba sangre con cierta intensidad, y se limitó a decir:

—Duele como un demonio. Y la muñeca...

Joan lo exploró con poco interés. Aquel tipo le producía un profundo asco.

—Sí, tienes un agujero —dijo, mirando la herida con expresión circunspecta—, aunque no parece profundo; te llevamos ahora a la enfermería. Y procura portarte bien, Albelo. No causes más problemas.

Albelo descansaba solo, tirado en una de las camillas que estaban en una habitación de la enfermería, a unos diez metros de donde pasaba la noche un enfermero de guardia, que roncaba con placidez recostado en una butaca. Adormilado por un anestésico, se encontraba inmerso en un duermevela agitado. Le dolía el hombro, pero como había predicho el funcionario, la herida no había sido profunda. Le habían escayolado la muñeca en previsión de que estuviese roto algún hueso. El negro se había portado, aunque había sido un palo esperar inmóvil a que le agujerearan. Comenzó a fantasear: en sus pesadillas más intensas veía a la inspectora Valentina Negro a su merced. Recordaba con deleite sus manos como garfios aferrando su cuello, su bello rostro congestionado, sus ansias inútiles por sobrevivir. También se perdía en la última chica que había secuestrado, desnuda y atada, esperándole para que la disfrutara sin reservas. Pero a continuación venía el terror, lo que le atormentaba una y otra vez cada noche que podía conciliar el sueño, lo que le hacía casi gritar de ira y despertarse sudando de pura cólera y agitación: Valentina Negro clavando las uñas en sus ojos, en la sala abandonada del viejo hospital, y luego los golpes brutales en la cabeza, primero con una pesada linterna y después a patadas. Sentía casi de forma física la sangre manar de su boca, el crujir de sus dientes, las costillas resquebrajadas por las botas de aquella zorra, su vista desenfocada por el dolor que traspasaban sus ojos; el olor dulzón del miedo a morir y la sangre.

«¡La muy puta! ¿Cómo había podido alcanzar mi cara? ¡Si estaba ya casi muerta!», pensaba de forma recurrente, mientras recuperaba el resuello, y trataba de conjurar la imagen de Valentina relajando su cuerpo y luego volviendo a resurgir como una pantera clavando sus garras en las cuencas de sus ojos. Después, cuando intentaba volver a dormirse, procuraba recordar sus momentos especiales con las chicas, su cara de terror, sus bocas amordazadas por sus braguitas, sus piernas abiertas ante él..., pero rara vez lo conseguía. Su encuentro con Valentina era como una imagen obsesiva que interfería en sus ensoñaciones de forma continuada, como si fuera un anuncio que de modo permanente se hubiera instalado en su cerebro, y apareciera cada vez que él se concentraba en alguna actividad. Se estaba volviendo loco. Aquella visión había conseguido perturbarlo de un modo absurdo, de una forma tan intensa que todas las células de su cuerpo solo pensaban en una cosa una y otra vez: Valentina Negro.

Dos horas más tarde, apenas las cinco de la mañana, cayó un fuerte aguacero. Oyó carraspear al enfermero, ruido que humanizó la sonoridad difusa de las noches en la cárcel, llenas de ruidos metálicos y crujidos, como si toda la prisión conformara un ser vivo que, apesadumbrado, ansiara tener la paz que solo estaba al alcance de la conciencia limpia de los hombres justos. Se levantó, más despejado, con cuidado, despacio. Y entonces caminó hacia la puerta, orientándose por las luces. Tenía claro adónde debía ir: el armario cerrado con llave donde se guardaban los medicamentos; pero antes se dirigió sigilosamente al cuarto de baño. De forma casi invisible, en el suelo detrás del inodoro, pegada a la pared, yacía una aguja de diez centímetros de larga, lo suficientemente sólida como para introducirse en el cuello de un hombre. Y eso era suficiente para que el enfermero le abriera el armario de los específicos. Sabía muy bien los que debería ingerir para causar un coma controlado, sin riesgo de muerte. Y un poco más tarde, pensó, vendría el camino de la libertad.

Complejo Hospitalario Universitario de A Coruña

El doctor Amancio Rojas siempre se había caracterizado por ser un hombre bueno. Su empatía era famosa en todo el hospital, así como su generosidad. Todos los inviernos se iba dos semanas a África acompañado de su mujer, cirujana, a ofrecer sus conocimientos de forma desinteresada, operar niños, anestesiar... Alto, grueso, de pelo blanco y padre de dos niños gemelos de siete años, era de los contados médicos del hospital universitario coruñés que era capaz de mantener un matrimonio feliz con una colega sin fisuras y con un amor a prueba de bomba.

Tenía un sentido de la justicia exacerbado y grandes convicciones religiosas, por eso, esa misma mañana, cuando desde un número de teléfono anónimo le comenzaron a llegar fotografías de sus dos hijos y su esposa y amenazas directas de muerte a los tres, se recogió en la capilla y meditó largamente, mientras rezaba con la mirada perdida en las espinas que coronaban la imagen de madera de Jesucristo Crucificado.

Unos minutos después de tomar la decisión definitiva su teléfono volvió a sonar. Rojas se persignó. Si alguien se hubiese acercado a la capilla, lo hubiese visto secarse una lágrima de manera esquiva con un pañuelo.

Marcos Albelo abrió los ojos. Estaba en el módulo de presos. El dolor le martilleaba justo por detrás de los globos oculares, invadiendo todo el cráneo, como si le hubiesen apretado las sienes desde dentro hacia fuera. Ahogó como pudo una arcada salvaje que le sacudió el diafragma como una descarga eléctrica. Levantó la mano: seguía escayolada y el corte en el hombro cubierto con vendas. Se incorporó levemente en la cama de la habitación 909 del hospital penitenciario: estaba solo. Se dio cuenta de que una cámara en el techo apuntaba hacia él. Procuró permanecer inmóvil. Quería que pensaran que seguía inconsciente. El sabor metálico en la boca y el vacío en el estómago le revelaron que lo habían sometido a un lavado gástrico.

«No estoy atado.» La escayola impedía, como había previsto, que le pudieran poner los grilletes. Daba igual: sabía que el módulo de presos del hospital era prácticamente inexpugnable. En la cárcel había estudiado una y otra vez los planos que había dibujado merced a una descripción detallada de un ex paciente. Allí fuera había un agente encargado de las cámaras y también estarían los dos policías ocupados en custodiarlo. Las esclusas se abrían y cerraban mediante un código numérico que solo conocían escogidos miembros del personal hospitalario y de los cuerpos de seguridad.

Con mucho tino comenzó a mover sus extremidades para comprobar si estaba todo en su sitio y dispuesto. Escuchó voces y pasos. A los pocos segundos entraron dos personas: un médico y uno de los policías nacionales, que permaneció alejado de la cama, junto a la puerta. Albelo no movió un músculo. Siguió fingiendo que dormía cuando el doctor Amancio Rojas se inclinó sobre él y le abrió los párpados para mirarle las pupilas.

—Sé que está despierto, Albelo... —El médico susurró mientras estaba inclinado sobre él—. Todo lo que voy a hacer va contra mis principios, pero no tengo elección. —Apretó los dientes y continuó—: Ahora le diré lo que haremos.

Fuera, en el pasillo de Urgencias que daba al módulo de presos, de repente, un hombre salió de una de las habitaciones vestido tan solo con el camisón del hospital y comenzó a correr velozmente. A continuación lanzó un grito espeluznante y se abalanzó sobre uno de los policías que estaban fuera del módulo, conversando con una enfermera, y le clavó en la espalda unas tijeras. El otro policía miró a su alrededor, aquello estaba lleno de gente, no podía sacar la pistola. No pensó más y se abalanzó sobre el hombre que parecía poseído de una rabia maníaca, la boca espumeante y llena de baba. Varios médicos acudieron a atender al policía que, sentado en el suelo, apenas empezaba a comprender la fuente de ese dolor tan intenso que le quemaba la espalda.

El agente que permanecía dentro lo vio todo por las cámaras que había en la sala de pantallas y no dudó en abrir la puerta del módulo de seguridad y salir a ayudar a su compañero, que se estaba viendo superado por momentos por la furia ciega del enfermo enloquecido. Ninguno de los que allí estaban se atrevía a hacer nada, ya fuera por la sorpresa o por el miedo. El agente salió e intentó reducir al maníaco, que había aferrado sus manos huesudas al cuello del otro policía, que se las veía y se las deseaba para no asfixiarse intentando contrarrestar con sus manos la fuerza descomunal que le estaba dejando sin aire. Pronto los tres comenzaron a danzar un baile siniestro en el que ninguno parecía capaz de superar a los otros.

—¡Traigan un anestésico, rápido! —alcanzó a gritar uno de los policías en el momento en el que había logrado hacer presa desde atrás en el cuello del enfermo, al que el camisón se le había escurrido hasta dejarlo completamente desnudo.

Amancio Rojas entregó un pijama verde de quirófano y un gorro de colores al violador de niñas mientras no quitaba ojo de las cámaras. También le dio un teléfono móvil.

—Póngase eso, rápido. Tome. Es la tarjeta que abre la esclusa que da a las escaleras de emergencia. —Albelo obedeció—. Váyase ahora, nadie se dará cuenta. Están todos ocupados. —Y mirándole con desprecio y miedo, añadió—: Libero a un demonio, ¡que Dios me perdone!

Albelo lo golpeó en un acto reflejo, tumbándolo de un puñetazo en la cara. El médico cayó al suelo, conmocionado, sangrando por la nariz. Luego, el violador registró sus bolsillos y le cogió la cartera y dinero suelto.

Cuando bajó las escaleras de emergencia con el traje de cirujano, nadie volvió la vista atrás para mirarlo. A la salida, un hombre sobre una moto le hizo una señal. En unos segundos habían desaparecido por la cuesta hacia Eirís.

PARTE PRIMERA

NO MORIRÁS EN VANO

«Graut Liebchen auch?... Der Mond schein hell!
Hurra! Die Toten reiten schnell!
Graut Liebchen auch von Toten?»
«Ach nein!... Doch laß die Toten!»

[«¿Te asustas, niña?... ¡La luna brilla!
¡Hurra, los muertos viajan deprisa!
¿Te dan espanto los muertos?»
«¡No... Pero deja a los muertos!»]

Leonora, G. A. BÜRGER

1

El despertar de la bestia

Sara Rancaño estiró las sábanas con cuidado y luego se sentó en una butaca que estaba junto a la cama del hospital donde descansaba el Peluquero. Cruzó sus piernas torneadas, cubiertas por unas medias de cristal finas y bordadas en plata con delicadeza, que no se molestó en tapar con la estrecha falda gris a juego con su chaqueta de Armani.

Carraspeó ligeramente y miró con una sonrisa pretendidamente cálida al paciente, Marcos Albelo, quien, medio recostado, con el rostro envuelto en vendas, abrió los ojos y la contempló con una expresión inquisitiva. Hacía dos meses que se había fugado de la cárcel, y ahora estaba protagonizando la última parte del plan acordado con el recluso que inició todo el proceso de huida, un tipo al que solo conocía de vista pero que un buen día se le presentó y le explicó que, si quería, podía salir de aquel agujero. Le dijo que alguien importante se había interesado por él, y que le devolvería la libertad a cambio de que luego le devolviese el favor. Cuando preguntó qué tipo de favor era ese, la respuesta que recibió fue «no te preocupes; será algo que te gustará mucho hacer; no te puedo decir más ahora; ya lo sabrás a su debido tiempo».

Albelo no lo dudó: le esperaban cerca de treinta años de condena, y aunque le ponía nervioso no conocer quién y para qué le sacaba del trullo, no tenía nada que perder. Un violador de chicas como él no disfrutaba de demasiadas simpatías entre los presos.

Tras la fuga permaneció escondido en un hotel perdido en las montañas de los Dolomitas, vigilado por dos tipos que no le contaron nada salvo que tenían que esperar el momento apropiado para ingresarlo en una clínica donde le iban a arreglar la cara. Al principio aquella noticia le alarmó, pero comprendió con rapidez que su rostro, que ya era muy popular cuando fue detenido, se iba a hacer todavía mucho más famoso ahora que había protagonizado esa fuga espectacular. Y, en efecto, pudo leer en internet que era ya considerado el «enemigo público número uno», en medio de recriminaciones y dardos envenados lanzados recíprocamente por los portavoces de los diferentes partidos políticos. ¡Con qué satisfacción vio su foto entre los delincuentes más buscados y leyó los titulares de las noticias donde el común denominador eran frases del estilo de «¿Cómo ha sido posible que el delincuente sexual más temido de España escapara?», o «¡¿Quién tiene la culpa de que las niñas ahora vuelvan a estar en peligro?!»

Sí, lo mejor era cambiar esa cara: con ella no iba a ir a ninguna parte. Además —y de nuevo sintió que la ira lo dominaba—, la paliza que le había propinado la Negro le había dejado desfigurado, incluso después de las operaciones a las que tuvo que someterse para dejar su nariz y su mandíbula en un estado aceptable. Así que mejor borrar esas marcas que le provocaban unos recuerdos ominosos.

Le devolvió la mirada a la Rancaño, intentando sonreír a pesar de las molestias. Ella torció la cabeza en un gesto cortés. Albelo, diestro en el arte de las emociones subterráneas, percibió que esa hermosa mujer tenía un corazón de hielo en una funda aterciopelada y una mente fría como una espada.

—¿Qué tal se encuentra, Albelo? —le preguntó.

—Bien, mejor —contestó Albelo con expectación. Sentía un hormigueo en su rostro particularmente intenso por las mañanas desde que le operaron.

—Me llamo Sara Rancaño, y vengo a ponerle al corriente de lo que tendrá que hacer cuando se halle recuperado del todo de su operación. Ya sabe, ahora viene su parte del trato. —Y sonrió ligeramente mientras abría el maletín que había dejado junto a la silla. Albelo no dijo nada. Le pasó dos fotos en tamaño DINA4. Albelo miró la primera detenidamente.

—Esa chica es Marta de Palacios, la hija de la jueza Rebeca de Palacios, que puede ver en la otra foto. —El violador la miró—. Quizá la haya visto en la prensa y la televisión: es magistrada en la Audiencia Provincial de A Coruña; todo un carácter.

Albelo asintió. En una ciudad como A Coruña, Rebeca de Palacios era una celebridad, implacable con los delincuentes, altiva ante cualquiera que no le mereciera su respeto, una mujer de semblante impávido con una belleza clásica que fascinaba a los fotógrafos. De Palacios llevaba una vida muy discreta con su hija. Era el espejo de un sector grande del feminismo que la veía como la perfecta mujer moderna: madre soltera, profesional independiente y despreciativa de todo varón que pretendiera encadenarla. Lo que desconocía Albelo, porque no se había hecho nunca público, es que un empresario coruñés llamado Pedro Mendiluce, un tipo condenado por corrupción y trata de mujeres, había intentado extorsionar a Rebeca de Palacios mediante el secuestro de su hija en Roma para que lo absolviera en el juicio del que fue objeto, pero había fracasado. Rebeca de Palacios lo había enviado a la trena y le había vuelto a humillar ganando la libertad de su hija.

—Bien, mi representado, el hombre que le ha liberado de la cárcel, tiene poderosas razones para que usted haga una visita a esta jovencita... —Y como Albelo siguió sin despegar los labios, Sara continuó—: Sé que es un poco mayor comparada con las que usted frecuentaba, pero estoy segura de que no será eso una dificultad insalvable...

—No, no lo será. Es preciosa... —al fin habló Albelo, después de aspirar profundamente—. Pero ¿hasta dónde he de llegar?

—Hasta el final.

La voz de la abogada no vaciló. Albelo asintió. Es cierto que nunca había matado a ninguna de las adolescentes a las que violaba y torturaba, pero también lo era que en sus últimos ataques había actuado con tal ferocidad que la muerte de las chicas se podía haber producido en cualquier momento, tanto como resultado de la fantasía que iba completándose poco a poco en su personalidad psicopática necesitada de más estímulos crueles, o simplemente como un resultado imprevisible de la brutal agresión a las que las sometía: primero las narcotizaba profundamente y luego las vejaba con actos degradantes que cada vez incorporaban más violencia.

—Muy bien, Marcos... —dijo Sara, al tiempo que sacaba una tercera foto—. Pero ese solo es el primer encargo. Luego hay otro... y creo que le va a suscitar mayor interés —añadió con tono irónico antes de acercarle la imagen de Valentina Negro en vaqueros gastados y cazadora negra de cuero, el casco de la moto en el regazo, entrando en la comisaría de Lonzas. Destacaba su cabello negro azabache, en media melena, que en la foto se apartaba con una mano dejando ver un rostro de líneas perfectas.

Albelo apretó los puños hasta clavarse las uñas. Todo su cuerpo se estremeció. ¡Allí estaba aquella puta que lo desfiguró y humilló ante todo el mundo! Valentina Negro, quien poblaba sus pesadillas agónicas desde hacía casi un año. La mujer que lo pateó, arrestó y lo mandó a la cárcel. ¡No podía ser! Abrió sus ojos de forma espasmódica, y Sara Rancaño comprendió con satisfacción que el Peluquero se dejaría la vida con tal de matar a la inspectora de policía. Sí, definitivamente —pensó—, ese hombre era la elección perfecta para ejecutar la venganza de Mendiluce. Era un psicópata, es cierto, pero tenía la inteligencia suficiente para aprender de los errores; podía contener su ferocidad hasta el momento adecuado. Como todos los psicópatas integrados que no provenían de la delincuencia marginal —Albelo era químico y enólogo—, su mayor capacidad de autocontrol suponía una gran ventaja a la hora de perpetrar actos de violencia. Es cierto que cuando actuaba como el Peluquero al final estaba perdiendo cada vez más el control, pero Sara confiaba en que, bien adiestrado y apoyado, su inteligencia sumada a su ánimo pervertido y su sed de venganza lo convertirían, sin duda, en un asesino imparable.

—¿He de matarla a ella también? —preguntó, inquieto, aunque estaba casi seguro de que la respuesta iba a ser afirmativa. Y cuando Sara asintió, se le iluminó la cara—: ¿Cómo, cuándo?

—Tranquilo, Albelo. Tómese su tiempo. No podemos fracasar, ¿entiende? Ha de hacerse de forma metódica. —Albelo asintió—. Bien, dentro de unos días saldrá de aquí. Vamos a tomarnos las cosas con calma. Necesitará tiempo para acostumbrarse a la Vita Nuova, a su nueva cara. Tendrá que aprenderse su nueva identidad, le he preparado un dosier para que lo estudie concienzudamente, cuando ya no tenga molestias y esté casi del todo recuperado. Tendrá que dejarse bigote o perilla... —hizo una mueca— y tíñase el pelo. A su debido tiempo regresará usted a A Coruña, donde tendrá que moverse como alguien normal, un ciudadano cualquiera. Y entonces será el instante de preparar el plan; todo le será explicado a su debido momento.

Albelo, cuya respiración seguía acelerada con la foto de Valentina delante, asintió mientras trataba de serenarse, y decidió tomarse con ironía que la abogada le pidiera que debía aparentar ser alguien «normal». ¿Acaso él no era alguien «normal»? En fin, sabía que la Rancaño tenía razón. Que la paciencia y la planificación eran aspectos esenciales para que todo aquello saliera bien. Y lo más importante: ahora que el destino le había dado esta segunda oportunidad, no la iba a desperdiciar. Se armaría de paciencia. Sabría esperar el momento oportuno para saltar sobre su presa, o mejor, sus presas.

—Cuídese, Albelo, descanse por ahora, lo necesita. —Y haciendo una mueca que quería ser una sonrisa, se levantó para marcharse. Pero antes se dio la vuelta y dijo—: Supongo que es innecesario que le diga esto, pero es mejor decirlo: si no hace bien las cosas le entregaremos a la policía, y será su final. Queda claro, ¿verdad?

Albelo, que todavía estaba batallando con sus emociones, casi no la escuchó, pero cuando codificó las palabras de la abogada no pudo por menos de sonreír.

—No se preocupe. Por nada del mundo me perdería esta fiesta.

Sara Rancaño sonrió satisfecha. Al salir habló unos minutos con Iván y Ginés, los dos guardianes y personas de apoyo del Peluquero. Cuando se alejó por el brillante pasillo del hospital, sus tacones dibujaron en los sonidos de los pasos su cuerpo sensual, que se alejaba bajo la atenta mirada de los dos hombres.

2

El Tren Negro

Sin ego, ¿qué hace un artista? Necesita el ego para caminar, para respirar. La literatura es el ego escrito.

Egos revueltos, JUAN CRUZ

Un lugar indeterminado muy cerca de Gijón.
En el Tren Negro.
Viernes, 4 de julio de 2014, 10.00

Estela se llevó con delicadeza el vaso de zumo de naranja a los labios finos, perfilados de rojo de forma natural. Para Toni era un espectáculo verla comer: sentada justo enfrente de él, mecida suavemente por el traqueteo del tren, usaba sus dedos blanquecinos para apretar con cuidado la bolsita de té negro. Estela Brown era lechosa, casi albina, con una piel que parecía absorber la luz de cualquier lugar y reflejarla con la tonalidad mate de un trozo de mármol italiano. En secreto, Toni la llamaba la Reina del Hielo.

Luego, sin dejar de mirarlo con aquellos ojos glaucos tan peculiares, la mujer partió un pedazo de piña natural en pequeños trozos que depositó en un cuenco de yogur que había cogido en el bufé libre. Le hizo una señal al camarero del vagón restaurante para que le llevase más leche. Toni vio que su café seguía intacto. Echó una ojeada a la puerta del vagón restaurante.

—¿Has visto a Cecilia, Toni?

—Mmmm... no, desde ayer a la hora de la cena. —Toni obvió que Cecilia y él habían estado follando en su cabina hasta bien entrada la noche. La bocina del tren rompió la tranquilidad del viaje y sobresaltó a una de las mujeres que desayunaba en el otro lado, una librera estilosa, muy conocida, que soltó su tostada con un gritito mientras se llevaba la mano al pecho y reía a carcajadas. Toni miró por la ventanilla y vio el paisaje húmedo y verde pasar a toda velocidad, borroso como en un cuadro de Turner. No estaban ya lejos de Gijón, y el Tren Negro de los escritores se acercaba poco a poco a su destino—. Le voy a mandar un mensaje. O se perderá el desayuno.

Toni forzó una sonrisa mientras tomaba un sorbo de café y cogía su Samsung para enviarle un mensaje a Cecilia. En cierto modo envidiaba a Estela Brown. Su sonrisa perfecta, su cabello sedoso y rubio, casi blanco, su capacidad para convencer a los medios de la calidad de su escritura con una simple mirada de profunda seriedad. Aquella mujer tenía duende, y él pretendía aprovecharse de su rebufo cuanto fuese posible, acompañándola como un perro fiel durante toda la Semana Negra. Volvió a admirar la piel suave, los poros apenas abiertos de su compañera de desayuno, su aspecto de rosa inglesa mientras levantaba una ceja de forma inconsciente. ¿Estela Brown? Él sabía que en realidad su verdadero nombre era Carmen Pallares, una desconocida oriunda de un pequeño pueblo coruñés que había irrumpido como un cometa en el mundo literario. A él no le iba mal, no, pero no era lo mismo. Llevaba ya algunos años en la brecha y aún no había encontrado la fórmula del éxito rotundo. Vendía lo suficiente como para que sus libros tuvieran continuidad; sin embargo, no podía compararse con aquella mujer que lo había logrado desde su segunda y sorprendente novela, maravillosamente escrita y protagonizada por un detective ciego. Y allí estaba, enfrente de él, en el viaje de cuatro días en tren expreso que la Semana Negra de Gijón había organizado para llevar a lo más granado del *noir* español (y a algún extranjero de renombre) por la costa cantábrica como preludio del evento literario en la ciudad asturiana.

—¿Qué tal, Toni? ¡Hola, Estela! —José Torrijos se acercó a su mesa con uno de sus habituales ademanes amplios y teatrales. De unos sesenta años, bajo, rechoncho y muy vivaz, era el dueño de la Editorial Empusa, especializada en poesía, literatura alternativa y también novela negra—. ¿Y vuestra inseparable Cecilia? ¿Aún no se levantó? —Miró por la ventanilla del vagón y corrió un poco más la cortina—. Ya estamos llegando. Mirad ese puente tan antiguo. ¿No es precioso?

—Le estoy mandando un mensaje, pero no contesta. Se habrá quedado frita —dijo Toni, que soportaba con resignación los aires de gran prócer de las letras de Torrijos, porque estaba seguro de que era una manera de compensar las generalmente escasas ventas que obtenían sus ediciones. Todo por la calidad era su lema; él no se rendía ante el dinero fácil de una novela anodina prefabricada para las masas.

—Espabílala. Estoy a punto de convencerla para que me escriba una novela para el año que viene —les guiñó un ojo y se frotó las manos—, o un libro de poemas. No sé. Lo que quiera. Es un diamante en bruto. Luego cuando lleguemos a Gijón se me escapa, es una lagartija, la conozco. Brujilla... —Torrijos esbozó una sonrisa, se colocó cuidadosamente el cabello blanco que llevaba recogido en una coleta y tomó asiento en una silla de madera que cogió de la mesa de al lado. Su prominente barriga se marcaba en la camiseta oficial del evento, pero a él no pareció importarle demasiado—. Por cierto. Tengo una novela negra brutal. Un autor desconocido, Hugo Vane. Será una sorpresa. Ya os mandaré un ejemplar para que me deis vuestra opinión...

Toni se encogió de hombros y volvió a mirar el móvil. No había respuesta de Cecilia. Apuró el café de un trago y se levantó, un metro ochenta y ochenta kilos de peso repartidos en un cuerpo esculpido a base de entrenamiento durante muchos años. Alguna de las escritoras que desayunaban cerca le clavaron la mirada en el tatuaje de la nuca sin demasiado disimulo. Toni Izaguirre era bilbaíno de pura cepa, con un envidiable cabello corto, rizado y negro, ojos oscuros, ex futbolista reconvertido en escritor, que disfrutaba a todo trapo de las mieles de la soltería. Se desperezó estirando sus músculos, se comió un último trozo de jamón y se limpió los labios con la servilleta.

—Voy a despertarla. Venga. Ya son las diez de la mañana. Hora de levantarse.

Recorrió los vagones del expreso de la Robla, buscando la cabina de Cecilia. Por fuera parecía un tren antiguo, pero por dentro era moderno y estaba acondicionado con exquisitez. Durante los cuatro días que duraba el viaje, algunos escritores elegían dormir en el tren, otros, en hoteles de los sitios en donde pasaban la noche. Cecilia había preferido el expreso. Su naturaleza romántica hacía buenas migas con aquel recorrido por paisajes húmedos, verdes, plagados de robles, castaños, olmos, ríos trucheros que discurrían con lentitud por valles ignorados, y pueblos anclados en un tiempo pretérito que a ella, una madrileña urbanita, le parecían casi de cuento de hadas. Eso le había comentado a Toni la noche anterior, mientras bebían vodka con zumo de naranja a escondidas de todos los demás. Cecilia le había gustado desde el primer momento, tan vital, tan joven, tan fresca y decidida, con aquel cabello oscuro corto como el de un chico, y delgada como un junco a punto de quebrarse. Durante unos segundos recordó su boca saboreando su cuello interminable y frágil, los senos breves y la pericia de ella al recorrer su miembro con la lengua, y sintió una oleada de deseo repentino e inesperado.

Por el pasillo se encontró con Paco Serrano, crítico literario de renombre y autor de uno de los blogs sobre novela negra más importantes. Se dirigía al vagón restaurante envuelto en un aroma acusador a tabaco que no se molestaba en esconder. Toni le enseñó la hilera de su dentadura perfecta: aspiraba a que le hiciera buenas reseñas, cosa que todavía no había conseguido, así que no tenía ningún reparo en arrastrarse como una babosa delante de aquel personaje insoportable con aires de divo al que nadie aguantaba, pero que todo el mundo fingía adorar.

—Ya estamos llegando a Gijón. Este es el último túnel. Estoy ya hasta los cojones del puto tren —dijo el crítico. El expreso hizo un extraño en la vía y Serrano se apoyó con la palma de la mano en la ventana, el movimiento de un alcohólico a los ojos sagaces del escritor, que recibió al momento una vaharada del aliento bastante cargado que le confirmó sus sospechas.

—Voy a tomarme un Bloody Mary —continuó—. Quiero estar entonado al llegar. Menudo coñazo. Sin embargo, tú tienes que aguantar al pie del cañón, colega, si quieres llegar a algo en este mundo de tiburones. Dientes, dientes... —Le palmeó el hombro como si fuera un empresario arribista animando a un joven ingenuo y siguió su camino con vacilación hacia el vagón restaurante sin más.

Toni se lo quedó mirando con ganas de pegarle una buena hostia, pero su puño se cerró con fuerza y decidió golpear el revestimiento de terciopelo rojo de uno de los paneles del tren. «Este no es un pobre infeliz como Torrijos —se dijo—; este tiene poder y disfruta de ejercerlo, el muy cabrón.» Continuó cruzando vagones. El paisaje había dejado de ser bucólico y pronto aparecieron aquí y allá naves industriales y polígonos que anunciaban la cercanía de Gijón.

Toni golpeó la puerta, primero con timidez, luego, al no recibir resultado alguno, con más fuerza. Volvió a consultar el móvil, nada. Decidió llamar. A los pocos segundos, en el interior de la cabina comenzó a sonar una canción de Vetusta Morla, pero nadie contestó al teléfono. Resopló.

«Tampoco fue tan gorda la de anoche... ¿A qué hora terminamos? Fue temprano...»

Volvió a tocar la madera, con más insistencia. El mismo resultado. Notó una punzada de preocupación que le pareció infantil y decidió buscar a uno de los revisores para que abriese la puerta. El expreso estaba ya entrando en zona urbana, así que tampoco iba a pasar nada por despertar a Cecilia.

Estela se levantó. Había visto a Paco Serrano tambalearse hacia el bar y no tenía ganas de aguantarlo borracho ya de mañana. Quería ir a su cabina y repasar que todo su equipaje estuviese bien guardado y listo para bajar. Cogió su bolso de piel de marca exclusiva y su chaqueta blanca de seda y comenzó a dirigirse con disimulo hacia el fondo del vagón.

Fue entonces cuando se escucharon los gritos. Gritos de hombre. Los que permanecían en el restaurante dejaron de desayunar y se miraron, sorprendidos, atemorizados por la estridencia. Estela reconoció la voz de Toni. Le temblaron las piernas. Se armó de valor y corrió hacia el lugar de donde provenían las voces, esquivando a los que se interponían a su paso en los pasillos del tren, que cada vez rodaba más y más lentamente.

Era la cabina de Cecilia. Toni agarraba con las manos crispadas la puerta corredera, los ojos muy abiertos miraban hacia dentro, la boca torcida en un rictus de horror. Uno de los revisores, muy pálido, la agarró antes de que pudiera llegar hasta él.

—Señora, no se acerque. Por favor. Tranquilícese y vuelva a su vagón —logró decir con un hilo de voz, solo audible para Estela.

Toni la miró con angustia y se apartó de la puerta. Dio unos pasos hacia atrás y se apoyó en la ventanilla.

—Es Cecilia. Joder. ¡Está..., está...!

Y a continuación, el escritor se dobló por la cintura y vomitó en el suelo todo el desayuno.

3

Tiempo que pasa, verdad que huye

El inspector de la Policía Judicial de Gijón, Ignacio Bernabé, aspiró el aire con fuerza: las primeras partículas hijas de la putrefacción aún no habían comenzado a esparcirse por la estrecha cámara. Miró hacia el pasillo. La cara de Toni Izaguirre era un poema mientras era interrogado por su compañero, el subinspector Emilio Prieto.

Se tocó la mascarilla, tratando de rascarse la barba rala y oscura con la mano enguantada y analizó la cerradura de la cabina. Luego entró y mandó salir con un ademán a los de la científica que estaban haciendo fotos del cuerpo.

—Quiero estar solo, háganme el favor.

Miró sin parpadear el cadáver de Cecilia Jardiel. Luego cerró los ojos y los volvió a abrir, impresionado. Respiró profundamente mientras empezaba a procesar lo que estaba viendo, toda la ira que impregnaba aquel lugar como una espesa tela de araña: la joven estaba desnuda, atada a la cama de pies y manos, el rostro amoratado por los golpes y por la cianosis. Era la típica escena de un crimen de naturaleza sexual, pero él nunca había sido testigo de semejante despliegue violento. «Estrangulada», pensó al acercarse y ver un sujetador rojo anudado al cuello. Las piernas completamente abiertas mostraban el sexo, cubierto por una pasta blanquecina. Bernabé se aproximó hasta ponerse al nivel de la vulva. Todo parecía sellado por silicona, desde el Monte de Venus hasta el ano. Nunca había visto nada igual. «¿Pos mórtem?», se preguntó, mientras intentaba ver alguna reacción vital en la piel. Si la había violado, tuvo que ser antes... Luego observó las ataduras, los nudos intrincados. «Se tomó su tiempo: trajo las cuerdas, la silicona, vino preparado. Sin embargo, la estranguló con su ropa interior. La puerta no estaba forzada, luego tuvo que conseguir una llave. O ella misma le abrió...»

La boca de Cecilia estaba amordazada, además de con la pasta de cemento, con unas bragas negras, los labios marrones reventados de un golpe. El sostén estaba dado de sí, incrustado en el cuello; habían actuado sobre él con una fuerza brutal. Bernabé de pronto recordó al *Monstruo de Machala*, Gilberto Chamba, un asesino en serie que alcanzaba el orgasmo al penetrar a la víctima al mismo tiempo que la mataba. La camiseta estaba rasgada, en el suelo; procuró no tocarla mientras se intentaba manejar por la estrechez de la cabina. Observó los golpes que Cecilia presentaba por todo el cuerpo, los antebrazos con signos de haber intentado defenderse. El nivel de violencia era muy intenso, se repitió. Alguien tenía que haber escuchado o notado algo, las paredes del vagón no eran muy gruesas... Apartó la cortina, pensativo.

Había dos posibilidades, que el asesino fuese alguien que iba en el tren, o alguien que subió en la ciudad de Oviedo durante la noche. ¿Y cómo abrió la puerta de la cabina? Habría que interrogar a todo el personal del tren. Desde luego había actuado a tiro fijo: Cecilia había sido una víctima seleccionada, sacrificada en el estrecho espacio de una cabina de tren. ¿Quién podía haberla odiado tanto? ¿Algún colega escritor? En aquel tren iban escritores famosos y no tan famosos, los medios habían informado por activa y por pasiva de quiénes iban a estar allí. Pero tampoco podía dejar de lado la posibilidad de que algún fan obsesionado hubiera visto la posibilidad de vengarse por el rechazo de la escritora... Resopló, angustiado por la posibilidad de fracasar ante un crimen que iba a concitar el interés de los medios de forma explosiva.

Bernabé fue al baño. Todas las cabinas tenían un servicio individual. Había minúsculos restos de sangre en el lavabo. «Se lavó aquí. Quizá también se cambió de ropa. No puede ser la primera vez que este tipo actúa. Es demasiado meticulo-so, actuó con gran determinación. Todo está demasiado estudiado para ser un bisoño...» El inspector, un hombre de memoria excelente, no recordó ningún crimen remotamente parecido en los últimos años ni en España ni quizás en el resto de Europa. Tendrían que analizar en profundidad todos los delincuentes sexuales activos en los últimos tiempos, especialmente los que acababan de salir de la cárcel. Y contactar con la Interpol.

—Está aquí el forense, inspector, el señor Montañés. —El subinspector se asomó con cautela y lo interrumpió. Sabía que Bernabé necesitaba estar un buen rato analizando en solitario la escena del crimen, pero el forense no podía esperar más. Y el cuerpo tampoco.

—Está bien, que pase.

El forense, un hombre escuálido y totalmente calvo, con una perilla que le hacía parecer un personaje de un cuadro místico, le hizo un gesto de saludo. Lo conocía largo tiempo y sentía aprecio por la profesionalidad adusta del inspector.

—Siento la tardanza, Bernabé. He tenido una noche bastante movidita con un par de accidentes de tráfico... —Entró en la cabina y al momento soltó una imprecación—. ¡La madre que me parió!

Pero solo fue una reacción instintiva que le detuvo unos segundos. Luego comenzó a analizar el cuerpo siguiendo el protocolo con rigor, ante la vigilante mirada de Bernabé.

—Voy a tener que tomar la temperatura en el hígado. —Sacó el termómetro de su maletín—. Las lividaces, aunque intensas, aún no están fijadas, como te habrás dado cuenta. Y el rigor mortis no está demasiado extendido... —Hizo una incisión minúscula en medio del abdomen para introducir el aparato bajo el hígado y esperó—. Yo diría que la hora de la muerte, aproximada, claro está, debió de ser sobre las cuatro o las cinco de la madrugada... estrangulación a lazo... —Le abrió los ojos por completo para enseñarle las petequias—. Te diré más cuando haga la autopsia.

—Atención preferente, Montañés. La quiero para esta tarde,

lo más tardar, mañana. Este caso es de máxima prioridad. Se va a montar una buena.

—Veré qué puedo hacer, inspector. Tengo dos fiambres pendientes en la nevera y los de esta noche. Y estamos al mínimo de personal, es verano, ya sabes...

—No iba a ser tan tonto como para follármela y luego matarla en el tren. —Toni negaba con la cabeza mientras sus manos dibujaban aspavientos de indignación—. Escribo novela negra, pero no soy ningún degenerado, ¿qué se cree? ¡Le tenía mucho cariño a Cecilia! Cómo pueden pensar que yo...

Bernabé terminó de quitarse el traje protector y se acercó a su compañero, que había comenzado a presionar al escritor a partir de que este confesara que había pasado parte de la noche con Cecilia.

—¡Por supuesto que van a encontrar restos biológicos! ¡Estuvimos haciendo de todo durante un buen rato! ¡Pero una cosa es hacer el amor con una chica y otra muy distinta atarla a la cama y asesinarla!

—Cálmese. —Bernabé intervino poniendo paz en la conversación—. ¿Lo vio alguien salir? ¿Qué hizo al abandonar la cabina de Cecilia? Piense bien lo que va a decir. —Le miró fijamente a los ojos—. Es importante que sea muy exacto en sus declaraciones.

Toni se pasó la mano por los cabellos, nervioso y cansado, y aspiró hondo antes de contestar. Lo hizo lentamente.

—Salí sobre la una de la madrugada. Me fui a dar una vuelta por Oviedo. Les puedo decir los dos bares en donde tomé unas copas. Estuve hablando con un par de chicas, tengo sus teléfonos. Luego me fui al hotel, yo no duermo en el tren. Me resulta incómodo. Seguro que el hotel ha registrado mi entrada y mi salida en todas esas cámaras que tiene instaladas. El portero de noche puede corroborar lo que estoy diciendo.

—Bien, de acuerdo. Imagino que no tendrá inconveniente en venir con nosotros. Para asegurarnos. Si lo que dice es cierto, no habrá problema.

—Como quieran. Les aseguro que es cierto. Cuanto antes me lleven, antes me soltarán. Por cierto, usé preservativo. Lo tiré por el váter del baño de Cecilia, lo digo por si quieren recuperarlo. Conozco perfectamente las técnicas policiales, mi profesión me obliga, como ustedes comprenderán —añadió e hizo una mueca que intentó ser una sonrisa, sin conseguirlo.

4

Trapos sucios

Gijón. Hotel Don Manuel

Estela se abrigó con el chal de Loewe. Hacía calor, pero ella sentía un frío cerval incrustado en los huesos. Estaba destemplada. Le dio una calada larga a su cigarrillo y expulsó el humo con nerviosismo. Sentía grandes deseos de regresar a Madrid. Aquello era suficientemente grave como para abandonar. Pero por otra parte, la Semana Negra era uno de los acontecimientos más importantes del año y lo último que quería era que la tacharan de cobarde por ausentarse de allí. ¿Una escritora célebre de novela negra huyendo asustada como un conejo cuando se tropieza con un crimen real? De ningún modo. Por no hablar de que el inspector de la judicial la podía requerir en cualquier momento. Pensó en Toni. Aún estaba en la comisaría, prestando declaración, como todos los demás. Se había quedado de piedra cuando se enteró de que había pasado la noche con Cecilia... aquella arribista, con pinta de zorra barata, que había publicado dos libros llenos de casquería y vísceras, repugnantes, solo alabados por los críticos que, en realidad, lo que querían era follársela.

Caminaba por el pequeño *hall* del hotel, embebida en sus pensamientos, la mano cubriéndole la boca, cuando vio entrar a dos individuos: una locutora con un micrófono en la mano y, justo detrás, un cámara. Se retiró hacia los ascensores con disimulo y logró subir sin que la vieran a un salón. Allí estaba, cubata en mano, Paco Serrano, sentado mientras leía un libro con rostro circunspecto. Estela se fijó en que la vena de la amplia frente estaba más marcada de lo habitual. Se acercó a él.

—¿Ya te han soltado? —ironizó.

Serrano se quitó las gafas de ver y parpadeó para fijar la vista. Su cara se iluminó de repente. Se levantó y se puso a su lado, de una forma que a ella siempre le parecía que invadía su espacio personal. Pero él adoraba incomodarla. Aquella belleza gélida podía volverlo totalmente loco, y como resultado se protegía despreciándola. No era un hombre mayor, andaba por los cincuenta y pocos, lucía un envidiable cabello gris y abundante, y una mirada intensa que desnudó a la escritora a través de su falda elegante y su chaqueta de Carolina Herrera mientras apuraba su *gin-tonic*.

—Ya, ya estoy libre —sonrió Serrano—. Menos mal que tengo coartada, me he ahorrado un montón de problemas. Menudo marrón. Joder, pobre Cecilia. —Su cara ahora se ensombreció—. Es que no me lo puedo creer... ¿Alguien ha avisado a su familia?

—Los padres ya están de camino, viven en París. Es terrible. Terrible. De verdad, no entiendo cómo alguien puede hacer algo así. —Estela supo dar a sus palabras el tono contrito que requería la situación.

Serrano levantó una ceja.

—Pues en tus novelas queda muy claro, Estela...

—Ya. No es lo mismo. Entiéndeme. No bromees con esto, Paco. Podíamos haber sido cualquiera de las escritoras. Yo estuve a punto de quedarme a dormir en el tren.

Serrano asintió.

—Era una chica con muchas posibilidades; una verdadera promesa. Tenía solo 24 años y ya había escrito dos novelas y un libro de poemas. Y con esa cara de pilla, esos labios carnosos... —se quedó en silencio unos segundos—; podía haber llegado muy lejos. Joder, qué desastre. ¿Tú quién piensas que ha sido? ¿Uno de los nuestros?

Estela aguantó las ganas de replicar a aquel comentario tan machista sobre la belleza de Cecilia, y algo celosa negó con la cabeza.

—Desde luego que no. Y si te refieres a Toni como posible sospechoso, estás muy equivocado. Voy a tomar algo. —Serrano había conseguido ponerla de mal humor—. Me hace mucha falta, ahora vuelvo.

Fue al bar, se sentó y pidió un Martini. Mientras esperaba a que el camarero le sirviera la bebida recibió un mensaje de Toni comunicándole que ya estaba entrando en el *hall* de hotel. Ella le explicó dónde estaba y que tuviese cuidado con los buitres de la prensa que acechaban en busca de carnaza. Al poco apareció, encorvado por la preocupación y el cansancio. Le acompañaba otra vez Serrano, que buscaba con la mirada el bar sin disimulo ninguno.

—Estela, querida, me temo que aquí vamos a necesitar a tu detective ciego para resolver este enigma. Creo que el inspector Bernabé anda muy perdido... —dijo Serrano mientras se sentaba a su lado. Toni simplemente musitó un hola, mientras se dejaba caer como un fardo en la butaca que flanqueaba la mesita del bar.

Estela encajó la broma, pero ya estaba harta de aguantar la insolencia del crítico, siempre molestando con sus comentarios de superioridad, como si el muy capullo tuviera siempre patente de corso para pontificar sobre lo que le apeteciera. Estela Brown era una de los pocos autores de novela negra con el poder suficiente como para medirse con él, aunque, siempre pragmática, evitaba esas escaramuzas en la medida de lo posible, a pesar de que Serrano siempre la había flagelado sin piedad en las reseñas de sus libros. Pero esta vez estaba cansada e irritable, y decidió marcar el terreno.

—Bueno, con las críticas que haces tan perspicaces cuando se trata de diseccionar los fallos de una novela y enviarla al infierno de los libros de saldo, no veo por qué no le brindas tus sabios consejos a la judicial, seguro que serían de mucha utilidad —dijo con ira mal disfrazada de ironía.

—Va, dejadlo ya, por favor. —Toni intercedió, todavía con el espíritu sacudido por la muerte de Cecilia y el duro interrogatorio de Bernabé—. Esto no es una maldita novela.

Serrano le clavó una mirada llena de hosquedad.

—Ya veo... no te eches la culpa, chaval, esa chica no tenía reparos en irse a la cama con quien fuera; y si uno no es cuidadoso, siempre puede encontrarse con alguien que no sabe encajar un desaire —lo dijo de forma brutal, para dejarle claro a Toni que él no era nadie para mandarle callar.

Toni lo miró con semblante fiero, y por un momento estuvo decidiendo si levantarse directamente y romperle esa asquerosa boca. Pero al fin, ante la mirada sostenida de Serrano, que le esperaba desafiante sabiendo que no se movería de la butaca, bajó los ojos y comprendió que ese era un enemigo temible, y que no podía permitirse el lujo de tenerlo en su contra. Sabía que con un artículo podía destrozarle aún más. Todavía no era lo bastante importante como para plantarle cara. Así que miró, herido, a Estela, como si le rogara que ella, que sí tenía ese poder, amonestara a Serrano por sus palabras ofensivas a Cecilia.

—Oh, Serrano, no seas tan *enfant terrible*; ni siquiera tú puedes ser tan cruel... —Eso fue todo lo que obtuvo Toni de Estela, un pase de muleta lleno de frivolidad que evitaba toda confrontación. Recordó en ese instante, humillado, la furia de ella cuando, de repente, dejó de frecuentar su cama; sabía que ahora le estaba pasando la factura. Casi la podía oír entre líneas: «¿No querías una putita joven? Pues aguanta ahora el palo.»

El crítico sonrió.

—Querida, a veces la verdad parece cruel cuando es pronunciada, es lo malo que tiene, ¿no es así? —Y, devolviéndole la medio sonrisa con la que Estela lo había reconvenido, le dedicó un brindis con el vaso.

Seis horas más tarde Bernabé apuró un trago de whisky en el salón de su casa. Ya había interrogado junto con el subinspector Prieto a veinte pasajeros; quedaban otros veinte, pero en su fuero interno sabía que, al menos de forma inmediata, esas pesquisas no le iban a llevar muy lejos. El asesino de Cecilia había tenido mucho cuidado, y si era uno de los pasajeros del tren podía obtener fácilmente una coartada, al fin y al cabo era madrugada, y cualquiera podía afirmar que estaba durmiendo o en el lavabo, o dando una vuelta sin que necesariamente alguien tuviera que respaldarlo. No, lo único que podía encaminarle era una evidencia física: un cabello de la chica, un arañazo, el ADN del asesino..., pero esa recogida de restos ya se había realizado, y la inspección ocular no había hallado nada relevante. Hasta la mañana siguiente no estaría terminada la autopsia, y hasta pasadas unas semanas no tendrían todos los resultados forenses. Tendría que armarse de paciencia: el Tren Negro había hecho honor a su nombre, se dijo, resignado. La experiencia le decía que a menos que pudiese encontrar un vínculo personal entre el asesino y la víctima, le iba a ser muy complicado resolver el caso a corto plazo.

5

Pedro Mendiluce

Mera, Oleiros. Viernes, 31 de octubre de 2014

Expulsó una bocanada de humo de su Montecristo, embriagado de placer. Luego se asomó al enorme balcón que daba a la bahía de Mera. El mar golpeaba con fuerza a sus pies, el frío de la noche, el olor a algas, a salitre, la brisa, todo le provocaba una sensación de plenitud que hacía años no sentía.

Los años que había estado en la cárcel.

Pedro Mendiluce sacó del bolsillo la página del BOE que confirmaba su indulto y la leyó en alto. «Vengo en indultar a don Pedro Mendiluce y Roch la pena privativa de libertad pendiente de cumplimiento a condición de que no vuelva a cometer delito doloso en el plazo de tres años desde la publicación del real decreto...»

Acercó la punta del puro al papel y este comenzó a arder al momento. Mendiluce vio caer los trozos como pequeñas luciérnagas que volaron con la brisa y se apagaron en el agua clara y revuelta. Detrás, su mayordomo Amaro apareció con una botella de Bollinger en una cubitera y una copa. Vertió el champán con cuidado.

—Ah..., Amaro, gracias. Pero trae otra copa para ti. Hoy es un día especial: brindaremos por los viejos tiempos y por las sorpresas que nos va a deparar el futuro... —La luna creciente se reflejó en los ojos de Mendiluce, que relucieron con verdadera maldad, casi física.

Bebió un sorbo y lo paladeó con fruición mientras recordaba que, de niño, en la enorme biblioteca de su padre, había descubierto un ejemplar amarillento y gastado de la primera edición española de *El conde de Montecristo*. Aquel ejemplar seguía en su biblioteca. Consideró que había llegado al fin el momento de releerlo pues, como Dantés, había escapado de la mazmorra perdida en el infierno para ejecutar, como único destino, una terrible venganza.

A Coruña, barrio de Monte Alto

—No me lo puedo creer... —Valentina Negro miraba con los ojos como platos la pantalla de televisión del bar Mesía, donde había quedado con su amiga Helena antes de ir a la ópera. Pedro Mendiluce salía de la cárcel de Teixeiro con una sonrisa enorme en el rostro y saludando como una estrella de cine. A su lado, la abogada Sara Rancaño, vestida con un ceñido traje chaqueta que realzaba unos pechos duros y elevados, contestaba con aspecto triunfal a los micrófonos que se apelotonaban a su alrededor. Esas imágenes se interrumpieron, dando paso a la entrevista que un conocido presentador le estaba realizando al propio Mendiluce que, con su elegancia habitual, se desenvolvía ante las cámaras como un verdadero maestro, utilizando sus ojos claros de águila, su ceño grueso y sus ademanes afectados para hipnotizar a la audiencia.

Al lado de Valentina, sentado en un taburete de la barra, el subinspector Manuel Velasco apuraba su caña con la misma cara de estupefacción e ira. Habían conseguido meter a un hombre corrupto, a un tratante de blancas, a un verdadero degenerado, en prisión, pero los poderosísimos contactos de que disponía el antiguo constructor habían sido de gran ayuda a la hora de conseguir aquel indulto inesperado. Eso, y su silencio: Mendiluce podría haber mencionado nombres de personas muy importantes como clientes de sus orgías..., lo que casi hubiera podido provocar una crisis de gobierno, al menos en Galicia, pero fue lo suficientemente listo como para callar. Y ahora recibía su recompensa: de los seis años de cárcel a los que había sido condenado, Mendiluce había cumplido solo dos.

Su voz, grave y seductora, acariciaba los oídos del público que asistía al plató.

«... jamás he hecho trata de mujeres. Yo a esas chicas las ayudaba, las quitaba de la calle, les daba un trabajo digno a todas..., jamás se pudo probar que hiciese algo ilegal con mis empresas de construcción...».

Valentina negó con la cabeza varias veces, apretando los labios, demasiado enfadada como para decir algo coherente. Se acordó de la novia de su hermano Freddy, Irina, que había sido esclavizada y chantajeada por el lugarteniente de Mendiluce, Sebastián Delgado, en las habituales orgías que se organizaban en los chalés del empresario. La liberación de aquel sujeto era una amenaza para la sociedad coruñesa y así se lo comentó a su colega. Para la inspectora, era lo mismo que haber soltado una pitón en un criadero de conejos.

—No sé, Valentina. A lo mejor ha aprendido en la cárcel que no le conviene meterse más en líos. Tiene dinero suficiente como para no tener que volver a hacer nada ilegal.

Valentina lo miró con intención y bebió un sorbo de Estrella Galicia.

—La cabra tira al monte, Velasco. Es corrupto hasta la médula, su indulto lo demuestra. Estoy segura de que ha salido gracias a que sus contactos le deben muchos favores. Mendiluce pudo contar muchas cosas que destruirían a más de uno en ayuntamientos, gobiernos autonómicos e incluso en Madrid. Pero durante el juicio no nombró a nadie. Estoy segura de que ahora se lo han agradecido.

Lo dijo con aire de profunda resignación y tristeza que, no obstante, dio paso a un movimiento de sus ojos que señalaban a Velasco la llegada de alguien conocido.

Velasco se volvió y dio la bienvenida a su novio, Pepe Marlasca, con dos besos en la mejilla. Valentina puso a su vez la suya para recibir el beso de Pepe y señaló a la pantalla.

—Mira a quién tenemos ahí. El pajarito se ha escapado de la jaula... ¿Qué te parece?

Velasco pidió otra caña y un vino para su novio, que abrió la boca de asombro cuando vio a Mendiluce en un primer plano impactante, la mirada intensa y los labios carnosos y sensuales afirmando que dedicaría gran parte de su dinero a subvencionar actos culturales y a aliviar la pobreza de los desafortunados de la ciudad.

—¡Joder! ¡Si es Pedro Mendiluce! —Se quedó mudo unos segundos—. ¿Cuándo le han soltado?

—Esta mañana temprano —dijo Valentina—. Es increíble: horas después de salir ya estaba en un plató de televisión como si nada hubiera ocurrido —suspiró, resignada. Sonó su teléfono: era Javier Sanjuán. Hizo un ademán de disculpa y salió del bar.

La voz del criminólogo valenciano sonó jovial y la reconfortó un tanto. Pero ella no se podía quitar la imagen de Mendiluce de la cabeza.

—¿Estás viendo la televisión? Es indecente... —Su tono era casi de furia.

—Sí. Una vergüenza. No entiendo cómo existen programas de televisión que dan alas a los delincuentes. —Sanjuán estaba realmente indignado, pero sabía que Valentina estaría muy dolida, así que decidió no seguir removiendo más esa pésima noticia—. Pero bueno, anímate. Mañana ya nos vemos. Llego a las ocho de la mañana al aeropuerto. ¿Me vienes a buscar?

—Claro. ¿Acaso lo dudabas? —Valentina sonrió. Estaba enamorada de Javier Sanjuán desde el primer día en que lo había abordado en El Corte Inglés para que le ayudase a resolver el caso del Artista, un asesino en serie que convertía a sus víctimas en obras de arte. La colaboración entre los dos había dado paso a una relación amorosa bastante compleja en la que los altibajos parecían siempre estar a punto de vencer a los momentos buenos. Para alegría de Valentina, llevaban una temporada en la que estos últimos ganaban la partida. Además, durante unos días en A Coruña estarían la flor y nata de los escritores españoles, gracias a la celebración de una flamante Semana Negra, a la que Sanjuán había sido invitado para dar una conferencia y participar en varias mesas redondas como profesor de la Universidad de Valencia y escritor de libros científicos. Era la primera vez que en la ciudad se celebraba un evento literario de aquellas características y todo el mundo estaba muy preocupado por que saliese bien. Al día siguiente se produciría la inauguración del evento que se iba a celebrar en la Fundación Galicia.

—¿Estás segura de que no tienes un trabajo que atender? —Sanjuán bromeó—. Si no puedes venir no te preocupes, de verdad, lo entiendo perfectamente, cogeré un taxi...

—Ya... mira que eres cobardica, Javier. —El criminólogo disfrutaba picándola y eso a ella le gustaba. Sanjuán sentía auténtico pánico cuando iba en el coche con Valentina, porque ella conducía a una velocidad que a él se le antojaba temeraria o directamente suicida.

Conversaron un par de minutos hasta que llegó Helena a buscarla en el coche para llevarla al Teatro Rosalía de Castro. Valentina entró en el bar y se despidió de sus amigos, evitando mirar hacia la pantalla de televisión.

Teatro Rosalía de Castro

Cuando el contratenor Philippe Jaroussky terminó su hermosa rendición de «Alto Giove» del *Polifemo* de Porpora, dando por iniciado el intermedio del concierto, Valentina se levantó de su butaca en la zona de gallinero. Más de uno de los asistentes se dio la vuelta para verla. Con su cabello negro cortado en media melena, sus ojos grises moteados, los pómulos de tártara y sus labios naturalmente rojos, llamaba la atención más de lo que desearía. Valentina no se solía maquillar demasiado. Procuraba que su estilo fuese lo más sobrio posible, pero cuando se arreglaba, como aquella noche, no podía evitar que muchos hombres se sintiesen atraídos por aquella belleza extraña vestida con un jersey, vaqueros ceñidos y unas botas de tacón.

Por desgracia, Valentina no había podido disfrutar lo que hubiera deseado del espectáculo. La imagen de Mendiluce la golpeaba una y otra vez. No solo se trataba de sus actividades ilegales y repugnantes: el soborno de políticos corruptos, la trata de mujeres que apenas alcanzaban la mayoría de edad, entre muchas otras fechorías; estaba también lo sucedido en Roma hacía dos años. Aunque nunca se pudo probar, Valentina estaba absolutamente segura de que la hija de su amiga, la magistrada Rebeca de Palacios, había sido secuestrada por orden suya para coaccionarla y fallar a su favor cuando le llegó el momento de sentarse en el banquillo de los acusados. Un secuestro que la obligó a ir a Roma para intentar su liberación, y que finalmente la expuso a vivir situaciones agónicas.

—¿Tomamos algo en el bar del teatro? —La pregunta de Helena, alta y de largo cabello castaño, crespo, que lucía uno de los modelos hipster que tanto asombraban a su amiga, la sacó de su ensimismamiento: ella jamás se hubiera atrevido a ponerse aquella falda larga, azul, con un blusón blanco y un chaleco con flecos—. Tengo sed. La ópera me da hambre y sed. Y de paso vamos a cotillear un poco, a hacer pasillo —apostilló, con sonrisa pícara.

—Venga, sí, bajemos. Hasta la tercera llamada hay tiempo de sobra para una cerveza.

Las dos hicieron levantar a parte de los asistentes para acceder a los vomitorios y se dirigieron hacia la cafetería del teatro. Helena aprovechó su altura para pedir dos botellines y una bolsa de patatas. Poco a poco el lugar se iba llenando de gente que aprovechaba el descanso para socializar y dejarse ver. Valentina vio al alcalde y a un par de concejales que le hicieron un gesto. Se acercó a saludarla también Antón Ruiz, el profesor de canto al que había conocido durante la investigación del caso del Hombre de la Máscara de Espejos.

Estaba cogiendo la botella de cerveza y un vaso de plástico de las manos de su amiga cuando escuchó detrás de ella una voz conocida que la llamaba por su nombre. Se dio la vuelta mientras la angustia se apoderaba de su estómago con una fuerza demoledora.

Pedro Mendiluce la miraba con algo parecido al deseo mientras sujetaba con gracia una copa de vino blanco en la mano. Vestía de punta en blanco: un traje de Hermès de color gris perla, una camisa blanca, una corbata amarilla sujeta a la camisa con un pasador que culminaba en un diamante. Valentina se fijó en lo caro que parecía y en el sello de oro que lucía en el meñique y en los gemelos de exquisita factura que asomaban en el puño de la camisa. El hombre sacó la punta de la lengua y se relamió los labios sensuales con lentitud, saboreando el encuentro.

—Inspectora Negro. ¡Qué alegría volver a verla! Está fantástica con ese nuevo corte de pelo...

Valentina se puso en guardia de inmediato. Intentó que sus ojos no reflejaran las emociones que se habían agolpado de repente en su pecho, como si hubiera recibido el impacto de un martillo hidráulico: odio, rabia, impotencia; pero, incapaz de contenerse por completo, se dio cuenta de que su rostro había acusado el golpe. No logró contestar con la rapidez que hubiese deseado, y el hombre continuó con su discurso.

—Me he acordado mucho de usted estos últimos años. De usted y de la jueza De Palacios. Ha sido una temporada muy larga, Valentina. Edificante —de pronto pasó a tutearla—, pero he aprendido mucho. En cierto modo tengo que darte las gracias. En Teixeiro he conocido a mucha gente a la que jamás hubiese podido tratar. Y ahora soy un hombre totalmente nuevo..., rehabilitado para la sociedad. Preparado para hacer el bien. Cada día un poco más sabio y más humano.

—Ya lo veo... —Valentina logró articular al fin un discurso coherente. La presencia de Mendiluce la había cogido por sorpresa, pero no podía permitirse mostrar debilidad—. Me alegro mucho de que su estancia en prisión haya servido para algo. Aunque permítame dudarlo. La gente como usted no cambia, Mendiluce. Puede manipular y engañar a los demás apareciendo en esos programas basura. Pero a mí todo eso no me sirve. Sé que ha salido de la cárcel de forma injusta, mientras otros bastante menos culpables que usted siguen dentro... —Y ella no pudo ni quiso ocultar el desprecio que salpicaba su respuesta.

Mendiluce esbozó una sonrisa casi tierna.

—Inspectora Negro... —suspiró con indolencia—. Veo que la que no ha cambiado nada eres tú. Sigues tan intensa y problemática como siempre. Ya vi cómo dejaste al pobre de Marcos Albelo... un hombre tan atractivo, la cara destrozada a patadas. No sé cómo te libraste de la expulsión del cuerpo después de semejante episodio violento. Tienes buenas agarraderas..., o alguna cosa más..., íntima quizás..., ¿algún lío con algún jefazo? —Le guiñó un ojo—. ¿O sigues coqueteando con aquel criminólogo tan sabihondo?

Valentina sintió un estremecimiento de ira y decidió cortar la conversación de raíz. Aquel hombre tenía la capacidad de desarmarla y aquello la hacía sentir vulnerable, y lo que era peor, recordar episodios que solía mantener siempre bien guardados en lo más profundo de su alma.

—Nos veremos pronto, Mendiluce. No le quepa la menor duda. Y, por favor..., no se permita el lujo de tutearme.

Pedro Mendiluce vio a Valentina escabullirse y avisar a su amiga. Admiró sin disimulo su cuerpo esbelto y sus pechos plenos que se adivinaban con facilidad a través del jersey gris. Ambas desaparecieron camino de sus asientos. Sonó el segundo aviso. El empresario saludó con una sonrisa a los políticos que aún remoloneaban por el bar, terminó su vino y emprendió a su vez el camino a uno de los palcos.

Mientras Jaroussky cantaba con su voz angelical «Ombra mai fu», Mendiluce, solo en el palco, se repantingó como pudo en la silla, algo incómoda, y pensó en el futuro. Durante dos años no había podido pensar en nada más que en salir de la cárcel lo antes posible. Cada día había sido una tortura, un apunte en el debe. Pero ahora todo había cambiado: las apetencias, las ansias, todo era distinto, y era necesario planificarlo con cuidado. No podía dejar nada al azar. Si había algo de lo que Pedro Mendiluce estaba seguro era de que no quería volver jamás a pasar un día en Teixeiro. Pero también estaba seguro de que cada día pasado en prisión, cada humillación de los funcionarios, cada minuto de su vida perdido en aquel antro, iban a tener cumplido apunte en el haber.

6

A Coruña Negra

Sábado, 1 de noviembre de 2014

EL RINCÓN DE LAS HOJAS OSCURAS

Blog de novela negra de Cristina Cienfuegos

¡Hoy empieza A Coruña Negra!
La primera vez que se celebra una Semana Negra en mi ciudad natal. Estoy nerviosa, agitada, tengo que confesarlo. Cuando me informaron de que el Ayuntamiento había dado el visto bueno para que se organizase en A Coruña, salté de alegría.

Aunque hace algunos años que resido en Madrid, sigo muy vinculada a mi ciudad natal. Pasar en ella una semana entera es un lujo, y mucho más lo es poder convivir con los mejores escritores de novela negra que hay hoy en día en España, y con algún foráneo del que soy absoluta admiradora. Poder contar con la presencia de gente como Estela Brown, Tom Atkings, Toni Izaguirre, Erika Núñez y, especialmente, Enrique Cabanas, la revelación de la novela madrileña, ex convicto por doble asesinato, es sencillamente un lujo. Por desgracia en esta lista no podemos añadir a Hugo Vane, el flamante autor de No morirás en vano, la novela que ha reventado las listas de ventas desde el primer día de su salida en Empusa Negra, el sello noir de la Editorial Empusa. Su identidad es el secreto mejor guardado y, salvo una sorpresa de última hora, no estará entre no-sotros.

Toni emitió un audible suspiro y dejó de leer en el iPad el blog de Cristina Cienfuegos, periodista especializada en novela negra y bloguera. Miró por la ventanilla del avión y sacó fotos de unas vistas espectaculares de la costa coruñesa, el mar bravo y gris, barcos pesqueros, a lo lejos, un enorme crucero que salía de la ciudad. Los altavoces anunciaron el inminente aterrizaje en el aeropuerto de Alvedro. Miró de nuevo hacia atrás. A pocos metros estaba sentado Javier Sanjuán, el criminólogo, enfrascado precisamente en la lectura de *No morirás en vano*. Toni sintió una repentina punzada de celos.

«Es absurdo. Seguro que también ha leído los míos.» —Se revolvió incómodo en el asiento y se colocó el cinturón. Hacía un rato había pasado junto a él en su camino al baño, pero Sanjuán no lo había reconocido. No quitaba ojo de la novela. Conocía aquella expresión de embobamiento que producía una buena trama de primera mano: él también la había leído y había quedado absorto con aquella historia de amor y venganza.

¿De dónde habría salido aquel Hugo Vane? Menudo nombrecito... Recordaba vagamente las alabanzas de José Torrijos en la Semana Negra de Gijón, cuando afirmaba tener en sus manos una perla negra. Por lo visto, el autor no iba a acudir a los actos, ni a mesas redondas. Ni siquiera iba a presentar el libro. «Muy buena estrategia de márketing», pensó Izaguirre, agarrándose al asiento mientras el avión comenzaba a descender atravesando una zona de turbulencias. «Todos matándonos por salir en la foto y el tipo ese jugando a ser Salinger...»

Media hora después, Toni caminaba con su maleta de ruedas por el *hall* del aeropuerto. Se detuvo un segundo para mandarle un mensaje a Estela, que ya estaba en el hotel desde el día anterior. Vio a Sanjuán esperando en la puerta de la terminal, y a una mujer de pelo negro, curvilínea, vestida con vaqueros y una cazadora motera de piel, que avanzaba hacia él y lo besaba quedamente en los labios.

«Joder, qué pivón se ha levantado el profesor. No hay nada como salir en la tele.» El escritor no pudo por menos de admirar la belleza de Valentina Negro, aquellos ojos grises que parecían tallados en un diamante, la piel blanca, ya desprovista del bronceado del verano, y sobre todo su expresión despierta, como la de una loba vigilante, que confería a su cuerpo una cualidad nerviosa y casi animal.

Toni miró su reloj. Eran las nueve de la mañana. Se dirigía ya hacia las puertas acristaladas en busca de un taxi cuando escuchó una voz grave y femenina llamándolo por su nombre. Era Valentina, que se acercaba con una sonrisa tímida, seguida de cerca por Sanjuán, con su eterno aspecto de despiste y sus grandes ojos castaños escondidos tras sus gafas de pasta diseñadas con aire retro.

—Eres Toni Izaguirre, ¿verdad? —Valentina se adelantó un paso y le ofreció su mano—. Me encantan tus novelas. La última es apasionante. Soy Valentina Negro. Te presento a Javier, Javier Sanjuán. El criminólogo...

Toni se hinchó como un pavo, contento de que al fin alguien le reconociese, y más siendo aquella mujer tan hermosa, la destacada policía que capturó al asesino en serie el Artista.

—Encantado —la obsequió con una sonrisa amplia—. Enhorabuena por tus éxitos, inspectora. Créeme que todos los escritores mataríamos por haber ideado un personaje como tú. Es todo un honor. —Valentina le agradeció esa lisonja con una amplia sonrisa, divertida por esa comparación de su figura con un personaje literario, aunque por un instante también pensó con tristeza que ojalá algunas de las cosas que le habían pasado hubieran sido solo ficción. Y dirigiéndose ahora al acompañante de Valentina, Toni añadió—: Encantado de conocerte. Soy un gran admirador tuyo.

—Muchas gracias. Yo, sin embargo, aún no he leído tus libros, discúlpame. Valentina me ha dicho que son muy buenos. De un tiempo a esta parte tengo poco tiempo para leer, pero prometo enmendarme. En el avión empecé *No morirás en vano*, de otro escritor español. ¿La has leído? Me está pareciendo una novela muy buena.

—No, aún no —mintió con descaro. La había leído y le parecía una obra maestra, pero no estaba dispuesto a admitirlo ni bajo tortura—; la tengo en la lista. Pero es que ahora estoy inmerso en mi próximo libro, y nunca leo cuando me ocupo de escribir.

—¿Quieres que te llevemos a algún sitio? —Valentina terció con una sonrisa al ver la expresión de fastidio del escritor mientras se dirigía hacia los ascensores.

Era notorio que muchos tenían un ego desmesurado y celos del éxito de los demás, y se daba cuenta de que Sanjuán estaba pinchando en hueso. El éxito de *No morirás en vano* había sido tan sorprendente que había cogido a muchos con el pie cambiado. Un autor desconocido, una editorial pequeña..., todos los ingredientes para que hubiese pasado desapercibido. Pero de vez en cuando se producían aquellos milagros editoriales, para regocijo de Valentina, gran lectora de novela negra.

—Iba a coger un taxi, gracias. Estoy en el hotel Riazor.

—Insisto. Te llevamos nosotros. Además, nos coge de camino. Así nos cotilleas un poco de cómo va esto de A Coruña Negra.

Toni remoloneó unos segundos, pero al final accedió.

—Estaré encantado. No todos los días se puede compartir un rato con la inspectora Valentina Negro y el criminólogo Javier Sanjuán. —Y esta vez era del todo sincero.

Sanjuán rio.

—No será para tanto, Toni, no será para tanto. Si lo que quieres es que lea tus libros ya lo has conseguido... Venga, cuéntanos. ¿Quiénes vienen a A Coruña? He leído con interés que viene Enrique Cabanas, el ex convicto rehabilitado. Una historia tremenda la suya.

—Sí, increíble. Mató a su mujer y a su amante. Era un quinqui de lo más arrastrado, adicto a las drogas. Y, sin embargo, en la cárcel sufrió una especie de revelación y comenzó a estudiar. Hasta tal punto que se licenció en Filología hispánica. Un tío muy raro... —Puso cara de disgusto—. No para de hablar de un tal Gesualdo, Príncipe de Venosa, el músico italiano del Renacimiento. Dice ser su reencarnación; en fin, una excentricidad que siempre encandila a los medios.

Valentina abrió el coche con el mando y asintió mientras ellos introducían las maletas.

—La historia de Gesualdo es fascinante. Es verdad que mató a su mujer y a su amante en el lecho del adulterio, como hizo Cabanas. Pero era un músico excepcional, adelantado a su tiempo, y un gran amante del sadomasoquismo, mucho antes que Sade. Un hombre muy culto y refinado con un alma atormentada... —Y luego, cambiando de registro—: También viene Estela Brown. Estoy deseando que me firme los libros.

—Estela es una gran amiga y una gran persona. Ya está esperándome en el hotel. Ella es coruñesa, pero se fue a vivir a Madrid. Tenemos que ir a la rueda de prensa inicial más o menos en una hora. —Toni recordó de repente los sucesos de Gijón y se estremeció—. Supongo que sabréis lo que pasó en el Tren Negro.

—¿Lo de Cecilia? Terrible, ¿no? —Valentina, una vez a bordo los pasajeros, enfiló la autovía y comenzó a acelerar ante la mirada de reproche de Sanjuán, que vio impotente cómo la aguja del cuentakilómetros subía sin descanso—. Me contó un colega que fue brutalmente agredida y violada. Un caso muy extraño.

Sanjuán enarcó una ceja, interesado, y asintió.

—¿La escritora asesinada? Sí, realmente es un caso extraño, porque no es normal ver un asesinato con unos niveles de violencia tan extremos. De todos modos no tengo demasiada idea de lo que ocurrió. No se han puesto en contacto conmigo.

Toni movió la cabeza. Aquel tema aún le provocaba una gran turbación.

—Yo descubrí el cuerpo. Os podéis imaginar. Acababa de... estar con ella, hacía unas horas. Fui el principal sospechoso durante varios días, hasta que salieron los resultados de ADN y no coincidían con el mío. El tipo no tuvo ningún reparo en dejar su semen... —El escritor se quebró durante unos momentos y se quedó callado. Luego prosiguió—: No se ha descubierto nada más. El caso lo lleva el inspector Bernabé. Dicen que es un gran investigador, pero el asunto de Cecilia se le resiste, por desgracia —suspiró.

—No perdamos la esperanza —dijo el criminólogo—. Aunque es cierto que la demora en el tiempo a la hora de resolver un asesinato no es un buen augurio, hay ocasiones donde la investigación precisa reposar, quizás adoptar una perspectiva nueva. Cuando las cosas que vemos no parecen llevar a ningún sitio es necesario volver a observar, y quizás encontrar nuevas preguntas que responder. Cuando esto sucede, la escena del crimen toma un nuevo sentido... —Sanjuán guardó silencio, porque era esa una realidad que había tenido que vivir en varias ocasiones, y recordaba muy bien el miedo y la ansiedad que siempre le habían acompañado.

—Es raro que fuese tan cuidadoso y dejara un rastro tan evidente como el semen, ¿no os parece? —Valentina quiso romper ese incómodo silencio, y aminoró la velocidad al llegar a la Zapateira para alivio de Sanjuán—. No cuadra, desde luego.

—A menos que esté completamente seguro de que no haya nada con qué cotejarlo —dijo Sanjuán—. Yo diría que es una provocación, o quizá sirve para un fin ulterior que ahora desconocemos; pero bueno, sin más datos mejor no aventurar nada. De todas formas ha corrido muchos riesgos y hay que preguntarse por qué. Esa es la clave: ¿Qué hace? ¿Qué somos capaces de ver? Todo empieza en esas preguntas. Saltar a una conclusión y formular una hipótesis de investigación sin realizar correctamente el examen de lo que en verdad ha mostrado el asesino en la escena es un error que puede costar muy caro.

Toni asintió, encantado de asistir a aquella conversación. Así tendría buen material para su próxima novela. Él se consideraba una esponja que no tenía ningún reparo en absorber todo lo que hubiese a su alcance para la creación literaria, aunque a veces utilizase métodos poco ortodoxos. Y lo de la infortunada Cecilia, si bien le producía una pena absoluta, profunda, también le serviría para inspirarse. Toni Izaguirre aún no había dado la campanada literaria, pero rendirse no estaba en sus planes. Y no dudaría en hacer todo lo que fuese necesario para conseguir el triunfo.

Cristina Cienfuegos recorrió el largo pasillo iluminado con una tenue luz amarillenta que desembocaba en el salón de actos de la Fundación Galicia, en los Cantones, con pasos largos y nerviosos. La rueda de prensa estaba a punto de empezar. Era una mujer pequeña, delgada, con grandes ojos castaños, de expresión ingenua, y una poderosa nariz aguileña que sorprendía en aquellos rasgos finos de muñeca. Vestía unos vaqueros de cintura baja y un jersey marinero de cuello barco que le daba un aire de *nouvelle vague* que solía completar con un corte de pelo por debajo de la barbilla. Tenía veintiséis años pero aparentaba diez menos. Saludó desde lejos a Torrijos, su jefe. Cristina era periodista y bloguera, y había entrado hacía poco a trabajar en la Editorial Empusa, primero como becaria, pero luego protagonizó un ascenso fulgurante a jefa de prensa sin demasiada dificultad.

La literatura era su vida desde que tenía memoria, desde que cayó en sus manos un ejemplar de *Cumbres Borrascosas* y se dejó llevar por los páramos salvajes y por la maldad inconmensurable de Heathcliff. Desde niña había querido ser escritora, pero la vida la había llevado por otros derroteros que le ofrecían bastante más dinero y emociones que la simple creación, que le resultaba un tanto aburrida. Ser la jefa de prensa y una de las lectoras principales de la editorial, con el poder de elegir qué libros se publicaban y cuáles irían a la papelera, le producía más placer que pasar horas ideando tramas y personajes que podían no llevar a ningún sitio. Había mucha competencia, mucha más que en su campo, en el que ella era una experta, después de pasar algunos años dedicada al periodismo de investigación, lo que la convertía en una verdadera especialista a la hora de manejarse en cualquier ambiente.

Torrijos la consideraba un hallazgo: sin cobrar demasiado, hacía el trabajo de tres personas sin quejarse. Y, en realidad, había sido ella la descubridora de su nuevo buque insignia, Hugo Vane, el único capaz de hacerle sombra al éxito arrollador de Estela Brown de unos años atrás. La besó en las mejillas con entusiasmo mientras se dirigían hacia las primeras filas de butacas. Torrijos consultó su móvil para mirar la hora y se volvió hacia ella mientras se sentaban.

—Ya no falta nada, Cris. Mira, ese debe de ser el alcalde. Y esa, la concejala de Cultura..., ¿qué te parece? —Se frotó las manos con entusiasmo—. Hay expectación. Y están llegando las fuerzas vivas de la ciudad. —Se fijó en un hombre alto y corpulento con un traje de cuadros muy elegante que acompañaba a los organizadores—. ¿Quién será ese tipo del traje a lo Saville Road?

Cristina sacó su teléfono del bolso dispuesta a grabar la rueda de prensa.

—¿No lo conoces? Ha estado todos estos días en los medios. Pedro Mendiluce, el empresario, el que fue condenado por trata de blancas. Lo acaban de indultar. Me han soplado que está lavando su imagen metiendo un montón de dinero en la organización de A Coruña Negra y en obras benéficas. Apoyando la cultura. Todo eso. Fíjate: ninguno de los políticos se atreve a rechazarlo. Poderoso caballero...

—Ya. Lo de siempre, qué me vas a contar... Ahí llegan Toni y Estela. Y Cabanas detrás... —Soltó una carcajada que sonó como un gorjeo—. Se los va a merendar el bueno de Cabanas. Le he escuchado varias veces. Es un tipo listo, y tiene la piel dura que solo da la cárcel. Estela tiene más tablas, pero Toni...

—Ya sabes lo que pienso, no es mal escritor. A mí sus libros me gustan. Son entretenidos —protestó la bloguera.

—Cristina, que nos conocemos —dijo con cierta condescendencia—. Está muy bueno. Ese Toni tiene un polvazo, lo reconozco, y eso que no es mi tipo, pero como autor es una mierda. Sin embargo, Cabanas es un *crack*. Me gustaría que publicara para nosotros. Tienes que intentar convencerlo...

La periodista se revolvió en el asiento y miró hacia atrás mientras chasqueaba la lengua.

—No te quejes, que con Vane estamos arrasando. Por cierto... Ya empieza: ahí están los organizadores, el librero coruñés Emilio Durán y Analía Paredes, la comisaria del certamen. Me han dicho que es de cuidado...

Los dos pararon de bisbisear cuando los protagonistas subieron a la mesa y alrededor de ellos empezaron a apelotonarse los periodistas de diversos medios, con las cámaras, las grabadoras, flashes que deslumbraban los pálidos ojos de Estela Brown. La escritora sacó las gafas de sol de la funda y se las colocó con cuidado, como una verdadera estrella del rock.

—Ya está la Brown haciendo de las suyas —dijo entre dientes Torrijos, mientras no podía por menos de admirar los bíceps definidos de Toni, que siempre aprovechaba para mostrar a la prensa, orgulloso de su físico esculpido en el gimnasio y el campo de fútbol.

Analía Paredes comenzó a hablar mientas presentaba a sus compañeros de mesa Durán, Cabanas, Toni y Estela, orgullosa de tener semejante elenco de escritores ya presentes desde el primer día. Pero Torrijos no prestaba atención a sus palabras, solo en el éxito que iba a cosechar con el libro de Hugo Vane, y en la íntima satisfacción que sentía al saber que todos los presentes darían media vida por conocer su identidad.

7

Un asesino entre escritores

¡Perniciosa mujer!
¡Y el canalla, el maldito canalla sonriente!
Mi libreta...

Hamlet, Acto I, escena V

Hotel Riazor, 09.15

Basilio Sauce se estiró en la cama. Un tenue rayo de luz entraba por la rendija que burlaba las opacas cortinas. Miró la hora en su móvil: eran ya las nueve y cuarto de la mañana y muy pronto se iba a producir la inauguración de A Coruña Negra. Notó la boca pastosa de la resaca y de pronto en su cabeza se agolparon las vivencias de la noche anterior. «Demasiados cubatas y ese maldito licor de café», se dijo mientras recolocaba la almohada, poseído por un acceso de pereza. Basilio recordó que en un par de horas lo esperaban en la librería MSand para presentar su *thriller* histórico *El misterio de Isis*, y sopesó la posibilidad de no ir a la inauguración de A Coruña Negra y arañar un rato más de descanso para amortiguar la desagradable sensación de no haber dormido bien a causa del alcohol. Basilio tenía 50 años, pero aún mantenía una forma física capaz de aguantar una buena noche de farra y putas sin despeinarse, pero había momentos en los que incluso él, deportista y amante del montañismo, sentía los achaques de la edad.

Alguien golpeó la cerradura de la puerta.

«Será la doncella, joder, podría esperar un poco más», pensó, mientras gritaba que seguía dentro de la habitación.

Contestó una voz masculina:

—El desayuno, señor Sauce.

«Pero yo no he pedido el desayuno en la cama...» Basilio se levantó y se puso un albornoz para abrir y aclarar la equivocación del hotel. Fue hasta la puerta descalzo. Allí fuera le esperaba un camarero de pelo oscuro, con barba poblada y una bandeja con café, leche, zumo y bollería variada.

—Su desayuno, señor.

—Bien..., eh... —Se pasó la mano por el cabello aún espeso, pero ya canoso—. Yo no he pedido el desayuno en la habitación. Yo...

—Cortesía de la casa, señor... —El camarero entró con decisión, cerró la puerta y caminó con rapidez hasta dejar la bandeja sobre la mesa de trabajo junto a la ventana todavía ciega por las cortinas. Luego se quedó quieto, sonriendo con expresión bobalicona y la mano extendida, como esperando una propina. Basilio levantó una ceja, asombrado por la desvergüenza del hombre, sin ser capaz de determinar si tanto su expresión como su comportamiento eran normales. Luego se encogió de hombros y decidió ir a buscar la cartera al bolsillo de su vaquero, que estaba colgado de la silla. Por un euro no se iba a morir, y solo quería que se marchara para volver a echarse en la cama un rato más.

Se inclinó. De pronto notó un extraño olor penetrante y luego algo tapó su boca con fuerza descomunal, hasta ahogarlo. Intentó respirar por la nariz a la vez que braceaba para desprenderse de la presa, pero el anestésico hizo su efecto de una forma eficaz e inmediata. Lo último que sintió fue el flaqueo de sus piernas y una arcada que se confundió con la agonía de la asfixia antes de desplomarse en el suelo enmoquetado.

El dolor de cabeza se había magnificado hasta traspasarle los globos oculares. Estaba sentado. A pesar de la intensidad, consiguió abrir los ojos mientras intentaba mover los brazos y las piernas, sujetos a la silla con cinta americana. Trató de hablar, pero sus labios estaban sellados por la misma cinta negra que aprisionaba todo su cuerpo, que temblaba bajo el ligero pijama. Se sacudió, pero no consiguió nada más que amplificar el dolor que torturaba su cerebro al que se sumaron las articulaciones de los brazos, forzadas hacia atrás en un ángulo antinatural.

Ante él, el camarero, de pie, el uniforme cubierto por un impermeable, sujetaba un ejemplar de su novela. Su mirada parecía la de un extraviado mientras pasaba páginas y páginas con ansia, doblándolas y arrugándolas sin miramiento hasta que pareció encontrar lo que estaba buscando y se calmó.

Su voz sonó queda, susurrante, mientras leía un párrafo.

...Menefer besó suavemente los labios de Teremun, que entornaba los ojos sacudido por el placer de sentir aquel cuerpo moreno y delgado quebrarse por la fuerza del deseo. Pero fue entonces cuando atravesó su costado una fina aguja fría como un copo de nieve, nieve que jamás habían visto ni verían, porque Menefer también sucumbió al ardor helado del veneno de áspid que en el nombre de Uh Nefer, la hija del faraón, había depositado en aquella punta de marfil...

Un sudor frío perló la frente de Basilio al escuchar los susurros que se le antojaban enfermizos, sibilantes, de aquel hombre que le clavaba la mirada febril con los dientes prietos y la mandíbula tensa hasta marcar los tendones del cuello. Trató de emitir algún sonido, pero su boca estaba sellada y solo logró articular unos gemidos inconexos. Abrió los ojos en expresión de sorpresa e incomprensión, en cuyo fondo yacía también un miedo profundo, pero no encontró en su némesis nada más que una fría mirada de autómata. Y, sin embargo..., aquella mirada...

—Lo sé todo, Basilio. Por eso estoy hoy aquí. Para hacer justicia... —El hombre sacó de una bolsa de deportes un extraño tenedor de doble cabeza con una especie de cinturón de cuero que sujetó en el cuello de su víctima, de manera que los afilados pinchos apuntaron simultáneamente hacia la barbilla y el esternón. Si movía la cabeza hacia delante, se lo clavaría de inmediato en el cuello. Ahora ya no había duda. Él, en esa silla, estaba instalado en el puro terror. Su mente dejó de intentar comprender y buscó, febril, cómo sobrevivir. Sauce levantó instintivamente su cabeza y la echó hacia atrás, todo su cuerpo tembloroso y convulso convertido en una llamada muda de socorro.

El hombre volvió a coger la novela y retomó el párrafo en donde lo había dejado.

... cuando encontraron el cuerpo de Menefer estaba en el suelo de piedra del templo, junto al de Teremun, abrazados con la fuerza que la muerte otorga a los amantes que viajan juntos hacia el inframundo, hacia el ansiado encuentro con Osiris. Ella conservaba la extraordinaria belleza de las estrellas en la noche, y él, la fuerza de la virilidad del guerrero inmortal...

—Siempre dije que lo único que conocemos de Egipto es el templo de Debod. ¿Cómo crees que será el viaje hacia el inframundo, Basilio?

La pregunta sonó ligera, casi trivial, lo que a los oídos de Sauce le confirió un horror aún más salvaje.

«¿El templo de Debod?»

Sauce abrió los ojos hasta que casi se le salieron de las órbitas. Acababa de comprender.

El hombre cerró la novela y la dejó sobre la cama. Luego se puso detrás del escritor y colocó las manos sobre sus hombros, apenas tocándolos. Susurró a su oído:

—Saluda a Osiris de mi parte, alma maldita. No creo que puedas convencer a la diosa Maat de que tu corazón está limpio... —Sus palabras ahora denotaban un firme propósito, casi una misión sagrada; como si él mismo necesitara de ese sacrificio para seguir viviendo a su vez; como si su propia existencia dependiera de que tipos como Sauce fueran llevados ante un tribunal sumario que al fin restituiría la justicia que a él una vez se le negó.

Luego le agarró la cabeza con las dos manos y la lanzó sobre el pecho con fuerza, sin que Sauce pudiese hacer nada para evitarlo. La parte inferior del tenedor se clavó en el esternón y allí se detuvo. La parte superior penetró el cuello, desgarrando, atravesando piel, músculos, cartílagos, la mandíbula, la lengua, el paladar, y allí se detuvo también. La sangre comenzó a manar por la nariz del escritor. Las piernas comenzaron a moverse en sus ataduras de forma espasmódica, los brazos, todo el cuerpo contorsionado en agonía de dolor y asfixia. El torturador volvió a mover la cabeza, echándola ahora hacia atrás con energía, de forma que el hierro volvió a emerger de forma letal, desgarrando todo a su paso.

Se escuchó un sonido sibilante, los pulmones de Sauce buscaron un último hálito de aire, pero la sangre ocupó su lugar. Antes de que pudiese darse cuenta de que estaba muriendo con absoluta certeza, de que en esos minutos irrelevantes de un día cualquiera había llegado el fin, el hombre vestido de camarero volvió a agarrar su cabeza y la dobló con ímpetu brutal hacia un lado. Crujieron las vértebras del cuello con un sonido inquietante y todo: la incredulidad, el miedo, la sangre, la asfixia, el dolor..., todo terminó para siempre.

Fundación Galicia, 10.00

Lúa Castro saludó con un guiño a Fernando, uno de los fotógrafos del *Ideal Gallego* que la estaba mirando sin disimulo desde que la vio entrar en el amplio salón de actos de la Fundación Galicia. Pero no le hizo demasiado caso: Ya comenzaba la rueda de prensa en la que iban a participar una primera tanda de los escritores más afamados de las jornadas negras coruñesas, y la expectación era máxima. Buscó un sitio en un lateral, cerca de la primera fila. Ella no era de las que se ponían al fondo y pasaban desapercibidas. Con su melena castaña, casi rubia, y sus grandes ojos verdes, expresivos e insolentes, no lo conseguiría aunque se lo propusiera con todas sus fuerzas. Lúa había escrito un libro sobre el Artista, el asesino en serie que había asolado A Coruña hacía unos años y era periodista de sucesos en la *Gaceta de Galicia*, así que le habían asignado cubrir todo el evento. Además, iba a participar también en una de las mesas redondas y era una aguililla a la hora de enterarse de todo tipo de cotilleos.

Sin embargo, Lúa hubiese preferido seguir cubriendo los sucesos a estar de florero en las jornadas.

Sobre la tarima, en una mesa, estaban ya la moderadora, una mujer de mediana edad y media melena teñida de caoba, y los escritores Toni Izaguirre, Estela Brown y, levantando una gran expectación a su pesar, Enrique Cabanas. Lúa había investigado a fondo al que en un tiempo fuera famoso doble homicida, y luego un ejemplo de rehabilitación mediante su furiosa zambullida en la cultura, logrando una licenciatura en la cárcel. Unos años antes de cumplir su condena de veinte años había logrado cierto reconocimiento merced a sus relatos cortos enérgicos, duros, que al comienzo fueron saludados como «un estilo cercano al de Jim Thompson». Los críticos coincidieron en que, sin duda, era alguien que, si perseveraba, podía «encontrar su propia voz» y llegar a ser un escritor con un universo muy personal. Eso no parecía importarle demasiado a Cabanas: era un hombre algo tímido y retraído que no parecía disfrutar demasiado del éxito y de las atenciones de los periodistas. Solo le interesaba encontrar el modo de expresar todo el tormento que llevaba dentro y que no le abandonaba desde el día en que acabó a puñaladas con la vida de su mujer y su amante.

Pues sí, pensó Lúa, parece que al fin Cabanas había encontrado su voz. En los últimos días se había dedicado a leer con cierta urgencia, sin llegar a acabarla, su novela revelación en el panorama del *thriller* español: *Te veré en el infierno*. Una historia lumpen que ciertamente estremecía, y provocaba en el lector múltiples emociones extremas, desde la piedad por los desheredados hasta el odio dirigido a personajes arribistas y sádicos.

Lúa conectó la grabadora de su móvil y se adelantó unos pasos, tapando sin remordimientos la visión de una fotógrafa más baja que protestó por lo bajo.

—Señor Cabanas, ¿hasta qué punto su novela es autobiográfica? —preguntó, rompiendo el fuego, la periodista.

Cabanas se mesó la barbilla unos segundos.

—Bien… Desde luego, he podido relatar situaciones que he vivido de primera mano; le puedo asegurar que en la cárcel uno puede encontrar lo peor del ser humano, pero también lo mejor. Y si quiere que le sea franco, mucha de la desesperación que muestra el personaje principal, Marcos Ríos, la he sentido en mis propios huesos durante los años en que estuve preso... Pero la trama es una ficción, nunca olvidé que estaba escribiendo una novela. Los cuentos que escribí, anteriormente, sin embargo, sí eran más autobiográficos. En aquellos años solo podía relatar aquello que veía, y lo que tenía alrededor era mi combustible, más aún, una razón para, al ponerlo en el papel, no volverme loco..., después de «aquello».

Mientras otros periodistas acribillaban a preguntas al ex convicto, Lúa recordó el argumento de *Te veré en el infierno*. Marcos Ríos es condenado por un crimen que no cometió. Una puta amaneció muerta en su cama, adornando su corazón un cuchillo que tenía sus huellas. El socio con el que Marcos se dedicaba a traficar cocaína había decidido quedarse con toda la parte del negocio, al tiempo que le birlaba a su novia, quien se tragó que Marcos era un asesino por culpa de un mal viaje con la coca, además de un hombre infiel. De nada sirvió que Marcos protestara que no recordaba nada, que estuviera seguro de que le habían drogado, que le jurara a su novia Samantha que él nunca se ponía ciego con la mercancía de su negocio..., y que siempre le fue fiel: todo fue inútil. La trama desarrolla la fuga de Marcos y su posterior venganza.

Lúa se dio cuenta del silencio y admiración que provocaban sus respuestas. ¡Ahí, ante ellos, estaba un verdadero asesino explicando las claves de una historia de crimen y venganza! Echó un vistazo a Toni y Estela, algo incómodos porque llevaban ya veinte minutos y todas las preguntas eran para Cabanas. El uno, escritor en ascendencia, guapo a rabiar, pálido de envidia porque sabía que la suya no era sino una novela del montón; escrita hábilmente, sí, con los clichés de una novela negra que gustan al público, pero literatura de mero consumo al fin. En ciertos mentideros se decía que Toni no disponía aún de «un universo propio», y que eso le atormentaba. Sabían que lo que más cerca había estado de un cadáver era cuando había yacido con Cecilia, unas pocas horas antes de que fuera asesinada. En cuanto a ver a un asesino, su mayor conocimiento provenía de las series de televisión y de una visita a la cárcel de su ciudad natal, donde fue invitado para hablar del proceso creativo en un taller de escritura que seguían los internos más aventajados.

Estela Brown era otra cosa, siguió meditando Lúa, mientras cavilaba una pregunta inteligente para epatar a aquella estatua de hielo. Ella sí había creado una línea propia con su trilogía del Detective Invidente. Después de un libro de iniciación, interesante pero desequilibrado, en ese personaje carismático había conseguido la admiración de millares de fans en todo el mundo. Estela era «la gran dama del crimen». Ahora se dejaba ver y querer, alimentando el equívoco de si pensaba continuar escribiendo, porque hacía más de tres años que había publicado su última novela.

—Estela... —comenzó Lúa—. He leído que está usted escribiendo su próxima obra. ¿Sabemos ya la fecha de publicación? Todos estamos ansiosos... ¿Es una nueva obra de la saga del Detective Invidente?

Estela sonrió con cordialidad y le dio vueltas a una Montblanc que brillaba en su mano izquierda.

—No. No es de la saga, he querido hacer algo distinto. Lo que ocurre es que soy muy perfeccionista y necesito que salga bien, redonda. Escribir una novela no es nada fácil. Y yo quiero salir de la zona de confort, innovar otra vez. Repito, no es cosa fácil. La novela estará cuando esté terminada, no antes. Tengo muchos lectores a los que les debo el respeto de lograr mi cima más alta.

—¿No nos puede adelantar el título?

—Lo siento, pero eso es información confidencial. Mi editor me mataría... —Soltó una carcajada sonora y cordial e hizo un gesto mitad desdén, mitad aburrimiento, que sirvió para cortar cualquier otro avance de Lúa.

La periodista dejó que otros compañeros volvieran a bombardear a Cabanas de nuevo. Reparó, con su habitual perspicacia, en una chavala que no debería tener más de veinte años sentada en primera fila. Falda corta vaquera, botas altas, con aire algo hippie, pelo rizado abundante y moreno. Se lo comía con los ojos, y de vez en cuando le ofrecía a la vista el interior de sus muslos. Reconoció a Thalía Cereijo, una escritora en ciernes y bloguera famosa por su «entrega» con los escritores. Sonrió, y miró fijamente a Cabanas: un hombre en mitad de los cuarenta, fibroso, tez morena, cerca del metro ochenta, en sus ojos el dolor y el desafío como signos de identidad. Y en sus gestos pausados pero firmes, acompañados por una voz grave, poderosa, la amenaza que puede actuar como un león hambriento, la violencia velada que solo está al alcance de quien ha matado y ha pagado por ello.

De pronto vio pasar a Valentina Negro y a Javier Sanjuán, y les hizo un gesto de reconocimiento con una sonrisa. Sanjuán iba a dar una conferencia y a participar en mesas redondas y en un taller de escritura, pero ella sabía de buena tinta que se quedaría unos días más para disfrutar del evento y, sin duda, de la compañía de Valentina. Ellos respondieron a su saludo y se acercaron, pero de pronto tanto ella como Sanjuán se percataron de que la moderadora mencionaba al criminólogo.

—Somos afortunados de tener aquí a Javier Sanjuán, el reputado profesor de la Universidad de Valencia... Javier, por favor —añadió con una falsa cercanía, porque nunca se habían conocido—, muchas gracias por acompañarnos. ¿Puedo preguntarte qué opinas de que contemos en A Coruña Negra con un escritor como Cabanas?

La pregunta dejó a todos sorprendidos, el primero Javier Sanjuán. Cristina Cienfuegos pegó un respingo al escucharla, pero pronto comprendió que su intención era enfrentar a un asesino convicto rehabilitado con un criminólogo cazador de asesinos. «El espectáculo por encima de todo», se dijo.

—La verdad —dijo Sanjuán, al que una amable azafata le había pasado un micrófono, en un tono de voz lo más neutro posible—, aún no tengo ninguna opinión definida. No he leído la obra del señor Cabanas. Supongo que dependerá de lo bueno que sea como escritor; si no lo es, ustedes tendrían que preguntarse por qué lo han invitado..., y si lo es, es normal que esté hoy aquí, ¿verdad?

Esa respuesta provocó un murmullo de admiración entre los periodistas, complacidos al ver que Sanjuán había sido capaz de eludir la pregunta real (¿qué opina de que un asesino se gane la vida como escritor y cuente con el favor del público?) para ocuparse estrictamente de una cuestión de calidad literaria.

Pero Cabanas era un hombre orgulloso, y estaba acostumbrado desde que salió de la cárcel a que su voz fuera la dominante. Es más; era un código de conducta que tuvo que aprender para sobrevivir durante sus años de cautiverio, y ahora no lo iba a abandonar. Así pues, en cierto modo, se sintió en la obligación de replicar a Sanjuán, a pesar de que este, con elegancia, había omitido el tema espinoso.

—¿Tiene algún prejuicio contra los escritores que han estado en la cárcel?

—Ciertamente no —contestó Sanjuán, que se dio cuenta del pulso que le echaba Cabanas inmediatamente y levantó ligeramente la mano izquierda para indicarle que no estaba dispuesto a ninguna exhibición de egos—. Chester Himes estuvo preso; y la lista incluye otros nombres importantes, por no mencionar a intelectuales de primer nivel que cometieron un asesinato, como Althusser. Por eso digo que lo fundamental no es haber estado en la cárcel, o haber matado a alguien, sino si se es un buen o mal escritor. Porque estar preso o haber delinquido no es una patente de corso para escribir con arte, aunque, sin duda, el morbo ayude a aumentar las ventas...

Cabanas tuvo que aceptar la amable bofetada, y cerró los puños de forma ostensible. Se removió en su asiento y bebió un trago de agua de la botella de plástico.

—Bien, espero que lo que lea le parezca de buena calidad, Sanjuán; una cosa sí le aseguro: cada letra está escrita con mi sangre, créame.

—Bien, bien —terció la moderadora al escuchar el tono fiero de Cabanas—, muchas gracias a ambos. Y ahora esperamos más preguntas para Estela Brown y Toni Izaguirre, la primera, una leyenda en la novela negra —Estela la miró de soslayo sin saber si eso en verdad era un halago o una puñalada que quería significar «obsoleta»—, el segundo, un autor emergente que ya cuenta con dos novelas muy apreciadas por el público...

Lúa miró con descaro los bíceps de Toni y luego consultó su

reloj. En un cuarto de hora comenzaría la presentación en la librería MSand del *thriller* histórico *El misterio de Isis*. Era una fanática de Egipto y no quería perdérsela. Pensaba comprar el libro y de paso hacerle una buena entrevista al autor, Basilio Sauce, para rellenar páginas de la crónica sobre A Coruña Negra y contentar así a su exigente jefe, Carrasco, que le había encargado seguir todos los eventos en una semana maratoniana.

«Por cierto —pensó—, ¿dónde estará metido Basilio Sauce? Este escritor no es de los que se pierden ningún sarao, desde luego...»

8

El tenedor de los herejes

Lúa se despidió de Jordi, el fotógrafo de su mismo periódico con el que convivía desde hacía tres años, y caminó con rapidez hasta la librería Msand, que se encontraba en la calle San Andrés. No estaba lejos de los Cantones, en donde había transcurrido la rueda de prensa, y en pocos minutos ya vio a la gente esperando ante la puerta. Se coló a duras penas entre señoras con el cabello cardado y jóvenes estudiantes que charlaban y bebían café en vasos de plástico. Al verla llegar, la dueña de la librería, Mercedes Sand, se acercó a ella con los ojos castaños llenos de ansiedad. MSand era la librería de cabecera de Lúa y tenía mucha confianza con Mercedes desde hacía ya tiempo.

Se retorció las manos con nerviosismo.

—Lúa..., ¿estaba Basilio en la inauguración de A Coruña Negra? No me coge el teléfono. Quedamos aquí hace un cuarto de hora y no me contesta al teléfono.

—No lo vi. Y eso que me fijé..., no, no estaba. O eso creo. A ver si esta noche se ha pasado un poco... —Lúa le guiñó un ojo, conocía la fama de juerguista de Basilio—. ¿En qué hotel está? ¿Lo sabes?

—En el Riazor.

—No está lejos. Voy para allá. Tú espera aquí y tranquilízate. Seguro que está de resaca y se ha quedado dormido.

Cuando un rato después entró en el *hall* del hotel, Lúa se dirigió hacia el recepcionista con la mejor de sus sonrisas dibujada en su rostro dulce. Ladeó la cabeza en lo que ella sabía que era un gesto irresistible para los hombres. Su voz sonó dulce como el cabello de ángel.

—Hola. Soy de la organización de la Semana Negra. Tenéis aquí a uno de los escritores más reputados e importantes, y estamos preocupados porque no ha ido a una presentación de su libro. Hace media hora que tendría que estar allí. ¿Podrían avisarle?

—¿Sabe en qué habitación está?

Lúa abrió más los ojos y ronroneó como una gata mimosa.

—Se llama Basilio Sauce. Oh. Lo siento. Olvidé traer el listado de las habitaciones de los escritores. Es urgente que lo despierten..., tiene la presentación ahora mismo. Sería una desgracia que se quedase dormido. Hay mucha gente esperándole.

El recepcionista dudó unos segundos, pero se perdió en la mirada líquida de Lúa y parpadeó. Luego consultó el ordenador:

—Está en la habitación 312. —Y descolgó el teléfono para llamarlo—. Lo siento, señorita... no lo coge nadie.

Lúa se encogió de hombros y suspiró, profundamente desolada. Dedicó una sonrisa de agradecimiento al hombre y después de disimular unos instantes por el *hall* decidió coger el ascensor hasta la planta tercera. Al salir, se cruzó con un hombre de pelo abundante y oscuro y barba poblada, vestido de camarero, que avanzaba deprisa y que, al verla, pegó un respingo y se desvió hacia las escaleras.

Caminó por el pasillo hasta encontrar la habitación 312 y pegó la oreja a la puerta.

Silencio absoluto.

Caminó hasta doblar la esquina. Al fondo vio una doncella con el carrito de limpieza que salía de una de las habitaciones. La llamó y le hizo señas para que se acercara.

—Por favor..., ¿podría ayudarme? Mi novio está en la habitación. Me he dejado la tarjeta dentro. Es por no bajar a recepción, ¿sabe? No responde, seguro que se ha quedado dormido.

La doncella, una mujer de pulidos rasgos andinos y piel de obsidiana, sonrió y asintió agradecida cuando Lúa deslizó una moneda de dos euros en su mano. Cogió la tarjeta maestra y la introdujo en la rendija. Lúa tomó la iniciativa y abrió con cuidado la puerta. La habitación estaba totalmente a oscuras, los cortinones solo dejaban escapar un fino haz de luz. La doncella metió la tarjeta en su lugar correspondiente y se encendieron las luces.

La periodista avanzó por el pasillo hasta la habitación casi de puntillas. Cuando llegó, durante unos segundos permaneció paralizada. Luego se tapó la boca con las manos para ahogar un grito. Sin embargo, la doncella no fue capaz: salió de la habitación y corrió por el pasillo profiriendo unos gritos desgarradores que resonaron en todo el hotel.

Basilio Sauce estaba sentado en la mesa de trabajo, muy tieso, sujeto a una silla por cinta americana. Delante de él, su ordenador portátil encendido y las manos sobre el teclado, como si estuviese escribiendo en plena inspiración. Estaba vestido de forma estrafalaria con ropa de mujer, como si acabase de llegar del desfase más extremo de una noche de carnaval, los pies encajados en unos zapatos de tacón, el torso embutido en un traje de fiesta desgarrado por los costados. Los labios y los ojos estaban maquillados de forma exagerada, pero el horror extremo estaba en el cuello desgarrado y la sangre sin coagular que aún goteaba y manchaba todo el suelo.

Lúa, intentando permanecer serena, sacó del bolso su móvil y fotografió la escena. Luego, con los dedos temblorosos, buscó en el listado de contactos el teléfono de la inspectora Valentina Negro.

Valentina resopló de forma audible a través de su mascarilla mientras se agachaba para mirar el cuello destrozado de Basilio Sauce. Señaló dos punciones gruesas con la mano enguantada en el esternón y miró a Sanjuán, que permanecía detrás de ella con el traje blanco y la frente empapada de sudor: en realidad el criminólogo no era demasiado amigo de acudir a escenas del crimen, prefería la quietud tranquilizadora de su despacho. Pero Valentina había insistido, como siempre, en solicitar su ayuda, y él no podía negarle nada. Fuera, Bodelón y Velasco habían comenzado a interrogar a todos los posibles testigos, incluida Lúa Castro que, apoyada en la pared, tomaba sorbos de un botellín de agua, intentando tranquilizarse.

—A ver qué dice el forense cuando llegue —dijo Valentina—. Pero este hombre no hace mucho que ha muerto. Yo calculo hora y media... —Le abrió con cuidado los párpados entrecerrados y luego chasqueó la lengua y musitó—: Está maquillado. Le han pintado los labios y los ojos, le han puesto rímel. —Y mirando de reojo al criminólogo, le preguntó—: ¿Qué te parece, Javier? ¿No resulta muy humillante? A menos que estuviese así vestido antes de morir...

Sanjuán observaba no solo el cadáver, sino que buscaba una idea general, captar lo que él denominaba «la sensación única de cada escena». Solo si era capaz de comprender el mensaje general que transmitía la escena, entonces podría explicar correctamente el significado de cada uno de los elementos. Y sí, le pareció que, en ese contexto, el escritor había sido objeto de un crimen profundamente humillante.

—En efecto, Valentina. Aquí hay algo muy meditado por el asesino; cuidó todo el golpe de efecto. Fue un crimen muy elaborado. Y no solo nos quiere decir algo a nosotros con esta «presentación», sino también se lo dejó a su víctima muy claro —y luego, suspirando—: pobre hombre.

Sanjuán recorrió la habitación. La cama estaba deshecha. El pijama, sobre las sábanas. La maleta, en su sitio. Luego abrió los cajones de la mesilla y emitió un largo siseo.

—Val. Ven aquí. Mira esto.

Valentina se acercó y asintió en silencio varias veces con la cabeza al ver el extraño aparato de metal con la fina correa de cuero y las púas extremadamente afiladas, manchado aún de sangre, carne y vísceras de Basilio Sauce.

Sanjuán se inclinó para verlo mejor, sin tocarlo. Después de unos segundos, llegó a una conclusión.

—Es un tenedor de tortura. Se colocaba en la barbilla del acusado para obligarlo a confesar, aunque el desgraciado solo pudiese susurrar debido a la presión de las púas en la garganta y el esternón. Lo usaban los inquisidores para hacer cantar a los herejes.

—¿A los herejes? Entonces nuestro asesino es un inquisidor, y Sauce, un hereje..., curioso, ¿no? —Valentina se fijó con angustia en las púas ensangrentadas—. Es una muerte horrible; una ejecución después de la confesión. Quizá la víctima muere ahogada con su propia sangre, o incluso del *shock* al destrozar los cartílagos...; aunque por la posición del cuello yo creo que lo desnucó. ¿Qué te parece? Es muy raro que haya abandonado el arma del crimen, ¿no? No parece un instrumento fácil de conseguir.

Sanjuán pensó rápido.

—A lo mejor decidió que era el único hereje digno de ese castigo. No lo va a usar nunca más. Por eso lo dejó aquí.

—¿Y este señor quién es, y quién le ha permitido entrar en la escena del crimen? —La subinspectora de la científica Marina Alonso entró en la habitación totalmente cubierta con su traje protector y miró a Sanjuán con severidad, interrumpiendo su discurso. Marina era una recién llegada a la comisaría de Lonzas y se había hecho famosa por su mal carácter y cara de pocos amigos, aunque todos le concedían una gran aplicación a su trabajo.

Valentina se acercó a ella en tono conciliador:

—Marina, tranquila. Es Javier Sanjuán, criminólogo forense. Me está echando una mano con la escena del crimen. No es la primera vez.

La subinspectora elevó las cejas en un gesto de incredulidad y negó con la cabeza.

—Haga el favor de apartarse de ahí, Sanjuán. Cuanta menos gente me contamine la escena del crimen, mejor. No dudo de que sea usted un gran profesional, pero yo tengo que hacer mi trabajo.

Sanjuán respiró aliviado a pesar de la adustez de la subinspectora. Ya había visto lo que tenía que ver y no tenía demasiadas ganas de seguir allí dentro, en aquella atmósfera irrespirable y oscura. Le hizo un gesto a Valentina para cortar la discusión entre ambas y salió afuera, mientras los fotógrafos miembros de la Policía Científica comenzaban con lentitud a sacar fotografías del cuerpo.

Sin embargo, Valentina no podía dejar pasar por alto esa actitud de su subordinada. Agarró por el hombro con discreción a la policía y la llevó a un aparte:

—Marina. Aquí mando yo, no hace falta que te lo recuerde. Tengo permiso de Iturriaga para meter a Sanjuán donde me parezca. ¿De acuerdo? Puedes hablar con el jefe cuando quieras. Y ahora a trabajar. Quiero que antes de nada me proceséis el arma que está en la mesilla, es importante... —Vio entrar al forense Xosé García con su maletín y cortó la conversación.

»¡Ah! Xosé, buenos días. Tenemos un buen marrón aquí.

El médico forense decía a sus alumnos en la facultad que «el horror se combate con el humor», y era una máxima que había aplicado siempre en su profesión, para ayudar a que la visión de los hechos fuera lo más objetiva posible. Y aquí no iba a hacer una excepción.

—Ya lo veo. Menuda masacre... Este era escritor, ¿verdad? ¿Tan malo era como para hacerle algo así? —Por toda respuesta al chiste fácil Valentina sonrió con una mueca triste. A continuación el forense se acercó y dejó el maletín al lado del cuerpo. Comenzó a examinarlo, y se fijó en la posición antinatural de la cabeza.

»No puedo decir aún la causa de la muerte, creo que lo han desnucado por rotación, tiene las vértebras cervicales desplazadas. Lo que sí es seguro es que las heridas de la parte anterior del cuello tienen signos de vitalidad. —Se dirigió a los de la científica—: ¿Ya han hecho todas las fotos? ¿No? Bien. Procedan. Tengo que tomarle la temperatura al cuerpo y voy a tener que moverlo.

Cuando un rato después salió Valentina de la habitación 312, aún con el traje protector puesto, Sanjuán estaba fuera, hablando con Lúa Castro, pálida como un pergamino. A su lado, el subinspector Bodelón tomaba nota de todo lo que la periodista estaba contando. Bodelón, un hombre alto, moreno, rapado al uno, hombre de confianza de Valentina desde hacía tiempo y al que llamaban Marine por su aspecto fibroso, era íntimo amigo de Velasco, que por su parte estaba interrogando a la doncella, deshecha en un mar de lágrimas. Los dos subordinados de Valentina formaban parte del equipo de la UDEV de la Policía Judicial en la comisaría de Lonzas.

—Inspectora..., puede que Lúa haya visto al asesino. —Bodelón señaló al recepcionista del hotel que había subido a contestar a las preguntas de la policía—. Por lo visto no hay ningún camarero con las características del que estaba merodeando por el pasillo justo antes de entrar en la habitación.

Lúa se separó de la pared en donde estaba apoyada.

—Era un tipo raro..., extraño. El pelo, la barba, todo muy falso, ahora que lo pienso. No sé cómo decirlo, como si llevase peluca. ¿Os acordáis del ladrón de bancos el Solitario? Pues algo así.

—¿Hay cámaras en los pasillos? —Valentina se dirigió hacia el recepcionista, un hombre bajo y de pelo ralo que se retorcía las manos con semblante preocupado.

—La directora del hotel está a punto de llegar. Hay cámaras, están distribuidas por todas partes, pero a veces no funcionan... —suspiró—. Madre mía, qué desastre. ¡En nuestro hotel! Es la primera vez que pasa.

—Hay que hablar con todo el personal. Alguien ha tenido que verlo. Velasco, Bodelón, encargaos de interrogarlos a todos. —Valentina le hizo una señal a Sanjuán y se dirigió al recepcionista—. Por favor, acompáñeles. Necesitamos saber por dónde entran y salen los trabajadores, ascensores internos, vestuarios, cocinas, todo. Si iba vestido de camarero tuvo que sacar el uniforme de algún sitio. Lúa, luego te vienes a comisaría. Tenemos que hacer un retrato robot. Por cierto, ¿alguien sabe algo de los familiares de Basilio? ¿Está casado?

Lúa buscó en la red y negó con la cabeza.

—Divorciado. Tiene un hijo adolescente. Vive en Madrid. Hay que hablar con la dirección de la Semana Negra para que se pongan en contacto. Desde luego es extraño, ¿verdad? La segunda muerte de un escritor de novela negra en pocos meses.

Sanjuán asintió, porque justamente estaba pensando eso mismo, y se detuvo junto a Valentina y Lúa para discutir este punto, que ciertamente le preocupaba.

—Sin embargo, en principio el crimen de Gijón parece claramente sexual, mientras que este parece, por el contrario, una ejecución, una venganza. Justamente estuvimos hablando con Toni Izaguirre esta mañana —miró a Valentina—, fue el que descubrió el cadáver y el principal sospechoso hasta que se descubrió que tenía coartada. —Sanjuán se pasó una mano por la mejilla, pensativo—. Sin embargo, tienes razón, Lúa. Dos asesinatos en dos actos literarios del género negro no es algo que pueda dejarse sin investigar, ¿no, Val?

Valentina asintió.

—Eso no es problema. Le diré a Iturriaga que se ponga en contacto con la jefatura de Asturias de inmediato, a ver qué nos pueden pasar del crimen anterior. Aunque no se parezcan en nada, es necesario hacer un análisis de vinculación, no sea que se nos escape algo importante. —Miró a Sanjuán, que levantó las manos y puso los ojos en blanco antes de asentir. Valentina se colocó de nuevo la máscara protectora y suspiró—. Y ahora me vuelvo para dentro, está a punto de llegar el juez López Córdoba. Aún queda mucho por hacer. Javier... —le guiñó un ojo—, ¿no te importa echar un vistazo por el hotel, verdad? Sabes que confío mucho en tu intuición...

Sanjuán le hizo una señal a Lúa, con la que tenía una relación muy cordial desde que habían estado en Roma investigando los crímenes de un asesino en serie apodado Il Mostro.

—¿Estás mejor? Tienes mejor cara. ¿Me acompañas?

Lúa asintió, aún bajo los efectos del *shock*. Pero era una mujer fuerte y sabía que ser protagonista de aquel suceso era un acontecimiento que no podía dejar de lado por debilidad. No era el primer muerto que veía. Y tenía unas fotos en su poder que iban a ser sensacionales, lo que la llenaba de satisfacción.

9

Hotel Riazor

Estela Brown se llevó las manos a la cara y las mantuvo allí durante unos instantes, en un gesto que a Valentina Negro se le antojó absolutamente teatral. Luego miró a todos los demás con el semblante todavía más pálido y se encontró con los ojos de Toni, que tampoco tenía muy buen aspecto después de escuchar la desagradable noticia de los labios de la inspectora. Se habían reunido en uno de los salones privados del hotel la comisaria de las jornadas, el organizador y varios de los escritores y editores que ya habían llegado a la ciudad. Cabanas permanecía sentado al lado de su joven admiradora, que lo veneraba con la mirada de sus ojos negros y brillantes y lo acariciaba a ratos como si fuese el último día de su vida.

—Por lo menos esta vez tengo una buena coartada —musitó Toni, que había empezado a digerir la noticia con lentitud mientras la comisaria A Coruña Negro se levantaba de la silla y caminaba en círculos, pensativa. Analía Paredes no podía creerse semejante suceso en «su» evento, organizado con exquisito cuidado desde hacía un año. La primera Semana Negra que se organizaba en A Coruña y comenzaba de aquella guisa. Peor imposible.

Miró a Emilio Durán, el librero, que hacía lo posible por no desmoronarse.

—¿Debemos cancelar la Semana, Emilio? ¿Tú qué opinas?

El librero, consternado, movió la cabeza.

—No lo sé. No soy capaz de pensar con demasiada claridad.

—Sonó su teléfono y se disculpó—: Perdonen, pero tengo que contestar esta llamada.

Javier Sanjuán, que observaba la escena en segundo plano, decidió intervenir.

—En la Semana Negra de Gijón hubo también un crimen el primer día. No se canceló, ¿verdad?

Analía Paredes, la comisaria del certamen, negó con la cabeza.

—No. No se canceló. Estaba yo allí precisamente. Soy muy amiga de los organizadores. Se reunieron con los escritores y decidieron que era mejor seguir adelante. Pero esto es distinto. No tenemos aún tanto prestigio. Acabamos de empezar y... —se detuvo, emocionada—, en cuanto trascienda el asesinato, seguro que muchos escritores se niegan a venir.

—De todos modos, y lo que voy a decir no es agradable, no hay mejor publicidad para una Semana Negra que el asesinato de un escritor, como bien se demostró en Gijón, con todos los medios nacionales e internacionales ansiosos por saber. —Cabanas apartó la mano de la joven que acariciaba su nuca y se levantó, todos los músculos en tensión, el ceño arrugado como un pergamino—. Por mi parte, yo no me voy a marchar de aquí. No tengo miedo —se dirigió a Valentina con altivez—: ustedes hagan su trabajo, nosotros nos dedicaremos a intentar dar algo de espectáculo. Y ahora nos vamos a tomar unas cervezas.

Cabanas le hizo una señal a su novia indicándole la salida pero Valentina se interpuso.

—Si no les importa, esas cervezas quizá puedan esperar un rato. Necesito hacerles algunas preguntas..., nada importante, pero los quiero por aquí. —Su voz tenía un tono imperativo pero muy controlado, dejando claro que cada uno tenía que saber cuál era su sitio.

A regañadientes, Cabanas se sentó de nuevo y sacó un cigarrillo de modo desafiante mientras buscaba el mechero en los bolsillos del vaquero. Valentina hizo caso omiso del comportamiento infantil del escritor y se dirigió hacia Analía Paredes.

—Necesito los vuelos de los participantes, los horarios de

tren, los hoteles donde se alojan, las horas de llegada hasta ahora. ¿Podría ser? Autores, editores, todo el mundo.

—¿Está insinuando que el asesino puede ser uno de los escritores?

—No estoy insinuando nada. Es simple: dos crímenes en dos Semanas Negras, es necesario investigar todo. Probablemente no tengan nada que ver, pero mi obligación es cotejarlo. ¿Conocía a Basilio Sauce?

—¿Personalmente? No. Leí alguno de sus libros. Pero a él lo iba a conocer hoy en la presentación del libro.

—Yo sí. Una gran persona. —Estela Brown las interrumpió—. Éramos amigos, aunque no íntimos. También conozco a su ex mujer, Esther. Estoy segura de que los dos son magníficas personas, bueno, uno lo era seguro... —matizó, apesadumbrada—, muy alegres, jamás hablaron de amenazas o enemigos. Y no creo que tuvieran problemas económicos, y el divorcio fue cordial, seguían siendo amigos. Ella tiene un puesto importante en una empresa; exportaciones o algo así —suspiró—. ¿Alguien ha avisado a la familia?

Valentina asintió.

—Sí, ya están al tanto. ¿Y tú, Toni? ¿Tenías trato con Sauce?

—Poco, la verdad. No me gusta demasiado Egipto. Soy más de los nórdicos, me va más el frío. —Aquello era una mala broma, y nadie movió un músculo para agradecerla; Toni se puso repentinamente serio—. Coincidimos un par de veces en presentaciones y eventos, nada importante.

—Yo tampoco lo conocía demasiado —terció Cabanas, sin que nadie le preguntara—. Por lo general prefiero no coincidir con otros escritores. Ya perdí demasiado tiempo en la cárcel como para seguir perdiéndolo ahora. Sí, entiendo que como ex convicto me van a tener en el punto de mira, pero tengo coartada, como todos estos señores. Yo miraría más hacia otro sitio. —En aquel momento se abrió la puerta y entraron Cristina Cienfuegos y Torrijos, que mostraba en su rostro una evidente preocupación. Cabanas se los quedó mirando unos instantes con evidente desagrado—. O a su editor..., a partir de ahora los libros se van a vender como panes.

Torrijos se crispó tras escuchar la invectiva de Cabanas, y se detuvo un instante, pero estaba demasiado preocupado por la noticia de la muerte de uno de sus escritores y decidió no prestarle atención. Cabanas les había enviado hacía tiempo un manuscrito desde la cárcel pero se lo habían rechazado. Sabía que aún le guardaba rencor, así que aguantó la insidia y se dirigió hacia Analía Paredes.

—¿Se sabe ya lo que ha ocurrido?

Paredes señaló a Valentina Negro.

—Es la inspectora que lleva la investigación. Por lo visto lo han asesinado en la habitación del hotel esta mañana.

—Eso ya lo sé, por Dios. —Miró a Valentina de arriba abajo, sorprendido por su belleza—. ¿Se sabe algo más, inspectora?

—Por ahora no sabemos nada. ¿Usted era su editor?

—En efecto. Basilio es un gran escritor de *thriller* histórico, estamos muy contentos con las ventas. Tiene mucho éxito... —tragó saliva y se detuvo un segundo—; *tenía* muchos seguidores...; era un hombre atractivo, muy buena persona..., sí, no comprendo cómo alguien ha podido hacer una cosa así. —Y de pronto, como si saliera de un estado de estupor, preguntó—: ¿Van a cancelar los actos de A Coruña Negra?

Analía Paredes le hizo un gesto a Emilio Durán, que hablaba por teléfono. Colgó y se dirigió a todos.

—Pedro Mendiluce dice que ha invertido mucho dinero en patrocinar A Coruña Negra como para echarlo todo por la borda. Él no está en absoluto de acuerdo en cancelarla.

Valentina fulminó a Durán con la mirada de forma casi instintiva.

—¿Pedro Mendiluce? ¿Qué tiene que ver Mendiluce con la Semana Negra?

El librero levantó las manos en señal de inocencia y bajó la voz como si estuviese comentando algo poco ético.

—En realidad es el principal esponsor. Ha metido un montón de dinero para patrocinarnos. ¿No lo sabía? Según él forma parte del proceso de rehabilitación de su imagen, por eso de promocionar la cultura en la ciudad.

Valentina cruzó una mirada con Sanjuán, que había recibido

también con estupor la noticia y respiró hondo. Estaba claro que la salida de Mendiluce de la cárcel les iba a traer muchos problemas, pero nunca hubiese imaginado que estos empezasen tan pronto.

Lúa tecleaba en la redacción con nerviosismo. A su lado, Carrasco, su jefe inmediato, basculaba el peso de su cuerpo de una pierna a otra para aliviar la tensión. Las fotos que había sacado la periodista de la escena del crimen le habían subido la adrenalina. Había consultado con el director del periódico para publicarlas y la respuesta había sido afirmativa, así que estaba supervisando el trabajo de Lúa: un artículo a doble página que iba a disparar las ventas en papel del día siguiente. La gente era morbosa hasta el extremo y adoraba un buen crimen, y cuando había algún suceso tan impactante, la expectación siempre era máxima. La *Gaceta de Galicia* tenía las fotos en primicia. ¡Y menudas fotos! Eran brutales. Adoraba a Lúa Castro, tenía un don único a la hora de oler la carroña, era como un cuervo de ojos grandes y verdes siempre a punto para la noticia.

—Lúa, ponle más morbo. A ver ese titular, vas a salir en portada. Tiene que sangrar desde lejos.

Lúa chasqueó la lengua y se quedó mirando con fijeza, primero a la pantalla, luego a su jefe, la barba mínima, vestido con un llamativo jersey de color verde chillón que hería la vista y unos vaqueros demasiado ajustados para su talla.

—¿Te importaría dejarme en paz? Me basto y me sobro para cubrir la noticia. Bastante trauma he tenido hoy, ¿no te parece? Tienes suerte de que esté aquí y no en el médico cogiendo la baja... ¿Sabes lo que he tenido que ver? A un señor con el cuello reventado, sentado en una silla, tieso como un muñeco. Y si no me bastase con eso, encima relatarlo. Y no quiero ni pensar en la cara de la inspectora Negro cuando vea las fotografías en portada.

—Irán pixeladas, señorita Castro. No tengas miedo, nadie se va a asustar, no va a salir nada que no se deba. Y no te pongas ñoña, no te pega. —Carrasco adoraba a Lúa, pero no perdía oportunidad de ejercer de jefe tirano. Sabía que enfadada se crecía más.

—Ya, ya. Pero no le dije a Valentina que había sacado fotos... —resopló y el aire levantó el flequillo castaño durante unos segundos—; bueno. Qué más da. Es mi trabajo. Espero un aumento de sueldo de una puñetera vez. O me iré a otro medio. Te he levantado los mejores reportajes del último año.

Carrasco le guiñó un ojo.

—Sabes que hay cientos dispuestos a ocupar tu puesto por la mitad de dinero, guapa. Sin ir más lejos los becarios del máster, que terminan ahora. No te pases, Lúa, que cobras bastante más que otros.

Lúa miró a Carrasco correr a su despacho para atender una llamada. «Puto explotador», susurró, mientras retomaba el artículo con la angustia anidada en el pecho cada vez que recordaba el cuerpo de Basilio Sauce y la sangre que manaba de su cuello y empapaba la moqueta.

«Tengo que conseguir una entrevista con su editor, Torrijos. Y también saber más cosas sobre ese tal Hugo Vane...»

Comisaría de Lonzas

—Qué raro. Lúa no responde al teléfono... —Valentina levantó una ceja, preocupada, mientras Sanjuán se quedaba rezagado acompañando a Velasco. Guardó su iPhone en el bolso y se dirigió hacia el despacho del inspector jefe Iturriaga. Llamó a la puerta y entró directamente.

Iturriaga, un hombre más cerca de los sesenta que de los cincuenta, grueso, con un sutil olor a tabaco negro que impregnaba su jersey azul marino y con barba entrecana de tres días, le hizo un gesto para que se sentase. Llevaba mucho tiempo siendo el jefe de la Policía Judicial de la comisaría de Lonzas y estaba acostumbrado a lidiar con aquel tipo de situaciones.

—Menudo marrón, inspectora. El primer día de A Coruña Negra... —Hizo una pausa y le clavó los ojos negros a Valentina con intención—. No hace falta que le diga que la expectación nacional es máxima. Vamos a tener a todos los medios encima durante una buena temporada. ¿Dónde ha dejado a Sanjuán?

—Está con Velasco, en la sala de reuniones. Bien, jefe. Antes de nada, necesito que contacte con el mando correspondiente de la judicial para que nos envíen información sobre el caso de Cecilia, la chica de Gijón que fue asesinada en la Semana Negra. En el tren. El primer día, como aquí. Yo (y Sanjuán también está de acuerdo) considero que es algo que hay que tocar. Y cuanto antes, mejor. Aunque sea solo para descartar una posible vinculación entre ambos crímenes, que a primera vista no tienen nada que ver en cuanto al *modus operandi*.

—No habrá problema, inspectora...y, por cierto —la voz adoptó un tono de chanza—, ya sabe que lo que dice Sanjuán, va a misa. Hoy mismo solicitaré todo lo que haga falta. Tengo grandes amigos en Gijón, no va a haber problema. Dígame... ¿Qué ha averiguado sobre el crimen?

—Creo que alguien entró en el hotel y se hizo con un traje de camarero. Estamos a oscuras hasta que recibamos las grabaciones de las cámaras, pero había una bandeja dentro de la habitación con un desayuno sin tocar que otro cliente reportó no haber recibido. Así pues, creo que entró en la habitación con cualquier disculpa, redujo al escritor y luego lo ajustició utilizando un instrumento de tortura de la Inquisición. Todo muy rebuscado. Una venganza, y sin duda muy personal. Mañana por la mañana Xosé García hará la autopsia, a ver qué nos dice. Por cierto, habrá que mandar a alguien a investigar el entorno de Basilio Sauce, sus relaciones, su ex mujer..., yo opino que Velasco lo haría muy bien. Me gustaría que fuera él. Los demás nos quedaremos aquí investigando a los participantes en A Coruña Negra. En ese mundo hay muchos celos y rivalidad. Yo no descartaría nada. Por cierto, jefe... —Valentina respiró hondo antes de continuar—. Hay otro asunto importante. Mendiluce está metido en la organización. Es el patrocinador, por así decirlo; ha donado mucho dinero y tiene el respeto de todo el mundo. No me fío ni un pelo de ese hombre. Ni tampoco de su supuesta rehabilitación. La gente de su calaña no cambia, y menos a esa edad y con el historial que tiene...

Iturriaga movió la cabeza con desaliento. Habían sufrido mucho para meter a Mendiluce en la cárcel y se les había escapado de entre los dedos como arena caliente. Y ahora volvía a estar vinculado de alguna forma a un crimen horrible, como si hubiesen vuelto al principio, como si nada hubiese pasado. Por no hablar de las dificultades añadidas del indulto: cualquier intento de investigación sería aireado y calificado de acoso. Apretó los dientes y la miró con decisión.

—Si hace falta meterle mano a Mendiluce tiene todo mi apoyo, hasta el final. De todos modos hay que obrar con cautela dadas las circunstancias. —Miró su reloj y luego a ella con semblante serio—. Y ahora haga el informe y váyase a cenar algo. La quiero en plena forma. Se acercan días duros. En cuanto recibamos los resultados preliminares de la autopsia la espero con todo el equipo en la sala de reuniones, y a Sanjuán también, por supuesto.

A Valentina el trato de Iturriaga no le molestaba en absoluto. Era su jefe desde que había llegado a Lonzas destinada a la judicial y lo apreciaba como a un segundo padre. Había confiado en ella desde el primer día, incluso le había ofrecido el caso de la muerte de la joven Lidia Naveira cuando aún era una novata en la comisaría y que desembocó en una investigación compleja que la llevó hasta Londres en la búsqueda de un asesino en serie apodado el Artista. Valentina se colocó el pelo tras las orejas y se levantó de la silla.

—Hasta mañana entonces. Tiene razón, trataré de descansar algo. La tarde en el hotel ha sido agotadora.

Valentina salió y vio a Sanjuán charlando con Velasco y Bodelón. Los cuatro habían quedado para tomar algo rápido antes de retirarse. Sin embargo, ella no tenía sueño ni hambre. Sus nervios estaban tirantes como las cuerdas de un violonchelo antes de un concierto. Siempre le pasaba lo mismo: cuando un caso difícil caía en sus manos, todo su ser se ponía en tensión hasta que cerraba la investigación. Sabía que eso, en ocasiones, era un problema, pero era su modo de ser, y había aprendido a aceptarse tal y como era, para bien y para mal.

10

La última copa

Bar La Barbería

Valentina se sintió de pronto ligeramente achispada. Miró su *gin-tonic* y suspiró hondo mientras se pasaba la mano por la cara. De repente notó un cansancio extremo, como si todo el peso de lo acontecido durante el día se le hubiese multiplicado después de la cena y las copas. Sonrió al ver las fotos de barbudos que adornaban las paredes y reconoció a un par de amigos suyos. Sanjuán, mientras tanto, charlaba animadamente con Velasco y su novio. Valentina se fijó en que Bodelón, demudado, movía el dedo con lentitud sobre la pantalla de su Samsung. La miró de una forma que ella conocía bien, los ojos reflejaban descontento e inquietud.

—Valentina, mira esto.

—¿Qué ocurre? —Miró el teléfono y alzó la voz—. ¡Joder! La madre que la parió.

Todos dejaron la conversación y la miraron. En la página web de la *Gaceta de Galicia* aparecía una foto a todo color del cuerpo de Basilio Sauce, sentado ante el ordenador, travestido y, gracias a Dios, con el rostro y el cuello pixelados. Valentina le arrebató el móvil de la mano y comenzó a leer la noticia, espantada.

—Conociendo a Lúa no sé cómo no se nos ocurrió que podía hacer algo así. No sería la primera vez. Ya lo hizo con Lidia Naveira. Mierda. Si fue la que encontró el cuerpo, sin duda lo primero que hizo fue sacarle fotos. Es de cajón.

—Es verdad, pero date cuenta de que está haciendo su trabajo…, piensa que es una exclusiva muy importante. —Sanjuán intentó templar los ánimos de Valentina, aunque intuía que el enfado iba a ir *in crescendo*. Lúa y ella, tras muchas vicisitudes, habían conseguido llevarse bien, y, sin duda, aquel suceso iba a enfriar la cordial relación entre ambas.

—Por lo menos podía haberme preguntado. ¿Acaso sabe ella si yo quería que ciertos detalles quedaran a salvo del público? Por no hablar del horror innecesario que mucha gente va a sentir al ver esa foto —su voz aumentó de tono—. Y, además, ¡se supone que somos amigas!

—Los periodistas no tienen amigos cuando trabajan, Valentina. Deberías saberlo. Es normal que haya aprovechado una oportunidad única. Conoces a Lúa, no se arredra ante nada. No creo que lo pensase mucho a la hora de sacar el móvil.

Valentina se quedó unos segundos pensativa.

—Por eso no ha contestado mis llamadas. Sabía que estaba haciendo alguna de las suyas. En realidad, la culpa es mía por no haberle pedido el teléfono cuando la encontré en medio de todo esto. Tenía que habérmelo imaginado…

—Ahora ya está hecho, Valentina. No pienses más en ello.

—Mañana va a salir en la primera plana de la *Gaceta*. ¿Y su familia? A mí no me parece ético en absoluto. ¿Cómo que no piense más en ello? —Miró a Sanjuán a los ojos—. No me queda otro remedio. Iturriaga va a montar un buen jaleo y con razón.

Valentina se levantó y cogió su bolso, el rostro contraído por la ira contenida, pero también por la decepción. Sanjuán comprendió que no solo se trataba de unas fotos inoportunas, sino de que su amiga no le confiara al menos lo que iba a hacer.

—Bien —suspiró la inspectora—. Yo me voy a dormir. Mañana me quiero levantar muy temprano. —Sanjuán se incorporó, dispuesto a acompañarla, pero ella hizo un gesto amable pero firme con su brazo—. Necesito estar sola un rato. ¿Tienes la llave de casa, verdad, Javier? Nos vemos después, entonces. Perdonad, pero necesito meditar. Hasta mañana, chicos.

Sanjuán vio salir a Valentina del local y suspiró. Si bien Lúa no había hecho otra cosa que su trabajo, para eso era la redactora de sucesos, entendía que Val se hubiese puesto como una furia. Se sentía traicionada. Había salvado la vida de Lúa Castro más de una vez, lo justo hubiese sido que Lúa le pidiese permiso para publicar aquellas fotografías.

«Pero la vida pocas veces es justa, la verdad», se dijo, mientras respiraba hondo, mirando como un tonto la puerta de La Barbería, por donde acababa de desaparecer Valentina.

—Menudo comienzo de A Coruña Negra. —Velasco movió la cabeza mientras cogía su copa—. Esperemos que esto vaya a mejor...

Bodelón apagó su móvil y lo metió en el bolsillo.

—Yo también me voy. Mañana nos espera un día movidito. Le llevo, Sanjuán. No haga caso a Valentina. Tiene mucho carácter pero se le pasa pronto..., lo digo por experiencia.

Cabanas se paseó unos instantes por el *hall* del hotel Riazor. Miró a través del grueso cristal el mar alborotado, las olas rompiendo en la orilla. Gente paseando, a pesar de que ya era de madrugada. Respiró para intentar templar su genio y durante un rato sopesó la idea de salir al exterior a tomar el aire. Sin embargo, unas gotas de lluvia pesadas, gruesas e insistentes hicieron que desistiera de su paseo y se dirigió hacia el bar, que estaba abierto e iluminado. Allí estaba sentada, delante de un Cosmopolitan, Estela Brown, inclinada delicadamente sobre la barra, subida en un taburete, con un gesto estudiado que a los ojos del ex convicto la hacía parecer una musa del cine de Hitchcock. Ella lo vio y lo saludó desde lejos con un gesto de la mano. Señaló el taburete más próximo con una sonrisa.

Cabanas se acercó y pidió un whisky nacional al camarero. Luego miró a la escritora de arriba abajo y al final cedió y se sentó al lado. Ella se volvió hacia él. Llevaba una gabardina color beige de Burberry, una falda negra por encima de la rodilla, ajustada a sus caderas, una blusa blanca holgada que dejaba ver parte de su piel cremosa y una fina cadena de oro y perlas.

—¿Insomnio?

El escritor hizo un gesto indefinido y bebió un sorbo de whisky.

—A veces pienso que se estaba mejor en la cárcel. Por lo menos allí no tenía que aguantar ciertas cosas... —Hizo una mueca amarga y dejó el vaso sobre el mostrador.

Se reflejó en la superficie pulida; las arrugas marcaban sus rasgos afilados y oscuros que contrastaban con la imagen suave de Estela. Vio su ceño marcado e intentó suavizarlo ante aquella mujer que parecía una Madonna italiana del Renacimiento, fría y a la vez poseída por el extraño fulgor del hielo ardiente, dueña de una piel marmórea que a Enrique Cabanas se le antojaba la de una prostituta cara e inalcanzable. La había vilipendiado más de una vez en los círculos más íntimos: si bien sus libros estaban escritos de una forma irreprochable, a él no le parecían verdaderas novelas negras, sino literatura de misterio, porque carecían de la auténtica desesperación que, le gustaba decir, era criterio inexcusable del buen género negro. Y, sin embargo, ante ella las defensas se derrumbaban y no era capaz de decirle nada.

Estela se sujetó la melena lacia por detrás de la oreja. Llevaba unos pequeños pendientes de perlas y su gesto expandió el delicado aroma de su perfume de Hermès hasta las fosas nasales de su interlocutor, que aspiró con fuerza de forma inconsciente.

—No puedo dormir. Lo de hoy..., bueno —e hizo un ligero mohín con la boca—, reconozco que tengo miedo. En realidad, no creo que la muerte de Cecilia y la muerte de Sauce sean hechos aislados. Es demasiada casualidad. Y tengo miedo de que la policía no sea capaz de verlo. —Le dirigió, ahora sí, la mirada franca a su rostro, antes de concluir lo que podía ser interpretado como una debilidad—: Y a ver, ¿quién dice que no haya otros nombres en esa lista?

Cabanas asintió sin demasiada convicción. Aquel tema le provocaba reacciones encontradas. Sentía curiosidad, como escritor, por esos sucesos que convertían en realidad los horrores que todos ellos escribían en la ficción. Pero también estaba algo inquieto, aunque su experiencia era un buen escudo ante ese tipo de temores. Si alguien quería matarle, él se cuidaría de no ponérselo fácil. En todo caso, ahora solo quería relajarse.

—¿Hasta cuándo te quedas? —Cabanas decidió dar un giro brusco a la conversación.

—Hasta el sábado. Esta es la ciudad donde crecí, así que me siento en casa. Nací en Pontedeume, a pocos kilómetros de A Coruña. Tengo muchos amigos, muchos compromisos... De todos modos, estoy pensando en dejar el hotel e irme a casa de mi amiga Davinia. Estudiamos juntas, no sé —miró a su alrededor—, te juro que este lugar me da escalofríos.

Cabanas asintió.

—Es comprensible. Pero el hotel está bien. No creo que vuelva por aquí. Ha montado ya un buen escándalo. De todos modos, la muerte de Cecilia fue tras una violación, y la de Sauce no parece tener mucho que ver. Una venganza. El tío tenía su éxito y quizás alguien no se lo perdonó. O un lío de faldas.

—Es cierto que Sauce era muy mujeriego. Pero de ahí a matarlo... —Estela bebió un sorbo de su Cosmopolitan, lo saboreó y torció la cabeza—. No sé. Hablemos de otra cosa. Tanta muerte me hastía. Cuéntame. ¿Cómo empezaste a escribir?

Cabanas levantó las cejas, sorprendido. Bebió otro sorbo y sonrió por primera vez.

—Por amor.

—¿Por amor? —La escritora rio abiertamente—. ¡No puede ser!

—En la cárcel me dio por estudiar. Me aburría. Empecé casi de broma y poco a poco logré sacarme Filología por la UNED. Me carteaba con gente, todo eso. Y una de las chicas que se ofreció a echarme una mano empezó a visitarme.

—Ya —sonrió—. Una de las redentoras. Esas mujeres que necesitan redimir a los malos...

Cabanas volvió a quedarse quieto unos segundos y soltó una carcajada, más forzada que sincera.

—En efecto. Claudia. Una «redentora» si quieres llamarla así. Una chica quince años más joven que yo, estudiante de Filología y licenciada en Historia. Y me enamoré como un crío. Para impresionarla empecé a escribir. Ella me convenció de que me basara en mis vivencias y exorcizar así mi crimen. La verdad es que..., bueno, me fue bastante bien.

—¿Y ella?

—Cuando salí nos casamos. El matrimonio duró un año. Luego se fue con un tío más legal y más rico. A mí ya me había salvado, imagino que ya no tenía ningún interés para Claudia. Ya había conseguido lo que quería...

—Curioso. La naturaleza humana es sorprendente. Al final, todo lo que escribimos se queda en mera palabrería ante la extrañeza de la realidad.

—¿Y tú? ¿Cómo empezaste a escribir? —Cabanas apuró el whisky y pidió otro al camarero con una seña.

—Fácil: escribo desde niña. Gané varios premios en el colegio. ¿Te acuerdas del mítico concurso de relatos de la Coca Cola? Fui finalista. Siempre leí mucho, todo lo que caía en mis manos. Mis padres no estaban muy de acuerdo, así que lo hacía a escondidas. Primero me dio por la poesía. Al final me decidí por la novela. Durante un tiempo me dediqué a dar clases en un instituto, yo también soy filóloga, como tú. Pero al final arriesgué, dejé de intentar lo de las oposiciones y me dediqué a escribir a tiempo completo.

—Visto lo visto fue una buena decisión... Vendes mucho, ¿no?

—No tengo queja. Me he tomado unos años de asueto después de la trilogía. Pero ahora quiero volver con fuerza. Ya está bien de tanto relax. Necesito escribir como respirar, vender es lo de menos en este momento para mí. He decidido abandonar la saga del Detective Invidente; quiero cambiar por completo, ya estoy un poco harta de seguir los mismos clichés que yo misma he creado..., ¿entiendes? Aunque por otra parte —le sonrió de forma encantadora—, también tengo un poco de miedo...

Enrique Cabanas se dio cuenta de que estaba escuchando las palabras de Estela con cierta actitud hipnótica, como si la cadencia de su voz, su leve acento gallego dulce y su belleza nórdica fuesen un incienso capaz de embriagarlo más que el licor que estaba bebiendo. Sus ojos recorrieron aquel cuello frágil, la barbilla delicada, la mirada transparente, las venas azules, las pestañas rubias; era como una criatura del bosque, un hada salida de un cuadro simbolista. Observó, embelesado, que un mechón de cabello se había soltado de la oreja para cubrir parte de la cara. Sin poder evitarlo, el ex presidiario acercó la mano y le tocó el pelo, fino como las hebras de una tela de araña. Se lo colocó de nuevo, los dedos rozando la oreja con gran delicadeza. No los apartó. Estela, sorprendida en un principio, le dejó hacer con media sonrisa en los labios. A ella le atraía aquel hombre salvaje y varonil, los brazos con las antiguas cicatrices de la drogadicción, y sobre todo sus ojos oscuros que la taladraban desde el primer instante sin pudor.

—¿No estás casada? —preguntó Cabanas sin mucho disimulo.

—No, no lo estoy. He aprendido que sin libertad no puedo escribir, hasta que alguien me demuestre lo contrario. —Miró a Cabanas con intención—. Es tarde y mañana tenemos trabajo... —dijo Estela con voz que pretendía ser casual—. ¿Por qué no te vienes a la habitación a tomar la última? El mueble bar está bien surtido..., podemos hablar sobre nuestros libros. Tengo ganas de saber más cosas de ti. Confieso que así me sentiré más tranquila...

—Bien. De acuerdo. —Cabanas se tomó el segundo whisky de un solo trago y dejó el vaso sobre el mostrador con un golpe—. Entiendo que estés nerviosa. Yo tampoco las tengo todas conmigo. —Le hizo una seña al camarero para que apuntase las consumiciones y agarró a Estela del brazo con suavidad. Ella se dejó hacer con su típica media sonrisa de Gioconda.

—Estoy en la 407. Subamos ahora antes de que vuelva Toni.

Cabanas arqueó una ceja, sorprendido.

—¿Estás liada con él?

—No. En absoluto. Pero es muy cotilla. El mundo de los escritores es un gran zoco envenenado. Y yo no necesito más veneno.

Sanjuán abrió la puerta del apartamento con cuidado y entró, procurando no hacer ruido. Avanzó hasta la cocina: allí estaba Valentina en pijama, con una taza humeante en las manos, sentada, cabizbaja. Cuando lo vio, le sonrió con semblante triste.

—Lo siento. Soy una impresentable. —Señaló su taza—. ¿Quieres un Cola Cao?

Sanjuán negó con la cabeza.

—Mejor un café, pero descafeinado. O no pegaré ojo. No te levantes, ya me lo hago yo. —Cuando llegó a su lado se detuvo; ella estaba sentada, y levantó ligeramente su barbilla para mirarla a los ojos—. Valentina, tu enfado es normal. No seas dura contigo misma.

—Pero los demás no tenéis la culpa de lo que haga o deje de hacer Lúa Castro. Lo siento mucho, Javier —suspiró—. Acabas de llegar y te he metido en un berenjenal de cuidado.

—La verdad es que estaba convencido de que esta semana iba a transcurrir con cierta placidez. Pero está claro que hasta cuando cojo unos días libres me persiguen los crímenes. Ya estoy acostumbrado. —Rio sin ganas y metió una taza dentro del microondas. Valentina se levantó y lo abrazó por detrás.

—Tenía muchas ganas de verte —le dijo quedamente.

Sanjuán se volvió y la besó en la boca, un beso apasionado y profundo que denotaba la urgencia de su deseo por ella, tanto tiempo reprimido. No se veían desde agosto, cuando ella había cogido unos días para disfrutar del apartamento que tenía Sanjuán en Jávea. Valentina se dejó llevar y a tientas posó la taza que llevaba en la mano en la encimera, mientras devolvía el beso y comenzaba a levantar el jersey del criminólogo.

—Olvida el café y vamos a la habitación.

—¿Y si hacemos un «Jessica Lange»? ¿Aquí, en la cocina? —susurró él mientras evitaba el pijama de Valentina con un gesto y comenzaba a acariciar sus pechos llenos, que se erizaron con el contacto al instante. Ella gimió y lo besó de forma más intensa.

—Mejor en la cama. Allí estaremos más cómodos —alcanzó a musitar, con los ojos entrecerrados y el cuerpo convertido en una cuerda de violín, resonando con cada caricia de su amante. Llevaba mucho tiempo sin perder el control, así que lo cogió de la mano y lo guio hasta su habitación mientras no dejaba de besarlo con hambre casi animal.

Cuando ella se arrodilló y le desabrochó los vaqueros, Sanjuán apoyó las manos en la cama y gimió al notar el tacto delicado pero fuerte de los labios de Valentina acariciarlo con decisión.

Cabanas sacudió sus manos atadas a la cama con fuerza. Estaba bien sujeto. Estela sonrió levemente mientras se acercaba al escritor totalmente desnuda, con un pañuelo en la mano.

—Te voy a tapar los ojos. Estás inerme, Enrique. Por mucho que te debatas, ahora mando yo. Y haré lo que me dé la gana contigo...

Se subió sobre él y ella misma se penetró. Estaba húmeda como una perra, pensó Cabanas, empezando a mover las caderas. Ella se lo impidió y le vendó los ojos, inclinada sobre su rostro.

—Tendrás que obedecer. Te quiero completamente quieto.

El ex presidiario se estremeció. Estaba acostumbrado a mandar en la cama y lo que le estaba haciendo Estela cada vez le resultaba más extrañamente sensual. Su erección era cada vez más poderosa, pero ella no se movía ni le dejaba moverse. De pronto, notó cómo la mano de Estela comenzaba a acariciar sus testículos, primero con suavidad, luego más fuerte, las uñas se deslizaban sobre la delicada piel. Cabanas comenzó a respirar más fuerte, debatiéndose entre el nerviosismo y la excitación. La mujer comenzó a masturbarse mientras se movía con lentitud sobre él, gimiendo de placer. De pronto se dobló y comenzó a morder y besar los pezones de Cabanas con fuerza. Luego subió hasta el cuello sin dejar de estimular el pene con la vagina y sin que los dedos finos y blancos dejasen ni por un momento de acariciar su clítoris y la base del miembro.

Estela comenzó a correrse, primero con un gemido quedo, luego más alto y más fuerte, usando a Cabanas como un juguete sexual. Él intentó mantener el intenso placer con frialdad, pero los movimientos secos y bruscos del clímax y los gemidos de Estela solo conseguían que su orgasmo fuese cada vez más poderoso e inminente. Al fin, vencido, notando cómo la vagina de la mujer se estremecía sobre su pene, se dejó ir, corriéndose dentro de ella en una explosión que lo dejó noqueado.

Estela lo desató y le quitó la venda de los ojos. Estaba ruborizada por el placer, y el cabello le caía delante del rostro en desorden. Se encogió al lado del hombre, cuyo pecho subía y bajaba al ritmo de su corazón desbocado.

Cabanas la abrazó y la acercó hacia sí en un gesto protector. Estuvieron un rato los dos juntos hasta que se incorporó y empezó a vestirse.

—Quédate un rato más conmigo.

—No puedo, Estela. Estoy con mi novia en la habitación. No añadamos, como antes dijiste, más veneno al asunto.

Estela lo vio marchar. Luego buscó la cajetilla de tabaco y encendió un cigarrillo.

11

La autopsia

Sin embargo, como la materia no se mueve sin perturbar otra materia que encuentra en su camino, siempre existe —tiene que existir— algún tipo de pista. Hallar y seguir dichas pistas es la razón por la que los detectives cobran sus honorarios.

El sabueso del hotel, DASIEL HAMMETT

Sala de autopsias del Complejo Hospitalario Universitario de A Coruña (CHUAC) Domingo, 2 de noviembre de 2014, 8.00

—Cómo fastidia madrugar en domingo, ¿eh, inspectora? De todos modos, hoy es el día perfecto para hacer una autopsia. El día de Difuntos. O de los muertos, como le llaman en México...

Xosé García, ayudado por una auxiliar, le dio la vuelta al cuerpo de Sauce y con una lupa enorme siguió analizando la ropa en busca de fibras o cabellos antes de quitársela al cadáver para iniciar la autopsia. Cada poco cogía algo con unas pinzas y lo depositaba en una bolsa de plástico. Valentina se fijó, mientras rodeaba la mesa metálica en donde yacía el cuerpo del desgraciado escritor, en que las manos estaban envueltas en papel con objeto de preservar la pérdida de cualquier tipo de evidencia. La inspectora no era muy amiga de asistir a las autopsias de las víctimas, pero aquel caso tan peculiar y complejo necesitaba de su presencia y, además, Iturriaga había insistido especialmente, pidiéndole permiso al juez López Córdoba. Se revolvió inquieta en sus ropas de plástico y maldijo las botas de agua que le quedaban un número más grande del suyo.

El forense miró la etiqueta del vestido y acercó la grabadora a su rostro cubierto por una máscara protectora de plástico.

—Fíjese, inspectora. Le ha puesto un vestido de carnaval, de esos que se compran en China por la red, Aliexpress... —Le levantó el vestido cuidadosamente y dejó ver unas bragas rojas rasgadas, muy elegantes y recubiertas de puntillas.

—Las bragas no parecen de los chinos, precisamente... —Valentina se acercó, intentando no respirar por la nariz los primeros efluvios de la putrefacción que comenzaban a cargar el ambiente aséptico—. Busque la etiqueta, por favor, si por suerte sigue en su sitio. Están rasgadas, claro. Incrustadas. No eran de su talla precisamente.

—A ver... —El forense buscó por el borde de la prenda—. Sí. Aquí está. Un asesino muy extraño. Va dejando pistas sin ningún reparo, ¿no le parece, inspectora? A menos que sean falsas..., pero bueno —rio por lo bajo—: Averiguar ese tipo de cosas es su cometido.

—¿Qué pone?

El forense leyó a través de la lupa:

—Seda, algodón... Celine Couture. Madrid. Calle Príncipe de Vergara.

Valentina se fijó en que la costura de la etiqueta parecía de fábrica y que la marca correspondía a una tienda lujosa, muy conocida, no de una mercería cualquiera.

«¿Por qué un vestido de disfraz barato, pero las bragas de alta costura, de una tienda de Madrid fácilmente reconocible?», reflexionó Valentina.

Después del análisis concienzudo del forense, los auxiliares comenzaron a desnudar el cuerpo conservando la ropa en bolsas de pruebas y lo colocaron en decúbito supino, dispuesto al fin para el inicio de la autopsia. Valentina cogió la bolsa con las bragas y las examinó.

—Hay que llevar cuanto antes la ropa al laboratorio a analizar. Me da que estas bragas no son nuevas, parecen usadas, ni siquiera parecen limpias —comentó con cierta aprensión la inspectora.

Mientras, Xosé García cogió un bastoncillo de muestras y lo pasó por los labios y la nariz.

—Creo que lo redujo mediante un anestésico líquido... —Levantó los labios dejando al descubierto la piel y señaló varias heridas en la cavidad bucal—. Mire, inspectora. ¿Ve estas pequeñas llagas? Son fruto de la presión de la mano del asesino sobre los dientes.

Valentina asintió, y una ayudante fotografió las heridas y luego el cuello, antes de que el otro asistente comenzara a lavar la sangre coagulada que aún manchaba el torso de Sauce.

—Menudo destrozo. Pobre tipo... —García examinó las profundas heridas que había causado el tenedor del hereje en la garganta—. Las púas del tenedor llegaron a destrozar el cartílago tiroides, el hioides y a perforar la tráquea, además de afectar a las carótidas, la lengua, el cielo del paladar... Aun así, no murió instantáneamente por el traumatismo, hay reacción vital, luego haré una prueba enzimática... En mi opinión el óbito se produjo... —movió el cuello hasta lograr una postura antinatural— por la torsión de las vértebras cervicales. Ahora lo vamos a comprobar.

Le dieron la vuelta al cuerpo de nuevo. Valentina frunció el ceño con asco, aguantando lo desagradable de la escena. Se estremeció unos segundos: «Peor será cuando le abran el cráneo.» El forense cogió un bisturí y trazó una fina línea desde el cuero cabelludo hasta el sacro, recorriendo la columna vertebral y dividiendo la piel por la mitad. Luego procedió a separar piel, grasa, ligamentos y músculos cervicales hasta acceder a las vértebras.

—Aquí está la lesión, mire, inspectora. El asesino lo desnucó, como se suele decir. Luxación completa y fractura cervical de la C3 y C4.

Valentina observó el bisturí señalando la rotura vertebral y el obvio traumatismo de la médula.

—Curioso. Primero lo tortura, luego lo ajusticia con cierta clemencia, casi sin solución de continuidad.

El forense asintió.

—En cuanto hagamos la autopsia de los pulmones se lo afirmaré con certeza. Pero lo que es seguro es que no lo dejó morir asfixiado y desangrado en una agonía horrible.

«Quizá para acelerar la muerte y minimizar el ruido mientras estaba matándolo, no podía permitirse pasar demasiado tiempo en la habitación sin correr riesgos. Aunque... ¿quién sabe lo que corre por la mente de una persona capaz de hacer algo así?», pensó Valentina, sopesando si no quedaría como una cobarde si se marchaba de allí antes de que el forense sacase la temida sierra Stryker para trepanar el cráneo de Basilio Sauce con aquel ruido espantoso que la ponía literalmente enferma.

Redacción de la Gaceta de Galicia
10.30

El móvil de Lúa comenzó a sonar de nuevo. Lo silenció. Sabía que todos sus compañeros estaban llamándola para felicitarla, pero ella tenía mucho trabajo por hacer. Su jefe le había encargado entrevistar a todos los escritores que iban a participar o estaban participando ya en A Coruña Negra, haciendo especial hincapié en la espantosa muerte de uno de sus colegas.

«Haciendo especial hincapié en la espantosa muerte de uno de sus colegas», se repitió por lo bajo. La periodista miró hacia el despacho de Carrasco con una expresión indefinible, recordando el momento en el que vio el cuerpo de Basilio Sauce atado a la silla en la habitación del hotel. Se le subió la hiel a la boca, pero Lúa estaba bregada en peores plazas y, respirando con los ojos cerrados, se tragó su angustia con esfuerzo. En el fondo sabía que su intuición periodística era una suerte para su trabajo, a pesar de los pesares. Durante unos segundos la imagen de Valentina Negro quiso ocupar el sitio de sus preocupaciones, pero también decidió quitarla de su mente. Sabía que la inspectora iba a estar furiosa, pero tenía que entender que era su obligación. Y no era agradable precisamente... o al menos no todo el tiempo.

Volvió a repasar el programa de A Coruña Negra. Ese domingo había sesión doble: por la mañana las mesas redondas y por la tarde la cena de inauguración. La entrega del premio Jim Thompson se celebraría el último día: el favorito parecía ser un tal Hugo Vane con *No morirás en vano*. No la había leído. Se volvió hacia Sara, una de sus colegas, una ávida lectora de todas las novedades y encargada del suplemento cultural.

—Sara... ¿qué sabemos de ese tal Hugo Vane? Es el favorito para ganar todos los premios este año, ¿no?

Sara, una mujer de grandes ojos castaños y frente amplia, se echó el cabello rubio pajizo hacia atrás y se inclinó hacia Lúa con expresión ávida.

—¿No lo has leído? Te lo paso ahora mismo, me mandaron un ejemplar no venal. Es buenísimo. De lo mejor que se ha publicado en España sobre novela negra. No puedes parar de leer, te lo aseguro. Yo estuve enganchada, me lo terminé en dos días... —Rebuscó en la cajonera hasta que encontró un libro que se veía bastante sobado—. Estoy haciendo la reseña para el suplemento, pero casi he terminado. Llévatelo.

Sara abrió mucho los ojos mientras le acercaba el ejemplar. Su entusiasmo era tan evidente que Lúa comenzó a pasar las páginas del libro de forma automática, intrigada por leer aquella novela que parecía fascinar a todo el mundo.

—No hay foto de Hugo Vane... —Lúa buscó en la solapa del libro y en la contraportada—, qué raro, ¿no?

—Nadie sabe cómo es, ni dónde vive. Yo creo que es una estrategia de márketing brutal. Se dice por ahí que son dos escritores. Otros opinan que es uno de los consagrados que está experimentando... —Sara se encogió de hombros—; nadie sabe. Y todo el mundo quiere saber. El editor dice que Vane se niega en redondo a salir en la prensa o a dar la cara. Es una especie de Salinger a la española.

—Ya. El escritor de moda a quien nadie conoce. Pues tendré que leer el libro. Ya me ha picado la curiosidad.

—Pero ¿no lo conocías? Está en todas partes. La verdad, me alegro. Una editorial pequeña que acertó, arriesgando con algo muy alejado de los típicos *best sellers*. Es ese tipo de cosas que solo pasan muy de vez en cuando.

—He oído hablar de él, pero me fijé más en Cabanas —dijo Lúa—, por su pasado de recluso. Como personaje me pareció más interesante, pero ahora que lo dices...

Lúa volvió a mirar el libro y se dio la vuelta en su silla, pensativa. Buscó en Internet a Hugo Vane, pero solo salió la foto de su editor, José Torrijos. Un hombre grueso con una coleta canosa y aspecto apacible. Seguro que estaría disponible para una entrevista. Buscó el teléfono de la editorial para ponerse en contacto con él. Era también el editor del escritor asesinado: sin duda alguna, se estaba convirtiendo en el hombre de moda.

Comisaría de Lonzas
12.00

Valentina, con el cabello aún mojado, entró en la sala de reuniones, donde ya la esperaban Iturriaga, de pie al lado de la pizarra, Sanjuán, Bodelón, Velasco y tres agentes más, dos hombres y una mujer, sentados en las rígidas sillas pala de color blanco, ya descoloridas por el uso, que amueblaban toda la comisaría. Saludó a Isabel y a Garcés, dos agentes que colaboraban con su equipo de forma habitual, y al subinspector Germán Romero, el técnico de la brigada de Investigación Tecnológica, al que le habían asignado la investigación del portátil y el móvil de Basilio Sauce. Valentina se fijó en que Garcés se había rapado el pelo negro al uno, destacando todavía más sus rasgos que parecían andinos.

Valentina había conseguido sobrevivir a la sierra Stryker y al horrible momento en el que abrieron el abdomen y el subsiguiente olor insoportable que se pegaba a la piel. En el mismo hospital se había dado una larga ducha con agua hirviendo y gel para quitarse la sensación horrible y pegajosa de las vísceras del cadáver. Al salir, se encontró en los pasillos del CHUAC con la ex mujer de Sauce y su hijo, un joven larguirucho y taciturno, acompañados de José Torrijos, y aprovechó para hacerle algunas preguntas.

—Ya ha llegado el expediente de Cecilia, inspectora. —Iturriaga levantó un fajo grueso de papeles—. El caso lo lleva el inspector Ignacio Bernabé; lo conozco, coincidimos en varios cursos. Un hombre muy capaz, jefe de la brigada de Homicidios en Asturias desde hace unos años. Por lo visto ha llegado a un punto muerto bastante espeso: el único sospechoso, Toni Izaguirre, demostró tener una coartada lo suficientemente buena para dejarlo libre. El tal Toni mantuvo relaciones sexuales con la escritora antes de que apareciese muerta, pero la autopsia indicó que la hora de la muerte fue posterior al encuentro. Y, además, hay ADN de otro hombre. Semen. Saliva. El asesino dejó todo tipo de pruebas. Lo malo es que no hay nadie con quién contrastarlas.

—El escritor mazas, sí. Lo conocimos en el aeropuerto. Parece buen tipo. —Valentina cogió el expediente y lo ojeó por encima—. Garcés, por favor, haz copias para todos. Bueno... —Tomó aire y levantó la vista hacia el grupo—. Comencemos. Como sabéis, acabo de llegar de la autopsia. El asesino lo mató desnucándolo después de torturarlo con mucha violencia con el llamado tenedor del hereje. Ya están en la carpeta pública las fotos por si las queréis consultar. Estuve hablando con la ex mujer; como es lógico, estaba desolada. Sauce vivía en un apartamento en la Gran Vía de Madrid. Habrá que ir allí para completar el informe victimológico. Por lo visto, llegó al aeropuerto de Santiago el viernes por la mañana desde Santa Cruz de Tenerife, donde había participado en otras jornadas literarias: Santa Cruz Noir.

—No hay ciudad o pueblo sin jornadas negras —Velasco no pudo contenerse—, es la última moda. Si no tienes Semana Negra no eres nadie. Es una pesadilla. Por lo visto solo quedábamos nosotros... hasta ahora.

Valentina esbozó una ligera sonrisa y continuó.

—Según su ex era una persona excelente, pero muy mujeriego, por eso se separaron, aunque se llevaban muy bien, tienen un hijo en común. Me dijo que era adicto al sexo, incluso había estado en terapia. Eso habrá que tocarlo también. Puede ser una venganza, algún marido despechado... Bien, Velasco, te ha tocado ir a Madrid. Hace falta tener acceso a sus relaciones, a su terapeuta, con quién ha tenido relaciones sexuales... Y si existen posibles enemigos. Era un escritor de bastante éxito desde hacía tiempo. Su editor actual, José Torrijos, está en las jornadas negras, así que habrá que preguntarle a fondo. La editorial se llama Empusa; Sauce dejó una editorial grande para estar con ellos. Este año sacó *El misterio de Isis*, por lo visto era muy amigo del tal Torrijos y le quiso hacer un favor. Mala suerte, la verdad... —Valentina señaló al criminólogo con un gesto de la barbilla—. Sanjuán se ha ofrecido a hacer el perfil criminológico, y de paso a estudiar los dos casos, el de Cecilia y el de Sauce, a ver si tienen alguna vinculación.

—Espero que no le moleste tener que trabajar de nuevo con nosotros, Sanjuán... Está visto que no se libra. —Iturriaga sonrió, en el fondo encantado de contar con él. Era uno de los especialistas más reputados del país, y había colaborado varias veces con la policía de A Coruña, al principio con alguna reticencia del inspector jefe, que dudaba de la fiabilidad de los métodos de Sanjuán. Pero la captura del asesino apodado el Artista gracias a su análisis había disipado todas las dudas, e Iturriaga tuvo que reconocer que sin él no lo hubiesen cazado tan pronto. O quizá nunca.

Sanjuán levantó las manos e hizo una mueca de complicidad.

—No se preocupe, inspector. Estoy encantado. Salir de la clase y vivir en el mundo real se agradece. Todos estos casos me vienen muy bien para mis libros de divulgación. Además, tengo que estar aquí durante toda la semana: mesas redondas, una conferencia..., lo haré con gusto. Todo sea por ayudarles.

—Es cierto, tienes doble trabajo. —Valentina lo miró con semblante orgulloso durante unos segundos, luego continuó—: Es necesario comprobar cuanto antes si ambos crímenes están vinculados. Aunque a priori no lo parezcan, debido a las diferencias tan obvias, que hayan muerto dos escritores en sendas Semanas Negras es algo a tener muy en cuenta —se dirigió a continuación a Bodelón con voz alta y clara—. Te encargarás de averiguar todos los horarios de llegada de los demás escritores y dónde se alojan. Hoteles, aviones, trenes, si han venido en sus vehículos... El mundo de la creación literaria es un mundo repleto de rivalidades y envidias. También necesitamos revisar las grabaciones de las cámaras del hotel, no sé si han llegado. Isabel, de eso te ocupabas tú, ¿verdad?

Isabel, una riojana joven, de pelo crespo y oscuro y fuerte nariz aguileña, se levantó.

—Por lo visto esta tarde estarán ya listas... —se colocó con nerviosismo contenido un mechón de pelo oscuro detrás de la oreja—; ya estuve hablando con la directora del hotel. Le envié una copia de la orden del juez López Córdoba, no habrá problema.

—Ya sé que suena manido, pero no hay que descartar nada ni a nadie. Ahora, a esperar los resultados del laboratorio: la ropa que llevaba puesta Sauce es importante. Sanjuán, necesitaré saber qué opinas de la escena del crimen. Y de la escena del crimen de Gijón también, cuanto antes. —Sanjuán asintió; le encantaba ver a Valentina en su trabajo actuando con autoridad y eficacia; eso era una parte muy importante del atractivo que ella ejercía sobre él.

Garcés terminó de hacer las copias del expediente de la judicial de Asturias y las repartió entre los presentes. Sanjuán comenzó a pasar las hojas mirando con atención las fotografías que mostraban el cuerpo de Cecilia y la autopsia.

—Me pongo ahora mismo con esto —dijo el criminólogo—. Es muy peculiar en verdad, dadme algo de tiempo —suspiró profundamente—. Además, esta noche tenemos que ir a la cena de inauguración de A Coruña Negra. Seguro que estará divertido, todos haciendo apuestas sobre quién se llevará el Jim Thompson de esta primera edición.

Isabel se inclinó hacia delante, curiosa.

—¿Quiénes son los nominados?

—Por lo visto Cabanas, Izaguirre, Hugo Vane y una mujer, creo que se llama Erika Núñez. También estaba Sauce en el apartado de novela histórica, es curioso... Yo acabo de terminar mientras venía en el avión el libro de Hugo Vane y lo único que puedo decir es que es lo mejor que he leído en los últimos diez años en novela negra. Brutal. Si no gana el premio será porque ya está dado de antemano.

—Perfecto. Allí estaré yo también —dijo Valentina—. Ahora tengo que ir al hotel a hablar otra vez con los empleados. Alguien tiene que haber visto al autor del crimen. No es posible que se desvanezca en el aire como *Fantomas*. Germán, ¿cómo vas con el portátil de Sauce?

Germán Romero, un hombre de unos cincuenta años, de pelo oscuro y aspecto enjuto, respiró hondo antes de hablar.

—Ya he volcado el disco duro. He conseguido entrar en el correo y en sus cuentas de Facebook y Twitter. Me queda un trabajo ingente, era muy activo en todas ellas. Me falta entrar en el Dropbox y en iCloud. Por otra parte, tiene varios libros empezados. Es un hombre muy prolífico. Pero como he dicho, me falta aún mucho por hacer. Y sería necesario hacerse con el ordenador de sobremesa, el de su casa de Madrid, si lo tiene. Voy a necesitar ayuda para cotejar todas las llamadas de teléfono, mensajes y wasaps.

Valentina asintió.

—Lo tiene, me lo ha confirmado su ex mujer. Bien. Manos a la obra. Hay mucho por hacer. —Y mirando a todos en señal de que el tiempo apremiaba y esperaba lo mejor de cada uno de ellos, recogió sus papeles y los colocó con un par de toques en la pala de la silla.

Ahora se dirigió el jefe Iturriaga al grupo de investigadores.

—Estamos bajo mínimos. Con los recortes y las bajas, todos saben que no vamos a poder contar con todo el personal necesario para una investigación tan compleja. Solo les pido que tengan paciencia. Velasco, hable con mi secretaria para los billetes de avión y el hotel en Madrid. Inspectora —se dirigió con seriedad a Valentina, que ya se había levantado y unido a Sanjuán para salir de la sala—, este caso es muy mediático. Lo de Lúa Castro ha sido un golpe muy bajo y va a traer cola desde arriba... No estaría de más que tuviese un par de palabras con ella. Además, la necesitamos para que nos haga el retrato robot del presunto asesino. Sé que se llevan bien: haga el favor de ponerla en su sitio. No es la primera vez que ocurre, debería estar sobre aviso.

Valentina asintió, con semblante demudado. Sabía que tenía que hablar con Lúa cuanto antes, pero no le hacía ninguna gracia tener que convertirse en una especie de madre furiosa y custodia de la periodista.

«La culpa es mía por no haber reaccionado a tiempo», pensó mientras salía detrás de Sanjuán, que estaba embebido en la lectura del expediente que investigaba la muerte de Cecilia Jardiel.

12

Otra escena del crimen

Hotel Riazor
Domingo, 2 de noviembre,
12.00

Valentina colgó el teléfono al ver llegar a la directora del hotel. El *hall* estaba lleno de periodistas ávidos de carnaza, aunque no estaba Lúa Castro entre ellos, y los flashes, las cámaras y los micrófonos se habían arremolinado en cuanto la vieron entrar, así que Bodelón, un hombre de metro noventa, no dudó un momento en dar un paso adelante para ahuyentarlos.

La directora, Eva Campos, se acercó a los tres policías con paso rápido mientras se retorcía las manos, incapaz de disimular el agobio que sentía. Valentina se fijó en que iba vestida completamente de negro, como si estuviera guardando luto por el hotel. Le hizo una seña al subinspector y a Isabel, que permanecía detrás, en actitud vigilante, y les habló quedamente.

—Mientras hablo con la directora sacad fotos de todos y de todo, nunca se sabe.

Eva Campos se situó a su lado, sin abandonar la expresión de altiva desolación, y la agarró del brazo. Valentina se apartó con disimulo.

—Inspectora, venga a mi despacho. Es un sitio bastante más tranquilo. Siento todo este caos. No puedo cerrar las puertas del hotel, tengo todo completo. Y más ahora, después de..., ya me entiende.

—La gente desarrolla una insana fascinación por el morbo, es verdad —dijo Valentina, resignada, mientras caminaban hacia el interior del hotel alejándose del ruido—, y este caso lo tiene todo para suscitarlo.

La directora abrió la puerta, que estaba cerrada con llave, e hizo un gesto con la mano para que pasara y se sentara. Valentina se sentó en el borde de la silla, esperando con impaciencia a que la mujer se acomodara y se colocara el pelo.

—Bien. Si no le importa, iré directa al grano. Como le dije ayer, necesito la relación de clientes del hotel desde hace por lo menos un mes. La de todos los empleados con su filiación y sus números de teléfono. Las grabaciones de las cámaras... Aquí tiene la orden judicial. —Valentina se la extendió, ella la cogió pero apenas le dedicó un vistazo; sabía que tenía que colaborar, y en su ánimo lo único importante era que la policía se fuera del hotel y poder volver cuanto antes a la normalidad.

—Sí, está bien. Me la pasó una agente anteriormente. Ya lo tengo todo preparado. Nuestra máxima es la colaboración total. Bastante tengo con que haya ocurrido semejante desgracia en una de mis habitaciones. ¡Todo es tan... desagradable! —Hizo un rictus de profundo desagrado que llevó a preguntarse a Valentina si era más una cuestión de estética que de empatía lo que estaba detrás de la consternación de la directora—. Además —suspiró—, la han dejado totalmente inservible: tendré que contratar un equipo especial de limpieza, de estos que se encargan de casos así... —Abrió un cajón y sacó varios sobres acolchados de color marrón que entregó a Valentina a través de la mesa—. Aquí tiene. Espero que le sea de utilidad. Tiene a su disposición a los del equipo de seguridad para lo que necesite.

—Bien, muchas gracias. Los voy a necesitar, en efecto. Gracias por su colaboración. —Se levantó de la silla y le dio la mano—. Estaremos en contacto.

—¿Cuándo podré usar la habitación de nuevo?

La inspectora Negro parpadeó, escrutándola durante unos segundos. Acababa de morir alguien en una habitación de aquel hotel de forma horrible y aquella mujer solo pensaba en las repercusiones del suceso para el negocio. «La condición humana», pensó, al tiempo que se levantaba con los sobres en su poder. Se giró en escorzo y se limitó a decir:

—Ya la avisaremos.

Una vez fuera, sacó el móvil del bolsillo de su cazadora de piel y llamó a Lúa Castro por enésima vez.

Isabel miró el estadillo de turnos de camareros y porteros de noche que habían trabajado el día o la noche anteriores que le entregaba el jefe de recepcionistas, el cual señaló varios de los nombres. Sin solución de continuidad los guio por una serie de intrincados pasillos y las cocinas hasta una pequeña sala en donde los empleados tomaban café y descansaban. En la puerta esperaban varios que acababan de entrar en un nuevo turno y otros que estaban trabajando a la hora del crimen y que habían sido llamados por la dirección.

—Tú encárgate de las chicas, yo interrogaré a los camareros —Bodelón le guiñó un ojo y se dirigió hacia el grupo de camareras que hablaban formando un pequeño corro. Bodelón a su vez le hizo una seña a un hombre calvo, algo encorvado, vestido de camarero con el mismo uniforme que Lúa Castro había descrito el día anterior como vestimenta del posible sospechoso.

»Buenos días —le enseñó la placa—, soy el subinspector Bodelón, de la Policía Judicial. Espero que no le moleste que le haga unas preguntas.

El hombre habló con voz cascada, el aliento le olía levemente a tabaco.

—En absoluto. Ya me he enterado de lo que pasó, todos nos hemos enterado, madre mía..., lo nunca visto en este hotel. Me llamo Alberto García. Yo estuve trabajando la tarde-noche del viernes al sábado y atendí a Basilio Sauce, sí señor. Un hombre encantador, muy simpático. Me pidió una botella de cava.

—¿Sabe si entró alguien con él en la habitación?

—No. Yo no vi a nadie. La botella me la pidió sobre las ocho de la noche. Luego salió. Recuerdo que olía a perfume, un perfume bastante intenso, iba vestido con una americana de *tweed* y vaqueros. Debió de volver sobre las cuatro o las cuatro y media. Solo.

Isabel los interrumpió. La seguía una mujer de mediana edad con el pelo teñido de castaño y los ojos pequeños como los de una lechuza. Iba vestida con el uniforme de recepcionista y se movía nerviosamente, retorciendo un pañuelo entre las manos.

—Subinspector, esta mujer se llama Sonia y podría saber algo importante.

Sonia tartamudeó al ver a los policías, pero pronto recuperó la compostura.

—Ayer, a primera hora de la mañana, oí a Álvaro decir que se le había manchado la chaqueta del uniforme y que necesitaba coger otra del vestuario.

Bodelón preguntó:

—¿Es un camarero?

—Sí. Álvaro Iglesias. Del turno de noche. El problema es que no lo hemos vuelto a ver desde ayer por la mañana.

—¿Y nadie lo ha echado de menos? —Bodelón levantó las cejas con extrañeza.

—Vive solo. Es soltero. Tenía que haber entrado hoy a las cuatro de la madrugada. Y no ha venido. Tampoco vamos a ir corriendo a casa a buscarlo, compréndalo; de todos modos me preocupa. Nunca falta al trabajo, y es siempre muy puntual.

—¿Dónde están las chaquetas? —inquirió Isabel, cada vez más intrigada.

—Cada uno tiene una taquilla en donde guarda la ropa. Están en el piso de arriba, detrás de la lavandería, aquí cerca. Síganme.

Los dos siguieron a la mujer, que bajó unas escaleras y los llevó a un ascensor antiguo de aspecto frágil, con una puerta enrejada que abrió con un golpe. Subieron en medio de un ruido bastante sospechoso que incomodó a Bodelón, que odiaba los espacios cerrados. Luego caminaron a través de un pasillo que olía a plancha, detergente y almidón. Dejaron atrás la estruendosa lavandería y luego se dirigieron hacia una zona poco iluminada que desembocaba en una sala llena de taquillas y armarios, con carros llenos de ropa y una gran mesa llena de toallas, mantas, sábanas, fundas de almohada y todo tipo de utillaje de baño.

Bodelón entró y encendió las luces.

Sonia, que dentro de su estado de angustia sentía el nerviosismo de poder ser útil en una investigación criminal parecida a las que consumía a cientos en la tele, comenzó a explicarse.

—Aquí se cargan a primera hora los carritos para cambiar las camas y los baños. Y al fondo hay varias taquillas con los uniformes de los camareros, los recepcionistas y las camareras de habitaciones.

—¿Hay cámaras? —Bodelón miró hacia el techo y sacó su móvil dispuesto a llamar a Valentina.

—Aquí no. En las zonas de trabajo no hay cámaras, solo en los pasillos de las habitaciones. —Avanzó hacia el fondo de la sala guiándoles hasta las taquillas, que estaban cerradas. El subinspector se acercó a las puertas metálicas y examinó las cerraduras.

Isabel comenzó a recorrer la habitación con cuidado. Luego abrió una puerta y salió a un patio interior donde se acumulaban montones de ropa sucia que aún no habían sido metidos en los carritos. De pronto creyó escuchar un gemido leve.

Agudizó el oído y sacó la linterna. Rebuscó dentro de los carros sacando todo tipo de trapos húmedos, toallas y sábanas. Se quedó quieta unos segundos y al fin comenzó a desplazar algunos más viejos que estaban amontonados al lado de dos columnas de ladrillo al aire hasta alcanzar el último. Apartó unas sábanas y vio una cabeza que se movía levemente. Sacó las telas del carro hasta dejar a la vista un hombre amordazado y atado, que tenía la frente cubierta de sangre seca.

—¡¡Venid, rápido!! ¡Aquí hay un hombre! —gritó, mientras se disponía a liberarlo.

Los demás corrieron hasta donde ella se encontraba. Sonia se asomó y reconoció a Álvaro Iglesias, a pesar de la cara hinchada y la sangre que la cubría.

—¡Joder! —Bodelón ayudó a Isabel a sacar a aquel hombre de su prisión de ropa sucia—. Pronto, una ambulancia.

Los paramédicos atendían a Álvaro Iglesias, que estaba consciente, aunque parecía bastante desorientado. Se le notaba la hinchazón producto de un fuerte golpe en la frente, pero sin la sangre en la cara su aspecto había mejorado de forma notable a pesar de los moratones de los ojos. Lo habían incorporado y respiraba a ratos a través de una máscara de oxígeno. Valentina se acercó a la ambulancia y pidió permiso al médico para hablar con él. El doctor, un hombre bajo y calvo, de llamativa cara lunar, la miró con cara de circunstancias y le dio una botella de agua.

—Désela. Le doy un par de minutos. No lo presione demasiado. Tiempo tendrá más adelante, cuando se recupere.

Valentina subió a la ambulancia y se sentó al lado de Iglesias, quien, apartando la máscara de oxígeno, recibió con alborozo la botella de agua mineral de manos de la inspectora y empezó a beber, el líquido cayendo por las comisuras por la ansiedad que producía la sed.

Valentina intentó no ser brusca, pero no le sobraba el tiempo.

—Tranquilo, beba con calma —lo miró con simpatía, dejó pasar unos segundos, y luego le preguntó—: ¿Pudo ver a su agresor? —Él la miró, respiró pesadamente, pero no dijo nada. Valentina adoptó un semblante grave y le enseñó la placa—. Soy la inspectora Valentina Negro, de la Policía Judicial. Creemos que el hombre que le agredió ha matado a una persona en el hotel.

Iglesias entonces reparó en ella por primera vez, entre asombrado y temeroso. Se tomó un tiempo antes de responder, como si recompusiera su mente, y al fin habló:

—Creo que sí. Era uno de los huéspedes. Estaba en una de las habitaciones del tercer piso —respiró profundamente a través de la máscara de oxígeno y la apartó de nuevo—, no recuerdo el número, lo siento. Creo que entre la 301 y la 307. Estaba en la sala donde están los uniformes buscando una chaqueta, me di la vuelta de forma instintiva. Noté algo, no sé. Una intuición. Me golpeó con fuerza en la cabeza, vi las estrellas... literalmente. Eso es lo último de lo que tengo constancia. Tenía pelo oscuro y barba muy poblada. Era alto y fuerte. De mi estatura más o menos. —Miró hacia el techo de la ambulancia, suspiró con pesar y movió la cabeza, negando—. No recuerdo mucho más. Lo siento.

El médico le hizo una seña a Valentina, que asintió y se levantó, dispuesta a despedirse.

—En cuanto se recupere volveré a pedirle que nos ayude de nuevo. Intente hacer memoria. Ya sé que es difícil, pero todo lo que pueda recordar es importante para la investigación. Esfuércese en recordar si tenía algo distintivo, no sé: una cicatriz, un lunar, algo..., cualquier cosa puede sernos de utilidad. Se lo agradecería mucho.

Valentina le dedicó una sonrisa de reconocimiento y abandonó la ambulancia. Al menos tenían una ligera descripción del asesino; una que encajaba con mucha gente, es cierto, pero ya era un comienzo.

El recepcionista les dio un listado recién salido de la impresora. Señaló con el dedo una columna.

—Ahí podrán encontrar los nombres, las direcciones y el DNI de los clientes de la tercera planta. Estos días el hotel está lleno, comprenderán: entre lo de A Coruña Negra y Difuntos, no hemos parado.

—Está claro que el asesino utilizó un DNI falso. De todos modos para saber dónde se alojaba la víctima tuvo que tener algún tipo de ayuda. De la organización o de dentro del hotel... —Valentina movió el pie con nerviosismo mientras repasaba la lista de nombres con rapidez. De pronto se quedó quieta y señaló uno con el dedo.

»¡Joder! ¡Esto no puede ser verdad!

La inspectora Negro miró a sus compañeros con expresión de sorpresa. Luego añadió:

—Ha firmado como Miguel Román.

Y como Bodelón e Isabel la miraran con cara de no comprender, añadió:

—¡Es el nombre del protagonista de las novelas del Detective Invidente! ¿Entendéis? ¡Las novelas escritas por Estela Brown!

El recepcionista abrió la puerta de la habitación 307. El huésped no había hecho el *check out*: la habitación estaba vacía, pero aún ocupada por una maleta Samsonite de color verde pálido que permanecía sobre un mueble. La cama estaba sin tocar, solo un extremo de la colcha parecía arrugado y con muestras de que alguien había permanecido sentado o quizá tendido. Valentina se acercó con cautela a la maleta. Comprobó que no estaba cerrada; con las manos enfundadas en los guantes de látex la abrió, haciendo caso omiso a los gestos de «cuidado» del subinspector Bodelón, y dejó a la vista el interior. Tocó un maremágnum de pelo sintético, una peluca oscura, una barba postiza, un chubasquero cubierto de sangre y los fue levantando de forma exquisita, como si en cada gesto hubiese contenido un universo de posibilidades en las que el asesino era el centro mismo, el único protagonista. Sacó el teléfono y llamó a los de la Policía Científica. A continuación comenzó a mirar el resto de la habitación.

—No le importa dejar pistas —dijo, hablando casi para sí—. Bien, ahora estamos en una nueva escena del crimen —sonrió para sí con sarcasmo—. A la directora no le va a gustar nada saber que aquí ha pernoctado el asesino y encima se ha ido sin pagar...

13

F de Fake

Comisaría de Lonzas
Domingo, 2 de noviembre

Javier Sanjuán se quitó las gafas y se frotó los ojos. Luego colocó en el corcho de la sala de reuniones las fotos de la escena del crimen de Basilio Sauce, dejando un espacio con el *collage* que formaban las de Cecilia Jardiel. Había pedido que se las mandaran; la judicial se las entregó con la promesa de que luego les mantendrían informados. Ya llevaba un par de horas estudiando los dos expedientes, tomando notas, memorizando cada elemento, así que había llegado el momento crucial para el analista del crimen, para el perfilador. Intentó ahora volver a mirar las fotos con una perspectiva nueva; como si fuera la primera vez que las veía. El cuerpo sin vida de Basilio, inclinado, atado y vejado. El extraño instrumento de tortura medieval. El rostro congelado en la muerte. El cuello roto y destrozado, las gotas de sangre en la moqueta. Fue al dispensador de agua, llenó un vaso y luego volvió sobre la pared para repasar las fotos del crimen de Cecilia. Se recostó en el borde de la mesa, bebiendo y mirando, para un rato después contemplar las fotos de las dos víctimas: cada herida, la expresión vacía de sus rostros, todo ese horror que ahora no era sino un lenguaje desconocido que había que descifrar.

Preguntar; esa era la clave de todo. Mirar, ver, hacer las preguntas adecuadas y finalmente comprender. Primero cada detalle, entenderlo en sí mismo: cada lesión, cada tortura, cada acto o decisión tomados por el asesino. Preguntar qué significa, por qué quiso hacer eso precisamente y, en ocasiones, tratar de averiguar si hizo algo que no quiso pero que debió hacer producto de las circunstancias. Sanjuán no precisa meterse en la mente del asesino, no; es más una cuestión de comprenderle, de averiguar las fantasías e impulsos que promueven actos tan atroces. Esa mente, explica el criminólogo a sus alumnos, tiene procesos psíquicos que desconocemos; entonces haremos mejor en ser críticos de sus obras, en entender el código con el que un cerebro asesino se comunica con nosotros; si tal cosa como «meterse en la mente del asesino» fuera posible, quedaríamos inutilizados para verle tal y como es, porque su propio laberinto nos dejaría ciegos.

Y después de estudiar cada hecho de la escena, viene el proceso complejo de preguntarse por el todo: ¿qué significa cada acción del homicidio en su conjunto? ¿Cuál es el motivo, la fantasía esencial, aquello que quiere transmitir mediante la creación personal de ese horror?

Sanjuán piensa y escribe en su Moleskine. Traza un cuadrado sobre lo más obvio: «Mismo lugar del crimen, mismo contexto: la víctima sorprendida en una habitación de hotel, o similar. Los cuerpos expuestos y vejados. Dos escritores.» Eso ha sido fácil. Ahora el siguiente punto: las víctimas son hombre y mujer. «Ella, violada y estrangulada, en principio parece un crimen sexual, pero él es probablemente una víctima de una venganza inquisitorial... Luego he de descartar el móvil sexual si es el mismo asesino; aquí el sexo está al servicio de... ¿qué? El cemento que tapa todos los orificios corporales de Cecilia... ¿Qué quiere decir?»

Ahí no se podía fumar, pero dado que estaba solo, encendió un Winston blue y aspiró profundamente. Leyó con atención el informe forense mientras echaba un vistazo al sello que tapaba la vagina y el ano de Cecilia. «¿Por qué haces eso? Dejaste el cuerpo de forma vejatoria; está claro, para ti Cecilia era una fulana..., pero ¿eso es todo? ¿La matas porque era una furcia? ¿Quizá porque te había dejado o engañado con otro? Vamos, no me lo creo, lo tuyo tiene raíces más hondas... eres muy retorcido, te tomas muchas molestias... tienes un secreto escondido que te quema cada vez que respiras... ¿verdad?»

Vuelve a ver las fotos de Sauce. Ha sido torturado, como un hereje, como alguien infame, su ofensa merece una muerte espantosa. Es un ser indigno. Sanjuán piensa rápido. «Sellar el cuerpo... un cuerpo sellado, ¿qué significa? Que nada puede entrar y salir... ¿Para qué, para preservarlo? ¿Qué ha de ser conservado en su integridad?... Pero no, porque la muerte ha sido cruel, ese cemento en su cuerpo es una infamia, es una marca infamante...»

Su mente ahora es puro vértigo: «¡Una marca infamante! ¡Y Basilio... muere como un hereje, como alguien infame, con una tortura refinada...!; ridiculizado además con la ropa de mujer.» Sanjuán se da cuenta de que tiene un poderoso nexo de unión: las dos víctimas mueren purgando sus pecados, por eso llevan la penitencia de muertes crueles; en el caso de Sauce, mediante un instrumento de tortura medieval, en el caso de Cecilia, la infamia es tapar sus orificios... Pero falta algo más, Sanjuán lo sabe. ¿Por qué son seres indignos? Esa es la pregunta crucial, a la que todavía no tiene respuesta.

Estaba cansado. Decidió salir a dar una vuelta, a tomarse una cerveza; luego volvería y, una vez más, se enfrentaría a ese gran enigma. Era su trabajo, y era bueno. Pero no podía confiarse; un error significativo y la investigación podría descarrilar por un camino equivocado. Esa responsabilidad siempre le agobiaba, pero eran gajes del oficio.

Toni Izaguirre terminó los estiramientos, ajustó su cronómetro y comenzó a recorrer al trote el Paseo Marítimo, esquivando a la gente que iba vestida impecable a tomar el vermú después de misa, niños en bicicleta, perros y demás fauna que poblaba un domingo soleado que solo afeaba el viento del nordeste. Toni, poco a poco, ganó velocidad, sintiendo cómo sus piernas respondían a sus deseos, notando el viento a favor que lo impulsaba como un rayo. Su pasado de futbolista seguía allí:

aunque no hubiese podido debutar en el primer equipo, su corta carrera había brillado en los filiales del Athletic de Bilbao y en el Alavés. Todo el mundo sabía que la mala vida, el vicio, las putas y la droga habían acabado prematuramente con su trayectoria deportiva, pero ahora todo aquello quedaba atrás. Toni Izaguirre había cambiado; sabía que gracias a Estela había conseguido un nombre destacado, y aunque fuese una zorra manipuladora, le estaba muy agradecido. En un rato enfiló la cuesta que llevaba hacia la Torre de Hércules, aumentando el ritmo de la carrera, las piernas firmes enfundadas en unas mallas ajustadas que ceñían sus músculos. Notaba las miradas de deseo de muchas mujeres clavadas en él y eso le infundía una inyección de ego y endorfinas. El sudor cayó sobre su frente y los ojos, y acabó por sacarse las gafas de sol para ver mejor: aquella pareja que paseaba conversando cerca del parque de la Torre. Parecían Estela y Cabanas. Toni frenó el trote y se acercó con disimulo.

Estela parecía un diamante a la luz del sol, tan blanca, como una santa inmersa en la hornacina de su pureza. Cabanas, moreno y fibroso, tatuado, tan rudo y carcelario, de repente lucía un rostro blando, tierno como el de un joven cordero cuando fijaba su vista en la belleza estatuaria. Toni conocía bien aquella cara: era la suya de hacía unos años. Sintió una punzada de celos que le atravesó el pecho, punzada que se convirtió en un puñal cuando vio cómo Cabanas se inclinaba para besarla con delicadeza adolescente.

«Solo les falta cogerse de la manita», pensó, mientras los dos escritores avanzaban hacia la playa de As Lapas. «Estela es una imbécil, siempre atraída por cualquier gilipollas que suponga una nueva sensación... ¿Cómo han acabado esos dos liados? Algo busca Estela. Algo que le puede ofrecer ese macarra de barriada. ¿Y la novia de Cabanas? ¿Dónde habrá dejado a esa *grupie* zarrapastrosa?»

Cuando la pareja bajó hacia la playa, Toni dejó de mirarlos y, ya frío, decidió bajar hacia el hotel a ducharse, andando, inmerso en sus pensamientos.

Sanjuán estaba ya de vuelta, mirando de nuevo las escenas de los dos crímenes. «La violación es incidental, quizás un castigo por su promiscuidad. En el expediente pone que la investigación llevó a indagar en la vida de varias parejas sexuales que pudieron haber impulsado su carrera, pero eso no es suficiente para que alguien quisiera matarla. No, ese no es su pecado por el que merece la muerte. Ha de haber algo más. Igual que en el crimen de Basilio...»

Entonces decidió regresar al principio. «Veamos. ¿Quiénes son ellos? Dos escritores. Dos escritores han sido asesinados de forma terrible, porque han hecho algo infamante. —Encendió otro Winston blue y cerró los ojos—. Uno ha muerto con la marca del hereje, travestido, y Cecilia muere estrangulada, sellada con silicona...» Abrió los ojos de pronto: «¡Dios mío! Lo importante de verdad eran las bragas y el sellado de silicona. ¡El asesino los había ajusticiado por farsantes!»

Sonó el teléfono. Vio el número de Valentina y lo cogió al momento. La voz sonó excitada y anhelante.

—¡El asesino pernoctó en el hotel con el nombre de Miguel Román, el Detective Invidente, el protagonista de las novelas de Estela Brown!

—Valentina, eso que me dices viene al hilo de todo lo que he estado pensando: el asesino de Cecilia es el mismo que el asesino de Basilio, y todo tiene que ver con el mundo literario. Más concretamente, con el mundo de la novela negra. Te lo explicaré detenidamente cuando te vea. Ahora, necesitamos pruebas de que ambos crímenes están conectados. Pruebas fehacientes. Escúchame: ¿Sabes cuándo van a procesar la ropa que llevaba puesta Basilio? ¿Las bragas? Me dijiste que las bragas no parecían precisamente de atrezo, eran caras y usadas... En el informe de la investigación de Cecilia consta que las bragas que tenía en la boca estaban limpias, y que Toni Izaguirre había dicho que no eran las que llevaba puestas cuando ellos tuvieron su encuentro sexual, por así decirlo. Había descrito unas bragas diferentes, y es curioso. La descripción encaja con las bragas que llevaba puestas Basilio Sauce.

—Los del laboratorio están en ello. Les meteré prisa ahora

mismo. A ver si es posible sacar ADN de las bragas y cotejarlo con el de Cecilia. De todos modos si lo que dices es cierto, ¿crees que hay otros escritores que corren peligro? ¿Deberíamos avisarles?

Sanjuán asintió mientras seguía mirando las fotos de Cecilia.

—Yo en un rato tengo una comida con los de la organización de la Semana Negra: lo comentaré con ellos a ver cómo podemos hacer de forma que no cunda el pánico. De todos modos dos escritores asesinados son suficientes para que estén sobre aviso..., tienes que hablar con Iturriaga para que ponga más efectivos en los actos y en los hoteles. No sabemos si el asesino ya ha terminado en A Coruña su trabajo.

—Lo voy a hacer ahora mismo, descuida. Te dejo.

Valentina colgó y se quedó meditando. No tenían muchos efectivos; los recortes de presupuesto no permitían que los policías jubilados o de baja fueran sustituidos fácilmente. «Por otra parte, si Sanjuán está en lo cierto y el asesino mata en las Semanas Negras, ¿habrá terminado ya aquí? En Gijón solo mató a una persona. ¿Y si mata a un escritor en cada Semana Negra?» Se preguntó cuándo y dónde sería la próxima Semana Negra. ¡Ahora había una maldita Semana Negra en cada ciudad! Podía ser una pesadilla...

Miró el reloj; tenía una cita con Rebeca de Palacios, aunque en esta ocasión la comida tendría que ser muy corta.

Valentina Negro entró con prisa en la cervecería La Marina y se acercó a la mesa donde se encontraba su amiga, la magistrada Rebeca de Palacios, que dejó su móvil para levantarse y saludarla con dos besos. Se conocían desde la infancia, pero su amistad había pasado por diferentes momentos de intensidad: durante muchos años habían perdido el contacto a pesar de que habían sido íntimas amigas de adolescentes. Vivían en A Coruña las dos, pero, curiosamente, el hecho de que la una fuera inspectora de policía y la otra magistrada de la Audiencia Provincial había supuesto una cierta barrera entre ellas por puro comedimiento, ya que en el fondo sentían que un acercamiento excesivo podría entenderse como que ambas podían hacerse favores al margen de un comportamiento estrictamente profesional. Después de los acontecimientos de Roma, no obstante, aunque seguían siendo discretas, su amistad se había hecho férrea, y procuraban verse al menos una vez al mes para hablar sinceramente de todo, como hacen las personas que comparten los lazos de afecto más intensos.

Valentina pidió a María una Estrella Galicia, lo mismo que estaba tomando Rebeca, y las dos coincidieron en elegir el menú del día.

—Hoy no puedo demorarme mucho, Rebeca, tengo cuarenta y cinco minutos. Vengo de procesar una escena del crimen. Y en un rato he quedado con Sanjuán, tenemos mucho lío. Ni te lo imaginas... —dijo Valentina, que cuando estaba en una investigación dedicaba todo su ser a resolverla.

—¿El asesinato del hotel Riazor? He oído que la cosa ha sido bastante cruenta. No te preocupes, yo tengo que ir luego al cementerio. Antes de que cierren. Aprovecharé la tarde, así que las dos estaremos ocupándonos de los «no vivos» —apostilló Rebeca con una sonrisa de complicidad.

—Ha sido terrible. Esta mañana estuve en la autopsia y aún tengo el estómago revuelto. Pero bueno, una caña y listo... —Un camarero llegó con las cervezas y tomó nota de los dos menús, mientras Valentina le solicitaba que les sirviera con rapidez. Cuando estuvieron solas, continuó—: ¿Qué tal Marta? ¿Ya ha vuelto de su viaje por Indonesia?

—Muy bien, todo le ha ido fenomenal. Gracias a Dios ha vuelto sana y salva del viaje. Y de paso se ha vuelto a dejar con otro novio, aunque, la verdad, yo la veo muy feliz, y disfrutando mucho de sus amigos, aunque me parece que ahora es un espíritu libre... ya sabes —sonrió—, está en esa etapa donde una se deja querer y nadie te conquista del todo. —Valentina asintió y le devolvió la sonrisa—. Así que va rompiendo corazones por donde va. Yo creo que lo de aquel novio italiano la dejó algo tocada, pero bueno... Encima le ha dado por el kárate. Pronto va a participar en los campeonatos gallegos. La verdad, estoy muy contenta de que se dedique a las artes marciales. Desde lo de Roma está obsesionada con la defensa personal.

—Y que lo digas. Es genial que todo aquello lo haya dejado atrás, y que la única huella sea ese deseo de obtener control mental y poder físico. —Valentina consideraba a Marta como una sobrina, y se enorgullecía de sus logros—. ¿Y qué tal tú? ¿Sigues siendo también un espíritu libre? ¿Nadie será capaz de enjaular a esta leona? ¿Y Uxío, el fiscal? A estas alturas no me vas a negar que te va, ¡está muy bueno...! —Y la señaló mientras bebía de su cerveza.

Rebeca movió la cabeza, negando con una mueca que pretendía ser de incredulidad.

—Me temo que no. A esta leona no hay quien la atrape..., ni siquiera Uxío. El hecho de que sea viudo me tira algo para atrás. Aún está muy reciente la muerte de la mujer. Pero bueno..., poco a poco. —Ahora era su turno—. ¿Y Sanjuán? ¿Dónde lo has dejado?

Valentina suspiró.

—Ha ido a comer con los organizadores de la Semana Negra. Ya sabes... Lo han invitado a dar unas conferencias y mesas redondas, así que está en plena acción, y con lo que ha descubierto hoy, la cosa se complica más todavía... —Apuró su cerveza para aplacar la sed, tenía la boca seca.

—¿Y? ¿Algún plan para el futuro entre vosotros? —El estómago de Rebeca gimió de hambre al ver llegar los chipirones a la plancha y la ensalada. Las dos pidieron una segunda cerveza para acompañar la comida.

—Bien..., quiero decir, ya sabes que la relación es complicada, los dos estando tan lejos..., pero nos tenemos el uno al otro, y eso para mí es mucho. Siempre puedo contar con él, y él conmigo, aunque sea como amigos, la verdad... De todos modos a veces no sé cómo me aguanta. Ya sabes, este asesinato en plena Semana Negra... Javier vino, en realidad, para pasar unos días conmigo y relajarse, y de nuevo está echándome una mano, es decir, trabajando.

—Entiendo, pero tú lo vales, querida amiga. ¿Qué es un muerto de vez en cuando si con ello tiene la gran suerte de tu compañía?

Ambas rieron, y siguieron conversando, ajenas por completo al hombre que, sentado en un extremo de la barra, consumía una Coca-Cola *light*, mirándolas de vez en cuando con una intensidad que se perdía entre el barullo de los clientes. Por otra parte, Marcos Albelo estaba seguro de que aunque las dos mujeres lo observaran fijamente, no podrían reconocerlo. La nariz afilada, los pómulos sobresalientes, las orejas pegadas y reducidas, la mandíbula también retocada, todo producto de la hábil cirugía estética, más la barba pulcra que adornaba su rostro y las lentillas que cambiaban el color de sus ojos, lo convertían en una persona de aspecto completamente distinto. Albelo llevaba ya varios días en la ciudad, y al fin había llegado el momento de ver a su némesis de cerca. Se sentía ya seguro, un ser anónimo que pronto se convertiría en un ejecutor implacable.

Sus nervios estaban tensos; su respiración era pesada. De pronto, sintió que una gran furia lo invadía. Nada tenía contra la De Palacios, pero la odiaba por contaminación de Valentina. Entonces decidió dar un paso más y, para probarse, siguiendo un impulso, se levantó del asiento de la barra y fue al baño. Ellas hablaban mientras Albelo se acercaba caminando entre las mesas con lentitud. ¡Estaba tan cerca Valentina! No podía oír nada a causa de la música, y también porque Ginés, uno de sus adláteres y vigilantes, se había sumado al paseo y comenzó a hablarle para disimular; pero quizá se hubiera solazado mucho de poder hacerlo, porque en ese momento Rebeca de Palacios había comenzado a hablar de un tema que, sin duda, le hubiera interesado.

—¿Sabes algo nuevo del Peluquero? —Rebeca sabía que, desde que se escapó, Valentina sentía una inquietud íntima, apenas visible, pero que sin duda estaba en su cerebro para prepararla a una respuesta capaz de neutralizar un ataque letal de venganza.

Valentina negó con la cabeza.

—No, nada. Es como si se lo hubiera tragado la tierra. No tenemos ningún indicio; tampoco la Interpol. Pero estamos seguros de que cuenta con un apoyo importante. El modo en que se fugó demostró eso bien a las claras; alguien se tomó muchas molestias para que Albelo pudiera escapar de un hospital que tenía muy buenas medidas de seguridad. Y, créeme, Rebeca —suspiró profundamente—, eso significa que ese o esos que le ayudaron lo querían para algo. Nadie hace algo por nada, y más en el mundo donde puede tener cobijo una alimaña como Albelo. Eso es realmente lo que me da miedo. No te lo voy a ocultar, Rebeca. Estoy inquieta, aunque procuro que no se me note demasiado. —Y rio con una cierta tristeza.

—¿Qué opina Sanjuán?

—Eso mismo. Aunque dice que existe la posibilidad de que el que lo haya liberado le debiera un favor, y por consiguiente no tiene por qué tener un plan para él. Y, por supuesto, Javier también está preocupado por mí, aunque se cuida mucho de que se note. Sabe que no puedo cambiar mi vida por algo que no puedo controlar. ¡En fin! —concluyó, animándose y levantando el vaso de Estrella—, el tipo igual está ahora en Brasil; quién sabe. Está claro que con miedo no se puede vivir.

Valentina apuró su cerveza y, con un gesto, pidió al camarero que pasaba cerca la cuenta y un café de pota; no podía permitirse perder más tiempo con la comida. Rebeca tenía que ir al cementerio y ella mucho por hacer en la investigación. Sus ojos, por un instante fugaz, se posaron en Marcos Albelo, que regresaba del baño y parecía buscar un cigarrillo para fumar fuera del local. Pero Valentina no se fijó demasiado en aquel hombre que evitó su mirada y salió al exterior, seguido de su acompañante. El camarero trajo la cuenta y café para las dos, mientras esquivaba con un gesto a los dos sujetos.

Cuando salieron de la cervecería, un Lexus plateado se detuvo unos segundos para recogerlos. El conductor, un hombre grueso de cejas pobladas y oscuras, sonrió, enseñando una perfecta dentadura postiza, y preguntó:

—¿Qué tal las chicas, Albelo? ¿Has disfrutado? —Rio entre dientes.

Albelo tardó unos segundos en contestar, como si aún estuviera su cabeza dentro del local.

—Sí... he disfrutado mucho. —Pero sus palabras indicaban tanto placer como dolor. El placer de la venganza anhelada; el dolor de la herida que sigue supurando.

14

La amenaza

Domingo, 2 de noviembre, 17.00

Toni no se podía quitar de la cabeza la escena que había presenciado hacía un rato. Se miró al espejo del baño del hotel y mientras se embadurnaba la cara con crema de afeitar a la antigua usanza, con una brocha y jabón de barbería, siguió torturándose con la visión de aquella pareja sorprendente.

Toni era un hombre atractivo, un vasco de pelo negro, ensortijado y brillante, nariz aguileña, cejas y ojos penetrantes, duros pero capaces de despertar ternura delante de un cubata en una noche de jazz. Eso veía mientras pasaba la cuchilla por debajo de la nariz, haciendo una mueca para que aquella recogiera mejor la espuma. Esa noche era la inauguración oficial de la Semana Negra y tenía que estar presentable y dedicarse a lamer culos. Su novela era una de las nominadas: nunca le habían dado un premio importante, confiaba en que aquella fuera su oportunidad. Sobre la cama descansaban el traje y la corbata de seda de Loewe que le había regalado una novia muy entregada, cuyo nombre ahora no acababa de recordar con seguridad.

El sonido de una campanita que salía del iPad lo distrajo. Era un correo. Golpeó la cuchilla contra el borde del lavabo y la pasó por el agua del grifo para limpiarla antes de ver el mensaje. Se secó las manos con la toalla, aún parte de la cara sin afeitar. Cuando lo leyó, sus cejas se enarcaron, extrañadas.

Tú y yo, en el temible, el oceánico Mar de los Sargazos que es ese cabello de oro viejo y blanco. La maleza del engaño que enreda el casco, la quilla. La sirena que te mira con ojos muertos, tu mascarón de proa maldito. Toni, el escritor. Toni, el drogadicto. «En ocasiones el amor no ama», te dijeron un día.

¿No quieres volver a nadar a través de la luz del plancton fosforescente hacia el Maelstrom?

Yo, sí.

Y como firma, un nombre que no le decía absolutamente nada:

Lord Wilmord

Toni leyó el correo dos veces sin entender demasiado, pero con un punto de intranquilidad instaurado en su pecho. Miró el remitente:

simbadelmarino@gmail.com

«En ocasiones el amor no ama», se repitió. Había oído aquella frase antes, pero en aquel momento no podía recordar dónde.

Comisaría de Lonzas. Policía Científica

Valentina levantó el tenedor del hereje y lo examinó a la luz. Vio una inscripción en latín en uno de los lados.

—¿Qué significa *abiuro*?

Marina Alonso se levantó del taburete y cruzó la sala hacia el ordenador. Allí movió el ratón y enseguida le enseñó una página de Internet.

—Es un verbo latino que significa «retractarse». El tenedor u horquilla del hereje se colocaba en el cuello de las víctimas durante horas o días de manera que la tortura era insoportable: les obligaba a mantener la cabeza alta, ya que si la bajaban, las púas afiladas se clavaban provocando grandes daños en el cuello y en el pecho. Es un artefacto pensado para torturar a largo plazo. Muchos morían de agotamiento, otros desangrados..., aunque el verdadero fin era que se retractasen, de ahí la inscripción. Bueno, el verdadero fin era que sufrieran. El sadismo de aquellos tipos era refinado e interminable.

—Ya. El Santo Oficio, una fuente eterna para la sabiduría del dolor. ¿De dónde puede haber salido este instrumento? ¿Crees que es original...?

—No te lo sabría decir. No hemos encontrado huellas, y estamos procesando el resto de materia orgánica por si hubiese sido utilizado antes de la muerte de Basilio. Ahora falta saber el origen de este cacharro. He estado rebuscando por ahí... —hizo una mueca de resignación— y no he encontrado demasiado, salvo que hay un mercado muy activo de este tipo de artefactos de tortura, picotas, empulgueras, damas de hierro, la pera de la angustia, la araña de hierro... Hay mucho nuevo rico ruso interesado, americanos excéntricos, japoneses... ya sabe, inspectora. La gente colecciona cosas muy raras.

Valentina asintió y volvió a observar el tenedor de púas afiladas.

—Creo que sé quién puede echarnos una mano. Mándame las fotos de este artefacto de alta resolución. Las voy a necesitar. Para «ayer» —bromeó cuando salía hacia la sala de reuniones.

Isabel levantó varias veces la bolsa de infusión de menta-poleo de la taza de agua hirviendo y resopló mientras volvía a pasar las imágenes del *hall* del hotel la tarde en la que según el listado que les habían entregado se produjo el *check in* del sujeto inscrito como Miguel Román, dos días antes de la llegada de Basilio Sauce. Valentina entró en la sala que habían establecido como centro de operaciones, a la que habían llamado Operación Torquemada por el arma del crimen.

—¿Cómo vas con las cámaras, Isabel?

—Bien. Creo que lo tengo. La hora coincide. El problema es que también coincide con la llegada de una excursión de jubilados, hay un montón de gente... —Señaló la pantalla—. Mira. Aquí, en el mostrador de recepción, hay un tipo delgado, lleva gorro y gafas negras. Se las quita un momento, pero luego se las vuelve a poner, es muy difícil poder sacar algo de ahí. Yo creo que es él cuando hizo el *check in*.

—Habla con Germán. A ver si en informática pueden hacer algo. Es cierto, va totalmente tapado. Gabardina, gafas... Estaba claro que no iba a saludar a la cámara, pero parece un disfraz malo de detective, fíjate. Lleva una maleta clara, una Samsonite. Parece la misma que dejó en la habitación. —Valentina suspiró y se obligó a pensar rápido—. Ahora toca estudiar las entradas y salidas en el caso de que las haya. Llegó dos días antes para controlar la situación y vigilar su objetivo. Es posible que alguien de la organización le informara de dónde se iba a alojar Sauce. O quizás fuera alguien del hotel. Se alojaron en la misma planta. Por lo visto solicitó esa habitación con la disculpa de que era desde donde se veía mejor la playa. Germán está con la tarjeta de crédito que dio para poder alojarse. A ver si nos abre algún camino.

Valentina se dirigía hacia su ordenador cuando entró Bodelón en la sala, con un fajo de papeles en la mano.

—Ya he conseguido todos los horarios aproximados y alojamientos de los escritores... —Ante la expresión de sorpresa de Valentina, apostilló—: Lo bueno de que mi mujer trabaje en la agencia de viajes encargada de gestionarlo todo es que te agiliza los trámites. Así, a bote pronto, el único que podría coincidir es Cabanas, que llegó dos días antes a la ciudad. Pero cuando se produjo el asesinato, Cabanas estaba en una rueda de prensa con Estela y Toni Izaguirre, que fueron de los primeros en llegar, de hecho Toni iba en el avión de Sanjuán, ¿no? —Valentina asintió—. También estaban alojados con anterioridad al asesinato Torrijos, el editor, y un crítico, Paco Serrano. Escribe para *El País*. Bueno, y la novia de Cabanas. Y Estela. Pero estamos buscando a un hombre, ¿no?, Cabanas ha estado en la cárcel por asesinato...

—En efecto. Yo asistí a esa rueda de prensa con Javier. Así que no pudo ser a menos que tenga el don de la bilocación. Y Cabanas..., no sé, lo veo muy integrado en esa nueva vida donde su ego está bien atendido..., me sorprendería que quisiera correr el riesgo de volver a la cárcel.

Bodelón se pasó la mano por la gran cabeza rapada al uno.

—A veces las apariencias engañan, inspectora. De todos modos, aún faltan muchos escritores. Esto no ha hecho más que empezar: Erika Núñez, Rosa Cadenas, el inglés Tom Atkings... tengo todo aquí. Vuelos, trenes. Hay mucho movimiento, difícil de controlar. El que no está ni se le espera es Hugo Vane. El gran favorito. He estado cotilleando un poco por los mentideros y los blogs —sonrió con picardía—. Están todos los escritores rabiosos por el éxito de un desconocido, un don nadie. Y encima no se presenta, cosa que le otorga un mayor carisma; ya se sabe —sonrió—, la mejor presencia es una gran ausencia de la que todos hablan.

Valentina sonrió; mujer en un trabajo fuertemente masculino, sabía muy bien lo que era enfrentarse a rumores maliciosos y envidias soterradas de lisonjas.

—No me extraña que se mueran de envidia. La novela es brutal. Se lo va a llevar todo este año, te lo aseguro. Bien, voy a hablar con Diego Aracil. Es el inspector de la brigada de Patrimonio Histórico en Madrid, está siempre al tanto de todo. Seguro que sabe algo de ese artefacto, la horquilla del hereje —dijo, señalando la prueba que descansaba metida en una bolsa delante de ella.

—¿Inspector? ¿Ya? —Bodelón la miró, extrañado—. ¿No jodas que ya ascendió? ¿Tan rápido?

Valentina hizo una mueca de complicidad.

—Eso parece. Las cosas en Madrid van más rápido que aquí, por lo visto...

Ignacio Bernabé abrió en su móvil el PDF que le había enviado por correo el inspector jefe de la judicial de la comisaría de Natahoyo, en el que había un primer esbozo del perfil criminológico realizado por Javier Sanjuán sobre los crímenes de Cecilia Jardiel y Basilio Sauce. Lo leyó con atención, intentando abstraerse del ruido que había en la calle. Estaba paseando a su perro, un galgo adoptado de bella factura que caminaba a su lado con languidez canina. Respiró hondo y llamó a su amiga Celia, una gran amante de los animales, para preguntarle si podía adoptar a *Lecter* durante unos días.

Luego llamó a su vez al inspector jefe de la judicial de Natahoyo para comunicarle que salía para A Coruña en cuanto terminase de hacer la maleta. Bernabé estaba divorciado y tenía dos hijas pequeñas. Llamó a su ex mujer para avisarla: tenían una relación muy cordial y se encargaba a menudo de las niñas.

Cuando metió la llave en su coche respiró profundamente, miró la carpeta de cuero en donde estaba el expediente de aquel crimen tan extraño descansando en el asiento del copiloto y arrancó el coche, con la sensación en el pecho de que, por primera vez en muchos meses, había algo que podía arrojar un poco de luz al caso. Necesitaba dormir bien, algo que no había hecho desde que tuvo que enfrentarse al cuerpo de la desdichada Cecilia.

Diego Aracil escuchó sonar su teléfono y soltó una exclamación de protesta. Durante unos segundos dudó en coger la llamada: estaba en plena subida al puerto de Guadarrama, y al fin había cogido el ritmo después de bastante sufrimiento en frío. Se bajó de la bicicleta murmurando alguna que otra maldición hasta que vio el número de Valentina Negro. Frunció las cejas, extrañado, y contestó, intentando recuperar el resuello para hablar mientras se dirigía hacia una fuente en la que había cola para rellenar el botellín de agua. Contestó, con la voz entrecortada, procurando que no se le notara demasiado la falta de respiración.

Sonó la voz grave de Valentina, alta y clara.

—Diego... ¿Te pillo en mal momento? Perdona.

—¡Inspectora! Cuánto tiempo. No, no me pillas en mal momento. Solo estoy subiendo el Guadarrama en bici. Cosas de estar de día libre... —carraspeó de forma casi imperceptible.

—¿Desde cuándo un inspector de Patrimonio Histórico tiene vacaciones? Qué bien vivís en la capital, no sé si pedir el traslado. —Rio con su voz cristalina, y Aracil se sonrojó de orgullo al constatar que sabía de su ascenso, pero no dijo nada—. No quiero molestarte demasiado, serán solo un par de preguntas, Diego. Ya sabes que admiro tu profesionalidad.

Diego se carcajeó por lo bajo.

—Menos lobos, Negro. No me manipules. La última vez que colaboramos se montó un buen pollo.*

—Esta vez no te voy a pedir nada extraño, y te recuerdo que el que se metió de lleno en el berenjenal fuiste tú mismo. Y además con la ayuda de alguna chica bien guapa... —su voz sonó cordial e irónica—. Al grano. Te he mandado al correo las fotos de un aparato de tortura medieval, un «tenedor del hereje». Necesito saber de dónde ha salido, parece de la época. Hoy sale para Madrid uno de mis subinspectores, ya sabes que han matado a un escritor que era de allí... ¿Mañana trabajas?

—Eso está hecho. Sí, mañana trabajo. Dile que pase por comisaría y pregunte por mí. ¿No jodas que lo han matado con una horquilla del hereje? Menuda salvajada... —Aracil llenó el bidón de agua fresca y bebió un sorbo antes de seguir hablando—. Tengo un colega que lo sabe todo sobre ese tipo de instrumentos de la Inquisición. En cuanto baje a Madrid me pongo con lo tuyo, Valentina. Has conseguido que me pique la curiosidad.

Mera. Mansión de Pedro Mendiluce

Pedro Mendiluce reposaba en un sillón blanco de piel, de diseño italiano exquisito y minimalista. Vestía uno de sus trajes impecables encargados en Saville Road, que tanto había echado de menos en la cárcel, y sostenía en su mano derecha un Montecristo que exhalaba delicadas volutas que ascendían lentamente al ingente techo de su mansión. En una mesa auxiliar de mármol negro descansaba una copa finamente tallada. Cuando su mayordomo Amaro introdujo a Marcos Albelo en la estancia, el magnate se limitó a mirarlo de reojo, con una sonrisa, para después, con un leve gesto de su mano izquierda, invitarle a que tomara asiento en otro sillón gemelo que, enfrentado a él, le permitía tener a su interlocutor en un ángulo de visión pleno,

* Ver *El hombre de la máscara de espejos.*

desde el cual podría observar a su entera satisfacción todos los gestos y facciones de su rostro.

Albelo estaba impresionado. Había visto mil veces, desde luego, en su recorrido cotidiano de la costa urbana coruñesa, la gran mansión de Mendiluce; igualmente sabía, como todo el mundo, quién era su dueño, pero nunca lo había tratado personalmente. Albelo, sin embargo, era consciente de que su anfitrión había estado cumpliendo condena en la misma cárcel, aunque debido al régimen de protección del que gozaba por su calidad de delincuente sexual de menores no había podido tropezar con él dentro de los muros de Teixeiro.

Ese pensamiento le hizo sentirse más seguro y le ayudó a relajarse: al fin y al cabo, ambos eran dos ex reclusos, y todo su dinero y ostentación no podían variar ese hecho. Por otra parte, estaba seguro de que al fin iban a despejarse todas las dudas que albergaba acerca de su fuga y, lo que era más importante, conocería cómo proceder para cumplir con la misión que le había anunciado Sara Rancaño cuando le visitó en el hospital.

Fue Mendiluce quien inició la conversación.

—Bien, señor Albelo, al fin nos conocemos. Permítame que le diga que han hecho un trabajo admirable en su rostro. —Amaro puso en las manos del invitado una copa y se marchó sigilosamente—. Es un gran whisky japonés, pura malta; bébalo, Albelo, así celebraremos este encuentro. —Albelo asintió y llevó la copa a sus labios, sin decir nada. El licor le quemó suavemente la garganta y le despejó el cerebro mientras escuchaba la voz acariciadora de Mendiluce—. Nadie podría relacionarlo con el Peluquero, créame. Ha cambiado usted mucho. Y para bien.

—Sí, lo sé... —sonrió para sí—. Hace poco tuve una buena prueba de eso.

—Es cierto —Mendiluce no pudo disimular su tono jocoso—, creo que tuvo un encuentro interesante, aunque muy fugaz, con la inspectora Negro..., ¿verdad?

Albelo asintió.

—Sí, fue un momento muy especial para mí. —Se puso tenso un segundo, y luego se relajó—. Pero no me reconoció en absoluto. No me extraña, yo mismo me pregunto cada mañana cuando me miro al espejo si esa cara soy yo. Es mejor así —suspiró—. Cara nueva, vida nueva... Pero me gustaría que fuéramos al grano, si no le importa. Supongo que me ha mandado llamar porque ahora está seguro de que soy un ciudadano anónimo, ¿no es así? Estoy un poco cansado de no hacer nada... ¿me comprende, verdad? Siempre he tenido una vida muy agitada y la cárcel casi me vuelve loco. Soy un hombre de acción —añadió, sin mover un músculo.

—Desde luego, Albelo, desde luego. Sé muy bien cuáles son sus pasiones, no lo ponga en duda, así como yo también tengo las mías... Y ahora, en efecto, ha llegado el momento, como usted diría, de ir al grano, es decir, de que usted empiece a devolverme el favor de su libertad. El primer paso, importantísimo, ya ha sido dado con éxito: no le reconocería ni su madre. Usted ya es otra persona ante los ojos del mundo; o mejor, *no es nadie...* y es en este punto donde empieza realmente a ser útil, por así decirlo, para ambos. —Bebió un poco de su copa, paladeó el whisky, y prosiguió—: ¿Qué sabe usted de novela negra?

Albelo puso cara de sorpresa, y se limitó a mover las manos en tono inquisitivo.

—¿No es un aficionado? —continuó Mendiluce—. Bueno, no se preocupe; ahora va a tener la oportunidad de aprender, aunque me sorprende que alguien con su trayectoria no hubiera tenido ese género entre sus aficiones juveniles —ironizó—. Le he apuntado a un taller de novela negra que se imparte esta semana, en el marco de A Coruña Negra que, por cierto, yo ayudo a patrocinar... Va a ser muy instructivo, se lo aseguro. Se denomina «Las claves de la escritura en el género negro», y lo imparten escritores de renombre como Estela Brown, Toni Izaguirre y Enrique Cabanas... ¡Ah!, y también el criminólogo Javier Sanjuán, que esta semana también nos honra con su presencia. —Mendiluce no pudo evitar el tono de sarcasmo.

—Vamos, Mendiluce. ¿No querrá ahora que me convierta en un escritor de novelas policíacas? —dijo con cierta sorna Albelo—. Soy ingeniero químico. Ciencias puras. No abomino de la lectura, pero de ahí a apuntarme a un taller de escritura..., la verdad, preferiría una cata de buen vino.

Mendiluce sonrió de nuevo mientras expulsaba una voluta perfecta.

—En realidad no, no tengo muchas esperanzas en sus dotes literarias, aunque nunca se sabe..., pero resulta que también participa en ese taller una jovencita muy prometedora, lo cual creo que será de su interés.

Los ojos de Albelo brillaron por un instante con el fuego de la infamia que componía su alma.

—Ha acertado —siguió Mendiluce—. Se llama Marta de Palacios. Seguro que recuerda ese nombre, y la foto que lo acompañaba... Creo que será lo suficientemente hábil como para suscitar el interés de esta señorita... ¿Qué opina?

Albelo se quedó reflexionando unos segundos, su mente funcionando a pleno rendimiento, imaginando todas las posibles opciones que tal situación le brindaba.

—¿Quiere que la seduzca?

—Oh, por supuesto, señor Albelo. Estoy seguro de que en eso no tendrá problema alguno. Usted es un hombre atractivo aun después de su cirugía, o quizá gracias a ella —se carcajeó—, y está lleno de recursos; tiene labia y buen cuerpo, pocas jovencitas podrían resistírsele... Pero, como quizás habrá imaginado, ese solo es el primer paso... Porque tendrá que hacer, cuando llegue el momento, *algo más que eso.*

Albelo asintió, emocionado por la lascivia, por ese demonio interior que le devoraba, e intentó que no se le notara demasiado. No quería que su protector pensara que era un hombre esclavo de sus flaquezas. Sabía que su estancia en la prisión no había servido para atemperar el ansia, al revés, aunque había repasado obsesivamente cuáles habían sido sus fallos y la causa de su derrota, intentando a su vez dominarse con mano de hierro. Pero era demasiado tarde para disimular, porque Mendiluce había tomado ya buena nota de esa reacción.

—Escúcheme bien, Albelo. Le detuvieron cuando dejó de ser un hombre racional, cuando permitió que su pasión le dominara, algo que fue muy evidente en el hecho mismo de que dejó escapar a Valentina Negro cuando usted la tenía sometida, literalmente, a su merced. —Ante la cara de sorpresa, Mendiluce se limitó a encogerse de hombros—. Todo se sabe en la cárcel. La Negro es una pieza muy codiciada, ¿verdad? —El violador acusó el golpe, y un asomo de ira sombreó su rostro—. Esta vez todo tiene que ser *racional*, ¿entiende? Hay que actuar con planificación, siguiendo cada marca del camino que yo le trace, y de este modo tanto usted como yo lograremos nuestros objetivos... En resumen, solo hará las cosas que yo le diga y cuando se lo diga, ¿ha comprendido? Si alberga alguna idea propia, es mejor que la abandone —y luego, en un tono más amigable—: He invertido mucho en usted, Albelo, no me defraude. Entiendo que sus pulsiones pueden ser muy fuertes, pero siempre que intenten vencerle, piense en Teixeiro. Si regresa no le será fácil volver a salir de nuevo.

Albelo aguantó los reproches con cara de circunstancias; por el momento solo había ventajas en seguirle la corriente, así que asintió, mirando a Mendiluce fijamente a la cara, por toda respuesta, retándolo con intensidad.

Mendiluce ni se inmutó.

—Bien, su tarea ahora es seducir a Marta de Palacios. —Sacó una foto de tamaño cartera de Marta, una joven menuda, morena, de pelo corto y aspecto delicado, a lo Audrey Hepburn—. Quiero que estudie bien su rostro, que se impregne de sus facciones angelicales; llévela a su terreno... haga que le apetezca verle; de este modo todo será más fácil. En su momento le diré cuál será su próximo movimiento. Informará en todo momento a la abogada Sara Rancaño... —y a continuación, en un tono más frívolo—: Confío en que el piso de Matogrande en donde se aloja sea de su agrado... —Albelo volvió a asentir—. Bien. Por ahora sus dos acompañantes se van a separar de usted..., es momento de que vuele solo. Tiene un coche aparcado en la playa de Espiñeiro, un Kia, cuando salga de aquí Amaro le dará las llaves. Pero no tenga duda de que sabré lo que hace en todo momento... Aunque sé que será innecesario, porque yo soy el único que puede darle lo que realmente desea..., no lo olvide. Y también puedo quitárselo.

Albelo asintió, por tercera vez: era cierto. Él estaba a salvo siempre y cuando nadie supiera su nueva identidad. Estaba en manos de Mendiluce. Pero eso le importaba poco. Era libre. Solo necesitaba el tiempo y la estrategia adecuada para llegar junto a Valentina Negro. Y luego desaparecer.

El empresario lo miró de arriba abajo.

—Por cierto. Otra cosa importante. Quiero que esta noche venga a la cena de inauguración de A Coruña Negra. Lo he apuntado yo mismo, no se preocupe, por supuesto con su nuevo nombre —esta vez rio a carcajadas—; quiero ver cómo se desenvuelve con sus nuevos amigos y con alguna vieja amiga también. Por favor —añadió en tono displicente—, cámbiese de ropa. Uno de los trajes, corbata... ya me entiende, me he esmerado eligiendo su vestuario. Procuraré sentarlo cerca de su objetivo. Hoy, si no pasa nada, irán tanto Marta como su madre. Pórtese bien..., hágalo por mí.

Siguieron hablando unos minutos más. Albelo quiso saber cómo se había organizado su fuga, y Mendiluce no tuvo inconveniente en satisfacerle, sin entrar en grandes detalles. Al fin de la conversación, y una vez que le aseguró de palabra a su protector que sería muy cuidadoso con esta primera misión, se levantó y despidió con un apretón de manos y un brindis mudo con el resto del licor que albergaban las copas. Ya en el coche pensó, mientras miraba la foto, que le importaba bien poco el destino de Marta de Palacios, aunque desde luego podría resultar todo aquello muy divertido, porque le iba a suponer la vuelta a la circulación, a la vida normal, y le permitiría ganar destreza y confianza. Sí, reflexionó, mientras dejaba poco después la casa del magnate, esa jovencita podía ser un aperitivo de lujo para el plato principal. Y aunque fuese algo mayor, Marta entraba perfectamente dentro de su gusto particular.

15

El rincón de las hojas oscuras

Cena de inauguración de A Coruña Negra
en el hotel Finisterre
Domingo, 2 de noviembre

Mientras veía entrar a los invitados a la cena y esperaba a que los camareros, apostados en el fondo del gran salón del hotel, comenzaran a repartir los canapés y las bebidas, Lúa Castro, situada en un lugar estratégico, se entretuvo unos momentos cotilleando en el iPad el blog de Cristina Cienfuegos.

EL RINCÓN DE LAS HOJAS OSCURAS

Blog de novela negra de Cristina Cienfuegos

¡Han asesinado a otro escritor!
Basilio Sauce, el gran «imaginador» de Egipto, el maestro hispano de las escenas en el desierto, autor de libros tan deliciosos como El escarabajo de la luna de loto, *ha sido encontrado ayer por la mañana muerto en la habitación del hotel, asesinado de forma terrible. Aquí podéis ver las fotos del crimen, ya sé que son un poco morbosas, pero las han publicado en la web de la* Gaceta de Galicia.
www.LaGacetadeGalicia/asesinato-Basilio-Sauce...
La verdad: no sé cómo se han atrevido a publicar algo así. Me parece indignante. Que un periódico de ese nivel haya accedido...

«Si fueras periodista lo entenderías, niñata. —Lúa Castro no pudo evitar sentirse juzgada y, al mismo tiempo, indignada—. Es mi puñetero trabajo. ¿O crees que me hace gracia descubrir un asesinato repugnante y sacarle fotos? La mayoría de mis colegas me envidia y la otra mitad me considera una hiedra trepadora. Yo no escribo un blog de mierda creyéndome importante por reseñar libros de otros...» Pero siguió leyendo:

Este suceso tan traumático no ha paralizado las actividades de A Coruña Negra: la organización, tras consultar con sponsors, *editores y escritores, ha decidido que continúen los actos. Sin duda, que A Coruña Negra sea un festival de nuevo cuño ha influido de forma decisiva. Aunque por la trastienda se cotillea que alguno de los invitados del extranjero (como el británico Tom Atkings) se lo está pensando mucho a la hora de venir después de este luctuoso acontecimiento. Sin embargo, fuentes solventes nos han dicho que las fuerzas de seguridad van a redoblar la seguridad en todos los actos, de manera que nuestra integridad física estará garantizada...*

Lúa abrió los ojos al leer lo de «las fuerzas de seguridad» y lamentó la pobreza del lenguaje empleado, en particular esa insoportable repetición de la palabra «seguridad» en la misma frase, pero decidió pensar en el asunto principal. Sus contactos en la policía (como redactora de sucesos tenía un par de ellos muy potentes) le informaban una y otra vez de que estaban bajo mínimos y a punto de hacer una huelga encubierta. «No veo cómo van a proteger a todos los escritores, en el caso de que lo necesiten, aunque desde luego a Cabanas se lo pueden saltar. Ese nació con una navaja de mariposa en el bolsillo.»

Hoy será la cena de inauguración y yo no me la pienso perder. Mañana, crónica en este blog, intentaré entrevistar de primera mano a todos los escritores que me lo permitan. Una pena no contar con Hugo Vane: sabemos que continúa con su política de secretismo...

«Bla, bla. Menudo truño.» La periodista dejó al fin de leer con alivio, un tanto picada con el misterio de aquel escritor que a todo el mundo evitaba, lo que no parecía incomodar en absoluto a los de la editorial. Lo cierto es que Lúa llevaba el libro de Hugo Vane en el bolso, impaciente por empezar a leerlo cuanto antes. Vio entrar al alcalde y a la concejala de Cultura, que lucía sin tapujos un conjunto de Carolina Herrera y un bolso carísimo de Vuitton. Estaba evaluando si era falso o no con poco disimulo cuando a poca distancia vio desfilar a Torrijos seguido de su inefable bloguera, los dos vestidos con dudoso gusto, pero pisando fuerte por las escaleras que bajaban hacia las mesas de la cena. Lúa comprendió que la editorial tenía claro que había ausencias que brillaban más que la presencia ante los medios, porque esto último acababa con el misterio.

Debajo de las escaleras había un cartel en el que se indicaba dónde tendría que sentarse cada uno, y los dos se pararon a mirar el sitio que les correspondía. Lúa vio descender a continuación a Toni Izaguirre, Estela Brown y otro señor de buen porte, con pelo blanco y ceño adusto, al que no conocía. Los camareros, a una señal, comenzaron a repartir canapés y bebidas mientras el murmullo de la charla aumentaba de intensidad. Lúa esperaba con paciencia a que la gente comenzase a beber y a perder inhibiciones: cogió de una bandeja una copa de cava y comió sin hambre una croqueta, que aún estaba hirviendo, y un canapé sin perder detalle de los movimientos de los escritores. Quería sonsacar a Torrijos lo que fuera, algo que le sirviera para hacer un buen artículo al día siguiente y olvidar un poco el asesinato, y de paso encontrar algún hilo por donde tirar del tal Vane, como Ariadna en el laberinto literario. Llegó el alcalde, rodeado de una corte de palmeros, y poco después varios concejales, todos trajeados y sonrientes, siempre dispuestos a lucir su mejor aspecto a pocos meses de las elecciones municipales. La reportera vio a un par de fotógrafos de la *Gaceta* apostados aquí y allá, y comenzó su estrategia de acercarse a un Torrijos que reía a carcajadas, bromeando de forma ostensible con un camarero rubio que no parecía tener más de dieciocho años. Su «pegatina» bebía con desgana, mucho más atenta a todo lo que sucedía a su alrededor que a la conversación de su jefe. En cuanto vio que Cristina Cienfuegos se despegaba unos metros para hablar con una poetisa gallega rubia y de morro torcido, se acercó sin más dilación.

La estrategia de acercamiento se truncó cuando vio llegar a Valentina Negro dirigiéndose hacia su mismo objetivo a paso rápido. Sanjuán, que bajaba las escaleras con más calma, la vio y la saludó con la mano. Lúa se quedó quieta, sin saber qué hacer, si saludar a su amigo o esperar a más tarde, cuando los ánimos estuvieran mejor dispuestos. Había rechazado las llamadas de la inspectora, sabía que no le quedaba otro remedio que hablar con ella, no solo por la investigación y porque era testigo: sentía que la había traicionado como amiga, como persona. Pero su trabajo era así, se repetía una y otra vez. No había estudiado periodismo para ser una redactora de modas y vinos en el suplemento dominical.

—Usted publicó el último libro de Basilio Sauce —dijo Valentina, después del saludo protocolario—. Por lo visto era un hombre muy querido. Sé que le voy a preguntar algo muy típico, pero... ¿Sabe si tenía algún enemigo? No sé, alguien que se sintiera agraviado, alguien celoso de su éxito... Vendía mucho. No es por nada, pero ese tipo de *best sellers* suelen ser exclusivos de las grandes editoriales. ¿Cómo fue que Basilio dejó su anterior editorial para trabajar con ustedes?

Torrijos observó a Valentina con un gesto de displicencia. Juntó las manos por las yemas de los dedos y luego las separó, ocupando mucho espacio y cogiendo aire.

—Querida. Las pequeñas editoriales también tenemos derecho a vender. Basilio era amigo, estaba harto de publicar en un lugar donde no contaban con él, con su criterio, solo primaba el beneficio sin trato humano posible. Necesitaba variar, pero le aseguro que en su antigua editorial todo era miel sobre hojuelas. Vamos, que yo sepa, claro. Con nosotros llevaba poco tiempo. Sauce era un gran amante de los libros y de la literatura, un romántico. Todos los años hacía un viaje a Egipto para documentarse, sus libros son pequeñas joyas históricas, por no hablar de la dosis de intriga. Estábamos encantados —suspiró y luego miró de frente a la inspectora—. La verdad, yo creo que lo hizo por ayudarnos. Él y Hugo Vane nos han servido para aspirar a tener un público más amplio, sin por ello renunciar a nuestro alto criterio de mantener la calidad... No sé si me comprende, inspectora.

—Ya. Entiendo. Sin duda, un hombre altruista... —contestó Valentina sin dejar traslucir las dudas que un acto así le ocasionaba, y apuntó mentalmente la necesidad de hablar con las editoriales anteriores. No le cuadraba tanta filantropía. Aunque Torrijos fuese amigo íntimo de Sauce, la mayoría de la gente necesitaba ganar dinero para vivir, y más los escritores, con la precariedad de las ventas que caracterizaba el mercado actual. A continuación pasó a otro tema. Ella no había acudido a disfrutar de la velada, sino a trabajar.

—Tengo entendido que era muy mujeriego. Quizá le haya dicho algo importante, algo sobre algún marido celoso, una amante despechada...

—Me temo que no, inspectora. La última vez que hablé con él fue un día antes de llegar y se encontraba perfectamente.

Cristina Cienfuegos intervino en la conversación.

—Hace un año le escuché algo sobre otro autor, algo no demasiado bueno. Un tal Roberto da Silva. También escribía libros sobre el antiguo Egipto. Por lo visto iba por los foros y blogs con nombre falso poniendo sus libros como el culo, decía que estaban mal ambientados y peor documentados. Es la única vez en la vida que le escuché hablar mal de alguien. Por lo general pecaba de buenazo.

Valentina levantó las cejas y procedió a memorizar también el nombre del escritor.

—Está bien saberlo. De todos modos de ahí a matar a alguien por ambientar mal unas novelas históricas..., ¿no parece algo exagerado?

La bloguera aguantó la risa, se deshizo en elogios a Sauce, y Valentina aprovechó un pequeño silencio para excusarse. Estaba ya un poco harta de escuchar siempre lo mismo de unos y de otros. Todos eran buenos, todos eran grandes autores, nadie tenía enemigos. Estaba deseando que Velasco comenzase su investigación en Madrid a fondo para entender la realidad de Basilio Sauce, no su proyección al exterior, que siempre solía estar edulcorada al máximo por los conocidos. Según el perfil de Sanjuán, aquel crimen era una venganza, y hacía falta conocer el motivo. Nadie corría riesgos para vengarse si no había un motivo de peso. El propio Sanjuán, que permanecía en un discreto segundo plano con una copa de Albariño que ya estaba casi tibia, fue al encuentro de Valentina y se dispuso a contarle lo que él pensaba que era el motivo de los crímenes. Antes había revelado a Valentina que ambos eran venganzas. Ahora iba a completar su opinión profesional, algo de lo que no estaba completamente seguro. Pero de alguna forma sintió que debía compartir su hipótesis con ella.

Marcos Albelo ya no es Marcos Albelo. Bajo su nueva cara intenta aparentar una seguridad que hace tiempo no siente. Desde el día en el que Valentina Negro le pateó la cara y le anuló el alma, Albelo desapareció, sumergido en un pozo negro de humillación, de sordidez existencial. Sabe que la culpa fue suya, que su ansia lo llevó al límite de la pasión, que podría haber seguido con una vida tranquila con el trapicheo y el vino, con sus visitas esporádicas a Tailandia, con el porno y las putas jóvenes, con el dinero que ganaba sin problemas y gastaba con dispendio. Pero todo cambió el día en el que entró en el hospital abandonado con aquella furcia y la inspectora Negro le destrozó la cara y el ego, el puto ego que se le rompió con la mandíbula, la nariz y la libertad.

Valentina está cerca, ve perfectamente su falda negra, la blusa blanca, los tacones. Lleva en la mano una cazadora de cuero. La husmea como una hiena hambrienta. La inspectora habla, interroga, se mueve como si estuviese sumergida en el agua, a cámara lenta, los ojos grises brillan, se entornan, los pómulos enrojecen, logra escuchar su voz grave, casi campestre, ecos de una granjera saludable que lleva un cántaro de leche en el brazo. A su lado Sanjuán; leyó que fue el criminólogo quien hizo el perfil geográfico que ayudó a capturarlo. Un «virulillas» al que puede derribar de una simple hostia, después de haberse ejercitado en el gimnasio de la cárcel día tras día. Albelo aprieta los puños de forma disimulada y mira de soslayo cómo entra Pedro Mendiluce dentro del gran salón, seguido de Sara Rancaño, una hembra diez, vestida, como siempre, de *femme fatale* provinciana. Fija los ojos en el suelo, de manera que nadie pueda atisbar su tormento, el ansia, la felicidad de encontrarse allí en vez de estar comiéndose la olla en la celda, aislado para no ser violado o mancillado por los demás presos.

Albelo aspira hondo y ve bajar a Rebeca de Palacios y a su hija Marta, mucho más hermosa de lo que parecía en las fotos, joven, menuda, con gestos de bailarina y un largo cuello potenciado por el cabello corto, castaño y brillante. Las dos miran en el cartelón en donde van a estar situadas y sonríen al ver a lo lejos a Valentina y Sanjuán, hacia los que se dirigen de inmediato para saludarlos.

Albelo comprueba con placer que no va a estar demasiado lejos de la inspectora, de forma que podrá observarla durante todo el tiempo, y, además, la jueza y su hija van a estar en la misma mesa que él, Mendiluce se ha encargado de ello. Coge una copa de cava de la bandeja que le acerca un camarero rubio de gafas, barba y aspecto algo desaliñado. Luego mira a Pedro Mendiluce, que charla animadamente con algunos miembros de la organización y políticos de todo pelaje, quienes parecen haber olvidado sus antecedentes.

Albelo durante unos segundos notó una media sonrisa en la boca del empresario, casi imperceptible para los demás. Pero no para él.

—Valentina, tengo una teoría acerca del significado de esos crímenes. —Ella le prestó toda la atención, intentando no mirar a Pedro Mendiluce ni a su «sierva» la Rancaño—. Es solo una teoría, te lo subrayo, pero creo que puede ser importante. —Valentina siguió callada, bebió un sorbo de cava y le hizo un gesto invitándole a hablar—. Como te dije, creo que ambos están relacionados, y sí, están motivados por la venganza. Pero la pregunta siguiente es: ¿de qué se está vengando el asesino? Si recuerdas, Cecilia tenía obturada la boca, la vagina y el ano con silicona. Y Sauce llevaba ropa interior. —Valentina asintió—. ¿Qué significa esto? En mi opinión, el asesino quiso decir que Cecilia no era fértil... o sea, que de ella nada podía salir... que fuera genuino. Es decir, que sus libros eran mentira. En otras palabras...

—¿Mentira...? —le interrumpió—. ¿Quieres decir que ella era un fraude? ¿Copiaba? ¿Que alguien escribía sus libros? ¿Un negro?

—Así es. ¿Y cómo sugerir lo mismo en el caso de un escritor mujeriego?

Valentina permaneció en silencio unos segundos, y luego dijo:

—Poniéndole ropa interior femenina. Su hombría es ficticia... solo que...

—... Aquí la ropa no significa que no sea mujeriego, o que él sea un travestido, sino que él es pura fachada, no su preferencia sexual, sino todo él, su auténtica personalidad, la que muestra al mundo como escritor —completó Sanjuán.

Valentina se acercó al criminólogo.

—¿Quieres decir que también Sauce era un fraude? ¿Que tampoco escribía él sus libros?

Sanjuán apuró el vino y asintió.

—Sí. Pero es solo una teoría, tenlo en cuenta. Aún no puedo estar seguro al cien por cien. Por otra parte, que el asesino se haya alojado en el hotel con el nombre de Miguel Román ha de ser algo a tener en cuenta. ¿Y si Estela Brown está en peligro?

Valentina estaba a punto de decir la implicación que se seguía de lo que acababa de revelarle el criminólogo: si la teoría de Sanjuán era cierta, entonces el asesino era un cazador, un vengador de la literatura, y entonces si en A Coruña Negra había más escritores fraudulentos, los asesinatos podían continuar, por no hablar del significado que pudiera tener el nombre de Miguel Román con el que se registró el asesino en el hotel. Pero entonces vio por encima del hombro de Torrijos a Lúa, con un *blazer* azul marino, unos vaqueros rotos y tacones.

Le hizo un gesto a Sanjuán y se dirigió adonde estaba ella.

Lúa, que comprendió muy bien lo que se le venía encima, decidió beber un gran trago de su bebida y mirarla con los grandes ojos muy abiertos, a modo de cervatillo abandonado, para intentar dar lástima.

Pero el gesto de Valentina lo decía todo, y cuando llegó a su lado, su voz era todo menos amable.

—Mañana por la mañana te quiero en comisaría, Lúa. No seas cría, no puedes seguir escondida. Primero, eres testigo principal del caso. Segundo..., lo de las fotos. Ha sido un golpe bastante bajo. Ahora ya está hecho, y sabes muy bien lo que pienso sobre algo así. Pero aquí ni es lugar ni viene al caso, hablaremos mañana. A las nueve. Necesito, además, que cotejes una grabación de las cámaras con el camarero que viste alejarse de la habitación, ¿de acuerdo?

Lúa asintió, sin hablar. Lo de las fotos ya no tenía remedio, y conociendo a Valentina, acabaría por pasársele el enfado. Tragó saliva, impresionada por la mirada acre de la inspectora, y vio cómo se daba la vuelta para reunirse de nuevo con Sanjuán, aunque en el camino la había parado Toni Izaguirre.

La periodista aprovechó aquel momento para acercarse a Torrijos, quien animaba un pequeño grupo de contertulios, y disparar sin mayor miramiento:

—¿Quién es Hugo Vane?

Ladeó la cabeza «de forma encantadora», como había leído en alguna novela que hacían las mujeres virginales para resultar irresistibles. Pero sus encantos no llamaban la atención de Torrijos, que miraba sin disimulo los abultados bíceps de Toni Izaguirre y sus pectorales perfectos, marcados a través de la camisa blanca, impoluta, solo coloreada por la corbata de Loewe que atravesaba su pecho. Torrijos dio un sorbo a su Martini. A su lado, Cristina Cienfuegos parecía actuar de escudero o de filtro, e instintivamente se adelantó un paso adonde estaba Lúa. Esta la miró un segundo pero decidió ignorarla.

—Hummm..., la pregunta del millón. Eso no te lo puedo decir, querida niña. —Bajó la voz—. Es un secreto de Estado. Vane desea permanecer en el anonimato. Y sus deseos son órdenes para mí.

Lúa sonrió, invadida a su pesar por una involuntaria corriente de simpatía hacia aquel hombre bajito y gordo que se lo estaba montando de cine, un pez pequeño que por una vez muerde el culo a los que siempre se comen todo.

—Ya. Imagino que como estrategia de márketing es muy buena, especialmente cuando se juega una baza sobre seguro, como esta. Hugo Vane está nominado en todos los premios de novela negra del país; se van a ahorrar un pastón en hoteles, taxis y vuelos si no va a dar señales de vida en ninguna de las Semanas Negras, congresos y demás actos. Por cierto, he leído por ahí que no es ningún primerizo. Que ni siquiera es un escritor, son varios que escriben bajo seudónimo. ¿Qué hay de cierto en eso?

Lúa sabía que eso era solo un tiro al aire, un rumor, pero tenía que preguntarlo.

—La gente dice muchas cosas, querida niña. Te puedo asegurar que es su primer libro publicado, y no será el último: ya está escribiendo el segundo y va a ser mejor que el anterior. Por cierto..., ¿fuiste tú quien descubrió el cuerpo de Basilio Sauce? —El tono amable de Torrijos se deslizó de forma casi imperceptible hacia el miedo—. Qué horror, ¿verdad? Yo no he podido dormir. En el fondo estamos todos aterrorizados, aunque no se nos note demasiado. Menos mal que está la policía por aquí... —Señaló con la barbilla a Valentina, que charlaba de forma distendida con Toni Izaguirre, que a su vez no perdía ojo de la conversación entre Estela Brown y el hombre de pelo blanco que había visto llegar hacía un rato.

—¿Quién es el señor que habla con Estela?

Cristina intervino:

—Es Paco Serrano, el bloguero y crítico literario más importante de España. Él decide quién vale y quién no vale. ¿No lo conoces?

—Me suena, pero la verdad es que no, no estoy muy metida en el mundillo. Estoy aquí porque he escrito una novela sobre el Artista, el asesino en serie y, además, cubro A Coruña Negra para mi periódico.

—Oh, bueno. Luego si quieres te lo presento. Está enterado de todas las maldades. Te encantará. Ahora, no te ilusiones

—emitió un sonido parecido a una carcajada hueca—: de Hugo Vane no sabe nada, querida. Ni siquiera yo sé nada.

Lúa se dio cuenta de que Torrijos la estaba toreando de una forma bastante sutil, y de que no iba a sacar nada, como era lógico, sobre Hugo Vane. Resignada, decidió seguirle la corriente y dejarse llevar. Ya se buscaría la vida de otra forma. Además, había llegado la hora de la cena: los comensales abandonaban los aperitivos y tomaban asiento en sus respectivos sitios, así que guardó el móvil en el bolso y se dirigió hacia su mesa, en la que ya se habían sentado los otros convidados, alguno desmigando el pan mientras esperaba la llegada de la cena.

Buscó con la mirada a Valentina quien, una vez desembarazada de Izaguirre, se acercaba a la mesa seguida de Sanjuán, que le guiñó un ojo al sentarse a su lado. Se frotó las manos.

—Estoy hambriento. ¿Qué tenemos de menú?

16

La mancha negra

El ciego me tenía bien asido y me apretaba fuertemente con su puño de hierro... «Anda, llévame a él. Cuando lo tengamos delante de nosotros, di estas palabras: "Bill, aquí está uno de tus compañeros."»

La isla del tesoro, R. L. STEVENSON

Te veo. Os veo. Sonríes como sonreías antaño, con tu boca perlada semiabierta, como si te diese vergüenza mostrar la dentadura perfecta, como si te diese vergüenza reír, ser libre. Siempre fuiste así, una zorra, una infame, una farsante, una puta mentira; desde el día en el que te parieron tus lamentos fueron falsos, tus pasos una ilusión, tus polvos una miseria, tus gemidos una ficción, atrapamoscas, nepenthes viciosa, drosera, mantis de pollas, mantis de dinero, fama, desde el barro hasta el oro, solo piensas en lucir tu sonrisa en tu rostro fingido, tu perfil de romana, Mesalina, Midas, ¿te acuerdas de cómo me decías te quiero, te acuerdas? Yo me acuerdo de tu voz cristalina, de tus ojos glaucos, de tu piel de mármol, de tu coño frío y obtuso, absorbente y cálido, húmedo y seco.

Me acuerdo.

Y tú. ¿Tú te acuerdas?

El camarero de la barba rubia hizo un grácil movimiento para dejar el plato de pastel de cabracho esquivando el hombro de Estela Brown, que se movía para golpear con el codo el brazo de Cabanas, en una broma que a Toni Izaguirre le estaba pareciendo algo vergonzosa, delante de todo el mundo, y, sobre todo, delante de su supuesta novia, Thalía, que hacía pequeñas bolas de miga de pan para entretenerse, sin parecer demasiado afectada por la obvia atracción entre los dos escritores, ya que prestaba atención plena a Paco Serrano, que sujetaba la copa de Albariño mientras la contemplaba con displicencia, como la araña que avanza sin apresurarse hasta su presa porque no tiene ninguna posibilidad de huir. Torrijos los miraba con los ojos muy abiertos, sorprendido con aquella amistad tan repentina.

«Y estos dos..., ¿de qué cojones van ahora?»

Miró a Cristina, que prestaba más atención a su móvil que a la comida.

El camarero posó el plato delante de sus narices.

«Cristina nunca ha sido de mucho comer, pero este pastel parece verdaderamente apetitoso...»

Cogió su tenedor, muerto de hambre, y probó un trozo, harto de esperar a que los demás comenzaran. Estaba delicioso, y Torrijos se alegró al ver que Toni, sin demasiada gana ante el espectáculo de Estela y el ex presidiario, cogía a su vez el suyo para atacar la guarnición de brotes tiernos que, junto con unas tostadas y varias salsas, acompañaban el primer plato.

Cabanas le dijo algo al oído. Estela soltó una carcajada y se tapó la boca con las manos. Estaba algo sonrojada, lo que no pasó desapercibido a los ojos de Toni, que soltó el tenedor sobre el plato haciendo ruido, como queriendo llamar la atención de la escritora de una forma algo infantil. Izaguirre se sentía desplazado, y más viendo cómo Paco Serrano se entretenía cada vez más con Thalía, que parecía dispuesta a ignorar el coqueteo de Cabanas iniciando ella misma otro todavía menos discreto. Torrijos alcanzó a escuchar parte de la conversación, la voz melosa de Thalía mezclada con la más masculina de Serrano, casi convertida en la de un palomo engolado.

—Tú también escribes, entonces.

—Sí... —sonrió con modestia—. Soy poetisa. Tengo ya dos libros, pero no me atrevo a publicarlos. Me da vergüenza... —Bajó los ojos hacia el plato de cabracho.

—Eso no te puede dar vergüenza, mujer. Eso te honra. —Serrano puso la mano por debajo de la mesa sobre el muslo de la joven, que llevaba una falda muy corta y medias de rejilla de color lila. Primero de forma leve, luego presionó un poco más, comprobando con agrado que ella no rechazaba el contacto. Le susurró al oído—: Quiero leer esos poemas. Estoy seguro de que me van a encantar.

Cerca, en otra mesa, Lúa conversaba animadamente con Javier Sanjuán, intentando obviar las miradas severas que Valentina, sentada al lado del criminólogo, parecía no poder evitar lanzarle alguna que otra vez. Los habían situado al lado de varios famosos locales que también «escribían» libros, entusiasmados después de varias copas de vino blanco y de constatar lo importantes y bien parecidos que eran en televisión y en directo.

Alguien la saludó. Valentina giró la cabeza y miró con sorpresa a su hermano, alto, delgado y pálido como un santo en su hornacina, elegante con su cabello negro muy corto, el uniforme de jefe de camareros y una bandeja en la mano.

—Freddy... Pero ¿qué haces aquí? —Valentina siempre parecía olvidar que su hermano pequeño ya no era tan pequeño y además ya no era el crío borde y malhumorado de la adolescencia. Estaba estudiando hostelería y por fin parecía tener un camino a seguir tras años de rebeldía sin demasiado sentido. Y allí estaba, delante de ella, tieso como un palo, elegante como un mayordomo británico y la cara pintada de una gran sonrisa. El parecido con ella era indudable, aunque Federico era menos rotundo, más espigado. Y también había heredado los ojos grises de su madre.

—Estoy haciendo prácticas en el hotel. Bueno, estamos. Irina también está, pero le ha tocado en las habitaciones. Yo hoy me encargo de coordinar el servicio de camareros de la cena de la Semana Negra. ¿Qué te parece? ¡Soy el jefe de algo por primera vez!

—A Coruña. A Coruña Negra. O los de Gijón se enfadarán, siempre lo hacen. —Valentina sonrió, feliz de ver a Freddy tan seguro y orgulloso—. Venga. Atento a tu trabajo. Estás dejando a toda la mesa sin comer. —Le hizo un gesto cariñoso—. Y estamos todos muertos de hambre.

El teléfono de Valentina vibró sobre la mesa. Hizo un gesto de disculpa y se levantó para contestar, esquivando al camarero de la barba.

Te gusta Cabanas. No es mal escritor. Pero te gusta porque eres una cerda morbosa. Te gusta porque estuvo en la cárcel, porque puedes succionar su oscuridad, porque te lo quieres follar para manipularlo y absorber todo. Te gusta como te gustaba Toni. Te gusta como te gustaba yo. Te gusta como te gustan todos, para extraerles el fondo de su ser, y luego, una vez burlados por su propia vanidad, abandonarlos en su plena desolación.

Marcos Albelo paladeó un sorbo de Albariño mientras masticaba sin demasiado interés el pastel de cabracho, algo soso y desaborido para su gusto.

«Parece comida carcelaria, joder. A ver si traen algo más contundente que esta mierda: carne asada, patatas, un buen entrecot.» Miró a los camareros, ansioso por el segundo plato y, en el camino, sus ojos se encontraron con los de su vecina. Sonrió. Una madura de pelo largo y estudiadamente canoso que a ratos lo miraba de soslayo e intentaba iniciar una conversación de manera infructuosa, pues ella ignoraba que Albelo solo tenía ojos para *su* Valentina, para cada gesto, el tenedor en su boca, el pelo negro recogido tras las orejas, la blusa blanca que se abría ligeramente en el escote, insinuando el inicio de los senos, la mirada intensa y gris que relucía cada vez que miraba a Javier Sanjuán. Parecía frágil, tan blanca, con la media melena que caía justo por debajo de la barbilla, como el de una bohemia parisina. Desde su sitio podía vigilar los movimientos de la inspectora de forma disimulada, ya se había encargado Mendiluce de buscarle el lugar perfecto para ello. Sabía que Mendiluce lo hacía para instigar su ira, su deseo, para que pudiese admirar a su futura presa, para que la acechase como una alimaña hambrienta, todo el tiempo pasado en la cárcel, toda su vida destrozada por aquella zorrita con cara de chupapollas, pero no le importaba, es más, lo agradecía, como el sediento sufre y disfruta al mismo tiempo al avanzar penosamente hacia el agua que le salvará la vida. Cuando Valentina se levantó para hablar por teléfono, sus dedos se crisparon en el cuchillo de pescado durante unos segundos, pero decidió calmarse con esfuerzo y contestar al fin a la ansiosa mujer que parecía ávida de conversación. Recuperó la compostura y su habitual imagen de bonhomía, aquella que le había salvado tantas veces de mostrar su verdadero yo, el que le reconcomía por dentro, el que le dominaba el alma y le guiaba en la oscuridad de su vida. Aquel que miraba a través de sus ojos, agazapado, a Valentina Negro. Levantó la copa de Rioja e hizo el gesto de verlo al trasluz, como había hecho tantas veces cuando se fingía catador, en su «otra vida». Luego lo olió, y encontró los ojos de Marta de Palacios fijos en la copa. Y luego fijos en los suyos. La madre comía y charlaba con su vecina de cabello gris, ajena al flirteo de Marta, que parecía aburrida y ansiosa por salir de aquella cena en donde nadie era de su edad.

Albelo le devolvió la mirada acompañada por una sonrisa perfecta.

Marta cogió su copa y lo imitó, iniciando el coqueteo de forma sugerente. Luego se llevó a la boca un trozo de cabracho con suavidad y elegancia.

«Es una pena que tenga el pelo corto, un trabajo menos para el Peluquero», pensó, mientras bajaba los ojos fingiendo una timidez que le permitió ver cómo la joven se ruborizaba ligeramente y fruncía la nariz respingada en un mohín encantador, que hizo que Albelo, por unos instantes, olvidase la presencia de Valentina Negro.

Lúa recibió el segundo plato con una mueca. Era una especie de gazpacho de color naranja, escueto, adornado con unos hilos que parecían haber pertenecido a unos vegetales y a «algo» envuelto en tempura que olía a frito. Arrugó la nariz ya de por sí respingada y revolvió el plato con el tenedor. Le hizo un gesto al camarero, el vino se había terminado y ella necesitaba algún aliciente aunque no fuese alimenticio. Los famosos de turno empezaban a estar algo achispados con el Albariño, y tampoco es que su conversación fuese demasiado entretenida, al revés: parecían monotemáticos y henchidos de ego, un ego innecesario y poco justificable a los ojos de la periodista, que se refugió en la conversación con Javier Sanjuán mientras Valentina Negro hablaba por teléfono.

—¿Aún no se le ha pasado el enfado, verdad? ¡Qué carácter! —Respiró hondo y apartó con la cuchara los trozos de tempura—. No me imaginaba que fuese a tomárselo así.

Sanjuán puso cara de circunstancias.

—En realidad tiene parte de razón, Lúa. No tenías que haber sacado esas fotos. Ya sé que es tu trabajo. Pero así obstaculizas el nuestro. Y conociéndola... —Movió la cabeza, sabía perfectamente que Lúa intentaba de alguna manera contemporizar, pero no iba a dar su brazo a torcer.

Lúa chasqueó la lengua, dispuesta a cambiar de tema al ver que no iba por donde ella deseaba, y bebió otro sorbo del vino que le acababa de traer el camarero, un hombre servicial, no muy alto, de complexión fuerte, gafas redondas y barba rubia. Algo en él le resultó familiar. Sonrió con cortesía y continuó charlando sobre la Semana Negra mientras observaba, divertida, que en la otra mesa Estela Brown se deshacía mirando los músculos tatuados de Cabanas.

—Esos dos parecen muy bien avenidos. La gracia es que la novia del macarra está en la misma mesa pasando de todo y ligando con el del pelo blanco, míralos: si te fijas le está acariciando la pierna por debajo del mantel. Comparada con la de los escritores esta mesa es muy aburrida, Sanjuán —bajó la voz—, y encima aguantar a todos estos cretinos... si los egos vendieran libros, todos ellos serían multimillonarios... —dijo con malicia.

Sanjuán la miró con sus grandes ojos castaños y esbozó su típica sonrisa del gato de Chesire.

—No te quejes, Lúa. Eres una enchufada. Estás en la mesa de los que llevan la investigación del crimen. Nunca sabes lo que puede pasar... Mira: ya vuelve Valentina; te voy a dar un consejo: no trates de disculparte si no lo sientes de verdad, es mejor que lo dejes correr; ella te aprecia y acabará perdonándotelo. Por cierto: ¿Quién es ese tipo de la barba que está con ella?

Toni comenzaba a desesperarse de aburrimiento. Estaba ya sopesando el escapar a tomarse unas copas por la ciudad cuando vio deslizarse una tarjeta sobre el mantel manchado de gotas de vino tinto. Levantó una ceja y la cogió. Se la había dado el camarero, que le hizo un guiño y se agachó para hablarle con voz discreta pero profunda mientras él leía el contenido.

—Es usted Toni Izaguirre, ¿verdad? —Toni asintió—. Le esperan unas señoritas fuera.

—¿Qué? ¿Unas señoritas? ¿Dónde? —El escritor seguía con la ceja levantada, incrédulo.

El camarero bajó aún más la voz, pero se acercó al oído derecho del escritor.

—Unas fans. Jóvenes. Trabajan en el hotel, han leído sus libros, les encantan. Me han pedido si puede salir un momento a firmarlos. Es que terminan turno y se tienen que marchar, y no es cuestión de que entren aquí... ya me entiende. Solo será un momento.

—Está bien, está bien —echó otro vistazo a la tarjeta y asintió sonriendo, satisfecha su vanidad—, le acompaño. Siempre es un gusto saber que lo quieren a uno.

—Carne. Menos mal. Ya estaba hasta los cojones de tanta mariconada. ¿Te vas, Toni? ¿Ahora que empieza lo bueno? —Cabanas engulló sin miramientos un trozo de ternera asada con guarnición y luego lo empujó con un buen trago de vino.

A Toni le recordó por un momento a un jefe vikingo en un

banquete después de haber asaltado a sangre y fuego alguna aldea indefensa. Toni, asqueado, se dio la vuelta y dejó la servilleta sobre la mesa con un mal gesto.

—Salgo un momento. —Se quedó quieto, sonrió y añadió—: No os lo comáis todo, ahora vuelvo.

Estela intentó sonreír la broma, pero el tono irónico de su amigo y la forma en la que había recalcado «comáis todo» mientras hacía una mueca agria se le cruzó en la garganta. Tomó un sorbo de Albariño con delicadeza y se quedó mirando fijamente el plato lleno de comida, a la vez que escuchaba la voz de Thalía recitándole uno de sus poemas a Paco con voz llena de anhelos. A Estela le chirriaron los oídos: era malísimo, pero Paco la miraba como si su última conquista estuviese recitando a Teresa de Jesús en pleno éxtasis. Había que estar muy desesperado para salir con una zarrapastrosa como aquella, y encima con pretensiones de artista. Y esa era la novia de Cabanas.

Luego Estela torció la mirada hacia el ex presidiario, viéndole comer como si nunca hubiese probado la carne estofada, y no pudo ocultar una expresión de disgusto. Luego recordó que era un tipo criado en la jungla del gueto y que había pasado en la cárcel muchos años y sintió una punzada en el útero, que bajó hacia la vagina al momento cuando él le devolvió la mirada y se relamió como un animal.

Ninguno hizo caso a la marcha de Toni, que en el camino de salida se había parado unos instantes a saludar a Valentina Negro, que iba acompañada de un hombre alto, de cabello entrecano y barba cerrada, al que saludó con desmayo. Si Estela hubiese mirado hacia atrás, hubiese reconocido de inmediato a Ignacio Bernabé, inspector de la Policía Judicial de Gijón.

—Les encanta leer, cosa rara para lo jóvenes que son. Siempre están discutiendo de libros, autores, todo eso. Y en los ratos de descanso aprovechan para leer más en vez de salir por ahí. Alguna vez han intentado que fuese a un club de lectura... Y son guapas. Aunque, la verdad, un poco estrechas para mi gusto, creo yo que tanto leer las deja frías —sonrió con complicidad—.

A alguna le tiré los trastos, ya me entiende... ¿Yo? ¿A un club de lectura? ¿Se imagina?

Toni escuchaba las revelaciones del camarero, resignado, mientras lo guiaba por los pasillos del hotel. No se podía sacar de la cabeza la imagen de Cabanas y Estela, las cabezas juntas, el beso, las miradas en la cena. Había bebido bastante: vino, vermú y un *gin-tonic*, que recordara, y estaba un poco achispado; se apoyó en una pared durante unos segundos, pero luego asintió ante la mirada expectante del camarero y continuó caminando. Bajaron por unas escaleras hacia una habitación bastante amplia con una gran puerta que daba a la calle en donde pudo ver material de piscina, viejas máquinas de gimnasio, unas sillas de ruedas igualmente vetustas y diverso material de obra; el lugar parecía una especie de trastero.

—Por aquí, ya llegamos. Es que Bea, su fan número uno, no quiere..., vamos, no quiere que la vea su jefe. Es muy estricto con los camareros del hotel, especialmente con las camareras bien parecidas...

El hombre le dejó pasar delante. Toni avanzó unos pasos hasta ponerse a la altura de una de las sillas, algo más moderna y grande que las demás, pero igualmente deteriorada por el abandono. El lugar estaba oscuro y desierto, solo iluminado por una bombilla con telarañas negras colgando. Allí no había ninguna chica. Iba a preguntar algo cuando notó un pinchazo doloroso en el hombro. Se quejó e hizo el amago de llevar la mano inmediatamente al sitio del dolor, pero apenas pudo completar el movimiento.

La voz ya no era chillona e histriónica.

—Lo siento, Toni. Nunca se me dio nada bien poner inyecciones.

Izaguirre sintió que sus piernas flaqueaban. Hizo un esfuerzo supremo para darse la vuelta y se agarró al hombre, que sujetó con fuerza su cuerpo desmadejado para dejarlo caer sobre la silla. Antes de deslizarse sobre ella como en un pozo sin fondo, notó aquellos ojos oscuros, conocidos, clavados en él con algo parecido al ansia febril y enfermiza de un loco.

Valentina se acercó a Sanjuán, que se levantó de la mesa.

—Te presento al inspector Ignacio Bernabé, de la judicial de Gijón. Es el que lleva el asesinato de Cecilia en el Tren Negro.

Sanjuán le dio la mano, que el inspector apretó con fuerza. Bernabé sonrió de forma casi imperceptible. Era como si le costara reflejar cualquier tipo de emoción en público. Tenía una voz grave, adusta, que no desentonaba con su físico de personaje de El Greco, y unos ojos grises, fríos, inquisitivos, que no descansaban un segundo.

Bernabé respiró hondo, con una media sonrisa.

—Estoy aquí por «culpa» de su perfil. Lo leí y cogí el coche. Tengo que decirle que admiro mucho su trabajo. Y la verdad..., me quedé helado. Llevo meses con el caso abierto, sin saber realmente hacia dónde tirar. Estábamos a punto de dárselo a Madrid: y de pronto, otro crimen en una Semana Negra. Su perfil es... esclarecedor, muy esclarecedor.

—Gracias, aún no está terminado del todo —dijo el criminólogo, visiblemente halagado—. Es provisional, estamos esperando los resultados de la autopsia y el procesamiento de las pruebas; una vez que tengamos esta información puede suponer cambios importantes sobre el perfil del asesino que andamos buscando. Pero creo que mi hipótesis de partida es correcta: aunque son dos crímenes totalmente diferentes, tienen un tema subyacente que les vincula, unos elementos expresivos que parecen relatar una historia de venganza y denuncia... sí —dijo Sanjuán, con expresión seria, y casi para sí mismo—, una terrible denuncia. La venganza en ambas escenas del crimen es, al mismo tiempo, una expresión salvaje de indignación... —Bernabé escuchaba muy atento a Sanjuán, y no podía por menos de recordar las imágenes atroces de Cecilia, que a decir verdad nunca le abandonaban.

Valentina intervino.

—Mañana a primera hora nos reuniremos en Lonzas con el inspector jefe Iturriaga. Bernabé trae todo el expediente completo de Cecilia, será mucho más fácil así compartir impresiones. Necesitamos saber todo lo que ocurrió con Cecilia, todos los detalles, y seguro que usted puede contarnos muchas cosas que ahora desconocemos. —Sonrió a Bernabé y este, de forma refleja, agradeció la contemplación del rostro de Valentina en sustitución de los rasgos de Cecilia atrozmente deformados por el miedo y la tortura—. ¿Tiene dónde alojarse esta noche?

Sanjuán se dio cuenta de que el inspector dejó descansar un tiempo superior al necesario su mirada en los ojos de Valentina y, sin querer, sintió una ligera punzada de celos al ver que ella parecía, en cierto modo, entusiasmada con la presencia del policía.

Paco Serrano dejó de juguetear con la mano de la joven poetisa, que cada vez parecía sentarse más cerca de él, hasta casi tocarse las rodillas bajo el mantel, y protestó quedamente.

—¿Y el postre? Se ha acabado el vino. ¿Dónde está el camarero? ¿Y Toni? ¿Dónde se ha metido? —Miró a Cabanas, que se encogió de hombros, como si a él le fuese a importar algo dónde se metiera aquel petimetre de pelo engominado.

Estela observó su plato a medio terminar y la botella de Albariño agotada. Hizo un gesto a Freddy, que pasaba en aquel momento por allí supervisando el trabajo de los camareros. El joven se acercó, constatando que en aquella mesa faltaba el postre, además de que tanto el agua como el vino se habían terminado. Miró a su alrededor. La cara de los comensales era lo bastante elocuente como para que se diera cuenta de lo que sucedía.

—No les han traído el postre, ¿verdad? No se preocupen. Ahora mismo soluciono este asunto. De verdad, lo siento mucho. Disculpen. Y más vino, por supuesto. Y agua.

Freddy caminó a grandes zancadas, buscando con la mirada al camarero que habían asignado para aquella mesa, intentando dominar el cabreo con todas sus fuerzas. ¿Cómo se le había pasado por alto? Era su primer día como jefe de camareros y uno de ellos parecía haber desaparecido, desatendiendo una mesa entera. Mientras rezaba para que no hiciesen una protesta formal, recorrió todo el salón; allí la gente charlaba de forma animada; algunos aprovechaban para salir a fumar a la terraza, donde se disfrutaba de una noche no demasiado fría y de la luz de la luna creciente. Luego se dirigió hacia la cocina, pero tampoco lo encontró, a pesar de preguntar a todo el mundo. Nadie lo conocía. Decidió llevarles él mismo las viandas antes de consultar el listado de los camareros que trabajaban aquella noche. Los había del hotel y también contratados para la ocasión. Seguro que era uno de los últimos, o no se arriesgaría a perder su trabajo.

Estela agradeció la llegada del postre y de más vino blanco, helado. Freddy se había encargado de que tuviesen un par de botellas especiales. Un poco harta de las atenciones de Cabanas, empezó a echar de menos a Toni y sus ironías. En el fondo lo necesitaba, eran tal para cual: fríos, calculadores y sin escrúpulos, o eso creía ella después de la cuarta copa de vino. Curiosa, cogió la tarjeta que había al lado de la copa vacía del escritor. Letra infantil con una «i» con globito que comentaba lo admirable y guapo que era y lo buenos que eran sus *thrillers*. Estela sonrió, divertida.

«Seguro que está de coqueteo por ahí.»

La sonrisa se heló en su cara cuando le dio la vuelta a la tarjeta de Toni y vio en el medio una mancha negra.

Valentina dejó de hablar con Bernabé cuando vio el semblante de Estela, todavía más pálido de lo normal. La escritora se había acercado a ellos con rapidez, y comenzó a explicarse de manera atropellada, como si le costase verbalizar lo que estaba sintiendo. Tragó saliva y les enseñó la tarjeta.

—Toni no está. Un camarero le trajo esta tarjeta y luego desaparecieron juntos. El camarero era el encargado de nuestra mesa y tampoco volvió, aquel chico de allí lo está buscando desesperado. Ni siquiera nos sirvió el postre.

Valentina siguió con la mirada adonde apuntaba Estela con el gesto de la mano.

—¿Freddy? Ese chico es mi hermano. ¿Qué es lo que ocurre? —Valentina leyó el contenido de la tarjeta y le dio la vuelta—. ¿Qué es esto? Usted tiene alguna idea de lo que significa, ¿no?

Estela permaneció muda y negó con la cabeza, pero sus ojos se llenaron de un oscuro presagio. Valentina decidió actuar con rapidez, presa de un pálpito: llamó a su hermano, que llevaba una bandeja llena de copas vacías sujetándola con soltura y le preguntó sin perder tiempo.

—¿Qué pasa con el camarero, Freddy? ¿Ha desaparecido?

Lúa prestó atención al momento, al ver los rostros cariacontecidos y a la vez expectantes de todos. Recordó al camarero de gafas, el de la barba rubia, el pálido. Sabía que lo había visto antes. Pero..., ¿dónde?

A Lúa nunca se le olvidaba una cara; podía tardar más o menos en recordarla, pero al final su cerebro conseguía extraer el archivo correcto.

«Joder. Era él. El tipo del hotel Riazor. El que se cruzó conmigo justo antes de llegar a la habitación de Sauce. El color del pelo no era el mismo, pero los ojos... eran sus ojos, ojos oscuros y extraños, unos ojos inconfundibles. ¿Cómo no me he dado cuenta antes?»

Freddy hizo una pirueta para mantener el equilibrio con la bandeja llena de copas, y empezó a hablar rápido, indignado.

—Sí. Se ha pirado. No lo encuentro por ninguna parte. Lo curioso es que he mirado todos los nombres de los contratados y ninguno coincide con el que me dio cuando se presentó esta tarde. Según él, para sustituir a una amiga que se puso enferma. Y ahora yo me como todo el marrón porque ha dejado una mesa desatendida, y una de las más importantes, la de los escritores.

Lúa se levantó de la silla de repente y se dirigió hacia Valentina, con voz urgente y llena de ansiedad, notaba cómo su corazón se quería salir del pecho.

—Valentina, escucha. Me apostaría lo que sea a que el camarero se parecía mucho al hombre que vi en el pasillo del hotel, al que llevaba el uniforme de recepcionista.

Sanjuán, alarmado, decidió interrumpir a la periodista antes de que Freddy perdiese el hilo de la conversación:

—¿Freddy, cómo dijo ese camarero que se llamaba?

—Creo recordar que se llamaba Miguel Román.

Albelo vio que Valentina llamaba por teléfono de forma disimulada y caminaba con prisa, acompañada de Sanjuán y el hombre alto de barba. Se reunió con otro, rapado y de complexión fuerte, y subieron las escaleras rápidamente. Mendiluce le mandó un wasap para que permaneciese tranquilo y en su sitio. Era innecesario: no pensaba moverse de allí, estaba charlando animadamente con Marta, que, aprovechando la marcha de uno de los comensales, se había cambiado de sitio para estar justo en la silla de al lado. Rebeca miraba a su hija con cierta prevención, pero estaba acostumbrada a los coqueteos de la chica: ella misma la había educado en libertad, para que hiciese un uso juicioso de su propio criterio, y no se iba a poner a censurar cualquier simple acercamiento a un hombre. Después de lo que le había ocurrido en Roma, recuperar su equilibrio, hacerla de nuevo independiente, había sido muy complicado, así que no era cuestión de comportarse de pronto como una madre rígida y posesiva, o peor, como una madre sobreprotectora e histérica. Y aquel hombre parecía joven, educado, bien vestido y amable, aunque un poco mayor para ella. Pero decidió no inquietarse; sabía que Marta era una joven madura, que no se dejaba deslumbrar fácilmente. Así que continuó su conversación con otros miembros de la judicatura y dejó de prestar atención a su hija.

Un rato después el hombre se despidió de Marta con dos besos.

Rebeca, desde luego, no sabía que el teléfono de Marcos Albelo estaba en la agenda del iPhone de Marta, y que los dos habían quedado para tomar una copa. Y si lo hubiera sabido, tampoco se hubiera preocupado en exceso, o al menos lucharía contra esa sensación. Al fin y al cabo, Marta ya era una mujer, y aunque todas esas muertes la habían inquietado, comprendía que la vida seguía, y que no podía poner puertas al campo.

PARTE SEGUNDA

DE ENTRE LOS MUERTOS

O Mutter, Mutter! Was mich brennt,
Das lindert mir kein Sakrament!
Kein Sakrament mag Leben
Den Toten wiedergeben.

[¡Ay, madre, la pena que me abrasa,
Ningún sacramento me la apaga!
No hay sacramento en la tierra
Que a los muertos vivos vuelva.]

Leonora, G. A. BÜRGER

17

El espectáculo debe continuar

Valentina le enseñó a Estela un móvil dentro de una bolsa de pruebas. Tenía la pantalla rota, pero lo reconoció al instante, con el escudo del Athletic de Bilbao detrás.

—Es el móvil de Toni. Sin duda.

La inspectora asintió con el semblante grave y fue a reunirse con los demás policías con rapidez, dejando a Estela con el corazón en un puño. Habían registrado todo el hotel, habitación por habitación, sin resultado. Luego el complejo deportivo, las piscinas, el gimnasio. Solo aquel teléfono roto y tirado en el parking como testigo de la desaparición del escritor. Si era verdad que Izaguirre había sido secuestrado, lo había sido delante de las fuerzas vivas de la ciudad, y todavía peor, delante de la investigadora a cargo del caso, delante de todos, que fueron incapaces de reconocerlo. De repente sintió una gran vergüenza, una sensación de inutilidad que la hizo enrojecer de ira. Tenían que haber puesto más agentes, organizado un dispositivo de seguridad. Pero..., ¿sin medios? ¿Cómo convencer a su jefe de que todos los escritores corrían peligro? ¡Si ni siquiera lo sabía hasta que Sanjuán lo apuntó en la cena! Respiró profundamente para contener sus emociones y no sentirse culpable. Al fin y al cabo no era adivina. Y el posible secuestrador iba disfrazado, camuflado entre un montón de camareros. Disfrazado como el día del hotel Riazor...

—Inspectora, hay cámaras en el parking. —La voz de Bodelón la sacó de su ensimismamiento—. Y este hombre —lo señaló— estaba fumando fuera y vio un furgón de color negro por la salida de los clientes hace más de tres horas. Quizá fuese él.

—Es cierto. Me llamó la atención porque a esas horas no suele haber nadie por aquí y mucho menos con furgones. —El hombre encendió otro cigarrillo y expulsó el humo con visibles muestras de placer—. Salía del almacén que está en obras. Era una Renault Kangoo. Pero no me fijé en la matrícula, lo siento.

—¿Pudo verle la cara al que conducía?

—No, apenas me fijé en él. Además, estaba oscuro.

Valentina le dio las gracias, suspiró lentamente y miró hacia la puerta entornada del almacén. Allí había una silla de ruedas. Hizo una señal a los demás.

—Vamos a llamar a la científica.

—¿Adónde vas?

Thalía miró cansada a Serrano y se encogió de hombros.

—La verdad es que no lo sé. Estoy harta de todo esto. Estoy harta de Cabanas. Ahora solo tiene ojos para esa engreída teñida de rubio platino. No aguanto más.

«No está teñida, envidiosa. Es rubia natural.» Serrano intentó que no se notara su sonrisa y tosió para disimular.

—Y ahora todos buscando a Toni como si fuese la primera vez que desaparece detrás de unas faldas —continuó la joven—. Es como si todos quisieran llamar la atención de forma patológica.

Serrano hizo un gesto contemporizador.

—Bah, egos de escritores. Como si no los conocieras. Vente conmigo a tomar algo. Te haré cambiar de opinión después de un par de copas. —Sonrió de manera acogedora y rodeó sus hombros con el brazo; Thalía se puso tensa—. Además, tenemos que hablar muy en serio de tu carrera de escritora. Lo que está claro es que con ese macarra de barrio poco tienes que hacer, una chica tan guapa y con tu talento...

—¿Te estás quedando conmigo? Yo adoro a Cabanas —Thalía ladeó la cabeza durante unos segundos con una media sonrisa en los labios jugosos—, lo que pasa es que se comporta como un cretino conmigo y eso se acabó, ¡ya no lo soporto más!

Serrano pudo comprobar un destello de desafío en la mirada, y aquello lo puso todavía más cachondo.

—Y yo te adoro a ti, pequeña. Así que déjate convencer y vente a tomar unas copas. Tengo una idea muy buena sobre una novela que te va a gustar.

Thalía aflojó la tensión y se dejó abrazar. La camisa de Serrano era cara, de algodón, y olía a Allure de Chanel, un aroma bastante más sutil que las colonias «de mercadillo» de Cabanas.

—Pasemos de Toni, del presidiario y de toda esa gente y vamos a lo nuestro —siguió Serrano, animado porque Thalía parecía entrar en el juego—. Me han dicho que aquí cerca, en la Ciudad Vieja, hay varios garitos de lo más interesante.

Bar La Barbería

—¿Y tú a qué te dedicas, Esteban?

—Soy contable y asesor fiscal —mintió con soltura.

Albelo había huido de la cena en cuanto vio el jaleo y hubo conseguido el teléfono y la complicidad de Marta. Una vez fuera, aprovechando el desconcierto, fue a por el coche al parking donde lo había dejado y le mandó un wasap a la joven, que estaba deseando librarse de su madre y salir de una vez de aquella cena tan rancia. Caminaron un rato por El Parrote, cruzaron María Pita hasta llegar al Orzán.

—¿Asesor fiscal? Parece algo aburrido, ¿no?

—Lo es. Pero me gusta. Es un trabajo monótono pero lo prefiero así, me da seguridad y procuro que no me absorba demasiado, no soy ambicioso. Lo que me gusta, en realidad, es el mundo del vino. Me estoy especializando, sin prisas, pero es algo que me apasiona, y espero algún día invertir en una bodega propia, pequeña, ya sabes, pero de gran calidad.

Albelo había decidido mezclar la realidad con las mentiras, así le resultaría más fácil fingir y acordarse de todo a la vez. El nombre, Esteban Huerta, era el de un colega de correrías que había muerto en un accidente de moto hacía ya años y era contable.

—¿Eres catador? Eso sí que es interesante. A mi madre le

gusta mucho el vino, va a catas, todo eso. Yo soy más de cerveza, y en Italia me aficioné al Lambrusco, aunque sé que es un vino que los entendidos desprecian —sonrió con picardía—. Imagino que soy aún demasiado joven para apreciar ese mundo tan interesante del sabor a madera noble y a grosellas.

Albelo no pudo dejar de apreciar esa sonrisa y los ojos que la acompañaban.

—¿Cuántos años tienes?

—Acabo de cumplir veintidós. ¿Y tú?

Albelo movió la cabeza, fingiendo sentirse impresionado y también a modo de disculpa.

—Yo tengo diez años más que tú —sonrió con su nueva y flamante dentadura implantada después de los destrozos de las botas de Valentina Negro—; ya ves, soy muy mayor. Pero tú... eres muy madura, ¿no? Te veo muy madura para tu edad.

Marta rio, complacida. Se tocó el pelo, se sonrojó ligeramente. Albelo admiró la perfección de la nariz respingada, los ojos almendrados, aquellas pestañas no demasiado largas pero realzadas por el rímel, las manos nervudas, a un tiempo fuertes y sensuales. Se dio cuenta de que hacía mucho tiempo que no socializaba de forma «normal» con una mujer, y menos con una joven tan delicada. Siempre mandaba su «yo interior», el «yo verdadero», como decía el gilipollas de Sanjuán en sus libros, y era normal: las chicas no le interesaban como personas, eran todas unas zorras que merecían lo que les pasaba. Y, sin embargo, le incomodaba sentirse atraído por aquella pija de voz dulce y mirada inteligente. Pensó que su estancia en la cárcel le había afectado y que necesitaría un cierto tiempo antes de poder encontrarse del todo seguro, no demasiado, se tranquilizó, y entonces Marta descubriría quién era él de verdad.

—Freddy, piensa, joder. ¿De dónde salió ese camarero? ¿Era de los vuestros? ¿Del hotel? —Valentina apretó a un cansado Freddy, que solo tenía ganas de volver a su casa y dormir después de tantas horas de trabajo. Estaban reunidos en el *hall* del hotel, aún bajo los efectos de la estupefacción.

—¿De los nuestros? Ni de coña, Val. Yo pensé que era un refuerzo del hotel.

El jefe de camareros del hotel, un tipo grueso y de fino y escaso pelo castaño, movió la mano, negando:

—Nuestro tampoco.

—¿Y cómo puede ser que nadie se haya dado cuenta de que había un tipo infiltrado?

—Es fácil, inspectora. Había mucha gente. Unos pensaban que eran de los otros y viceversa. Como los invitados en las bodas —dijo Bernabé, que permanecía a un lado, pensativo, con la mano mesándose la barba rala. Bajó la voz y se acercó un paso a Valentina.

»Este tipo actúa en hoteles con mucha facilidad. ¿A nadie se le ha ocurrido que podría trabajar en hostelería? Se mimetiza con el entorno. En el Tren Negro pasó igual. Es como si se volatilizara en el aire.

Sanjuán intervino.

—Es posible, pero lo dudo. Creo más bien que es un hombre meticuloso, alguien que prepara muy bien lo que hace, y en esta ocasión necesitaba hacerse pasar por camarero, como antes en el asesinato de Basilio Sauce. Yo no descartaría que tenga algún cómplice que le informe de lugares y horarios. Es alguien con una misión, alguien que se ha preparado durante mucho tiempo para llegar hasta aquí. Cada paso que da está medido al límite.

Bodelón llegó, apurado, e interrumpió la conversación con un papel en la mano. Era la impresión de una fotografía tomada de las cámaras.

—Tenemos una matrícula, inspectora.

—¿Ya la has comprobado?

—Es de un furgón de reparto robado esta mañana en Santiago. Ya he puesto a todo el mundo a buscarlo.

Valentina suspiró con angustia.

—A estas alturas puede estar en cualquier parte. Joder. Teníamos que haber estado más avispados, haber puesto refuerzos en la cena. —Esa idea no dejaba de atormentarla.

—Ahora de nada vale lamentarse, Valentina. ¿Quién iba a

pensar que iba a actuar? ¿Tan pronto? —Sanjuán intentó consolarla—. No tienes una bola de cristal.

—Eso no es disculpa —respondió muy bajo Valentina, negando con la cabeza—. Bien. Centrémonos. Hay que ir a la habitación de Toni en el hotel Riazor. Bodelón, ve tú y llévate a Isabel. Yo tengo que hablar con Estela. ¿Alguien me puede traer un café, por favor? Aún nos queda mucho trabajo aquí. —Miró a Bernabé—. Mañana tenemos reunión a las diez en Lonzas. Necesitaremos todo el expediente de la muerte de Cecilia y tu plena colaboración; lo digo por si quieres irte a dormir y estar descansado. Aquí poco puedes hacer ya.

Bernabé asintió, poco convencido, no quería marcharse.

—Es verdad. He reservado una habitación en un hotel del centro, el Hesperia, creo que se llama.

—Perfecto. Mañana te recogemos a primera hora, a las ocho, así tendremos tiempo de revisar la parte del expediente que todavía no conocemos. Yo voy ahora a hablar con Estela, a ver si puedo sacar algo en claro.

—Pero, Valentina, usted también necesita dormir, es muy tarde. —Bernabé no se atrevía todavía a tutearla.

La inspectora esbozó una sonrisa:

—Ahora no podría dormir... y, por favor, llámame de tú, nos sentiremos todos más cómodos.

Sanjuán, que en ese momento estaba consultando el correo en su móvil, sintió una pequeña punzada, algo parecido a los celos, porque en el tono de reproche amable de Bernabé a Valentina por trabajar en exceso le pareció que había un interés más allá de la cortesía. Pero ese pensamiento lo desechó rápidamente. «Joder, no seas chiquillo, que ya no tienes veinte años», se dijo.

En un aparte, Estela, acompañada de Cabanas, se retorcía las manos y se las llevaba al rostro de forma convulsa. El ex presidiario la rodeaba con sus brazos, incapaz de consolarla, sin saber qué hacer en realidad. No estaba acostumbrado a excesos sentimentales desde hacía años, y había olvidado cómo se trata a una dama en momentos de apuro. Así que se limitó a acariciar el cabello sedoso de Estela como si fuera una Madonna italiana y a poner caras de preocupación impostadas. Como si a él le fuese a importar un cuerno el destino de aquel escritor engominado y burgués.

Valentina se acercó a ellos y le hizo un gesto a Estela para que se acercara. Ella se liberó del abrazo y se levantó.

—¿Se sabe algo?

—No. Vamos a ir a la habitación del hotel a ver si encontramos algo. Estela —Valentina la miró a los ojos directamente, que los tenía enrojecidos de llorar—, necesito saber qué significa esa mancha negra que hay en la parte de atrás de la tarjeta que le dejaron a Toni sobre la mesa. ¿Se fijó en el camarero? ¿Dijo algo?

Estela negó con la cabeza y levantó las manos.

—No lo sé. De verdad que no lo sé. No estaba pendiente de Toni en ese momento. Se marchó, eso es todo.

—Al ver la tarjeta reaccionó de una forma muy determinada. Vamos, Estela. Cualquier detalle es importante en este momento. Toni está en peligro, ¿no se da cuenta? Todo lo que sepamos es poco.

—No sé..., en realidad es una tontería, me recordó a *La isla del tesoro*. Al principio, en la posada..., la marca negra. ¿No ha leído *La isla del tesoro*?

Estela se recompuso. Al fin y al cabo, Toni era solo un amigo, aunque muy querido, pero se reconvino porque al fin y al cabo ella era escritora de crímenes.

Valentina asintió con lentitud, intentando acordarse de la escena de la posada en donde salía la marca negra. Recordó que de niña le había impresionado mucho la llegada del pirata ciego.

—¿Y eso significa algo para usted?

—No. Me dio muy mala espina. Eso es todo. ¿A usted no le daría mala espina?

«Está mintiendo.» Valentina reaccionó con rapidez, y decidió un acercamiento más íntimo, tuteándola.

—Imagino que sí. De todos modos es necesario que me digas todo lo que puedas saber, Estela.

Por toda respuesta, la escritora se tapó de nuevo la cara y negó con la cabeza. Valentina se dio cuenta de que no iba a sacar nada de ella y decidió dejarlo para otro momento, aunque estaba sorprendida por esa reacción. Estaba claro que tenía ahora un *affaire* con Cabanas, «¿a qué vienen tantas lágrimas por Izaguirre?». Tenía que mantener la calma en medio de aquel delirio como fuera y priorizar: si Estela no quería hablar lo mejor era dejarla en paz..., por ahora. Pero antes le hizo una última pregunta:

—¿Tienes alguna idea de por qué el asesino utiliza el nombre de Miguel Román?

Estela abrió mucho los ojos y protestó:

—¡Dios mío, no!

Valentina miró el reloj: eran las tres de la madrugada. En el *hall* esperaban en silencio los organizadores de la Semana Negra. Un crimen y una desaparición y aquello no había hecho más que empezar. Suspiró.

Se dio cuenta de que en aquel instante estaban totalmente perdidos y sintió una punzada de desesperación al pensar en el destino de Toni Izaguirre.

«¿Dónde estoy?»

Notó frío. Mucho frío. Estaba oscuro.

La cabeza como una bola de billar deslizándose en zigzag.

Toni notó de repente que su corazón se aceleraba hasta bombear sangre de forma desesperada, abrió los ojos y se intentó incorporar.

El esfuerzo fue infructuoso. Estaba atado. Notó el hormigueo de la postura por todo el cuerpo. El dolor de los músculos en tensión. La oscuridad. El olor a gasolina.

Estaba dentro de un maletero.

El vehículo se movía con cadencia silenciosa. Toni intentó gritar, pero la mordaza le impidió emitir sonido alguno. Empezó a moverse y a golpear con las piernas la puerta, pero no consiguió nada.

El vehículo continuó su andadura en la noche, el conductor,

ajeno a los esfuerzos de Toni Izaguirre por respirar, por salir de aquel agujero, por volver a ver la luz y estar a salvo de aquella pesadilla.

Pero nadie podía ayudarlo.

—Ni hablar. No. Yo no me voy de aquí hasta que aparezca Toni. Y, además, no me voy porque no soy una cobarde. —Estela, visiblemente agotada, no levantó la voz pero su tono fue suficiente, ya había dejado de lloriquear.

—Tiene razón Estela: anular la semana sería darle la razón al asesino. Demostrarle que tenemos miedo, tirar todo por la borda. ¿No os parece?

Todos asintieron a lo que apostilló Analía Paredes. El librero Enrique Durán caminó en círculos, con aspecto apesadumbrado. Llevaba la corbata descolocada y le brillaba la parte superior del labio del sudor, de los nervios intensos que no se esforzaba en disimular. Miró a Pedro Mendiluce, que parecía salido de un club inglés, elegante y fresco como una camelia recién cortada, igual que la que llevaba en aquel momento prendida a la chaqueta del traje.

—En este momento vamos a tener a todo el mundo pendiente de nosotros. Y no solo me refiero al mundo literario. ¿Qué mejor publicidad que esta? Cualquier escritor que no venga será tildado inmediatamente de ser un cobarde, como ha dicho Estela, con toda la razón. Y qué duda cabe de que tendremos a toda la prensa pendiente de nosotros.

—No sé, Pedro, no sé... —Durán se aflojó la corbata todavía más y bebió un sorbo de agua de una pequeña botella de agua mineral. No soportaría otra baja más—. Bien, ¿está todo el mundo más o menos controlado? Si es así, seguimos adelante.

Cabanas movió la cabeza y frunció el ceño de forma visible.

—Mira, Enrique. No somos niños pequeños. Cada uno que se arregle como pueda. Mañana van a llegar más escritores, autores importantes, ¿lo sabes, no? Hazte a la puta idea de que no vas a poder controlarlos a todos en todo momento. Por ejemplo, Serrano se ha ido con la zorra de Thalía de copas. No tengo el más mínimo interés en saber qué están haciendo. Pero me lo puedo imaginar. Bastante tienes con la organización de este caos como para encima preocuparte como si fuésemos niños de excursión en el colegio de curas.

Mendiluce aplaudió la intervención de Cabanas, visiblemente complacido con aquellas situaciones límite que se producían sin tregua. Después de los años perdidos en la cárcel, disfrutar era su principal objetivo, y pocas cosas le hacían gozar más que observar a aquellos mindundis que se creían grandes autores, acojonados hasta la médula. Por supuesto que A Coruña Negra no se iba a suspender. ¡Era el acontecimiento del año! Por alguna casualidad magnífica, lo que había empezado como un divertimento cultural para lavar su imagen se estaba convirtiendo en un Grand Guignol en el que, como postre *delicatessen*, Valentina Negro, que había estado varios minutos fulminándolo con la mirada desde el otro lado de la sala y rodeada de policías, se había convertido de forma sorprendente en protagonista principal de aquel teatro fascinante.

18

Noches sin sueño

Ahora ya no recuerdo las palabras, pero entendí la idea. [...] No hay muerte ni acción, omisión ni comisión, que no deje su marca...

El trueno, JIM THOMPSON

Lunes, 3 de noviembre, 07.00

Iba descalza. Sus pies se hundían en la hierba. Notaba la frescura, la blandura de la tierra, pequeñas ramas se rompían entre los dedos. Valentina miró al cielo estrellado antes de adentrarse en el bosque de eucaliptos oscuro y espeso que se erguía delante de ella. Escuchó una voz que la llamaba: era la voz de su madre. Grave, intensa, como la suya, pero más dulce. Susurros en la brisa del mar Atlántico a lo lejos.

Valentina. Ven. Ayúdame.

Valentina corrió y las ramas y pequeñas piedras se le clavaron en la planta del pie. Sintió miedo, un miedo cerval y profundo, capaz de paralizarla, pero continuó avanzando, a pesar del dolor, de las brasas incandescentes en la piel. La frescura de la hierba había dejado su lugar al sílex afilado que cortaba y rasgaba.

Una urraca graznó en lo alto de una rama. Miró hacia arriba y la vio, gigante; sus ojos dorados posados en las raíces de los árboles que surgieron de la tierra y comenzaron a agarrar sus pies, a trepar por sus piernas conformando un capullo suave pero firme que acabó por trabarla. Valentina intentó caminar, mientras que la voz de su madre se escuchaba cada vez más lejana y débil.

Valentina, ten cuidado.

Las raíces llegaron a su pecho, lo rodearon, a sus manos, a su cuello, asfixiándola. Su madre, con la cara ensangrentada, surgió de pronto como un espectro de entre las raíces y avanzó hacia ella, las manos blancas, de mármol muerto, extendidas y abiertas.

En el centro de las palmas pudo ver la mancha negra.

Se despertó y se incorporó, sudorosa, atormentada. Tocó el brazo de Sanjuán, que dormía a su lado y se tranquilizó un tanto. Tanteó la mesilla para buscar un vaso de agua, que le supo amarga; a pesar de ello bebió un largo trago. La pesadilla le había dejado muy malas sensaciones: la cara de su madre cubierta de sangre, las raíces aprisionándola, la voz avisándola del peligro, todo aquello la perturbaba de tal forma que apartó el edredón y se levantó de un salto. A su mente acudieron al momento todos los sucesos de la noche anterior, que no contribuyeron precisamente a calmarla. Cogió su móvil: eran las siete de la mañana, no había dormido más de tres horas. Fue a la cocina a prepararse un café mientras miraba los wasaps y las llamadas perdidas: en uno Bodelón le decía que la furgoneta había aparecido vacía cerca de la entrada de la autopista AP-9 en Cecebre. La había encontrado la Guardia Civil. Ni rastro de los ocupantes. En el maletero habían encontrado la cartera de Toni Izaguirre con su documentación.

Valentina miró por la ventana mientras preparaba el desayuno. El día era gris y húmedo. Bebió un sorbo de café mientras asimilaba, aún adormilada, aquella noticia: el asesino había cambiado de *modus operandi* y había secuestrado a Toni, por lo que este podía seguir vivo. El hallazgo de la cartera la tranquilizó, sin duda la había dejado el autor a modo de señal.

«Quiere que sepamos que lo tiene él.»

Otro de los wasaps era de Bernabé. Tampoco había podido pegar ojo y ya estaba en pie y con ganas de empezar la jornada. Valentina sonrió: le había caído bien el inspector, parecía un tipo apasionado por su trabajo, y además era un hombre fuerte, con una voz profunda y la mirada intensa de los obsesivos. «¿Estará casado? No lleva alianza, pero eso no significa nada.» Se sorprendió a sí misma con aquellos pensamientos y decidió que el café estaba corto de azúcar, así que le echó otra cucharada y lo bebió de un trago antes de darse una ducha y despertar a Sanjuán para ir a buscar al inspector y dirigirse a la comisaría de Lonzas.

Mientras se duchaba, Valentina volvió a recordar los sucesos de la noche anterior. Tuvo una imagen nítida de la cara de Estela: su miedo era físico, más allá de la posible desaparición o asesinato de Toni. Era algo más profundo, un pavor casi visceral que ella reconocía bien, el miedo atávico e infantil al monstruo que se esconde dentro del armario. Y el tipo aquel, dando el nombre del protagonista de sus novelas..., parecía un mal capítulo de teleserie americana, pero la amenaza era muy real. Y si no que se lo dijeran a Basilio Sauce.

Aún mojada, fue a la habitación. Sanjuán ya estaba incorporado, despeinado y medio dormido, y a Valentina aquella imagen le produjo un acceso de ternura. Se acercó y lo besó en los labios.

Sanjuán percibió el perfume fresco y el olor a champú en su cabello y la besó profundamente.

—Estás preciosa.

Ella se separó, lo miró a los ojos castaños y suspiró.

—Venga, tenemos que marcharnos, llegamos tarde. Hay café en la cocina. Nos espera un día movidito. Y tú por la tarde tienes taller de escritura.

—Sí..., un poco de discusión inteligente me va a divertir, y así desconecto un poco de todo esto. En marcha... —Se levantó de un salto y se desperezó—. Tenemos que recoger al inspector. Tengo ganas de saber más cosas sobre el caso de Cecilia. Hay que completar el perfil. —Sanjuán sintió un escalofrío al entrar en la ducha.

Lúa no había podido dormir gran cosa Después de un par de horas en duermevela su cerebro se había activado pensando en lo sucedido durante la noche, acerca de lo cual tendría que escribir para su crónica diaria en el periódico. Para incitar al sueño decidió empezar el libro de Hugo Vane, *No morirás en vano*. Craso error: ya no pudo soltarlo. Desde la primera página te agarraba y te sumergía en un estado casi catatónico de lectura. El ritmo narrativo era brutal, la profundidad psicológica de los personajes impresionaba por su concisión y profundidad; las escenas ardían como la yesca seca; eran duras y crueles, pero nunca gratuitas, y la sometían como hacía mucho tiempo que ninguna novela negra lo había hecho. Aquella historia sobre un asesino existencialista y atormentado al que obligaban a matar a su familia adoptiva no solo era original en el planteamiento, sino también en el desarrollo, mezclando trozos de *thriller* a la americana con otros dignos de un escritor de alta literatura, incluso alternando páginas que podían ser verdaderos ensayos filosóficos. Era curioso que se desarrollase en un lugar imaginario que a Lúa le recordaba muchísimo a la costa coruñesa.

«Esta descripción es clavadita a Pontedeume, la playa de Cabanas y los pinares, el torreón medieval, el puente sobre la ría. ¿Será gallego este tío?»

Cada vez más intrigada con aquel Hugo Vane y cabreada consigo misma por haber tardado tanto en leer aquella maravilla y en fijarse en el autor misterioso, se acordó de que tenía que ir a Lonzas, había reunión policial y Valentina por la noche le había pedido que fuese, y con más razón después de haber reconocido al camarero. Cerró el libro con pena y lo metió en el bolso. Aprovecharía algún rato libre cuando volviese a la redacción para seguir leyendo, aunque antes tendría que escribir la crónica de las jornadas negras.

Madrid. Jefatura Superior de Policía

Velasco sacó la bolsa de pruebas con el tenedor del hereje y se la dejó ver a Diego Aracil, que lucía espléndido ya de mañana, o eso le pareció al subinspector coruñés, que no pudo dejar de admirar la apostura del policía, aquellos ojos azules de color turquesa y las pestañas casi femeninas. «Lástima que él sea heterosexual y yo me vaya a casar muy pronto», pensó, y sonrió para sí mismo mientras el otro sacaba el instrumento de tortura de la bolsa y lo depositaba sobre una superficie iluminada. Lo examinó durante unos minutos y luego resopló de forma audible.

—No es mi especialidad pero creo que es auténtico. Y si me apuras te puedo decir de dónde ha salido. He estado haciendo los deberes —sonrió—. Hace unos meses, concretamente en abril de este año, robaron en una exposición itinerante en Urueña, no sé si lo conoces, el pueblo de las librerías. Una exposición sobre instrumentos de tortura que durante este año viaja por toda Castilla. —Velasco asintió. Conocía aquel pueblo medieval, coqueto y silencioso—. La exposición tenía unas medidas de seguridad bastante lamentables, así que quien lo robó, solo tuvo que esperar a que algún vigilante se fuera a tomar un café, meterlo en una bolsa y salir tan campante. —Movió el ratón para despejar la pantalla del PC y comenzó a cliquear en una carpeta llena de fotografías—: Fíjate en las fotos, yo creo que es el mismo artefacto. El caso lo llevó la Guardia Civil, pero tampoco creas que le han dado demasiada importancia. Ha pasado desapercibido. Hay mucho coleccionista de objetos de tortura y no es algo de especial valor, así que... ¿Quién iba a pensar que podían utilizarlo de verdad? Pero no te preocupes, ya te pedí el expediente ayer por la noche. Llegará mañana.

Velasco asintió y le dio las gracias.

—Estaré varios días en Madrid, ahora tengo que ir a casa de Basilio Sauce, hablar con la familia, analizar el ordenador, todo eso. Avísame cuando lo tengas, ¿quieres? Y si te apetece podemos quedar a tomar unas cañas...

Valentina, sentada al lado de Sanjuán y de Bernabé, saludó a Bodelón y a Isabel cuando entraron en la sala de reuniones. Se veía a la legua que tampoco habían dormido demasiado y bebían café en vasos térmicos para espabilarse. Detrás de ellos ya se habían sentado varios policías que iban a participar en la reunión, además de otro que oficiaría como secretario. A Valentina le gustaba que las discusiones y todo lo acordado quedara por escrito. Estaban esperando a Iturriaga, que permanecía aún fuera, hablando con el comisario, que traía cara de pocos amigos.

Valentina movía la pierna, nerviosa. Cada minuto que pasaba era un puñal en su conciencia pensando en la suerte de Toni Izaguirre. Bernabé se dio cuenta de su apuro, así que le posó la mano nudosa en el antebrazo y sonrió con calidez.

—A mí también me pasa. —Valentina lo miró con gesto de extrañeza; no se esperaba en absoluto ese contacto—. Desesperarme cuando no veo una opción clara. —La miró con fijeza—. Pero lo único que podemos hacer es pensar en nuestro próximo movimiento. Y procurar no equivocarnos. Es un hecho que podría haberlo matado ya en el hotel, como hizo antes. Eso nos da un margen.

Ella le agradeció el comentario a su vez con una mirada y asintió. A continuación intentó relajarse sin conseguirlo. La pesadilla seguía martilleando en su cabeza, ominosa, la voz de su madre resonando una y otra vez, con una mezcla de cariño y urgencia. La mano de Bernabé continuó posada donde la había dejado unos segundos más de lo necesario, haciendo caso omiso de la mirada fulminante de Sanjuán, que se revolvió, algo incómodo.

Iturriaga entró en la sala al fin y saludó a todos los presentes. Tras resoplar, sacó un pañuelo para secarse una fina capa de sudor. Aunque fuera no hacía calor, incluso amenazaba lluvia, el inspector jefe se encontraba un tanto sofocado tras la conversación con el comisario.

Se aclaró la garganta.

—En primer lugar, gracias al inspector Bernabé por estar aquí con nosotros. —Lo miró y le hizo un gesto de reconocimiento—. Cualquier ayuda es poca: tenemos a todo el mundo pendiente de lo que está ocurriendo en A Coruña. Esta tarde daremos una rueda de prensa. Inspectora, vaya preparándose; ya sé que no le gustan demasiado pero no queda otro remedio, y es importante que los medios no estorben nuestra labor. —Valentina cerró los ojos, asintiendo.

Acto seguido giró sobre sus talones y se dirigió hacia la mesa, donde tenía un montón de papeles y los ordenó con un golpe seco. Continuó.

—Vamos a empezar, señoras y señores. Por lo visto uno de los escritores ha desaparecido y otro ha sido asesinado, y todo ha ocurrido en un par de días. Así que tenemos un buen follón montado en nuestra puñetera casa. Bien. Según Sanjuán, el asesinato de Gijón también puede ser obra de la misma persona. Así que, por favor, Bernabé... cuando pueda. Me temo que necesitamos saber todo lo que usted sabe. Muchas gracias por haber venido tan rápido desde Gijón.

Bernabé asintió y se levantó. Había estado preparando desde hacía un rato todo lo necesario, y comenzó a desgranar una por una las hojas que constituían el expediente de la muerte de Cecilia.

«El viernes 4 de julio de 2014, durante el trayecto del Tren Negro, en el contexto de la Semana Negra de Gijón...» El inspector comenzó a proyectar las fotografías de la escena del crimen, con las pruebas numeradas, el cuerpo sin vida atado y amordazado, el sujetador que ceñía el cuello, la silicona que sellaba la vagina y el ano. Los demás tomaban nota, especialmente Sanjuán, que asentía, cada vez más seguro de que la autoría de los dos crímenes era obra de la misma mano. Cuando Bernabé hubo terminado con el expediente, el criminólogo le hizo un gesto:

—En cuanto a la victimología del caso..., ¿sabe si Cecilia contaba con algún enemigo, antiguos amantes o rivalidades literarias destacadas?

Bernabé posó su mano sobre un montón de folios.

—Aquí está todo lo que pudimos averiguar. Muchos amantes, algunos de ellos casados. Se investigó el entorno sin resultado alguno. Y sí, muchos relacionados con el mundo literario, editores, críticos literarios, autores. Incluso una relación homosexual con una editora bastante influyente de Barcelona. Era una joven muy promiscua, en efecto. Y con muchas ganas de medrar... —Se detuvo un instante: Cecilia había sido objeto de un crimen brutal, y comprendió que sus palabras sonaban culpabilizadoras; pensó que él no era nadie para juzgar la vida de los demás, y se recriminó por ello—. En fin, también investigamos sus correos y sus redes sociales. Lo más curioso que pudimos encontrar fue un email bastante extraño... —rebuscó entre sus papeles hasta hallarlo— enviado por un tal *señorzaccone@gmail.com* unos días antes de la muerte —y lo leyó—: «*Cecilia, isla maldita, flor del mal. Musa enferma, musa venal. Sierpe divina, de ti no puede entrar ni salir nada / Pues eres la tentación de san Antonio, beldad mía, digna de ser amada por mil arañas y escorpiones.*» Bien, el señor Zaccone era uno de los alias del Conde de Montecristo, como todos sabemos el gran vengador literario, así que intentamos buscar el origen, pero estaba bien camuflado por una cadena de servidores que no nos dejó llegar a ningún sitio.

Sanjuán volvió a intervenir.

—«*No puede entrar ni salir nada*» —remarcó—, como en el cuerpo de Cecilia, ¿no? Sellados todos los orificios con cemento instantáneo. ¡Ese es nuestro hombre, sin duda! Usa un alias literario, eso está claro. Ahora necesitamos saber si tanto Basilio Sauce como Toni han recibido ese tipo de correos.

Llamaron a la puerta y se abrió. Era Elisa, la técnico de laboratorio, una mujer de frente amplia y pelo largo teñido de pelirrojo. Miró a Valentina y le hizo una seña con el pulgar hacia arriba de su mano derecha. Ella la invitó con un gesto a que se acercara y dijera lo que fuera.

—Inspectora, ya están listas las pruebas de ADN. Urgente como me pidió. Los de Gijón han estado también muy eficientes, es de agradecer.

Todos miraron con expectación. Habían pedido un cotejo entre el ADN de las bragas encontradas en el cuerpo de Basilio Sauce y el propio de Cecilia. Elisa pareció gozar de unos segundos de placer al ralentizar la comunicación del resultado, mirando los rostros anhelantes de los demás. Sonrió.

—Coinciden. Ambos ADN pertenecen a la misma persona sin duda alguna.

Valentina soltó de un golpe el aire que tenía preso en los pulmones y lanzó una exclamación mirando al criminólogo:

—Javier, ¡tenías razón! ¡Los dos crímenes están vinculados, y son obra del mismo asesino!

Thalía se afanaba en hacerle una mamada en condiciones a Paco Serrano en la habitación del hotel mientras el crítico, repantingado en una butaca, hablaba por teléfono con el editor José Torrijos a la vez que le marcaba el ritmo con la otra mano con mucha suavidad. No era cosa de abusar ya el primer día de aquella boquita gruesa y sensual. Susurró:

—Sigue, guapa. Lo haces de puta madre... menudo desperdicio con el carcelario. —Siguió hablando por teléfono—. ¿No jodas que es verdad que Toni ha desaparecido? No puede ser. Hostia, qué fuerte. Pensé que era una jugarreta de las suyas para llamar la atención. ¿La policía? Claro, Torrijos. No hay problema. ¿El camarero...? No, no lo recuerdo... espera, sí, ¿un tipo con barba? No me acuerdo de mucho más... Luego... —aguantó un gemido cuando la joven profundizó en la felación hundiendo la polla en la garganta—, que ahora estoy ocupado haciendo unas gestiones, ¿O.K? Venga, nos vemos en un rato.

El crítico dejó el teléfono sobre la cama y se relajó por completo mientras ella lamía y succionaba con verdadero talento y acariciaba y apretaba con las manos los testículos. Hasta las doce no tenía que hacer acto de presencia en la Semana Negra y no le cabía duda alguna de que la policía andaría por allí controlando a todo el mundo. Mientras miraba los ojos de Thalía clavados en los suyos con lascivia, pensó en Toni Izaguirre y su destino incierto durante unos segundos. Luego, cuando el orgasmo estaba a punto de nublar su mente, apartó a la chica, la tendió en la cama y la penetró sin más miramientos, con fuerza, haciéndole el daño que llevaba al placer.

19

La naturaleza esencial

Keats and Yeats are on your side
but you lose cause weird lover Wilde is on mine.

Cemetry Gates, THE SMITHS

Comisaría de Lonzas
Lunes, 3 de noviembre

—¿Qué tal así? —Luis, el de Estudios Fisionómicos, encargado de los retratos, retocó algo las cejas y la barba de la imagen y se volvió hacia Lúa, que señaló la pantalla.

—La barba menos poblada y rubia. Y los ojos más redondos. Así. Más o menos.

—Si le pones una barba negra, podría ser el mismo que sale en las cámaras del hotel, con un poco de imaginación... —Valentina se recogió el pelo tras la oreja y llamó a su hermano, que permanecía unos metros más atrás con cara de agobio—. ¿Qué te parece?

Freddy se acercó un poco más a la pantalla, y miró la imagen con detenimiento.

—Es él. Es alto, se le ve fuerte. No hablé apenas con él, pero me fijé en su mirada algo extraña, como alucinado. Una voz peculiar.

Luis volvió a teclear y a manejar el ratón bajo las indicaciones de Freddy y Lúa hasta dejarlo a satisfacción de ambos. Valentina miró a la periodista, aún molesta, pero menos que la noche anterior.

—Lúa, encárgate tú de gestionar lo del retrato en la *Gaceta*, te lo mando al correo, pero no creo que sirva de mucho si las barbas son postizas. —La llevó a un aparte—: Te conozco. Haz el favor. Todo lo que descubras, dímelo a mí. No te metas en líos. Prométemelo.

Lúa sabía que su amiga no estaba para más sorpresas, y ella no disfrutaba provocándola. Por otra parte profesaba una profunda admiración a Valentina, una mujer que se había hecho respetar en un mundo de hombres. En ese aspecto eran parecidas, porque ella había tenido que pelear duro para ganarse el respeto como periodista de investigación.

—Descuida, Valentina. Lo haré. Pero comprende que mi trabajo tiene sus servidumbres. Reconozco que tenía que haberte avisado antes de publicar las fotos. Pero me dejé llevar por la primicia, y no quería tener que escuchar tus reproches. Fui egoísta, es cierto, pero a veces en mi mundo tengo que serlo... —Ambas se miraron intensamente a los ojos, y Valentina asintió; Lúa le correspondió con una sonrisa, a modo de agradecimiento. Y luego, cambiando de tono—: ¿Y Sanjuán?

—Está reunido con Bernabé para concretar todos los detalles del asesinato de Cecilia y avanzar en el perfil criminológico. Luego tiene taller de lectura, ¿vas a ir?

—No sé, espero que sí. Yo voy ahora a la charla que va a dar Estela Brown a todos sus lectores sobre sus novelas. Tengo que cubrir los eventos y luego escribir la crónica.

Valentina vio a Lúa salir de la sala acompañada de su hermano. A pesar de su promesa, no podía dejar de intuir que la capacidad de la periodista de meterse en problemas seguía intacta y en plena forma. «Hay cosas que se llevan en la sangre», reflexionó, negando con la cabeza.

Madrid. Chamartín.
Al mismo tiempo

Velasco, acompañado por un policía de la judicial de Madrid, admiró el ático luminoso y amplio que había pertenecido a Basilio Sauce. Desde los ventanales se podían contemplar los pináculos de las iglesias herrerianas de la ciudad. A su lado Esther, la ex mujer del escritor, una morena con ojos negros que parecía recién salida de un cuadro de Romero de Torres, aguantaba las lágrimas con dificultad, apretando en la mano un paquete de clínex.

—Qué horror, por Dios. Pobre Basilio. Por favor, pasen. Esto es..., *era* su despacho. Aquí tiene el ordenador —dijo, señalando una amplia mesa de cerezo macizo que se completaba con un sillón grande desde el que podía descansar a ratos de la escritura mirando las terrazas y tejados lejanos—. Tenía un portátil que llevaba siempre consigo, un Mac. Como pueden ver, el pobre estaba obsesionado con Egipto.

«Y tanto», pensó el subinspector al ver una réplica a tamaño natural de la máscara dorada del tesoro de Tutankamon además de otras reliquias, reales o imitaciones, de obras de arte de la tierra de los faraones. El policía que lo acompañaba se sentó sin más dilación delante del ordenador, un especialista en informática que en pocos minutos comenzó a manejarse con destreza con el ratón inalámbrico. Encendió el ordenador y la impresora y al momento estaba ya dentro de la vida y obra de Basilio Sauce.

—La verdad, que yo sepa, no tenía ningún enemigo. Nos llevábamos muy bien, yo lo apreciaba mucho —continuó Esther, sollozando unos instantes, mientras cogía de un mueble una reproducción de Horus y la sostenía en sus manos, acariciándola, como si pudiese así recordar la presencia de Basilio.

Esther invitó a Velasco a sentarse en una de las cómodas sillas que flanqueaban una pequeña mesa donde Basilio descansaba tomando café o fumando, y ella hizo lo propio en otra. Suspiró, quedó callada unos instantes, y ya recompuesta tomó la iniciativa, porque sabía que era inevitable entrar en el pasado de su marido.

—Es verdad que le gustaban mucho las mujeres. Por eso nos divorciamos: no es que a mí me importase demasiado, éramos un matrimonio muy liberal, pero cuando me enteré de que se había liado con esa escritora de tres al cuarto..., sí, la jovencita que murió en Gijón..., pues la verdad es que ya no me hizo demasiada gracia. Era una cría.

Velasco levantó las cejas, extrañado.

—¿Con Cecilia?

—En realidad se enrolló con todas las que pudo, las escritoras, quiero decir. Y sospecho que también con Estela Brown. La de la famosa trilogía. Esa por lo menos tenía una edad. No era una niña y hay que reconocerle una cierta belleza de frígida...—Había malicia en ese comentario, y a Velasco no le pasó desapercibido, pero decidió obviar ahora esa cuestión.

—¿Cuando murió Cecilia le comentó ese detalle a la policía?

—¿Y por qué iba a hacerlo? Basilio no tenía nada que ver con eso, aquella semana estaba en Londres presentando su libro. Además, a mí nadie me preguntó nada. ¿Por? ¿Es importante?

—Puede ser. ¿Sabe qué tipo de relación tuvo con Cecilia? Quiero decir...

—Oh, inspector, no ocupaba mi tiempo en averiguar esas cosas..., éramos liberales, pero discretos. Sé que la vio durante un tiempo. Incluso alguna vez llamaba a casa, ya sabe, fingiendo que era una alumna aventajada suya... Basilio me dijo que la conoció en un taller de escritura. Nunca reconoció nada, pero como le digo tampoco nos pedíamos explicaciones. Solo que esa chica era ciertamente descarada, y le vuelvo a repetir, era inconsciente, sí, pero una cría, y francamente me disgustó que Basilio no discriminara más... Pero en fin, él era así —suspiró.

Velasco acabó de escribir sus notas en un bloc, y decidió que ese tema no iría más lejos. Así que se dispuso a retomar a Estela Brown.

—Bien... antes dijo que su marido también tuvo una relación con Estela Brown..., ¿qué me puede decir al respecto?

Esther permaneció unos segundos muda. Luego lo miró fijamente a los ojos. Su voz sonó dura y amarga:

—Estoy segura porque yo los cacé una mañana follando en mi propia cama. Y no solo follando: la muy puta se había traído una fusta y unas correas y lo había atado al cabecero. Un cuadro, agente. Un verdadero cuadro. Por lo visto llevaban una temporada liados. Esa tipa es una mantis, no, no es de fiar. Luego va diciendo por ahí que las dos nos queremos, nos apreciamos y nos llevamos bien. ¡Los cojones! —Velasco abrió los ojos, sorprendido por esa exclamación, que la encontró fuera de lugar en esa mujer—. Desde luego que en público yo no digo lo que pienso: Estela tiene mucho poder y está muy bien relacionada. Conoce a todos los hombres poderosos de Madrid. Y ya no cuento cómo se maneja en el mundillo literario..., y en fin... su ex está forrado de dinero. ¿Por qué cree usted que se casó con él? ¿Por su apostura masculina?

Velasco no supo lo que contestar. Por fortuna para él, la impresora comenzó a escupir papeles, los correos recibidos y enviados de Basilio. Valentina había pedido expresamente que buscaran si había alguno del *señorzaccone@gmail.com*. El agente informático se puso inmediatamente a buscar entre los mensajes mientras Velasco seguía apuntando todo lo que le contaba Esther.

«A Valentina le va a gustar saber lo de Basilio y Estela, vaya que sí», pensó el policía.

—Subinspector, mire: Aquí está el correo que están buscando. —El agente le acercó un folio. Velasco lo cogió, lo leyó e inmediatamente lo fotografió para mandárselo a Valentina por WhatsApp.

Valentina, en Lonzas, lo leyó en alto a Sanjuán y a Bernabé al momento. Los tres estaban repasando el expediente de Cecilia con nuevos ojos, ahora que tenían pruebas fehacientes de la unión entre ambos crímenes.

¿Creías que Yeats y Keats estaban de tu lado?
Del mío está Wilde.
Pero del tuyo solo está Anubis, el chacal.

Cuando viajes al juicio de Osiris, recuerda siempre que de mi lado está Wilde.

—Es él otra vez. Hay que constatar si Toni ha recibido uno de estos extraños «poemas» y contactar con todos los demás escritores. Una parte de los versos se corresponde con la letra de la canción de los Smiths, «Cemetery Gates»... —Valentina se estaba preguntando si Luis ya habría podido romper la contraseña del ordenador de Toni Izaguirre cuando sonó su iPhone—. Velasco, dime. Sí. ¿De verdad?, Basilio —hizo un gesto a los demás para requerir su atención— liado con Estela Brown. Y con Cecilia. Vaya, vaya, lo cierto es que no perdía el tiempo. Con razón decían que era un ligón. Gracias, Velasco, hablamos.

Valentina sonrió con tristeza, y miró a Sanjuán y Bernabé, que estaban juntos en su despacho repasando el expediente de Cecilia. A continuación dijo:

—En ese mundo de la literatura tan endogámico parece que todos tienen que liarse con todos una y otra vez. Toni también se lio con Cecilia. De hecho fue el principal sospechoso del crimen durante bastante tiempo, como sabéis.

Sanjuán asintió:

—Estela no hace más que salir en la investigación. Su personaje estrella, Miguel Román, el Detective Invidente, es el que usa el asesino como seudónimo. Ha estado liada con una de las víctimas. Y la hemos visto muy cercana estos días a Cabanas... ¿Estaría también liada con Toni? No hay duda de que tienen una relación especial, ¿no os parece? Ella quedó muy afectada al saber del secuestro... No sé, esa mujer parece haberse relacionado íntimamente con muchos de los protagonistas de la investigación. Y eso, a la fuerza, debe de tener un significado.

Bernabé coincidió.

—Cuando los interrogué en Gijón pensé lo mismo. No sé si «liados», pero tienen algo. Una relación especial, se nota en la complicidad. No se nos ocurrió investigar a Estela. El violador y asesino era un hombre, sin duda alguna, el ADN lo confirmó. Ahora veo que fue un error no hacerlo. Pero quién iba a pensar...

—Hay que proceder con tino —siguió Valentina—: Estela

se cierra en banda todo el rato. Es como un cangrejo, hay que encontrar la forma de abrir ese caparazón. Y hay que empezar a preguntar a los autores si han recibido ese tipo de correos.

Sanjuán se levantó mientras miraba su reloj de pulsera.

—Tengo en un rato un taller de escritura, y luego moderar una mesa de escritores gallegos. —Sacó un programa de la cartera de cuero—. Les preguntaré con discreción si han recibido algún mensaje extraño. Estela da una charla sobre cómo escribir novela negra en el salón de actos de la Banca Gallega, va a estar lleno de gente. Lo digo por si es necesario mandar a alguien. Por la noche trabajaré en el perfil. —Miró a Bernabé, quien asintió—. Bueno. Me tengo que ir o llegaré tarde. —Hizo una mueca que pretendía ser una sonrisa; en realidad no le hacía ninguna gracia dejar a Valentina y a Bernabé solos, pero no le quedaba más remedio: ya se había pasado la hora de comer, tendría que buscar un sitio para tomar algo rápido y llegar a tiempo a dar el taller de escritura. Así que se acercó a Valentina y la besó en los labios, en un gesto que a él mismo le pareció un tanto exagerado.

Museo de Ciencia y Tecnología, A Coruña,
17.00

Marcos Albelo no prestaba mucha atención a las palabras de Sanjuán. Para él, todo lo que este decía era una cháchara indescifrable, o eso al menos quería creer. Estaba en un grupo de treinta personas, un lleno para el taller de novela negra, en una de las salas del MUNCYT, el museo de Ciencia y Tecnología. Su interés en realidad se centraba, como era lógico, en Marta de Palacios, quien, contrariamente, seguía con fascinación el discurso del criminólogo.

—... Así pues, el asesino en serie persevera en su esencia. Es decir, cuando comete un nuevo asesinato está ahondando más en su naturaleza esencial, en lo que realmente es. Para él, el crimen es un modo de escapar de una realidad convencional que cada día le resulta más difícil de tolerar. Su vida comienza y se desarrolla hasta la edad adulta dentro de las convenciones sociales.

Pero, generalmente, al final del decenio de los veinte, se despierta algo en su interior que le exige transgredir el tabú de respetar la vida humana. A veces hay signos precoces en la infancia y la adolescencia; tal y como dice el FBI, estos sujetos pueden torturar animales, incendiar, robar y mentir compulsivamente... en tales casos descubrimos que sus hogares son claramente inadecuados, y que la relación con sus padres puede llegar a ser algo tortuoso. Ed Kemper, el asesino en serie de California de los años setenta, es un buen ejemplo de ello. Robert Ressler lo analizó con detalle en su libro *El que lucha con monstruos*. Pero en otras ocasiones no aparece ningún signo de la pulsión homicida hasta mucho más tarde. —Sanjuán pasó una nueva diapositiva donde se veía a un hombre recio y velludo, con aspecto severo, marcial, pero ataviado con un sujetador y unas bragas diminutas de color verde de botella—. Aquí tienen al coronel Russell Williams, comandante en jefe de la base de la OTAN en Trenton, Canadá, que no comenzó a asesinar hasta una edad madura (en torno a los cuarenta años), después de pasarse un período largo colándose en las casas de mujeres y robando su ropa interior.

Los asistentes, entre los que estaban Thalía y Cristina Cienfuegos, pusieron cara de incredulidad al ver a Williams de esa guisa, alguno aguantó la risa y varios levantaron la mano, pero fue a Marta a quien Sanjuán señaló para que preguntara.

—Sanjuán, si le he entendido correctamente, ¿alguien como Williams pasa a ser un asesino en serie sin que haya una razón? Quiero decir, ¿cómo podemos hacer atractivo desde el punto de vista dramático a una persona anodina que de pronto se convierte en un monstruo?

Sanjuán conocía a Marta de Palacios, así que sonrió, contento por tener una participante tan lista y hábil en el taller.

—Bien, Marta, es una buena pregunta. Que no mostrara signos en su juventud de que se iba a convertir en un asesino en serie no significa que el personaje no pueda tener fuerza dramática, porque, sin duda, ese individuo podía pensar y sentir de forma «extraña» o «distinta» antes de comenzar a matar. Porque —miró ahora a todos— no olviden que la deriva hacia el asesinato en serie no es sino el producto final de la propia cristalización de una personalidad enfermiza, de una psicología que, a partir del uso de la razón contaminada por fantasías, va a intentar descubrir de qué modo puede encontrar su lugar en el mundo... Para su desgracia y la nuestra, ese lugar será el convertirse en un asesino, pero hasta llegar ahí desarrollará una forma de ser en la que sus juicios sobre la gente y la sociedad pueden ser dramáticamente muy interesantes... tanto como las fantasías que, poco a poco, van llenando su imaginación. Les pondré un ejemplo: tomen el personaje del policía Lou Ford en *El asesino dentro de mí*, de Jim Thompson. Empieza a matar cuando descubre que, haciendo tal cosa, su vida empieza a tener realmente sentido. Entonces lo hará repetidamente, no en realidad porque le sirva para mucho, sino porque ha descubierto el enorme poder y satisfacción que obtiene. Pero, y esto es lo importante, antes de empezar a matar él ya se sentía de un modo muy diferente a como sienten los demás; ya había aprendido a mirar a sus ciudadanos como insectos en una cámara de observación. ¿Me comprenden?

Albelo se estaba poniendo enfermo. Él no había matado nunca, pero comprendía muy bien cómo se podía sentir un asesino, porque él mismo había experimentado el hálito embriagador de la muerte cuando tenía a su antojo la vida de las jóvenes a quienes violaba. Él siempre había podido contenerse; en realidad, matar no formaba parte de su fantasía hasta el día en que fue capturado. Cuando actuaba, que alguna de las chicas muriera era una posibilidad que no se podía descartar, ya que quedaban malheridas e intoxicadas de forma grave, pero era algo en lo que no pensaba; simplemente, la posible muerte de cualquiera de esas chicas no formaba parte de sus fantasías. Él necesitaba vejarlas, humillarlas, violarlas mientras sufrían el mayor terror; no necesitaba matarlas. No obstante, escuchar a ese gilipollas hablar como si fuera un experto le daba ganas de vomitar. ¿Qué sabía ese imbécil de por qué le asaltaban esos demonios? ¿Su naturaleza esencial? ¿De qué coño estaba hablando? ¿Acaso no sabía que todas esas chicas a las que seducía y vejaba no eran sino putillas que tendrían que agradecerle que les diera esa lección inolvidable de cómo manejarse en la vida para no llegar a ser unas putas completas, unas zorras banales cuando llegaran a ser mayores?

No, él no tomaba sino lo que las adolescentes *en realidad* querían darle, y él odiaba la hipocresía tanto como a los que iban de sabelotodo. Estaba arrepintiéndose de haber cedido al deseo de Mendiluce para que acudiera a ese maldito taller, cuando Marta le sonrió; una sonrisa fugaz, casi imperceptible, pero él la había registrado. Estaba a su lado: se había girado con su cabello castaño y el bolígrafo acariciando su boca cuando sus ojos se cruzaron y le guiñó un ojo. Las copas de la noche anterior aún reverberaban en su mente, y el beso de despedida en la comisura de los labios no había sido en vano, por lo visto.

Marta lo miró complacida, aunque antes de que pudiera contestarle lo interrumpió Sanjuán, quien se acercó y la saludó con cariño, al tiempo que se escuchaba una nutrida salva de aplausos. El taller ya había terminado, y ella, mirando a Albelo, no se había percatado de ello. El criminólogo, que había observado claramente ese intercambio de miradas, se disculpó ante Albelo por interrumpir, e intercambió unas frases amables con Marta. Albelo sintió una rabia profunda que ocultó muy bien apretando hasta casi romper su bolígrafo con su mano derecha, pero nada de esa tensión trascendió al exterior. Cuando se fue, Albelo tuvo miedo de haber perdido el terreno conquistado, pero el temor se disipó pronto, porque Marta no parecía haber perdido el hilo de los acontecimientos.

—Es que conozco a Sanjuán, es casi un amigo de la familia... aunque nunca le había oído hablar, y la verdad es que es una pasada, ¿no te lo parece? Me ha encantado el taller. Ahora nos toca hacer un relato. ¿Qué tal si lo hacemos juntos? Nos podemos ayudar, ¿no te parece?

Albelo era un tipo que, si no le cogían de sorpresa, sabía estar perfectamente en cualquier lugar. Era un hombre culto y durante toda su existencia había fingido cosas; pensamientos, sentimientos, opiniones... De una manera que le sorprendería si se detuviera a reflexionar sobre ello, había hecho de su vida convencional solo una tapadera para perseverar en su naturaleza esencial, tal y como Sanjuán había explicado solo unos minutos antes; en su caso, la de un violador en serie y potencial asesino; solo que Albelo no había sabido escucharle, o no había querido, porque la gente de su estirpe no gustaba de profundizar en las cavernas de su alma. Les agradaba ver el mal en los demás, conocerse a sí mismo de poco serviría en realidad.

—Uff... Impresionante, la verdad, extraordinario... Ese hombre lo sabe todo... Eh... —miró su reloj y luego a Sanjuán, quien estaba hablando con Thalía y con Cristina—, tenemos dos horas antes de que comience la proyección de la película *Chinatown*, de Polanski, que me entusiasma... ¿Quieres tomar algo y de paso si te parece hablamos más sobre nuestros gustos y aficiones? Ayer me pareció que teníamos muchas cosas en común.

Marta había pasado por unas experiencias horribles en Roma; a otra joven podrían haberla marcado para siempre, pero ella era fuerte y dura como el acero. Y una de las cosas que se había jurado a sí misma es que no iba a permitir que lo vivido en Roma condicionara su vida futura. Eso sí, su instinto se había afilado, y no podía evitar un segundo de angustia cada vez que socializaba en un contexto que no le resultaba cómodo. Pero esa era su casa, A Coruña; acababa de ver a Sanjuán, y no vio ninguna razón por la que no debía seguir relacionándose con aquel hombre atractivo, cuya presencia dejaba a los jóvenes de su edad como figuras accesorias que encajaban mejor para compartir ratos desenfadados y de gimnasio o artes marciales. Pensó que de ese hombre podría aprender cosas nuevas, que era un modo de sacar más provecho al taller: compartiendo puntos de vista originales y novedosos. Y ese hombre, en la treintena, no solo tenía ideas interesantes, sino que era muy atractivo. Sus ojos eran dos lagos azules, tan azules que parecían artificiales; su barba pulcramente recortada revelaba un rostro dulce aunque quizás algo atormentado. Y, en suma, como mujer, al fin y al cabo, sintió un pinchazo por dentro al encontrar un ser humano que le tocaba en su interior, sin que hubiera una causa racional que lo explicara. Así pues, Marta de Palacios, por toda respuesta, se limitó a mostrar una sonrisa de una belleza como solo puede existir a su edad y a decir:

—¡Claro! Es una idea excelente, me apetecería mucho acompañarte.

20

El Detective Invidente

Lunes 3, 18.00

Lúa saludó con un gesto a Bodelón, que estaba sentado en tercera fila, muy atento a todos los que asistían a la charla de Estela, que bebía agua mineral mientras charlaba en bajo con su presentador, Pablo Portabales, un conocido periodista de la radio local y gran amante de la novela negra. Lúa se sentó delante de todo, con su vieja grabadora a punto dentro del bolso. Cabanas estaba a su lado, mirando a la escritora con devoción. Lúa se volvió y vio entrar a Torrijos y a Cristina Cienfuegos, que se quedaron hacia el final, seguidos de Paco Serrano y su sempiterna cara de hastío. Reconoció entre el público a varios policías nacionales.

Portabales cogió el micro y empezó a hacer pruebas. En unos minutos la sala estaba llena a rebosar, con gente de pie que se amontonaba en los pasillos, pegada a la pared, cargada con sus libros, ansiosa por verla y escucharla. Estela jugaba en casa y lo sabía, así que se sentía segura a pesar del dolor intenso que le causaba durante todo el tiempo la desaparición de Toni Izaguirre. Lúa sacó unas fotos de la mesa con el móvil admirando la chaqueta de Chanel blanca y negra de la escritora, que permanecía en silencio cuando Pablo comenzó a presentarla y a loar sus obras. Un rato después Estela tomó la palabra y Lúa, dispuesta a prestar plena atención, olvidó todo lo que la rodeaba, cogió su bolígrafo Bic naranja y se dedicó a beber todas las palabras que pronunciaba la escritora.

Madrid, apartamento de Basilio Sauce

Velasco reprimió una exclamación y continuó leyendo. Basilio Sauce había copiado párrafos enteros de otra novela escrita años atrás. Una novela de autor americano, desconocido, Louis Chapmant: *La muerte de Osiris*. Allí estaba el plagio, delante de sus narices, dentro de los documentos en el PC del malogrado autor.

«Un corta-pega de libro, madre de Dios. Tenía razón Sanjuán, el responsable de esta escabechina de escritores es una especie de vengador literario. Pero ¿cómo supo que había copiado? Seguro que no es la primera vez que lo hacía...» Velasco continuó abriendo carpetas. Todo lo que veía era un escándalo. Era como si toda la obra de Sauce fuese una gran falsedad. Allí estaba todo, tramas, personajes, ambientación. Todo imitado, copiado de otros autores con un celo digno de un orfebre. Todo apuntado y apuntalado como un gran palacio de la trampa. Permaneció un rato con los ojos abiertos y llenos de asombro hasta que sonó el teléfono. Era Diego Aracil: ya tenía el expediente de la Benemérita en el que se narraba la investigación del robo del tenedor del hereje.

Quedaron para cenar, pero antes Velasco llamó a Valentina Negro. La inspectora no pareció demasiado sorprendida ante las revelaciones.

—Lo bueno es que Cecilia también fue acusada de plagio, Velasco. ¿Qué te parece? Por lo visto parte de su libro de poemas no es precisamente original. Bernabé descubrió que un músico de Alicante, Antonio del Río, le mandó varios correos acusándola de copiar varias letras de sus canciones. La gracia es que habían estado enrollados bastante tiempo, así que la cosa no trascendió. Lo que quiere decir que alguien de confianza se enteró del asunto... Si Cecilia estuvo liada con Sauce también pudo saber que este copiaba. Las charlas de cama a veces se van de las manos...

Bernabé estaba escuchando la conversación.

—Eso nos lleva a que el asesino puede ser alguien del círculo de escritores. Alguien que conoce todas sus intimidades más secretas. Pero ¿quién? Fue lo primero que miramos en el crimen de Cecilia. Y el secuestro de Toni se produjo con todo el mundo delante.

—Velasco, en cuanto termines con el tenedor del hereje y con Basilio Sauce, quiero que empieces con Estela Brown. Vive en Madrid, ¿no? Pues averígualo todo. Relaciones, amantes. Todo. Allá donde metemos las narices aparece Estela, por hache o por be. Es el perejil de todas las salsas. ¡Manos a la obra!

Valentina colgó, recordando que en unos minutos tenía que bajar a la rueda de prensa y aún no se había puesto el uniforme.

—Odio las ruedas de prensa, Bernabé. Me ponen de los nervios.

Bernabé se levantó, dispuesto a acompañarla.

—No te preocupes, Valentina. A mí también me horrorizan. Si me lo permites, te acompaño. Pero seguro que no es la primera que haces... y más o menos siempre salimos con dignidad de estas encerronas... —La miró con dulzura, como si la quisiera proteger con sus palabras—. ¿A que sí? —Valentina asintió, y le devolvió la sonrisa en agradecimiento, porque lo cierto es que ella, en efecto, se sintió de pronto más segura al tenerlo a su lado.

Apartamento de Lúa Castro, 20.30

Lúa cerró la puerta y dejó las llaves sobre el recibidor, a la vez que lanzaba un largo suspiro de alivio al percibir el olor de su casa. Había sido un día muy largo, y lo que más le apetecía en el mundo era darse un buen baño relajante y tomarse una copa de vino. Jordi, su compañero, estaba fuera unos días, y aunque en general era feliz con el fotógrafo, disfrutaba con esos raros momentos en que podía estar sola, a lo suyo, sin tener otra cosa que hacer que mimarse, tomarse su tiempo, algo que desde que murió su madre en realidad nadie había vuelto a hacer. Ella era consciente de que no era el tipo de mujer que ronroneaba buscando el arrullo y un hombro protector. Desde siempre disfrutaba con las disputas verbales y rara vez daba su brazo a torcer, quizás era su modo de hacer frente a la vida cuando desde pequeña tenías que espabilarte. Pero a veces la vencía un cierto ánimo de fragilidad, un poco harta de tener que vivir con el pie en el acelerador tanto tiempo, y además en ese mundo del periodismo donde cada vez costaba más mantener el tipo frente a docenas de recién licenciados dispuestos a trabajar sesenta horas a la semana por un sueldo de esclavo.

Fue al baño y abrió los grifos de la bañera. Buscó en el mueble las sales y un gel con olor a melocotón y echó un buen chorro para hacer espuma. Luego fue a la cocina y buscó una botella de Ribera del Duero que le había regalado su padre hacía unos días.

Le fastidiaba que Carrasco la apretara a todas horas para que consiguiera cualquier noticia sabrosa que publicar acerca de A Coruña Negra. «Lúa, sabes que quiero todos los días una columna; lo que no sepas lo elaboras como un artículo de opinión, en plan Truman Capote... ¿No eres la autora del *best seller* sobre el Artista? Tú también eres escritora..., así que no acepto excusas. Haber encontrado el cuerpo de Basilio Sauce no es suficiente.» Lúa suspiró, contrariada: en realidad ella quería tiempo para investigar la identidad de Hugo Vane, pero Carrasco se había mostrado inflexible. Eso podía esperar, un misterio literario no podía compararse al misterio brutal y sangriento de un asesino matando a escritores, y era verdad, tenía que reconocerlo. Así que no tuvo más remedio que ceder a los designios de su jefe. Cerró el grifo y se metió despacio en la bañera. La espuma empezó a cubrir su cuerpo y cerró los ojos. Pasaron unos minutos de profundo relax, en los que su mente quedó liberada, y de pronto volvió a abrirlos y se incorporó de súbito. ¡Su cerebro había hecho una conexión! ¿No había dicho Freddy, el hermano de Valentina, que el camarero desaparecido dijo que se llamaba Miguel Román? Lo había escuchado de soslayo, pero... ¿cómo no se había dado cuenta? Se reprochó no haber caído antes, esa misma mañana. Tomó la copa que descansaba en un taburete junto a la bañera, y apuró su contenido.

Se puso el albornoz, se secó rápido y corrió hasta el salón, donde estaba su ejemplar de *No morirás en vano* y lo llevó al despacho. Se sirvió otra copa: durante la charla de la tarde, Estela Brown había leído diferentes pasajes de sus tres libros protagonizados por Miguel Román, el Detective Invidente. Repasó las notas que había tomado. Se alegró de ser tan meticulosa. Ella siempre prefería escribir, no importa que estuviera grabando al mismo tiempo lo que fuera. No se sentía una periodista de verdad hasta que no posaba su mano tensa sobre el papel. Y sabía escribir muy rápido. Leyó con atención sus notas:

Estela Brown: «El factor humano en la novela negra: lo que aprendí del Detective Invidente.»

«La ciencia parece aportar legitimidad a la investigación, por eso el éxito de series y películas tipo CSI, pero nada puede sustituir al trabajo arduo y a la intuición que nace de la experiencia...

»Cuando elegí a un invidente como detective era eso lo que quería destacar: que incluso una persona con ese déficit tan notable puede ser insustituible, y muchas veces superior a cualquier método tecnológico que nos pueda deslumbrar... porque la ciencia es muy útil, es cierto, pero ella a nada nos conduce si detrás no hay una inteligencia sensible que interprete los hallazgos y genere caminos por los que transitar...»

Lúa pasó las siguientes dos páginas dándoles solo un vistazo, buscaba algo en concreto, aunque no sabía exactamente qué era. Pero la parte interesante era donde había transcrito frases textuales de los tres libros que había citado Estela Brown:

(De *Asesinos sin rostro te acechan.*) «Miguel sabía que alguien estaba sentado justo enfrente, en su sillón. La puerta no había sido forzada, él en realidad no había escuchado nada, ni siquiera a aquel hombre respirar. Pero lo sabía, eso era un hecho; como lo era que en los próximos minutos tendría que luchar por su vida completamente desarmado, y en realidad con el único aval de su inteligencia. Cuando la tensión de sus músculos se aflojó, deslizó una fina sonrisa por sus labios y siguió caminando hasta la pared. Buscó el interruptor y apagó la luz. [...] Él siempre había dicho a quien quisiera oírle que la muerte no es de temer cuando uno vivía instalado permanentemente en la oscuridad.»

(De *El enigma de la gata persa.*) «Había algo irreal en el sencillo hecho de descolgar el teléfono para hablar con Alicia, como si aquello fuera el sueño de otra persona y él estuviera escuchando su relato. ¿De verdad podía llamarla y decirle que sabía que toda su palabrería romántica, todas esas dulces declaraciones que le embrujaron tantas noches, no era sino una hábil patraña para que no descubriera que era una asesina? ¿O había, por leve que fuera, algo de amor además de la traición y el engaño? ¿Podía coexistir una emoción tan noble en el pecho de una mujer junto al egoísmo insensible y la falta de escrúpulos que exige el homicidio? De pronto comprendió que si no se hubiera enamorado de Alicia jamás hubiera tenido la oportunidad de implicarse tanto en su vida y llegar a saber quién era realmente... Pero una angustia le atenazaba: ¿Por qué le dejó ella acercarse tanto? ¿Quizá confió demasiado en su capacidad de seducción...? ¿O...? "¡Dios mío!", musitó Román, y marcó el número de Alicia con dedos temblorosos.»

(De *Llamada para un cadáver*.) «Román sabía que Jorge tenía la pistola, y que él estaba dispuesto a matarse. Una palabra suya y él lo haría. Lo había jurado. Por un momento sintió que debía seguir el procedimiento establecido. Jorge había matado a dos hombres, y eso era un doble homicidio. Punto. Pero entonces, cuando iba a pronunciar lo que debía decir, sus labios quedaron sellados, y sus ojos, en una mirada vacía pero penetrante, dijeron justo lo contrario. Matar en ocasiones era un deber moral, y solo un Dios puede verse liberado de ese deber, si Él lo decide. Miguel Román agachó la cabeza y comprendió que era humano en todos los sentidos, no un Dios. De pronto, el tiempo se detuvo. A su oído llegó el rumor de las olas, el olor del pinar, la sirena de un barco a lo lejos...»

Lúa subrayó varias palabras, y se apresuró a abrir el libro de Hugo Vane. Había leído ya 210 páginas de las 370 que lo conformaban. ¡Joder! ¿Dónde estaba lo que buscaba? Y, mejor aún, ¿qué estaba exactamente buscando? Decidió dejar que su mente intuitiva trabajara. Se levantó y se sirvió otra copa de vino, y se dispuso con tesón a deslizar su mirada rápida por todas las páginas del libro. Sabía que lo reconocería en cuanto lo viera, pero ¿sería importante? ¿O se estaba montando ella sola una película de lo que podría ser una mera coincidencia? «Bueno, ya veremos», se dijo, porque toda su vida había seguido su puro instinto y nunca le había fallado.

Página 24, 45, 108... Lúa dio un respingo y volvió a empezar el párrafo que había sobrevolado en su lectura diagonal, al final de la 108 y principio de la 109:

> Bajo las estrellas de la cubierta del barco, mientras escuchaba el rumor de las olas, la sirena de un pesquero a lo lejos y acariciaba su pistola en el bolsillo derecho del abrigo, comprendió que estaba solo, como un recién nacido que se enfrentara a la existencia por vez primera en la oscuridad de una tierra deshabitada, tan perdido como un hombre pudiera sentirse ante un destino inexorable. Se preguntó cómo había podido llegar a su propia fiesta de despedida, a su abismo, a negar todo su futuro; si matar en ocasiones era ciertamente un deber moral, y si solo un Dios puede verse liberado de ese deber...

«¡Sí!... ¡Joder, las mismas frases! ¿Es una coincidencia? ¿O quizás un homenaje..., un guiño a un personaje que le gusta y le inspira?» Lúa subrayó las últimas oraciones (*si matar en ocasiones era ciertamente un deber moral, y si solo un Dios puede verse liberado de ese deber...*) y se preguntó si habría algo más en los libros del Detective Invidente que pudiera relacionarlo con la novela de Hugo Vane. Por desgracia, ella solo había leído el primer libro de la saga de Miguel Román, y de eso hacía un par de años, así que no tenía elementos de juicio suficientes para contestar esa pregunta. Una cosa tenía claro: *No morirás en vano*, de Hugo Vane, era una novela arriesgada, brillante en muchos sentidos, radical en su apuesta de diversas voces narrativas y en la mezcla impúdica de géneros, donde lo policíaco, en ocasiones, parecía dar paso a la autobiografía e incluso a la reflexión filosófica de un libro de ensayo. Las novelas de Estela Brown, en cambio, eran buenos *thrillers*, con mucho suspense, pero no había esa amargura, ese *noir* existencial de la obra de Vane. No le cabía duda de que Vane era muy superior a Estela Brown..., pero entonces, ¿por qué un escritor tan bueno había tomado casi literalmente varias oraciones de una escritora «menor», aunque superventas?

La periodista recordó de repente que tenía que escribir la crónica sobre A Coruña Negra para la *Gaceta*. Con Hugo Vane y Estela martilleando el fondo de su cerebro, comenzó a desgranar los sucesos de la jornada. No se cortó en fisgar en el blog de Cristina Cienfuegos para cotillear algún dato o en llamar a sus contactos policiales para saber cómo iba el tema de Toni Izaguirre. Al fin y al cabo los de sucesos iban a cubrir la noticia con más calma, y a ella lo que le habían mandado era ejercer de una especie de Truman Capote femenino y de ojos verdes. En el fondo se sentía algo frustrada: que ella, principal redactora de sucesos, no estuviese cubriendo la investigación de los crímenes le ponía enferma. Pero Lúa siempre tenía recursos y decidió no pensar más en ello. Era tarde para llamar a Sanjuán, pero a la mañana siguiente no se le escaparía. Quería consultarle sobre aquellas extrañas coincidencias en ambos autores. No era experto en literatura, pero quizá conociese a alguien que la pudiese ayudar. Y quizás hubiera más coincidencias.

Madrid, 23.00

Velasco bebió un sorbo de la Mahou. La copia del expediente del robo en Urueña estaba ya delante de sus narices. Se sentía un poco adormecido por culpa de la copiosa cena que había tomado junto a Diego Aracil, que contenía abundantes calamares, callos y carne a la brasa. Velasco se cuidaba y hacía deporte, le gustaba mantener la línea y vestir con coquetería. Cenaba poco, no estaba acostumbrado a aquellos excesos y menos a acompañarlos con vino.

—Un día es un día —le había respondido Diego, con los ojos brillantes—. Yo no hago más que trabajar y hacer deporte. A veces viene bien pasarse con la comida. Luego haces un poco más de ejercicio y santas pascuas.

Tras acabar la cena, habían ido a refugiarse de la lluvia a un pub junto al hotel cerca de Gran Vía y allí comenzaron a estudiar la investigación de la Guardia Civil.

—Es lo que tienen los pueblos pequeños: todo el mundo ve pero nadie dice. La exposición estaba enmarcada en un festival sobre la Inquisición, con ferias medievales, obras de teatro, todo eso. Ya sabes, dándole movimiento al pueblo, que mayormente vive del turismo. —Diego había pedido un *gin-tonic* de Hendricks poco cargado y removió la rodaja de pepino con una pajita—. En resumen: nadie vio nada, según ellos, y cuando se dieron cuenta, el tenedor había desaparecido de la vitrina como por arte de magia. Si quieres mi opinión, dudo mucho de que se preocupasen demasiado en buscar al culpable. A los pocos días habían sustituido la pieza por otra.

—Ya. Está claro que el robo fue de poca importancia. Pero en este momento la situación ha cambiado, así que me temo que a la vuelta me tendré que pasar por allí a ver si logro descubrir algo.

—Si quieres te acompaño a Segovia. —Ante la mirada extrañada del subinspector coruñés, Diego levantó la copa—. La exposición es itinerante y ahora está allí. A lo mejor encontramos a alguien que se acuerde de algo, no sé: alguna persona nueva en el pueblo, algún turista sospechoso... —resopló.

—En cuanto acabe con la casa de Basilio Sauce. Me temo que mañana voy a estar a tope con el apartamento. Hay que investigar todo lo que tiene metido en la nube, y el informático se las está viendo canutas para entrar en el Dropbox. Tiene un montón de fotografías en viejos álbumes. Y los libros. Un marrón de cuidado: Basilio tenía el síndrome de Diógenes exacerbado, menos mal que él también era un compulsivo a la hora de ordenar. —Y le dio un buen trago a su *gin-tonic*.

21

El perfil de Sanjuán

Huérfano de espejos, el hombre
se sienta en un café y espera
crímenes a modo de señales.

La peor soledad es la del centinela,
CARLOS ZANÓN

Hotel Riazor
Martes, 4 de noviembre, 8.30

Estela Brown esperaba a Valentina en el bar del hotel, con un café con leche y un cruasán. Leía la *Gaceta de Galicia* mientras esperaba a que el café se enfriase un poco. Valentina Negro se acercó, puntual, vestida con sus vaqueros grises raídos, una camiseta de los Smiths en honor a la investigación y la cazadora de motera. A esa hora de la mañana, con los rayos del sol iluminando la arena de la playa y reflectando una atmósfera onírica tras las amplias cristaleras del hotel, Estela Brown tuvo el sosiego y la oportunidad necesarios para admirar por vez primera a Valentina en su calidad de mujer, no de miembro de la Policía Nacional. Se sintió turbada por ese choque armónico entre la furia y el control, entre el lado oscuro y los sentimientos de pureza, que albergaban la mirada de la inspectora. Estela era escritora, y quizá por ello sabía comprender las profundidades serpenteantes del ser humano; tenía experiencia en describir la miseria y el destino ciego cuando golpean al lector hasta dejarlo incrédulo y dolorido. Sus novelas del Detective Invidente eran *thrillers*, pero como ella ansiaba, las aventuras eran más gritos desde el interior del alma que acontecimientos externos estruendosos o efectistas. O al menos eso había pretendido..., en su fuero interno sabía que debía hacerlo mucho mejor en su siguiente novela, avanzar un paso más, quizá definitivo, en escribir como ella había soñado desde niña.

Valentina la saludó con una sonrisa y pidió al camarero, que estaba cerca, un café cortado. Se fijó en la extraordinaria belleza de Estela, producto de unos rasgos cuidadosamente rectificados por un sabio maquillaje, pero basada sobre todo en unos ojos azules profundos, una boca delineada de modo perfecto y, en fin, un aire lánguido que le confería fragilidad y un innegable atractivo, a pesar de que sin duda ya pasaba de los cuarenta.

—Estela —dijo Valentina, después de un intercambio de frases protocolarias, que la inspectora siempre reducía a lo imprescindible—, creo que ha llegado el momento de que se sincere. —Decidió tratarla de usted de nuevo; era lo apropiado—. Si sabe cosas que todavía no nos has contado, este es el momento. —Valentina iba directo al grano; su experiencia le decía que con determinadas personas, sobre todo aquellas que se han mostrado reticentes a colaborar o enigmáticas, lo mejor era ir de frente.

Estela enarcó una ceja, y se detuvo un segundo con la mano suspendiendo la taza de café.

—¿A qué se refiere? No entiendo, les he dicho todo lo que sé.

Valentina permaneció unos segundos callada, clavando los ojos en los de la escritora.

—Estela, su reacción al enterarse del secuestro de Toni Izaguirre ha sido... cómo lo diría... muy intensa. Desde luego, es una desgracia, y quizás haya razones para temer por su vida; es así, pero... ¿qué es para usted Toni? ¿Es solo un amigo?

—¿Cómo quiere que me lo tome? ¡Por Dios! —protestó indignada—. Conozco a Toni desde hace años... ¿Acaso no es lógico que me sienta consternada? No solo por él. Sino también por todos nosotros. Está claro que corremos peligro.

—Está bien, sí, es comprensible, pero entonces... ¿por qué esa palidez cuando encontró la mancha de tinta en la nota que recibió Toni? ¿No pensó en algo que quizá no nos haya dicho?

Estela suspiró a su vez.

—Inspectora, yo no puedo dominar mis miedos con tanta facilidad como usted. No soy policía, no estoy acostumbrada a correr ningún peligro. Está claro que esa mancha es un mal presagio, recuérdelo, en *La isla del tesoro* es una clara amenaza..., no sé, la verdad: me estremecí al pensar que Toni era otra víctima de un loco, de un sujeto delirante que lo considere merecedor de algún destino fatal, lo mismo que le pasó a Basilio. No entiendo que le parezca extraño.

Valentina asintió. Tenía razón. Estaba claro que por allí no podría encontrar un camino.

—Pero dígame, ¿por qué cree usted que Toni fue el elegido? ¿Qué sabe de él? Ahora estamos investigando su entorno, pero quizás usted sepa cosas que los otros no conozcan. Ha de comprender que es necesario que sepamos todo, su vida corre peligro. —La mirada de la inspectora seguía fija en la suya. Estela bajó ligeramente los ojos y parpadeó.

—En realidad no sé mucho de él..., nos conocimos hace unos cinco años, cuando los dos coincidimos en Getafe Negro... Y sí, bueno, no lo voy a ocultar —ella volvió a sostener la mirada de la inspectora, desafiante—, tuvimos un *affaire*... Es un hombre atractivo. Yo no tenía que dar explicaciones a nadie. Y Toni era un joven que había escrito una primera novela, lleno de ilusión, con ese entusiasmo que solo está al alcance de los que todavía no han visto cómo es de verdad este mundo..., ¿me comprende? —Valentina asintió levemente, y Estela continuó—: ... Me pidió que leyera su manuscrito, me lo dejó en la mesa donde estaba firmando mi último libro del Detective Invidente; su teléfono estaba anotado en la portada. Yo, en un principio, no pensé prestarle mucha atención, pero al cabo de los días me lo encontré en un rincón de mi despacho y decidí darle un vistazo. No le engaño; él me resultó atractivo, simpático, pero no pensé en ninguna aventura romántica, yo le llevaba diez años, y en fin —suspiró con algo parecido a la nostalgia y el dolor—, me conjuré a ser del todo imparcial al leerlo. Lo hice, y me gustó. Estaba aún verde en muchas cosas, desde luego, pero el chico tenía madera de escritor. Y de escritor de novela negra, además.

—¿Le ayudó a mejorar su manuscrito? —preguntó la inspectora de repente.

Estela dio un respingo, sorprendida por lo directo de la pregunta, pero rápidamente recobró la compostura. Se colocó el cabello rubio y fino con coquetería.

—¿Mejorarlo? Bueno... sí, le eché una mano, le di algunas sugerencias..., pero el argumento y las ideas esenciales eran suyos. No, yo no le escribí su libro, si se refiere a eso. ¿Qué podría yo ganar a cambio? —Como Valentina no respondiera, Estela Brown abrió los ojos de forma desmesurada y endureció la voz—: ¿Cree que sería a cambio de tenerlo como amante? ¡Qué ridículo! Créame, inspectora, todavía puedo seleccionar con quién quiero acostarme.

Valentina no puso en duda esa afirmación en ningún momento. Estela era una mujer muy apetecible, con un cuerpo hermoso, elegante como una actriz de cine clásico y sumamente inteligente y cultivada. Muchos hombres podrían amarla sin fisuras.

—No he querido decir eso, Estela, pero ya que usted lo apunta, me gustaría preguntarle cómo le sentó que Izaguirre la abandonara por Cecilia..., usted sabe que ellos eran amantes, ¿no?

Estela acusó el golpe, pero era una mujer de recursos. Soltó una carcajada.

—¿Me «abandonara» por Cecilia? Todos sabíamos que se habían liado. Inspectora, en esa época yo ya me había cansado de él... Ya me entiende. —Sonrió con condescendencia—. La verdad, al año o así descubrí que ya no tenía humor para educar a críos, que es lo que era Toni: un chico al que el éxito de su primer libro le había llevado a creerse que era Raymond Chandler, cuando la verdad..., en fin, él ahora está desaparecido, y no me parece bien entrar en esos detalles... Pero resumiré diciendo que todavía le quedaba mucho por aprender, y que estaba muy... alterado, diría yo, sí, perturbado incluso, con un humor de perros muchas veces y rabietas infantiles, todo ello producto de su ambición no satisfecha; quería ser con rapidez el «gran escritor de novela negra», ¿comprende, verdad? En fin, inspectora...para volver a su pregunta inicial, cuando Toni se lio con Cecilia él y yo ya hacía tiempo que solo teníamos una amistad, y, la verdad, apenas nos veíamos. Y dudo mucho de que Cecilia significara algo más para él que un polvo en unas jornadas, uno de tantos, si me permite ser franca con usted. Dicen por ahí que los escritores de novela negra somos muy promiscuos... —Sonrió con un deje muy cercano a la melancolía.

Valentina aflojó. Estaba claro que no iba a sacar nada más de aquella conversación. Se despidió de Estela dándole las gracias por su tiempo. Salió del hotel y la brisa del mar y el rítmico romper de las olas de la playa de Riazor la ayudaron a relajarse. Al subir a su Triumph estaba más que convencida de que Estela Brown guardaba muchas cosas en el tintero. Era inteligente y astuta, pensó, pero la partida solo acababa de empezar.

Comisaría de Lonzas,
9.10

Sanjuán no tenía ningún problema en trabajar con alguien experimentado que pudiera ayudarle. Entre sus defectos no se encontraba la vanidad; sostenía siempre en sus clases que la criminología forense era una labor de equipo. Era plenamente consciente de que sus perfiles valían tanto como la calidad de la información que la policía hubiera obtenido previamente. Y su opinión de Bernabé era muy positiva. No quería que unos celos infantiles enturbiaran su trabajo. Por otra parte, ¿qué había de malo en el hecho de que Bernabé quisiera mostrarse solícito con Valentina? ¿Qué hombre no sentiría un cúmulo de sensaciones al conocerla con una cierta profundidad? Entró en la sala de reuniones después de saludar a Isabel, que le devolvió el saludo con una sonrisa mientras hablaba por teléfono, y se preparó un café. Valentina era una mujer compleja, bien lo sabía él, pero en esa naturaleza poliédrica radicaba buena parte de su atractivo. Era valiente como pocas, pero al tiempo emanaba fragilidad;

cuando se decidía por un curso de acción lo llevaba hasta sus últimas consecuencias, aunque siempre la atormentaba la duda de si se estaba equivocando. Sanjuán suspiró. Quería a Valentina, y muchas veces se había dicho que tenía que mudarse a A Coruña, pedir una excedencia en la universidad o quizá buscar un nuevo puesto en una universidad privada que le permitiera al menos pasar la mayor parte del tiempo con ella. En suma, formar un hogar en su compañía, aunque probablemente eso exigiría también convencerla, demostrarle que podría sentirse segura con su amor, porque Valentina se retraía a su zona de confort si dudaba de que la entrega que iba a dar no fuera a ser correspondida.

Con el expediente de Cecilia delante, la Moleskine abierta con sus notas y el café enfriándose en la mano, su estado de ensoñación no le permitió advertir la llegada de Bernabé hasta tenerlo en su visual, y procuró disimular su sorpresa con una cálida bienvenida al inspector asturiano.

—¡Hola, Bernabé! Buenos días. —Se levantó para saludarlo—. ¿Quieres un café?

—Eso sería genial, gracias, Sanjuán. Solo, por favor. Ya veo que estás metido en harina... —Sanjuán percibió el sutil aroma de un perfume masculino. Se fijó en las manos grandes, viriles, enmarcadas por uñas cuadradas y limpias. Su pelo con ribetes plateados, corto como el de un militar. No cabía duda, intuyó Sanjuán más que pensó, que ese hombre emanaba seguridad y algo más, que esta vez sí que definió de forma consciente como templanza. Se dirigió hacia la máquina que había en la sala de reuniones y sacó otro para él mismo.

—Sí... tengo ya un perfil más o menos terminado, pero quería discutirlo contigo antes. Estoy seguro de que tu punto de vista es del todo necesario para que el perfil resulte útil; te agradezco que hayas madrugado, me gustaría que estuviera acabado para cuando viéramos a Valentina y a Iturriaga.

—Claro, será un placer; cuéntame —dijo, cogiendo el café solo que le ofrecía Sanjuán.

El criminólogo se sentó y leyó sus notas, planteando ocasionalmente algunas preguntas que el inspector procuraba contestar con su experiencia y conocimientos. ¿Qué pensaba él de alguien que mata con un simbolismo tan evidente? A su juicio, ¿tendría experiencia previa en delitos violentos, no necesariamente en homicidios? ¿Pensaba que el hecho de tapar los orificios de Cecilia podía significar que el asesino tenía una enfermedad mental? ¿Había visto algunos indicios en la escena del crimen que quizá no estuvieran recogidos en el informe, pero que podrían ser considerados indicadores de que el sujeto estaba actuando bajo los dictados de un delirio? Cuando analizó la escena del crimen, ¿percibió Bernabé que el asesino había corrido un gran riesgo de ser visto al entrar en la cabina de Cecilia? ¿Creía que de nuevo se hizo pasar por un camarero para ganar el acceso a su interior y sorprenderla? Después de cerca de una hora de un intercambio de opiniones fructífero, a ambos les pareció evidente que habían llegado a algo sólido.

—Bien, Bernabé, según esto, si estás de acuerdo, podemos concluir lo siguiente. —Sanjuán, que había estado tomando nuevas notas y tachando otras, leyó de su libreta tratando de resumir las ideas más esenciales—. En primer lugar, la edad: tiene en torno a los cuarenta años, porque sean cuales fueren las pasiones que lo agitan al matar, el simbolismo intenso de los crímenes revela una experiencia vital amplia, impropia de un joven. Por otra parte, actuó con el vigor y la determinación propia de un hombre que está todavía en la plenitud de su condición física, lo que revela que no es muy mayor, y, además, las descripciones, los vídeos y su presencia en la fiesta así lo indican. Es un hombre con cultura: el uso del «tenedor del hereje» así lo indica; nadie que no sepa historia lo conoce. Por otra parte, su planificación de los asesinatos revela autocontrol, una gran preparación. Tiene incluso un nivel de audacia sobresaliente, así lo indica su disfraz de camarero, usado en contextos de riesgo como fueron probablemente el tren de Gijón (ya que nadie le vio), y con seguridad el hotel Riazor y la cena de gala donde secuestró a Izaguirre. Si unimos el autocontrol y la gran planificación de los delitos, junto al hecho de que sigue un guion meticuloso en la selección de las víctimas... entonces hemos de concluir que no presenta ninguna enfermedad mental, sino una pasión, una fantasía vengadora plenamente consciente y, para él, claramente racional... —Bernabé asintió—. Y no creo que tenga antecedente alguno de violencia, ni siquiera por un delito menor. Creo que es alguien que ha cruzado la raya de una vida respetuosa con la ley y ha pasado a convertirse en un asesino perverso, pero eso es algo que él lo ve como una consecuencia del destino, una fatalidad a la que se ha visto obligado a llegar.

»Lo anterior —siguió Sanjuán después de beber un sorbo de café— me lleva a reafirmarme en la idea de que consideraba tanto a Cecilia como a Sauce merecedores del castigo último, la muerte, porque eran seres indignos. ¿Y qué significa eso en la literatura? Un fraude es la respuesta más lógica...

—Es posible, Sanjuán, que exista otra posibilidad: ¿No podría ser que tuviera deudas pendientes con ellos? —intervino el inspector, mesándose la barba.

—Sí, es posible..., lo he pensado: que el origen de ese castigo naciera en cosas diferentes, quizás en humillaciones sufridas y que incluso las víctimas no las hubieran considerado de importancia... Pero frente a esto tenemos esa poderosa simbología: los orificios tapados de Cecilia revelan esterilidad, y el vestuario femenino en el cadáver de Sauce es, para mí, una humillación que revela impostura, falsedad. No..., me inclino a pensar que los mató porque eran fraudes, porque ellos no escribían sus libros. Quizás es algo que podríamos averiguar apretando las teclas a los editores.

—Pero entonces, ¿por qué secuestró a Izaguirre? ¿Por qué no limitarse a matarlo como a los otros?

Sanjuán asintió.

—Sí, es aquí donde tu hipótesis tiene más sentido. Él mata a Cecilia y a Basilio Sauce porque son fraudes, pero quizás a Izaguirre le espera otra cosa... Quiero decir que él puede que sea culpable *de algo diferente,* pero en suma, y de eso no me cabe duda, algo relacionado con los otros dos casos. Dejaste claro en tu investigación que Izaguirre era amante de Cecilia, ahí tenemos una conexión clara... Ahora bien, ¿cuál es la relación entre Izaguirre y Sauce? Por ahora no lo sabemos, pero creo que sería sensato trabajar con la hipótesis de que tal relación existe, y quizá si la descubrimos demos un paso adelante importante en la investigación. —Sanjuán sacó un Winston blue y se lo mostró para pedirle permiso para fumar. Bernabé asintió con una sonrisa.

—Sí, es posible. Pero recordemos que Izaguirre sí parece tener también una relación con Estela Brown. Ella se sintió muy alterada cuando vio la nota dirigida a Izaguirre con la mancha de tinta...; en general, su reacción fue muy sincera e intensa. Creo que tenemos una conexión ahí; no con Sauce, pero esa relación puede ser importante —señaló Bernabé.

—En efecto... —Sanjuán exhaló profundamente el humo del cigarrillo y pasó más hojas de su libreta antes de continuar—. Y ahora algo que puede ser muy importante: Me parece evidente que el asesino es alguien relacionado con la novela negra, con el mundillo al menos, y no sería descabellado considerar que es o ha sido un escritor.

Bernabé permaneció en silencio unos segundos.

—Francamente, ¿crees que un escritor puede ser un asesino tan cruel? Bueno sí... —Sanjuán había levantado las cejas—, tenemos a Cabanas, de acuerdo, pero el caso es diferente: se convirtió en escritor en la cárcel. Aquí tenemos lo contrario: este tipo, según tú, no ha estado en la cárcel. Es, entonces, un escritor que es al tiempo un asesino serial.

—Así es... —convino Sanjuán—. Alguien que tiene muy buenas razones para hacer lo que hace... y que conoce muy bien estos lugares. Piensa en la cantidad de Semanas Negras que hay en España. Mató, sin embargo, en Gijón, y ahora aquí. ¿Por qué esperar a actuar aquí? ¿Qué significa esto? ¿Ha sido una mera coincidencia que eligiera esos dos lugares? Pienso que en este lugar, en A Coruña y alrededores, se siente psicológicamente protegido, lo que revelaría que la zona ha sido importante en su vida; de algún modo creo que el lugar elegido también tiene un valor simbólico para él.

—Sanjuán, ¿crees que ya ha acabado... quiero decir... de matar?

Sanjuán aspiró profundamente y a continuación negó con la cabeza.

—En realidad, no lo sé. El hecho de que su última acción fuera un secuestro podría indicar que, en efecto, ya no le queda otro asesinato sorpresa o macabro por realizar... salvo que, por supuesto, a Toni Izaguirre le espere ese mismo destino —se quedó meditabundo unos segundos—. Pero hay otra alternativa más aterradora: que Izaguirre esté con vida para algo, para cumplir un fin, y que una vez que su secuestrador haya obtenido lo que desea de él lo mate... y continúe con otros escritores, o alguien más en particular. —Sanjuán bajó la voz—. Dime, Bernabé, ¿has contemplado la posibilidad de que todas estas muertes no sean sino un preludio, una especie de acto primero para llegar a lo que realmente le interesa? ¿Que su venganza primigenia, la razón última de todo esto, no la haya satisfecho todavía?

Bernabé, con semblante sombrío, meditaba la respuesta, pero la pregunta quedó en el aire. Valentina entró impaciente y decidida, seguida de Iturriaga y Bodelón y, un poco después, de Isabel y otros dos policías. La sensación de urgencia llenaba la sala, como si un virus que provocara ansiedad se hubiera adueñado de todos los allí presentes. Sanjuán se dispuso a hacer partícipes a los policías del perfil que acababa de discutir con Bernabé.

Madrid, apartamento de Basilio Sauce

Velasco se tomó con resignación comprobar que la carpeta de Dropbox de Sauce tenía 100 gigas de almacenamiento. Ocupó el sitio del informático y comenzó a analizar todo el contenido, desde películas porno, películas de cine negro, dramas históricos, todo tipo de libros pirateados, y fotos, muchas fotos.

«Las fotos están ordenadas por fechas y por eventos, menos mal. Eso ahorrará mucho trabajo», se dijo, pensando en su propio ordenador y en el caos que había dentro si un día alguien tenía que investigarlo. Comenzó a buscar carpeta por carpeta mientras abría una Coca-Cola *light*. Reprimió un bostezo al ver las fotos de la boda y un montón de fotos y vídeos de viajes, sobre todo a Egipto. Siguió buscando hasta encontrar la carpeta que contenía todo lo relativo a su trabajo como escritor: presentaciones, congresos, Semanas Negras, viajes, cenas, fiestas, todo tipo de saraos, capturas de pantalla, escaneos de prensa... Se repantigó en la silla y bebió un trago de Coca-Cola. Tenía mucho trabajo por delante y comprendió, resignado, que aquella labor era más ingente de lo que había pensado, pero al fin y al cabo alguien tenía que hacerla. Sauce no se lo había puesto difícil al tener todo clasificado, así que movió el ratón y clicó para abrir la primera fotografía, una entrega de premios de novela histórica en la que salía recibiendo un trofeo horroroso vestido con un traje pasado de moda y gafas de pasta.

Una media hora después estaba harto de ver fotos y más fotos sin resultado alguno. Estaba a punto de tomarse un descanso cuando, ¡al fin!, encontró una en donde salía Estela Brown. Otra entrega de premios, Relatos Negros de la editorial Antioquía. Año 2007. Madrid. Estela había quedado en segundo lugar, Sauce había logrado un accésit. El ganador del primer premio era un tal Carlos Andrade, no le sonaba de nada. Un hombre alto y pálido de aspecto aniñado, casi ingenuo, que parecía mirar a Estela con adoración mientras agarraba el premio con fuerza. Velasco envió la foto al correo de Valentina.

A partir de aquella foto Estela se repetía varias veces más en cenas y mesas redondas con Sauce, en alguna de las cuales se veía entre los dos mucha cercanía y complicidad. Siguió enviando fotos a la inspectora. «Todo esto lo tiene que ver Valentina. Estos dos tenían más relación de la que nos ha querido confesar la rubia...»

Iturriaga entró en la sala enarbolando unos papeles con cara de satisfacción, y se sentó en la mesa de reuniones con los otros.

—La jueza de instrucción ha aceptado las escuchas y la intervención de las comunicaciones de Estela Brown. Esta vez hemos tenido suerte... —miró a Valentina mientras levantaba una ceja—; esa mujer sabe escuchar. No todos los jueces estarían dispuestos a aceptar una orden así con tan pocos indicios incriminatorios, lo que tenemos es poco más que una corazonada.

—Bien, muy bien... —Valentina pasó las páginas del perfil que había elaborado Sanjuán con lentitud, y chasqueó la lengua—. Es algo más que una corazonada, inspector jefe. El mismo asesino firma con el nombre de su personaje, Miguel Román, puede que sea importante o puede que no, pero lo debemos averiguar. Otra cosa: he estado pensando y creo que es necesario echarle una mano a Velasco en Madrid. Por lo menos indagar en el entorno de Estela durante unos días. Velasco ha averiguado que entre Estela y Basilio había algo más que una relación escueta basada en la camaradería entre escritores o un *affaire* ocasional. Y tenemos que acercarnos a Urueña y a Segovia. Es posible que alguien haya visto algo, quien robase el tenedor tiene que haber pasado algún tiempo planeando cómo hacerlo. Si no hay pruebas, el ADN del asesino no es cotejable con el de ningún otro sujeto fichado, e investigar a todos los camareros, escritores y organizadores de la semana nos puede llevar meses, es necesario tirar por algún sitio, porque la vida de Toni Izaguirre está en peligro.

Iturriaga asintió; tenía sentido el plan de acción propuesto por Valentina.

—Yo me tengo que quedar aquí. —La voz de Sanjuán sonó un tanto lánguida—. No puedo dejar A Coruña Negra. Me quedan una conferencia, moderar una mesa redonda y participar en otra. Y asistir al taller de escritura: hoy le toca a Cabanas. Seguro que Estela estará también. Valentina opina —la miró con intención— que aquí puedo ser más útil, observando de cerca a los escritores.

Bernabé intervino al momento:

—Te acompaño yo, Valentina. Estamos buscando al mismo hombre, llevo desde julio buscándolo. Necesito participar en esta investigación hasta las últimas consecuencias.

Valentina sonrió, se le iluminó el rostro de forma imperceptible al ver que Iturriaga asentía.

—Bien, si lo deseas, no tengo ningún inconveniente. —Y luego, mirando a Sanjuán—. Javier, es verdad, tú puedes aquí ser muy útil. Sabes desenvolverte muy bien en este ambiente; puedes participar en sus reuniones, no te miran como alguien extraño. Compréndelo —le sonrió—: Al estar entre ellos te resultará más fácil que a nosotros detectar algún movimiento, alguna pista que nosotros no podríamos ver.

Sanjuán escuchó el «nosotros» y de repente se sintió algo molesto, no sabía si por su exclusión o por el viaje de Valentina con el inspector como acompañante. No le pasaba desapercibida la atracción que aquel hombre sentía por ella, la devoraba con los ojos desde el primer momento. Durante la rueda de prensa del domingo por la noche se había fijado en que el asturiano parecía beber las palabras de la joven como un elixir. Él lo entendía perfectamente. Le había pasado lo mismo, desde que en El Corte Inglés se acercó a él hacía tres años para preguntarle por el extraño asesinato de Lidia Naveira. También era consciente de que su relación nunca había adquirido un estatus sólido: ella no se quejaba nunca. Pero tampoco él tenía derecho...

—Hay un avión que sale hoy a las cuatro de la tarde de Alvedro, inspectora. —Bodelón ya se había puesto manos a la obra delante de uno de los ordenadores e interrumpió sus reflexiones—. Les da tiempo a cogerlo. Llamaré a Velasco para que los vaya a recoger y les buscaré un hotel.

Sanjuán intentó que no se le notara en la voz aquella mezcla de celos y rabia que le parecía vergonzosa, casi adolescente.

—Mientras, aprovecharé para releer los tres libros de Estela Brown. Si el asesino usa el nombre del detective protagonista, quizá se pueda encontrar ahí algo. No sé qué en realidad, pero los estudiaré a fondo. Tengo la ventaja de haberlos leído, aunque hace tiempo, así que no tardaré mucho. Claro que ahora los veré con otros ojos.

—En marcha, pues. Hay mucho trabajo por delante. Mientras ustedes van a Madrid aquí nos encargaremos de pinchar el teléfono de Estela: wasaps, emails, mensajes, llamadas... a ver si sacamos algo en claro. ¡Venga, andando! —Iturriaga enseñó un ejemplar de un periódico—. La prensa tira de ironía y han apodado al asesino el Fantasma: los muy cabrones, como siempre, van por delante en lo que respecta a tocar los huevos. He conseguido de arriba más refuerzos, no vamos a permitir que le pase nada a ningún participante, así que el antiguo método disuasorio de la presencia policial tendrá que servirnos. Señores... confío en ustedes. La vida de un hombre está en peligro. Esperemos que aún siga vivo, eso nos impulsará.

Iturriaga dio por terminada la reunión, recogió sus papeles y les hizo un gesto con la barbilla.

Valentina se levantó y miró a Sanjuán, que aún permanecía sentado, caviloso.

—Vamos a comer algo. Tengo que hacer la maleta. ¿Nos llevas tú al aeropuerto? Te presto mi coche —rio sonoramente y le dio un golpe en el hombro—, así que tendremos que salir un buen rato antes para llegar a tiempo.

Él quiere que lo haga. O me matará. El hijo de puta me matará. Tengo que hacerlo, no debo pero tengo que hacerlo, o me matará. Y yo no quiero morir. Soy muy joven para morir.

Lúa. Tú me viste, fuiste tú, lo sé. Eres muy avispada. Por eso confío en ti. Toni es patético, ¿verdad? Mira cómo suplica por su vida. A mí no me dejaron. De todos modos Toni siempre ha sido muy *amateur*. Es cierto, ama su trabajo aunque no le salga bien. También amaba el fútbol, pero para ser un gran deportista no puedes coquetear tanto con las drogas y el alcohol. Y las mujeres. Pregúntale con quién estuvo liado. No contesta. Da lo mismo: a lo largo de la narración te lo va a contar todo. Pero... ¿a que ese pequeño trozo que ha escrito te ha estremecido? ¿Te imaginas que fuese capaz de escribir de una manera digna, no esas novelas de quiosco que ni le llegan a la altura del zapato a Zane Grey? ¡Intentaremos conseguirlo con gran tesón! Por lo pronto, a mí me ha convencido. Dejémosle seguir.

Tienes que publicar esto en el periódico en los próximos dos días o Toni morirá. Soy un poco torpe con las armas, lo pudiste ver el día en el que encontraste al bueno de Basilio, así que no confío en poder matarlo sin sufrimiento. Es curioso: un hombretón tan guapo y musculoso reducido a un guiñapo doliente. Si lo vieran ahora sus fans. Si te portas bien, te mandaré una foto para demostrarte que está conmigo.

En el fondo nos tenemos mucho cariño. ¿Verdad, Toni?

Pero debo dejarte y que tome él la palabra. Siempre ha

sido un mediocre escritor, ahora tendrá que mejorar y mucho para conservar la vida. La vida y la integridad física. Aquí no valen adverbios ni expresiones rimbombantes. Aquí hay que sufrir cada palabra, cada expresión, cada tilde.

Haremos de Toni todo un hombrecito escritor.

Firmado:

Miguel Román.

—¿Qué te parece, Toni? ¿Te gusta cómo está quedando? Ahora te toca a ti: convénceme de que no te mate. Haz de Sherezade. Escribe algo que valga la pena, algo conmovedor. Que salga de dentro, no esos pastiches para señoritas que tanto te gustan...

22

Un hombre inquieto

> Porque entonces es el vacío quien piensa y tú ya estás muerto por dentro, y lo único que harás será seguir extendiendo la peste y el terror, los lloros y los alaridos [...]. Tu vacío.
>
> *El asesino dentro de mí*, JIM THOMPSON

Marta se secó el sudor con la manga del karategi, se recolocó el cinturón negro y realizó el saludo protocolario antes de abandonar el tatami. Caminó hacia el vestuario mientras recuperaba el resuello tras el entrenamiento. En poco menos de una hora tenía clase de ballet clásico, así que se fue directa a la ducha sin perder el tiempo hablando con sus colegas de kárate. Se secó de manera cuidadosa. Sonó el móvil, un wasap.

Era de Esteban.

Me lo pasé muy bien contigo. Tenemos que repetir. Nos vemos hoy en el taller literario, quien llegue antes guarda sitio.

Sonrió y se sentó en el banquillo para vestirse. No le iba a contestar al momento, mejor hacerse un poco la interesante. Sin querer, notó cómo su estómago se encogía de emoción y de algo parecido a un miedo placentero. El miedo del que sabe que alguien le está empezando a gustar y no debería dejarse ir. Desde lo ocurrido en Roma, Marta solo usaba a los chicos para su placer y luego los dejaba con un palmo de narices. Pero aquel hombre era distinto, tenía algo especial, algo que lo hacía diferente a todos los demás y ella estaba dispuesta a descubrirlo.

Paco Serrano aguantó la risa como pudo: estaban tomando el vermú en la cervecería La Marina. Habían llegado varios escritores para participar en las mesas redondas de la tarde: John Nudelman, un americano altísimo y rosado, bastante famoso y marido de otra escritora de novelas de amor, que solo podía abrir la boca de asombro cuando los organizadores le contaban los sucesos de la Semana Negra. Las caras de desprecio de Cabanas ante las exclamaciones del yanqui le resultaban hilarantes al editor, que sabía que, en realidad, el presidiario estaba molesto porque Thalía no le hacía caso alguno a pesar de que Estela no estaba presente en aquel momento.

Serrano se había encargado de lavarle bien el cerebro a aquella tontaina. Estaba claro que Cabanas no la iba a dejar hasta que tuviese asegurada una relación con Estela Brown, cosa que parecía inminente. Y la verdad, Thalía, con un buen lavado de cara y otra ropa, estaba muy, muy buena. Pechos medianos, tripa firme, piernas morenas, pubis poblado por un vello oscuro y suave... Además, tenía otra virtud: escribía bien. Cualquiera podía ver que su blog era muy bueno, bastante mejor que el de Cristina Cienfuegos, que resultaba un poco naíf. Como poetisa no era gran cosa, pero un maquillaje muy suave aquí y allá y Cabanas acabaría llorando por haber desperdiciado un diamante en bruto que follaba como una verdadera diosa. Serrano no pudo evitar un sentimiento íntimo de satisfacción al anticipar el castigo que le esperaba a Cabanas por haber perdido el culo tras la hija de puta de la frígida que muy pronto lo dejaría por otro que le interesase más.

«Algo querrá sacar de él, por supuesto. Estela no da puntada sin hilo. Menudo botarate. No sabe lo que le espera con esa zorra», pensaba, mientras se llevaba a la boca la aceituna del vermú y le guiñaba un ojo a Thalía, que miraba a su vez a Cabanas con el ceño fruncido y el aspecto indignado de una reina india.

De repente, Cabanas la agarró de un brazo con fuerza y la sacó a la terraza del local, ante los ojos divertidos de Serrano. Se iba a armar una buena y él no se la quería perder, así que con disimulo los siguió hasta la puerta.

—Estás con Estela, Cabanas. Estás con ella y no me lo niegues. Ahora ella no está aquí y quieres fingir que todo sigue igual. Tú estás como una cabra. Todos nos hemos dado cuenta. No dormimos juntos ya. ¿Crees que pienso que estás solo meditando? ¿Pretendes que siga detrás de ti? ¡Estás de puta coña, chaval!

—Haz el favor de no gritar. —Cabanas la agarró de nuevo por el brazo con más fuerza y puso el índice sobre los labios—. No, no estoy con Estela. Te lo juro.

—No me manipules, cabrón. Te lo he dado todo. He dejado por ti a mi novio y el trabajo y me lo pagas así —reprimió un sollozo—. No quiero que me vuelvas a dirigir la palabra. Que sepas que ya tengo habitación en otro hotel. Quiero que me dejes las cosas en recepción y santas pascuas. Disfruta de tu nueva conquista. A ver cuánto te dura. Apuntas demasiado alto, Cabanas. Y te vas a pegar una hostia de la leche.

Cabanas levantó la mano, dispuesto a hacerla callar, pero Thalía le clavó la mirada severa unos segundos, los suficientes para que desistiera. Y luego volvió para dentro, digna como una señora victoriana paseando por Marineda, a juntarse con los demás, que ya se disponían a cambiar de sitio para ir a tomar los vinos a la calle de la Barrera. Serrano la siguió hacia el interior mientras Cabanas abandonaba la cervecería, visiblemente molesto. ¿No quería que le dejase las cosas en recepción? Pues tendría que ir a buscarlas al mar, la muy hija de puta.

Lúa torció la cabeza al ver el semblante cariacontecido de Javier Sanjuán al entrar en la cafetería que estaba cerca de donde se iba a celebrar el taller de escritura.

—Tienes mala cara. ¿Ocurre algo?

Sanjuán se encogió de hombros y suspiró.

—Nada importante, Lúa —logró sonreír, pero se notaba forzado—, aquí estamos otra vez. Acabo de llevar a Valentina al aeropuerto. Se va a Madrid a investigar el entorno de Basilio Sauce. Ya he visto que habéis colgado el retrato robot del posible asesino. De todos modos va a ser difícil de encontrar, es un tipo que pasa fácilmente desapercibido. En fin, cuéntame. ¿Para qué querías verme?

Lúa se sentó a su lado. Conocía bien a Sanjuán y su tono de voz no era el animoso de todos los días. Pero al fin y al cabo era un hombre, y los hombres eran más reacios a contar sus cosas. Sin duda tendría algo que ver con Valentina Negro, pero decidió dejarle la iniciativa de contárselo si le apetecía. Sabía que esa relación era todo menos fácil, y era inevitable que hubiera períodos de zozobra. El camarero se acercó, ella pidió una tónica con mucho hielo y limón, y se dispuso a interesar lo más posible a Sanjuán con su propuesta, eso le ayudaría a no centrarse tanto en sus emociones.

—Me han «castigado» a cubrir solo A Coruña Negra y no me dejan seguir lo de Toni Izaguirre. Imagínate, Javier, yo, que he descubierto el cuerpo de Basilio y han vendido en papel todo lo que no está escrito. En fin, ya sabes cómo funciona este asunto de los periódicos. Pero... —bajó la voz, al tiempo que imprimía a sus ojos el color de la excitación—, he descubierto algo. Ayer estuve en la conferencia que dio Estela Brown. ¿Has leído los libros de Estela?

Sanjuán asintió y levantó su cartera de cuero.

—Precisamente los acabo de volver a comprar. Los leí en su momento, sí. Me gustaron mucho. Sabes que el asesino de Sauce y el secuestrador de Toni emplearon el nombre de Miguel Román, el protagonista de esas novelas..., así que he pensado volver a leerlas. Nunca se sabe.

Lúa asintió.

—¿Y el libro de Hugo Vane?

—Lo terminé en el avión. Una obra maestra.

—Vas a pensar que estoy loca, como una cabra. Pero —bajó la voz instintivamente—, ¡cabe la posibilidad de que Estela haya escrito *No morirás en vano*! Verás: como se rumorea por todas partes que *No morirás en vano* se va a llevar el premio, empecé a leerlo hace unos días. Es un libro increíble. —Sanjuán asintió—. Bien..., he descubierto que hay un párrafo en este libro que está calcado de uno que aparece en el tercer volumen de la saga del Detective Invidente, que es este... —Lúa lo sacó de su bolso, en edición de bolsillo—: *Llamada para un cadáver*, y luego he hecho otros descubrimientos que me afirman en esa idea. No, no pongas esa cara de extrañeza, amigo mío...

Sanjuán había pensado en la posibilidad de que el asesino se inspirara en algún sentido en las obras de Estela Brown; era consciente de hasta qué punto las mentes perturbadas pueden verse influidas por personajes de ficción para elaborar sus fantasías homicidas, pero esa afirmación de Lúa lo dejó realmente anonado; era un ángulo completamente nuevo del asunto, y no sabía ahora qué implicaciones podría tener tal hecho en la investigación.

—¿Crees que Hugo Vane es, en realidad, Estela Brown? —se limitó a repetir Sanjuán.

—No estoy segura, pero creo que sí, por eso necesito tu ayuda —dijo Lúa, y procedió a leer en alto lo que había descubierto. Luego miró a Sanjuán intensamente para intentar convencerlo—. *No morirás en vano* se desarrolla en un lugar indeterminado, no se dice dónde es, pero yo estoy segura de que es Pontedeume. Parte de las novelas del Detective Invidente se desarrollan en el mismo sitio, que es donde tiene la casa natal Miguel Román, el detective ciego. Y luego hay trozos, esos momentos tan Camus..., ¿no te das cuenta? Parecen escritos por la misma mano.

Sanjuán negaba con la cabeza.

—Pero no tiene sentido... ¿Para qué iba Estela a escribir con seudónimo? Sin duda, iba a tener muchísimo más reconocimiento con su propio nombre... Por otra parte, ¿cómo sabes que no son guiños u «homenajes» que hace Vane a las obras de Brown? Sabes a lo que me refiero... no es tanto copiar, como dejar huellas cultas, a modo de divertimento para los conocedores...

Pero Lúa ya había pensado en ello, y tenía la respuesta apropiada.

—Ya. Te entiendo, pero imagínate... ¡creo que es una estrategia de márketing fabulosa! El día de los premios se descubre que Hugo Vane... es ella. ¡Un libro totalmente elogiado por la crítica y que reivindica a Estela Brown como una gran escritora! ¿No lo ves? Ella siempre ha querido ser algo más que una escritora de *thrillers*... He repasado muchas de sus entrevistas y queda claro que quería que la reconocieran como una gran escritora, a secas; de hecho esa es la razón que ha comentado varias veces para justificar el retraso ya tan largo de su próximo libro.

Sanjuán meditó durante unos instantes y asintió.

—Está bien, lo que dices es interesante. Hasta me ha picado la curiosidad. Yo también quiero saber quién es Hugo Vane —Sanjuán omitió que Estela Brown estaba en aquel momento en el ojo del huracán de la investigación y aquel tema le resultaba muy extraño—, y mientras está Valentina fuera me servirá de divertimento. ¿Te imaginas que llegamos a descubrir algo así? —Lúa notó cómo le cambiaba el ánimo por momentos. Así era Sanjuán, siempre necesitado de alicientes para su mente despierta.

Sanjuán continuó.

—Te voy a ayudar. Yo volveré a leer las tres novelas del Detective Invidente, pero no soy especialista en lingüística forense. Tengo un amigo, Ramiro Toba, que es filólogo y traductor, especialista en este tipo de cosas. Me ha ayudado muchas veces en pruebas caligráficas y demás. Es una eminencia, pero un tipo un tanto friki. Da clases en la Universidad de Santiago de Compostela. A ver si mañana por la mañana podemos quedar con él. —Miró su reloj—. Vamos. Va a empezar el taller de escritura. Hoy va a estar interesante, lo va a dar el crítico Paco Serrano. Debe de ser un tipo bastante guasón: lo ha titulado «Errores del escritor que merecen un asesinato».

En el taller literario

Esteban soltó una sonora carcajada al escuchar cómo Paco Serrano recitaba el texto de una novela negra bastante conocida con ademanes exagerados. Marta aguantó la risa y le dio un ligero codazo para que se callase.

—«Desde el primer momento el asesino ha estado jugando con nosotros» —dijo el crítico literario, poniendo la voz impostada como si fuera Vincent Price en cualquiera de sus viejas películas de tecnicolor—. Está claro que todos los asesinos son superdotados, ¿no os parece? —siguió Serrano—. En vez de dedicar sus esfuerzos a la vacuna contra el cáncer o a inventar la tetera que no vierte, los dedican a jugar con el policía de turno, pobre diablo que ve su correo plagado de mensajes a cada cuál más complejo y enigmático. En realidad, los escritores son unos egoístas con los asesinos. ¿Nadie piensa en ellos? La mayoría de las veces ya han pasado un rato bastante duro matando, matar no es fácil y requiere mucha energía y concentración. Ya. No me mires así... —se dirigió a una de las participantes, una joven alta y pálida que negaba con la cabeza—. Querida: estamos embotados por todas esas matanzas de efectos digitales que han trivializado esa compleja actividad humana hasta la náusea. Matar «bien» no es fácil sin un entrenamiento previo... Recuerda al asesino del juego de rol, que hizo una auténtica chapuza. Busca en las noticias. O pensad en Paul Newman y el esfuerzo que tuvo que hacer para matar a su oponente con la ayuda de un horno en *Cortina rasgada*, ese Hitchcock menospreciado pero con escenas magistrales. Si no tienes práctica (y la mayoría de nosotros, gracias a Dios, no la tenemos), hacerlo bien es muy complicado, y por supuesto me estoy refiriendo a un buen crimen, donde no hay rastros, o al menos son muy poco evidentes, y donde la lógica seguida haya sido la necesaria para conseguir el fin preciso del asesino. En fin, queridos amigos —abrió las manos como un predicador dirigiéndose a su rebaño—, por desgracia queréis escribir una novela, y por eso estáis aquí. —La gente soltó una risa nerviosa—. Una novela como hacen todos los famosos. Pero... ¡ah! Eso es algo difícil. ¡Mucho más que matar, creedme! —Ahora la risa fue más sonora—. Sí, es realmente difícil porque escribir una buena novela negra significa encontrar algo parecido al santo grial: el modo en que una historia que ha sido ya escrita una y otra vez parezca nueva... y eso no está al alcance de todos, os lo aseguro; lo más sencillo será caer en el cliché como Alicia cayó en el pozo del País de las Maravillas.

Se escucharon risas en sordina. Sanjuán no podía por menos de aplaudir todo lo que decía el crítico mientras no quitaba ojo a Estela y Cabanas, cada vez más acaramelados. Thalía no estaba por allí, pero justo detrás de los dos escritores estaban los inseparables Torrijos y Cristina Cienfuegos, que tomaba nota de todo con su iPad y sacaba la lengua fuera como una escolar aplicada.

Serrano continuó.

—Los motivos que impulsan una novela negra pueden ser muchos: poder, dinero, amor, desamor, venganza... pónganme un ejemplo de esta última. Hay muchos.

—*El conde de Montecristo*. —Marta levantó la mano sin mostrar timidez. Quería lucirse delante de Esteban.

—Buen ejemplo. Una novela bastante más negra de las que por ahí se venden como tales. En el fondo, las novelas negras no son más que folletines que muestran la vileza y la oscuridad del ser humano cuando no encuentra otra salida que la violencia. Intentamos disfrazarlas de protesta social, intentamos dotarlas de una pátina de intelectualidad, pero en el fondo las leemos porque nos estimulan, nos gusta ver cómo la gente mata, muere, cuáles son nuestras debilidades, nuestro lado oscuro. Y *El conde de Montecristo* lo tiene todo: el falso culpable, el amor roto, las conspiraciones políticas, el ostracismo del inocente, la justicia divina... y el equilibrio final. Y el perdón. Recordad, está todo escrito: Desde la *Odisea* y la *Ilíada*. Desde Shakespeare y Cervantes. Así que lo que os ayudará a pasar de ser malos escritores a buenos escritores, además del estilo, el ritmo y una buena trama, es cómo afrontar el desafío del cliché. Sí. El cliché al público le encanta. Es como una rubia cachonda en mini-bikini jugando al vóley-playa. Para un rato está bien, luego le das al mando del televisor y buscas una serie más interesante. La rubia en bikini... No puedes resistirte. Pero es fachada. Quieres gustarle al lector, ganar dinero, tener muchas estrellas en Amazon, ligar con las chicas o con los tíos buenos. Pero..., has de hacerlo. Si quieres ser un buen escritor, has de huir del cliché como de la peste. Si quieres ser un buen escritor, has de huir de la fachada, tienes que hurgar en la mierda, tirarte al lodazal.

»"El asesino está jugando con nosotros" —volvió a impostar la voz, y el público rio ahora con ganas.

Serrano los miró uno a uno, en silencio dramático. Luego prosiguió:

—A todos nos apetece poner esta frase. Pero es, obviamente, un cliché. En la realidad muy pocas veces los asesinos mandan notas a la prensa porque saben que cuantas más pistas dejen, más riesgo corren, ¿no es así, Sanjuán?

Sanjuán asintió, en el fondo complacido de que lo hubiese mencionado. Se lo estaba pasando muy bien.

—Es verdad. Por supuesto, ha habido casos célebres de cartas a la prensa o a la policía: BTK, el Hijo de Sam, Zodiac, Unabomber..., pero ganan por goleada los que se quedan calladitos...

—Gracias, Sanjuán —le sonrió como premio—. Sigamos. Otro de los fallos más evidentes que se pueden cometer a la hora de escribir una novela negra, y que en este taller le costaría la vida al escritor de turno, es intentar ser demasiado denso. Dejemos la densidad para los grandes autores rusos, Dostoievski, Tolstoi. Ser denso no es sinónimo de buen escritor. Hay escritores muy ligeros y llenos de fascinación. Una novela tiene que tener un equilibrio entre lo oscuro y lo brillante, entre la tormenta y la calma chicha. Recordad siempre que el lector lo que quiere en el fondo es pasar varias horas sentado en su butaca sin parar de leer; alguien que escribe una buena historia no intenta ser mejor que la historia que cuenta. Tiene que agarrarte por los huevos y no soltarte hasta el final. Hay que hacer que el lector quiera vivir en tu mundo. Si tu mundo es soso y pesado como un pozo de alquitrán, abandonará la lectura. Si tu mundo, por lo que quiera que sea, es atrayente, le atrapará y no podrá soltar el libro. Con eso no digo que haya que descuidar el estilo: está muy bien imitar el escueto y duro lenguaje de los americanos, pero nunca olvidemos que somos españoles, tenemos otro tipo de expresividad, de sensibilidad literaria...

»¡Ah...! Se me olvidaba... —Serrano, que ya se dirigía a su cartera para cerrarla en señal de que había terminado, se dio la vuelta en un gesto teatral y continuó—: Esos escritores que piensan que por no poner oraciones subordinadas son más *noir*... —Serrano movió la cabeza con desazón—, esos también merecerían morir en nuestra guillotina particular... —Nuevas risas acogieron la provocación del crítico antes de estallar una ovación, encantado consigo mismo de ser tan brillante, pensó Sanjuán.

Madrid. Apartamento de Basilio Sauce

Valentina, de pie, señaló la pantalla del ordenador y le preguntó a Velasco.

—¿Es la playa de Ares, no? Ahí están: Toni, Estela, Sauce y el de la foto que me mandaste al email, Carlos Andrade.

Se hizo un largo silencio. En la serie de fotos se podía ver a los cuatro en ropa de baño, tirados en la arena. Sonreían. Estaban morenos, se veían felices. Valentina continuó:

—Es curioso que todos hayan olvidado comentar que eran tan amigos. ¿Ya has averiguado quién es ese tal Carlos?

—Sí. Un profesor de Filosofía y Literatura del colegio La Herradura, de Madrid. Fallecido. Por lo visto se suicidó tirándose con el coche por los acantilados del Seixo Branco hace unos años.

Valentina se quedó pensativa unos instantes.

—Ahora que lo dices me acuerdo de esa historia. Encontraron el coche semanas después unos submarinistas que estaban pescando. Recuerdo que llevó el caso Abel, un colega de la Guardia Civil de Oleiros. Ese asunto le traía de cabeza. Y las fotografías deben de ser de poco antes.

Bernabé, al otro lado, se inclinó sobre Velasco mientras observaba la fotografía, y se puso en estado de alerta.

—¿Colegio La Herradura? En ese colegio, un sitio muy exclusivo de Madrid donde estudian todos los hijos de los pijos, estudió Cecilia. ¿Curioso, no? ¿No son demasiadas casualidades?

Velasco tecleó y en pocos segundos apareció la web del colegio, bilingüe inglés-español, actividades científicas, teatro, equitación. Todo muy exquisito, jardines, pistas de tenis, básquet. «El colegio soñado donde llevar a tus hijos... si tienes para pagarlo», pensó el subinspector.

Valentina miró el reloj y pensó rápido.

—Es muy tarde para ir ahora al colegio. Mañana por la mañana. Tienes razón, Bernabé, no podemos obviar esta conexión tan llamativa... —Luego volvió a mirar la foto, Toni rodeaba el hombro de Estela con su brazo y Carlos Andrade hacía lo propio pero alrededor de la cintura. Ella lucía espléndida, el pelo largo mojado y peinado hacia atrás. Sauce llevaba una camiseta y un bañador largo, permanecía algo más separado del trío. A Valentina aquella foto le transmitía una felicidad decadente, extraña, que la incomodaba. Le recordaba un poco a la película *Jules et Jim* de Truffaut, que trataba con maestría la complejidad de un triángulo amoroso.

—Velasco, mándale esa foto a Sanjuán. A ver qué opina de todo esto. ¿Hay más fotos?

—No. Esta es la única en la que están todos juntos. No hay más. A partir de ese momento, Basilio se casó, dio el braguetazo con una mujer adinerada, Esther Bazán, y empezó a destacar como escritor de negra-histórica. En alguna sale con Toni o con Estela, pero en mesas redondas con otros escritores, nada particular.

—Bien, creo que aquí ya hemos acabado —dijo la inspectora—. Se nos hace tarde, hemos quedado en Sol con Diego Aracil. Mañana hay que ir a La Herradura a primera hora y luego a Segovia a ver la exposición de la que fue sustraído el tenedor del hereje —consultó su móvil—. Tengo el teléfono de Abel. Luego lo llamaré a ver qué recuerda del asunto de Carlos Andrade. Velasco, tú mañana te encargas de la exposición, y Bernabé y yo nos iremos al colegio; supongo que te apetecerá seguir el rastro de Cecilia, ¿no? —Miró de reojo al policía asturiano.

—Desde luego, Valentina, me interesa mucho. —Y su mirada fue mucho más directa.

—Me voy a acostar, me caigo de sueño. —Velasco se estiró y bostezó ruidosamente. Le dio un último sorbo a su cerveza y se levantó del asiento. Los tres estaban en un bar en la zona de Huertas, cenando unos calamares y unas patatas bravas. Diego

Aracil ya se había ido hacía un rato a su casa, tras tomar un par de cañas—. Si no os importa me voy al hotel. Hoy ha sido un día muy pesado, y mañana también será duro.

Valentina miró para su cerveza, aún por la mitad.

—Yo espero un poco más. No voy a dejar la birra sin terminar. A ver si me relajo un poco. Desde la desaparición de Toni Izaguirre no hemos parado ni un segundo.

Bernabé miró primero a Valentina y luego a Velasco, haciéndole un gesto de despedida.

—Te acompaño, Valentina. Yo tampoco he terminado mi vino, Velasco. Nos vemos mañana a primera hora.

—Mándame un wasap si Abel te devuelve la llamada, inspectora —sonrió a los dos y recogió su bolsa de mano—, aprovecharé un rato para leer antes de dormir.

Valentina asintió y bebió otro trago mientras Velasco desaparecía por la puerta del bar. Se sentía bien, había calmado el hambre y Madrid era una ciudad que le resultaba agradable. Se fijó en que el inspector asturiano la miraba con fijeza con aquellos ojos grises que parecían emitir fuego. Le sonrió, algo turbada. Buscó un tema para aligerar la situación.

—Cuéntame algo de tu vida, Ignacio. ¿Eres de Gijón mismo?

—No, soy de Candás. Está muy cerca. Tengo dos hijas pequeñas. Me separé hace tres...

—Vaya. Lo siento.

—Mi ex es policía local. Yo creo que por eso tuvimos «diferencias irreconciliables» —dijo, remarcando la ironía—. De todos modos nos llevamos bien. Las niñas nos unen mucho. ¿Tú no estás casada?

Valentina movió la cabeza, negando, con una media sonrisa que apareció fugaz en sus labios.

—No. Nunca. Estuve a punto una vez... —miró hacia el techo durante unos segundos—, pero la cosa no funcionó. Tampoco es algo que me preocupe demasiado. No soy demasiado hogareña, y los niños..., bueno, me gustan, pero no me obsesiona tener descendencia. El trabajo me quita mucho tiempo. Y la verdad, a los hombres les suelen intimidar las inspectoras de policía. Y más las inspectoras de homicidios.

Bernabé levantó una ceja, inquisitivo, y decidió entrar en el asunto espinoso porque tenía que saber la respuesta.

—¿Y Sanjuán?

A Valentina le sorprendió esa pregunta tan directa, como una piedra enorme dejada caer en un estanque, y sin embargo no dejaba de ser lógica. El criminólogo se quedaba en su casa cuando estaba en A Coruña y todos sabían que entre ellos había una relación íntima. Sin embargo, nunca había dicho nada al respecto, jamás se había referido a él como su pareja o compañero. Simplemente estaban juntos de vez en cuando, y su entorno respetaba ese estado de cosas, sin entrometerse en su vida privada. Su padre y su hermano le preguntaban, por supuesto, pero ella siempre se escapaba con un «puede ser», «ya veremos» o «dejemos pasar el tiempo». En suma: la inspectora estaba tan acostumbrada a que nadie hiciera comentarios al respecto que, simplemente, en ese momento se quedó en blanco. Así que pensó en una solución de emergencia.

—¿Qué te parece si vamos a tomar algo a algún pub antes de volver al hotel? —Decidió desviar la conversación. No le apetecía tener que explicar la complejidad de su relación con el criminólogo en ese momento, necesitaba algo de tiempo.

—Buena idea. El vino es un poco peleón, la verdad. Yo soy más de sidra.

Salieron a la calle y caminaron en silencio con la mirada al frente. Hacía fresco, pero no amenazaba lluvia. El teléfono de Valentina comenzó a sonar.

—Es Abel... ¡Hola, Abel! Qué tal. Soy Valentina. Sí. Estoy en Madrid, sí, por lo de los escritores. Sí, terrible. Mira... tengo que hacerte una pregunta. ¿Te acuerdas de lo de Carlos Andrade, el coche que encontraron los submarinistas...? Sí. Eso mismo.

Valentina escuchó durante un rato mientras asentía y al fin se detuvo.

—¿De Pontedeume? ¿Cuándo dices que apareció el cuerpo? Veinte días después. De eso no me acordaba. Ya. Las corrientes, aquel temporal que hubo en pleno verano... Ya. Claro. Lo consideraron un suicidio. Pero tú..., ¿qué opinas tú? —guardó otro silencio prolongado, escuchando—. Eso me interesa. Vaya. No me extraña. ¿Me podrías mandar todo a mi correo? Te lo agradecería. Te va a parecer raro, pero en cierto modo podría estar vinculado con lo que está pasando en la Semana Negra. Muchas gracias. Nos vemos en cuanto vuelva, Abel. Dale un abrazo a tu mujer de mi parte.

Entraron en un pequeño pub que había cerca de un hotel. En cuanto se sentaron y pidieron dos *gin-tonics*, Valentina procedió a contarle todo lo que le había comentado el guardia civil.

—El coche de Andrade apareció hundido en el mar días después de que su hermana denunciase su desaparición. Lo encontraron dos buceadores. Tenía que ir a dar clases de verano al colegio y nunca hizo acto de presencia. Por lo visto la fecha coincide más o menos con la foto en la que están todos en la playa de Ares, la que hemos visto en casa de Sauce. La ventanilla del coche estaba rota, pero era curioso, por lo visto estaba rota desde fuera, no desde dentro. En resumen: a Abel todo le pareció bastante extraño, pero sus superiores no consideraron interesante investigar más. Y el temporal, con lluvias bastante fuertes, borró todo tipo de posibles pruebas en lo alto del acantilado. También es mala suerte, un temporal en pleno verano.

—La ventanilla se pudo romper al caer. ¿Y el cuerpo escurrirse por las corrientes...? —dijo Bernabé.

—Abel dice que todo el asunto no acababa de cuadrarle. Pero la hermana no insistió demasiado, ambos eran huérfanos y él estaba soltero, tampoco parecía que tuviera amigos íntimos, así que a muy pocos les importó realmente llegar al final de lo sucedido. Y nunca más se supo —le dio otro trago al *gin-tonic* y prosiguió—: El cuerpo apareció días después, muy descompuesto, y la hermana lo reconoció por un tatuaje. Me pregunto qué diría de esto Sanjuán —dijo, suspirando.

Bernabé vio el cielo abierto y aprovechó la situación.

—Sanjuán. Antes no me contestaste... ¿Es tu novio? Se nota que le gustas mucho, y el otro día... en fin, te besó al despedirse de un modo muy personal... —El estómago lo tenía hecho un ovillo, pero estaba decidido a saber cuáles eran realmente sus opciones. No era un hombre al que le gustara ir dando círculos en la niebla.

—¿Novio? —Valentina esta vez estaba más preparada, aunque a pesar de eso miró al policía con una mezcla de asombro e hilaridad—. ¡Ojalá! Pero vive muy lejos. Estamos a mil kilómetros. Somos muy buenos amigos... yo lo quiero mucho, es verdad... —se detuvo unos segundos, que a Bernabé se le hicieron muy largos—, pero no; si la pregunta es si tenemos un compromiso, la respuesta es no. —Y miró con sus ojos grises de frente al asturiano al decir esto.

Bernabé aspiró hondo, y una sonrisa iluminó su rostro, aunque quiso ocultarlo. Tenía una oportunidad.

—Entonces... en resumen, que... sois muy buenos amigos, pero que, en definitiva, eres una mujer libre... ¿No es así? —Bebió de su *gin-tonic*.

Valentina a su vez levantó la copa balón y le dio un buen sorbo a su ginebra. Luego se mordió el labio y ladeó la cabeza, preguntando lo obvio.

—¿Estás intentando ligar conmigo, Bernabé?

—En cierto modo... —sonrió esta vez más ampliamente—. Digamos que quiero saber qué puede pasar si nos conocemos más... y vemos que eso nos gusta a los dos.

Valentina Negro suspiró y se echó para atrás en la butaca. La mirada de Bernabé era cada vez más intensa. Era un hombre muy apuesto, con un físico imponente y un rostro que emanaba virilidad e inteligencia. Era difícil resistirse, pensó.

—No soy una mujer fácil.

—No tienes pinta de serlo.

Valentina, turbada, consultó su reloj deportivo y se levantó.

—Ya es tarde. Mañana tenemos que madrugar y antes quiero llamar a Sanjuán. ¿Nos vamos?

Bernabé la agarró de la mano con suavidad y la hizo sentarse otra vez.

—No has terminado tu copa, Valentina. Cinco minutos más. Son las once y media de la noche, no es tan tarde.

Se resignó. Bernabé tenía razón. Se sentía en cierto modo culpable, pero... ¿Por qué no? No le hacía ningún mal tomarse una copa. Y sí, era una mujer libre y llevaba mucho tiempo dedicada solo al trabajo. Sanjuán nunca había dado el paso de formalizar una relación con ella. Valentina se había conformado mucho tiempo con tener encuentros esporádicos con él. Y de pronto, delante de ella, tenía a un hombre atractivo con el que le apetecía charlar. Y que le tiraba los tejos de forma abierta, sin tapujos.

Asintió, con una sonrisa coqueta.

—Está bien. Tomamos otra y nos vamos a dormir. Pero déjame llamar a Sanjuán primero. Quiero contarle las novedades...
—Y, levantándose, salió a la calle para hablar, mientras que Bernabé la miraba caminar, preguntándose si realmente había conocido al fin a la mujer de sus sueños.

Riazor, miércoles 5 de noviembre, 4.00

Thalía se secó las lágrimas. En la recepción del hotel Riazor solo le habían dejado una nota de Cabanas dentro de un sobre.

«Te he dejado todo en la playa. Si apuras un poco igual llegas antes de que suba la marea.»

Miró con desesperación el arenal. Habían colocado una duna enorme para evitar los estragos de las olas. Hacía frío, el helor del viento se le metió en los huesos y se abrigó con su jersey amplio de lana. Se notaba algo mareada, había bebido bastante con Paco Serrano y tuvo ganas de vomitar, el último *gin-tonic* la había matado. Esperó impaciente a que el semáforo se pusiera en verde. Era miércoles y casi no había nadie por la calle, y mucho menos en la playa. Las espesas nubes conferían una calidad húmeda y espesa a toda la bahía.

No se fijó en el hombre que caminaba detrás de ella y bajó las escaleras, hacia las oscuras arenas de Riazor. Este hombre la había visto casualmente, estaba caminando, aclarando sus ideas. Ahora había tomado una decisión rápida, al ver a la joven completamente sola en ese lugar tan desértico a esas horas como podría estar la luna. Aguantó la respiración; no se precipitó; ella caminaba de forma fatigosa por la arena, parecía bebida, un par de veces tropezó y se incorporó de manera cansina. Albelo dejó una distancia prudencial detrás, de unos cincuenta metros, pero su zancada era mayor, y a cada paso recortaba la distancia a pesar de lo complicado que era caminar por la arena con zapatos: pequeñas piedras se le metían dentro y le dañaban la piel a través de los calcetines.

Albelo era presa de una inquietud muy profunda, que le dejaba la boca seca, como si chupara estropajo. Nunca la había experimentado antes, aquel tipo de angustia, de un género que no conocía, porque no era la angustia de la ira que él había vivido cuando una de sus víctimas se negaba a complacerle, o la que le provocaba como un tizón al rojo ese dolor brutal y sordo que todavía llenaba su pecho cuando pensaba en la paliza que le propinó Valentina Negro. No. Era otra cosa, algo que le dejaba lleno de confusión, de dudas, que le susurraba con voces distintas a las que oía desde hacía muchos años en su interior deforme, que le hacía vulnerable, y eso no le gustaba nada.

La chica había coronado la duna y empezaba a bajar, tambaleándose; ella andaba un poco más despacio, y él, instintivamente, un poco más aprisa. La noche era más oscura a medida que ambos se aproximaban al mar. La joven se arrebujó en su chaqueta: empezaba a sentirse aterida por la brisa que azotaba de vez en cuando su cuerpo delgado. De pronto paró, se inclinó y vomitó en silencio. Albelo se detuvo; miraba a la joven como un azor a un roedor ignorante de su suerte, pero a su vez estaba absorto en sus pensamientos. ¿Qué le dejaba ese mal cuerpo? ¿Por qué notaba aquel desequilibrio? Al fin, su cerebro gruñó una respuesta, que contenía un nombre: Marta. Martita con su voz dulce y sus gestos mínimos que detenían el tiempo. Albelo maldijo por lo bajo. ¿Qué coño le importaba esa cría? Una pijita como tantas que se había follado. ¿Qué le estaba pasando? Es verdad, dentro de poco tendría que encargarse de ella... ¿y qué? ¿Qué le importaba? Después de ella vendría Valentina... ¡Estaba muy próximo a ejecutar su venganza! Marta era solo el aperitivo... Pero ¿entonces? ¿Cuál era el problema?

Albelo se quitó mecánicamente el cinturón de cuero y cerró los puños en torno a él. Thalía siguió su andar atropellado, estaba a unos veinte metros de la mochila que contenía sus cosas. Albelo estaba a otros tantos. ¿Qué significaba Marta para él?

«Significa algo para ti. Marcos. Reconoce que te la follarías y la "respetarías". Reconoce que te quedarías con ella después, aspirando el aroma de sexo y perfume de su cabello corto. Reconócelo.»

Albelo imaginó a Valentina Negro burlándose de él.

De pronto se llenó de rabia y aceleró el paso, retorciendo el cinturón con ira. Recordó las palabras de Sanjuán: el asesino en serie persevera en su naturaleza esencial. «Bien —se dijo—, hagamos caso a ese capullo. Perseveremos en lo que es único en uno mismo.»

Cuando Thalía estaba a punto de recoger la mochila se levantó de repente. Albelo, a traición, puso con extrema rapidez el cinturón alrededor de su cuello. Era frágil como el de un pajarillo.

—No chilles, putita. Esto se ha acabado. —Thalía abrió la boca de forma desmesurada tratando de coger aire y lanzó sus manos hacia el rostro de Albelo, pero este ya estaba preparado y apartó la cabeza al tiempo que la izaba con el cinturón. Ella, anonada, sin aire, pataleó con fuerza—. Chsss. No digas nada... Sí... Oh sí... esto está muy bien... —Albelo sonrió lleno de gozo, pues estaba sintiendo algo que ya casi había olvidado. Thalía pronto dejó de pelear, ya solo tenía un reflejo de vida, un hálito que no lograba separar del ruido sordo del mar y de la noche que todo lo envolvía. Albelo la soltó y la dejó caer sobre la arena. Luego comenzó a quitarle la ropa.

Notó las manos temblorosas cuando palpó el tanga y lo bajó hasta los tobillos. Luego subió el vestido hasta mostrar los pechos, jóvenes y firmes. Los tocó con suavidad.

«La muy puta no lleva sujetador.»

El aliento débil, entrecortado, de Thalía olía a cerveza y a sexo, y Albelo notó cómo la erección se abría paso entre sus pantalones, hasta casi ser dolorosa. Se fijó en su cara, se le hacía conocida, pero no supo distinguir dónde la había visto antes. Se colocó encima y le abrió las piernas. Luego se bajó la cremallera de la bragueta y volvió a asir el cinto en la garganta de la joven mientras iniciaba la penetración.

—¡¡¿Qué coño haces, cabrón?!!

Albelo se quedó petrificado al escuchar la voz cortante y ver una sombra aparecer detrás de él, como si surgiese del interior de la duna. Se maldijo con furia por haberse distraído, por no haber puesto todos los sentidos en lo que estaba haciendo, y aflojó instintivamente el cinto. La sombra se convirtió en un hombre delgado y fibroso que parecía la estampa misma de la ira. En dos zancadas lo alcanzó. Las manos de Cabanas agarraron la camisa del violador, la rasgaron buscando algo más, carne que se deslizaba como una serpiente ágil y rápida, pero Albelo consiguió zafarse dejando parte de la camisa en sus manos. Sin embargo, Cabanas consiguió darle un puñetazo en la cara. El violador notó el dolor agudo, pero aun así se agachó con agilidad. Comprendió que no podía pelearse y exponerse a perder el anonimato de su nueva identidad, a menos que lo matara. Y ese era un riesgo que ahora no podía correr. Un segundo después lanzó a su atacante un puñado de arena a la cara, cegándolo, lo que aprovechó para huir.

Cabanas, en cuanto pudo volver a abrir los ojos, dudó un momento entre seguir al violador o socorrer a Thalía, pero cuando la vio semidesnuda y el rostro amoratado y exangüe, se asustó y no lo dudó: intentó reanimarla. Ella abrió los ojos y susurró algo. Cabanas se quitó la chaqueta y se la puso por encima. Se dio cuenta de que tenía en sus manos parte de la camisa de ese hijo de puta; muy cerca del cuerpo de Thalía estaba el cinto con el que había intentado asfixiarla. Lo recogió. Luego alzó a Thalía en brazos y la llevó hasta el hotel Riazor.

23

Literatura Comparada

Mis ojos quieren penetrar
en el abismo de la muerte,
en el abismo del bien o el mal.

Clave VII, VALLE-INCLÁN

Miércoles, 5 de noviembre, por la mañana

Thalía gimió en sueños. El móvil de Cabanas vibraba sobre la mesilla de forma insistente, pero él no hizo caso. Acarició la frente de la joven y luego le acercó un vaso del baño que había rellenado con agua fresca del mueble bar. La incorporó para que bebiese y ella obedeció, aún mareada por los somníferos que le había proporcionado antes de meterla en la cama. La marca del cinturón en el cuello brillaba con un intenso color escarlata. Apretó los dientes con rabia, mientras miraba la correa que había recogido en la playa, que permanecía retorcida como una culebra ante sus ojos.

El móvil volvió a vibrar y al fin lo cogió para mirar la pantalla. Era Estela, una vez más. No contestó.

Cabanas sentía el tormento de la culpa. Él era la causa inicial del ataque a Thalía. Si no hubiese llevado sus cosas a la playa, ella nunca habría sufrido el intento de violación. «Hace falta ser mezquino para idear algo así», se recriminó, suspirando profundamente. Abrió las ventanas y miró al amanecer. En todo caso, ¿quién sería ese hijo de puta? Por un momento se preguntó si el tipo podría tener alguna relación con los asesinatos de los escritores, aunque Thalía era una completa desconocida; no, no había publicado nada. ¿Quién iba a saber que ella era una escritora? «Lo más probable —pensó—, es que sea un violador, uno de esos cabrones que no falta en ninguna ciudad. A lo mejor incluso la policía lo tiene fichado; podría ser un recluso con algunos días de permiso, o en libertad condicional.» Recordó de sus días de cautiverio cómo mucha de esa escoria no podía reprimir los deseos de hacerse a una tía; les ponía el miedo, el forcejeo, el poder. Muchos podían tener vidas normales con mujeres, pero simplemente el sexo consentido no les llegaba a satisfacer, por eso violaban.

Por un momento pensó en dar parte a la policía, pero una aversión refleja le puso un gusto amargo en la boca. Iba a avisar a los maderos su puta madre. Con sus antecedentes lo primero que harían sería culparle a él de todo. Y él solo era culpable de haber sido un hijo de puta con aquella chica que se le entregaba sin pedir demasiado a cambio. Y encima de haberla mandado a la mierda, llevó sus cosas a la playa, comportándose como un cretino, un anormal. Era como si sus viejos demonios volviesen a resurgir, como si los fantasmas del pasado, los fantasmas que mataron a su mujer y a su amante aún estuviesen anidados detrás de sus vísceras, esperando cualquier momento para volver a apoderarse de su voluntad, como si él fuera un títere en manos de un descerebrado.

Thalía se dio la vuelta y abrió los ojos, aún sumida en la espesa somnolencia de las pastillas. Sonrió y su mano apartó las sábanas para acariciar los nudillos gruesos y tatuados de Cabanas. Él la miró con ternura y cuando el teléfono volvió a sonar lo apagó sin contemplaciones.

Se levantó de la cama y cogió el trozo de camisa que le había arrancado a aquel cabrón. Lo olió: el perfume era muy particular. Buscó por la habitación hasta encontrar una bolsa de plástico y lo introdujo en ella. Cerró con un nudo apretado. No quería que el aroma se volatilizara, quería recordarlo bien, porque había decidido encargarse personalmente de encontrarlo y de darle su merecido.

Somosaguas, Madrid.
Colegio La Herradura

Valentina se aproximó a la portería del colegio, seguida de Bernabé, que admiraba el centro desde el mismo instante en el que entró por la enorme verja. Era un lugar acogedor, lleno de luz, con piscina, numerosas pistas de deporte e incluso contaba con unas soberbias instalaciones de equitación. La Herradura era uno de los colegios más famosos de Madrid, un centro bilingüe adonde acudían los hijos de actores famosos, políticos y financieros. A pesar de ese lujo, pensó Bernabé acordándose de sus hijas, que estudiaban en un modesto colegio público de Gijón, nada podía sustituir a un maestro que sabía encandilar el alma de los alumnos; al fin la educación no era sino el pequeño milagro de un chico reflejándose en un adulto al que podía respetar. Y para eso no eran necesarios caballos o piscinas.

Pronto salió el director a recibirlos, un hombre relativamente joven, delgado, vestido como el ejecutivo de una multinacional. Cuando Valentina Negro le enseñó su identificación, él a su vez abrió las manos en un gesto solícito de bienvenida y los dirigió hacia un pequeño despacho con muebles modernos, presidido por un gran retrato de Shakespeare.

Después de las presentaciones y una conversación cortés, César Cabal comenzó a responder a las preguntas con gran espíritu de colaboración.

—Yo solo llevo dos años como director de La Herradura, antes estaba en otro centro. En esa época estaba Marisa Naranjo, una señora de las de antes, con clase, ya me entienden; fundó este colegio con su marido. Falleció en un accidente, una gran desgracia. Fue la que contrató a Carlos Andrade. Pero puedo ayudarles. La profesora de inglés, Karina Desmonts, era íntima amiga de Carlos. Les podrá contestar mucho mejor a todas las preguntas.

—Entiendo. ¿Guardan todos los archivos del profesorado y de los alumnos? Necesitaríamos ver el de Cecilia Jardiel y el de Andrade —dijo Valentina, y adelantándose a los escrúpulos del director añadió—: No se preocupe, la información es solo para nuestro uso privado.

César se levantó, resignado a ojos vista, y cogió el teléfono.

—Ahora mismo aviso a la secretaria del centro.

»Laura, sí. Necesito que me traigas cuanto antes dos expedientes, el de Cecilia Jardiel Díaz y el de Carlos Andrade Gómez. Ya, ya sé que estamos en obras, pero haz lo que puedas cuanto antes, son para la Policía Judicial. Venga. No te preocupes, nada importante.

Colgó.

—Acompáñenme mientras tanto, háganme el favor. La clase de Karina está en el otro lado del centro. —Se levantó y los demás lo siguieron.

Santiago de Compostela, Facultad de Filología

Sanjuán dio dos golpes con los nudillos en la puerta del departamento de Literatura Comparada y entró, seguido de Lúa. Allí estaba Ramiro Toba, sentado, oculto bajo una montaña de libros dispuestos sin orden ni concierto sobre la mesa de madera. En cuanto los vio, se levantó con premura. Era un hombre joven, alto y enjuto, con pelo largo y canoso, nariz prominente y ojos pequeños y algo estrábicos. Iba vestido con una camiseta negra de *Juego de Tronos*.

—Javier Sanjuán. ¡EL MISMO QUE VISTE Y CALZA! —dijo, sonriendo, repitiendo a modo de broma lo que decía el criminólogo cuando alguien le preguntaba si era él—. Cuánto tiempo, por favor. Nos visitas poco. —Y le dio un abrazo efusivo.

Sanjuán rio con ganas. Apreciaba mucho a Toba, habían coincidido hacía unos años en un congreso de Criminología Aplicada y desde entonces le había consultado más de una vez en sus investigaciones.

—Te presento a Lúa Castro. Es periodista de la *Gaceta*.

Lúa avanzó y le dio la mano. La mano de Toba se levantó con timidez, como si el contacto humano con una mujer le pudiese producir un calambre. Los tres se sentaron en torno a una mesa redonda que ocupaba la mitad del angosto despacho.

—Ramiro, me ha dicho Sanjuán que, además de traductor, te dedicas a lo que denominas «arqueología literaria»... ¿no es así? —preguntó Lúa; Ramiro no dijo nada, absorto en los ojos de ella—. Me contó que eras un especialista en descubrir la autoría de textos que, se supone, podían haber sido escritos por escritores famosos pero que no estaban acreditados..., ¿me equivoco? —Lúa insistió.

Al fin Ramiro se dio por aludido y abrió la boca:

—Sí... verás, soy un especialista en literatura alemana, en Goethe en particular... y hace años apareció un libro impreso anónimo, casi un libelo, que tenía ideas muy sugerentes parecidas a las de Goethe. Se discutió mucho si el librito había sido escrito por él, y entonces la casa de subastas Christie's me pidió que autentificara la obra; iban a venderla por un pastón en el caso de que, en efecto, Goethe hubiera sido el autor de ese libro, así que yo me puse manos a la obra, y al final —Ramiro parecía haber tomado carrerilla, quizá para deslumbrar a esa mujer que tenía delante— probé que, por desgracia, no era Goethe el autor, sino un discípulo suyo, alguien que probablemente se sintió inspirado por su maestro pero que no se atrevió a publicarlo con su nombre, lo publicó de forma anónima y decidió probar suerte. Si el libro hubiera sido polémico, o hubiera levantado expectación, entonces nuestro hombre no tendría sino que reclamar su autoría. Era algo muy habitual en aquellos años. Pero no pasó nada; el libro cayó en el olvido, y al fin llegó un ejemplar a nosotros en el baúl del nieto de un librero de viejo de Núremberg.

—Qué interesante... y dime, ¿cómo se prueba una cosa así? Quiero decir... ¿qué hiciste para saber que no era Goethe el autor? —preguntó, intrigada, Lúa.

Ramiro se hinchó como un pavo, buscó sobre la mesa desordenada las gafas de pasta, se las puso y colocó las manos en forma de V encima de la mesa, como si estuviese a punto de ofrecer una ponencia.

—Verás, Lúa, hay que analizar el lenguaje, no se trata de caligrafía, obviamente, porque en realidad lo que tenemos es un texto impreso. Debemos estudiar el uso que se hace del lenguaje al escribir. Un escritor crea la lengua de una forma única y peculiar, aunque no sea nada del otro mundo en su arte, pero desde luego ayuda que tenga genio... —se quitó las gafas y la miró a los ojos, buscando su comprensión—, porque de ese modo son más fáciles de identificar sus trazas, sus huellas... Las palabras son como las huellas dactilares: la forma de escribir representa la forma de pensar de alguien, y si obtenemos suficiente muestra de texto escrito, como lo es un libro o un artículo amplio, y si, además, tenemos una base igualmente amplia con la que comparar ese texto, es posible descubrir si un mismo autor fue el responsable de la obra ya identificada y de ese texto en principio anónimo.

—Entiendo... ¿es a través de las palabras empleadas que defines esa huella única? —preguntó Lúa, totalmente fascinada.

—No solo las palabras, también es el estilo, la sintaxis, la gramática... los giros..., ¿comprendes? Pero también los temas, el contenido, la sustancia de lo escrito... porque eso refleja el mundo interior del escritor. Por ejemplo, Goethe, como sabrás, era además de un genio literario un genio científico, y realizó unos estudios muy interesantes sobre la luz y...

Lúa lo interrumpió.

—¿Entonces puedes averiguar, digamos, si un autor ha escrito una obra aunque no esté su nombre en la portada del libro?

Ramiro pareció sorprendido por la pregunta.

—Desde luego, si tengo suficiente material para poder compararlo... aunque si no lo conozco me resultará más costoso, porque tendría que familiarizarme con los textos, con el mundo de creación de ese escritor.

Sanjuán intervino.

—Ramiro, eso no va a ser problema. —A continuación sacó de su cartera las tres novelas de bolsillo correspondientes a las obras de Estela Brown y el ejemplar en tapa dura de *No morirás en vano*, y los puso encima de la mesa—. Te aseguro que te lo vas a pasar muy bien. Son muy buenas. Solo tienes que leer cuatro libros... bien, parte de ellos. No creo que te haga falta leerlo todo.

—Y, además, mi periódico está dispuesto a pagarte por tus horas de trabajo, además del prestigio que te dará si el resultado es el que espero... —Lúa lo miró con los ojos muy abiertos y llenos de admiración.

Ramiro cogió los libros y puso cara de asombro.

—¿Novelas policíacas? ¿Novelas policíacas? —repitió con una mezcla de asombro y repulsión—. ¿Y qué es lo que esperas?

—En realidad, queremos que averigües si el autor de *No morirás en vano*, Hugo Vane, un autor al que nadie ha visto nunca, es Estela Brown. Lúa ha descubierto unas coincidencias muy interesantes entre ese libro y las novelas de Estela Brown —dijo Sanjuán.

Ramiro calló un tiempo, mientras ojeaba el libro de Vane.

Lúa no le dejó tregua.

—¿Qué te parece el encargo? —Y sin darle tiempo a contestar—: ¿Cuánto tardarás?

Ramiro miró con fijeza la boca de Lúa, su pecho oculto bajo la blusa, sus ojos profundos y suspiró de forma audible, a su pesar. ¿Se le estaba insinuando o eran imaginaciones suyas?

—Bueno... no sé, un mes al menos, probablemente más, esto requiere su tiempo; aunque me concentraré al principio en una de las novelas de Brown, con eso ya podré hacer un análisis comparativo...

—¿Un mes? —Lúa puso cara de espanto, porque para ella ese tiempo era del todo inaceptable—. ¿No podrías tenerlo antes? El periódico lo necesita para ayer...

Ramiro miró su mesa, donde yacía sepultada una multitud de trabajos de los alumnos por corregir, y el ordenador, donde había empezado a escribir el capítulo de un libro en el que colaboraban muchos autores importantes de su campo, pero comprendió que esa batalla la tenía perdida.

—Bien..., como te digo, puedo hacer un análisis provisional con una novela de Brown y compararla ya con la novela de Vane. Si el resultado sale claramente negativo, no tendría sentido seguir con las otras. Pero si sale positivo, no habría más remedio que confirmar el análisis con las otras dos novelas. Y el programa de estilometría Shakespeare and Company me dirá algo rápido, desde luego, pero es necesario que yo luego trabaje bien esos resultados...

—¿Qué es eso de Shakespeare and Company? —preguntó Lúa, que había intensificado la dulzura de su caída de ojos.

Ramiro sonrió.

—Es un programa que analiza textos a través de logaritmos, indicando coincidencias y marcas lingüísticas en varias categorías entre las dos obras con diversos valores de probabilidad. Escaneo los libros y los meto en el programa, aunque desde luego tengo que definir bien los parámetros de busca, y...

—¿Tienes mucho trabajo? Te podemos ayudar los dos. Yo tengo nociones de cómo interpretar los resultados de ese programa. Te recuerdo que me enseñaste tú, Ramiro. —Sanjuán le puso la mano en el hombro y apretó, en un gesto cálido—. Luego te invitamos a comer. Piensa que si descubrimos que Estela ha escrito el último éxito de novela tu prestigio va a dispararse y recibirás un montón de encargos.

Toba suspiró y se echó el cabello hacia atrás.

—Está bien. Está bien, acepto. Pero eso nos va a ocupar varias horas, así que manos a la obra. Primero contadme cómo se os ocurrió vincular ambos autores, y luego quiero los párrafos sospechosos. ¿Habéis traído los libros en digital? —Miró el reloj y sonrió con picardía—. Conozco un buen restaurante, El Franco, que tiene el marisco más rico de la ciudad. Si no os importa, voy a reservar. Necesitaremos coger fuerzas.

—Ya veo que no nos vas a salir barato... —Sanjuán miró a Lúa con gesto feliz.

—Un hombre excepcional. Sí. Carlos. El mejor profesor que ha tenido este colegio. —Karina asentía con fuerza, como si el movimiento adusto de su barbilla fuese a aseverar con más energía la intensidad de sus palabras—. Lo tenía todo: inteligencia, talento, intuición. Y encima no era feo..., tenía el encanto de los perros callejeros, de los galgos abandonados, ese encanto irresistible, ya me entienden... pero en el fondo era fuerte como uno de ellos, por eso me extrañó... —Miró a través de la ventana—. Ahora ya ha pasado tiempo, ¿verdad? Pobre Carlos. Sin duda una de esas almas destinadas a la tragedia. Yo estuve muy enamorada de él. Pero nunca pasamos de ser grandes amigos.

Valentina asintió, fascinada. Aquella mujer era como un personaje de novela, o de película muda: mayor, escuálida, de cabello enmarañado y negro, muy negro. Los ojos pintados con una gruesa raya de *kohl*, y una voz grave y sonora, algo cascada ya por el tabaco. La cajetilla de Camel que reposaba sobre la mesa solo tenía un par de cigarrillos, y Karina aprovechó su pausa para rebuscar en el bolso y sacar un cigarro electrónico. Un anillo de casada relucía en su dedo anular.

—En realidad, todas estábamos enamoradas de él, e incluyo a muchas de sus alumnas, por descontado. Si Carlos hubiese querido... pero era un «alma pura»: como Morrissey, el cantante que tanto le gustaba. ¿Saben? Como si fuera célibe. Bueno, eso creo. No sé. Pero no parecía en absoluto interesado en el sexo. Al principio todo el mundo creía que era gay. Así que... pero luego, con lo que pasó... nos dimos cuenta de que no, claro.

—¿De qué daba clases? —Bernabé la interrumpió al ver que estaba yéndose por los cerros de Úbeda.

—De todo un poco. En estos centros no nos especializamos. Carlos daba clases de filosofía, de lengua, de literatura, griego, y luego también daba extraescolares. Era el profesor de teatro. Convirtió el grupo de teatro del colegio en uno de los más conocidos de la provincia, y las obras las escribía él. Todo lo que hacía, lo hacía bien. Escribir, actuar, enseñar. Carlos siempre decía que era fantástico en todas las actividades que no daban dinero —sonrió con melancolía.

Valentina repasó el expediente que le había dado la secretaria.

—Leo aquí que era paisano mío. De Pontedeume...

—En efecto. Era de Pontedeume, un sitio precioso, ¿verdad? Yo estuve con mi marido el año pasado por allí. Carlos tenía una hermana. Habían heredado una casa rural, un pazo familiar que estaba casi en ruinas y la familia lo convirtió en un negocio bastante rentable, de hecho pernoctamos una vez allí. Pero Carlos lo que quería era dar clases y escribir. No le interesaba demasiado el negocio.

Valentina sacó una copia de la foto de Sauce en la que estaban todos en la playa y se la enseñó.

—Vaya. Sí. —Karina se pasó la mano por los ojos, parecía enjuagar una lágrima—. Estela Brown. Bueno, Estela... Carmen. Él siempre la llamó Carmen. —Miró a Valentina y luego señaló la fotografía—. Se conocían desde niños. Iban juntos a la playa, se prestaban libros. Eran como hermanos, pero la vida los separó. Recuerdo que un día llegó entusiasmado. A mí me lo contaba todo, le había cambiado la cara. Ganó un premio muy importante, de relatos negros, pero para él fue como si ganara el Nobel. Le encantaba la novela negra. Aún recuerdo el título: *Ese oscuro laberinto de tu alma*. En ese premio Estela había quedado la segunda... —Soltó una bocanada de vapor—. Se volvieron a encontrar después de muchos años en aquel premio. El estilo de Carlos era... ¿cómo describirlo? Él decía que era *noir* romántico, pero romanticismo auténtico, del desgarrado, de Shelley, Byron, la bahía de la Spezia. Era una mezcla entre el relato negro americano más desgarrado y la poesía de Baudelaire. Original, lírico, tierno..., era poesía de los suburbios. Como ponerle a un mendigo una tiara de diamantes.

—¿Aún lo guarda? —Valentina pensó que era un tiro lejano, pero quizás aquel relato fuese importante.

—Sí, por supuesto. Lo tengo en casa. Lo guardo como oro en paño. Aquel relato le abrió las puertas de las editoriales, sin embargo... ocurrió lo de Cecilia. Y todo se fue al garete.

Valentina levantó las cejas, e hizo un gesto invitándola a seguir.

—Cecilia estudió aquí, sí. Una joven de un talento excepcional. Sus padres estaban podridos de dinero, eran empresarios del ladrillo, y ella era la menor de cinco hermanos. Se quería dedicar a la literatura, ser famosa. Eso era lo que más le preocupaba, ser famosa. —Su cara hizo una mueca de desdén; su voz se hizo dura y cortante—. Era... no sé cómo decirlo, una lolita. Sé que ha muerto, no me juzguen mal, pero me han pedido que les dijera la verdad. Y la muerte no cambia el pasado de la gente, por mucho que la hipocresía nos haga decir lo contrario. —Valentina asintió, como si aprobara ese proceder—. Verán... ella tenía ese gancho para los hombres, esa sensualidad, ya saben. Una cara de duende, pecosa, mucha labia, desvergüenza. En fin, a Carlos le fascinó. Se enamoró, o se encoñó, a saber. Estaba en el grupo de teatro, le daba todos los papeles principales y ella los bordaba. Sacaba lo mejor de ella en todos los sentidos. Hasta que apareció Estela.

—¿Mantuvieron relaciones sexuales el profesor y la alumna? —Bernabé parecía afectado, como si aquello le pareciese moralmente detestable.

Karina no parpadeó.

—Estará en el expediente de los dos. Yo creo que sí. Luego Cecilia lo acusó de violación. Estaba claro que era mentira, él nunca hubiera hecho algo así. Fue la aparición de Estela. Era ya fin de curso, Cecilia iba a abandonar el colegio e ir a la universidad. Quería seguir en contacto con él. Pero Carlos enloqueció. Nunca vi a alguien tan obnubilado, en serio. Estela pasó a ser su musa, su obsesión. Daba miedo. Y Cecilia no pudo soportarlo. Se montó un escándalo.

Bernabé continuó preguntando.

—¿Se comunicaron los hechos a la policía?

—No. El colegio tiene una reputación intachable. Se abrió un expediente interno, lo tienen todo ahí. No había ninguna prueba y todo el mundo sabía que Cecilia era un tanto... «casquivana», y mala persona, una pequeña Poison Ivy menuda y morena. Se tapó todo y lo arreglaron expulsando a Carlos del colegio.

La mujer permaneció un rato callada, como si aquellos recuerdos la estuvieran perturbando demasiado. Valentina la animó a seguir de nuevo:

—¿Y después?

Karina jugueteó con la cajetilla de tabaco, con evidentes ganas de sacar un cigarrillo.

—Después Carlos se fue a vivir con Estela. Y nunca supe nada más —suspiró, afectada, como si aquello le hubiese roto el corazón.

—¿No se puso en contacto con usted?

—Lo volví a ver una vez. Me lo encontré en una fiesta, yo estaba con mi novio, ahora mi marido, que es pintor. Estaba muy desmejorado, muy delgado, pálido, pero bien vestido. Iba con Estela. Me contó que vivía en una especie de comuna artística en unas naves a las afueras de Madrid, que era muy feliz, que estaba escribiendo una novela que iba a ser una bomba, pero créanme si les digo que yo no veía esa felicidad en sus ojos.

—¿Le dijo si tenía algún empleo además de escribir? —Valentina tomaba notas en su libreta, una Moleskine de los Beatles regalo de Sanjuán.

—Solo me dijo que estaba escribiendo, que había encontrado su vocación y que quería ganarse la vida como novelista. A mí me dio algo de pena: en efecto, era muy bueno, pero el mundo literario es algo tan voluble... Luego Estela le hizo un gesto y se fueron juntos, lo recuerdo perfectamente. Recuerdo que me indigné. Como si fuese un perro faldero detrás de ella. Después lo único que supe fue que se había suicidado en A Coruña —se detuvo unos segundos, la mirada perdida—. Aquello me dejó helada, no me lo podía creer. Una cosa era que Carlos fuese autodestructivo, como casi todos los artistas, y otra bien distinta... no. Suicidarse no. Nunca me habló de suicidio. Era una persona extremadamente fuerte, aunque muy sensible; ¿me entienden?, él amaba la vida.

—¿Hay fotos de ese curso? —Valentina buscó romper el clima fuertemente emocional del relato de Karina.

—En casa tengo varias. Y de las obras de teatro. Buscaré en los archivos. Si quieren se las puedo mandar. Estaré encantada de ayudarles. Me ha venido bien recordar a Carlitos —dijo, como si todavía pudiera disfrutar de su compañía con solo cerrar los ojos y recordar—. Lo que sea por Carlos. —Y le temblaron un poco los labios.

Ramiro Toba, varias horas después, reprimió una exclamación de sorpresa cuando en el ordenador aparecieron los resultados.

—¡Hostia! ¡Los indicadores dan positivo! Bueno, con una aproximación del ochenta por ciento, que es una barbaridad. Nunca me lo hubiera esperado, no, señor.

Sanjuán se levantó de la silla y se acercó a la pantalla, por detrás del filólogo.

—¿Un margen de un veinte por ciento no deja mucho espacio para la duda?

—Bien. Hay que pensar que en una novela hay más gente que mete mano. Correctores de estilo, todo eso, y no olvidemos que el autor puede que haya querido de forma intencional enmascarar su autoría, que es lo que pensáis, ¿no? —los dos asintieron—, luego se habrá esforzado en cambiar rasgos de su forma de escribir.

—Sí, tiene sentido —dijo Sanjuán—. Por otra parte, no olvidemos que hay tres años de diferencia entre la novela de Estela Brown analizada, que es la última, y el libro de Hugo Vane. Estela puede haber madurado como escritora en ese tiempo.

—Así es —dijo Toba—. Lo más normal es que las otras dos novelas, las dos primeras del Detective Invidente, arrojen valores de coincidencia algo menores. Pero creedme —y miró intensamente a Lúa— el ochenta por ciento de coincidencia es un gran resultado. Por otra parte —y señaló uno de los gráficos que había escupido el ordenador merced al programa Shakespeare and Company—, observad que aparecen una serie de frases críticas, es decir, palabras muy poco frecuentes que aparecen en ambas obras, lo que al menos indica que Hugo Vane leyó a Estela Brown. Y sí, Lúa, si consideramos lo que tú encontraste, solo esos párrafos, el programa nos dice que la probabilidad de que ambos autores las emplearan sin conocimiento el uno del otro es del 0,9 por ciento —dijo, visiblemente satisfecho, poniendo las manos detrás de la nuca—. Amigos, en resumen: yo diría que Estela Brown escribió *No morirás en vano*.

24

El miedo de Estela Brown

Descorrió el oxidado cerrojo de la puerta y la abrió de par en par. De pie en el porche [...] oyó el resonante lamento del búho.

Eso y otros ruidos.

El amortiguado raspar de una pala. Cavando. El discreto chasquido de un pico, abriéndose paso entre el esquisto. Y...

El truculento quejido de un hacha: las aterrorizadas súplicas de una mujer... jadeos, gemidos.

Después... ¡Silencio!

La fosa fatal, JIM THOMPSON

Exposición itinerante de antiguos instrumentos de tortura, Alcázar de Segovia, miércoles, 5 de noviembre, mediodía

—Sí. Estaba yo aquel día. Abrí la exposición y cuando llegué a las vitrinas me encontré con que habían robado el tenedor del hereje.

Velasco observó con fijeza una figura siniestra, de cera, vestida de verdugo y, justo al lado, una silla recubierta de púas y una dama de hierro. Al fondo, un potro, y, más lejos, el garrote vil. No pudo evitar un ligero estremecimiento, causado por su imaginación empática que le hizo comprender con gran realismo el terrible sufrimiento de los desgraciados «invitados» a esas atrocidades. No era para menos, aquellos aparatos eran impresionantes, y más después de caminar por las adustas calles segovianas hasta llegar al imponente castillo. Algunos de esos instrumentos de tortura eran reproducciones bastante conseguidas, otros bien reales, pero todos terroríficos en su solemnidad renacentista. Aracil continuó interrogando a Belén, la comisaria de la exposición, una mujer no muy alta, de mediana edad y media melena rubia platino. Tenía las manos llenas de anillos y las movía como si fueran sarmientos.

—El robo, como saben, se produjo en Urueña, no aquí. La exposición es itinerante, ahora está en Segovia, en un mes estaremos en Toledo. A partir de que se descubriera el robo las medidas de seguridad se hicieron mucho más férreas, eso es cierto: en aquel momento daban algo de pena... —señaló cámaras en el techo y a un par de guardias uniformados que paseaban al fondo—, pero ahora nos hemos curado en salud.

—¿No había cámaras? —Diego Aracil apartó la vista de unas empulgueras y una amenazante pera anal.

—Ni cámaras ni vigilantes por la noche. ¿Quién iba a pensar? Había una alarma pero no saltó. No estaba conectada. Lo cierto es que no se nos ocurrió que hubiera gente capaz de robar estas cosas... —suspiró—, pero por lo visto estábamos equivocados.

—Imagino que se lo habrán preguntado ya, pero... —Velasco intervino—, los días anteriores..., ¿vio algo extraño? ¿Alguna persona preguntó por el tenedor? ¿Por algún otro instrumento?

—En realidad, sí. Pero no a mí. Hubo una mujer que estuvo preguntando con cierta insistencia a una de las chicas que contratamos en Urueña para la exposición.

—¿Una mujer? Vaya.

—Por lo visto sí, una mujer. Y no muy mayor. Si quieren les doy el teléfono de Silvia, la empleada que trabajaba esos días. Es licenciada en Historia, ahora está de vacaciones —añadió, como si tener una carrera fuese algo que le otorgara más credibilidad—. Por cierto... —Belén los miró con extrañeza—, esa noche robaron algo más. ¿No lo sabían? También se llevaron una máscara infamante... —Señaló una vitrina en donde se podían ver tres extrañas máscaras en forma de cabeza de cerdo o de burro—. Era una reproducción actual sin valor alguno, por eso no lo denunciamos...

Restaurante japonés Miyama, Paseo de la Castellana, Madrid

—Le doy vueltas y más vueltas y cada vez estoy más convencida de que Estela está en el centro del asunto. Pero... ¿en calidad de qué?

Bernabé cogió con habilidad los palillos y atacó el sushi. Lo mojó en salsa de soja.

—Estela y Carlos Andrade, no olvides a Carlos. Los dos salen todo el tiempo. Carlos Andrade con Cecilia. Con Estela. En una foto con Toni y con Sauce en Ares. Y muerto poco después. Nuestro colega de la Guardia Civil, Abel, convencido de que había algo extraño en su muerte. ¿Y si lo mataron? Pero... ¿Por qué? ¿Y quiénes?

Valentina, que había bebido un poco de cerveza para acompañar su bocado, se quedó unos segundos pensativa. Era consciente de que no tenían ninguna pista sólida, y que en esas circunstancias plantear todas las hipótesis que pudieran, por alejadas que estuvieran de la realidad, era la mejor opción disponible.

—A lo mejor Andrade se suicidó cuando Estela lo dejó por Toni. Otra cosa... Carlos le dijo a Karina que con Estela era feliz, estaba escribiendo una novela. ¿Qué fue de esa novela? En realidad, no sabemos si Carlos Andrade tiene algo que ver con los crímenes, pero es muy extraño que su nombre esté relacionado con el de todos los escritores. Y que sea una mujer la que haya preguntado por el tenedor del hereje..., ¿eso querrá decir algo?

Velasco, que llegaba en ese momento, tomó asiento junto a ellos, oyó esto último e intervino.

—Dice la chica que trabajaba allí, Silvia, que la que le preguntó con tanto interés era una mujer joven, de unos veinticinco años, melena castaña, delgada, muy menuda. Con aspecto de mosquita muerta. Preguntó por el tenedor del hereje y por las máscaras infamantes. La abordó en un par de ocasiones, parecía obsesionada con el tema. Ese tipo de exposiciones provoca mucho morbo en todo tipo de gente, es verdad, pero una chica joven obsesionada en estas cosas es una pista que vale la pena seguir. Voy a ir a Urueña, preguntaré por los hostales, el pueblo es pequeño, si estuvo el tiempo suficiente como para que alguien se fijara en ella quizá pueda encontrarlo y preguntarle.

La inspectora asintió.

—Buen trabajo, Velasco. Nosotros iremos a hablar con la hermana de Carlos Andrade. Vive en Pontedeume. Si tiene allí una casa rural no nos será difícil encontrarla. Es lo único que tenemos. Y volver a interrogar a Estela, aunque —reflexionó en voz alta— tenemos que proceder con cuidado; hay que hacerlo en el momento oportuno. En realidad, no podemos decir que ella nos haya negado información esencial sobre lo sucedido... digamos que podría haber sido más generosa compartiendo sus recuerdos con nosotros, pero no es posible afirmar que haya obstruido a la justicia. —Bernabé la miró, y asintió. Si Estela estaba implicada en algo, todavía no podían airearlo o apresurarse, porque sin prueba alguna todo se reduciría a un enorme paso en falso.

Barrio de A Zapateira, chalé de Rebeca de Palacios

—Marta. No comes nada. —Rebeca miró con disgusto cómo su hija revolvía el tenedor en el plato de pasta mientras miraba la pantalla del móvil—. ¿No estarás a dieta? Estás muy delgada. No necesitas ningún tipo de ayuno. Ya sabes lo que pienso de las dietas a tu edad.

—Mamá. —Sonrió de forma algo bobalicona o eso le pareció a la jueza, que frunció el ceño—. No estoy a dieta. Esta mañana desayuné un cruasán, ¿no te acuerdas? Además, ya tengo veintidós años. No hace falta que te preocupes por mi peso.

—Si un día tienes hijos lo entenderás: serás siempre mi niña y siempre estaré preocupada por ti. Y estás adelgazando. Por supuesto que tienes que comer. Espera... —Rebeca recordó sus años mozos, cuando aún cometía la imprudencia de enamorarse y empezaba a adelgazar a ojos vista—. ¿No te gustará algún chico?

Marta se ruborizó durante unos segundos y se forzó a meter en la boca un trozo de langostino. Logró mirar a su madre a los ojos sin pestañear.

—Nada importante. Hay un chico, pero como tantos otros. Se llama Esteban, parece un buen tipo. Es muy guapo. Pero nada más.

Rebeca suspiró. Era inevitable, pero desde lo que había ocurrido en Roma no las tenía todas consigo. A Marta le gustaban demasiado los hombres apuestos sin mirar que tuviesen muchas luces. Solo le quedaba rezar para que esa vez hubiese tenido mejor tino que las anteriores...

Se escuchó el sonido de un wasap en el móvil. Marta sonrió abiertamente y se levantó de la mesa, corriendo hacia su habitación.

Redacción de la Gaceta de Galicia,
17.00

—¿Qué demonios es esto? —Lúa acercó su nariz respingona a la pantalla de su ordenador e hizo una mueca.

Acababa de llegar al periódico sin saber realmente cómo manejar la información que había averiguado con Javier Sanjuán. Si Estela había escrito en verdad *No morirás en vano* y ella le chafaba el truco, iba a ganar más bien poca cosa. El premio de A Coruña Negra se iba a desvelar el viernes al mediodía en el hotel Riazor y ella estaba invitada. ¿No sería mejor esperar a aquel momento para soltar el bombazo? Meditaba sobre callarse su hallazgo y no decirle nada a su jefe cuando recibió el primer correo. El remitente era Miguel Román. Y el correo era de *augustemaquet@gmail.com.*

Él quiere que lo haga. O me matará. El hijo de puta me matará. Tengo que hacerlo, no debo pero tengo que hacerlo, o me matará. Y yo no quiero morir. Soy muy joven para morir.

Lúa. Tú me viste, fuiste tú, lo sé. Eres muy avispada. Por eso confío en ti. Toni. Es patético, ¿verdad? Mira cómo suplica por su vida. A mí no me dejaron. De todos modos Toni siempre ha sido muy *amateur*. Es cierto, ama su trabajo aunque no le salga bien. También amaba el fútbol, pero para ser un gran deportista no puedes coquetear tanto con las drogas y el alcohol. Y las mujeres. «El éxito, las mujeres, el alcohol, la falta de éxito, la falta de alcohol, la falta de mujeres», decía el cabrón de Hemingway. Hablando de mujeres: Pregúntale a Toni con quién estuvo liado. No contesta. Da lo mismo: a lo largo de la narración te lo va a contar todo... a su manera. Pero... ¿a que ese pequeño trozo que ha escrito arriba suplicando te ha estremecido? ¿Te imaginas que fuese capaz de escribir de una manera digna, no esas novelas de quiosco que ni le llegan a la altura del zapato a Zane Grey? ¡Intentaremos conseguirlo con gran tesón! Por lo pronto, a mí me ha convencido. Dejémosle seguir.

En el fondo nos tenemos mucho cariño. ¿Verdad, Toni?

Pero debo dejarte y que tome él la palabra. Siempre ha sido un mediocre escritor, ahora tendrá que mejorar, y mucho, para conservar la vida. La vida y la integridad física. Aquí no valen adverbios ni expresiones rimbombantes para subrayar lo obvio o las emociones en plan libro de aeropuerto. Aquí hay que sufrir cada palabra, cada expresión, cada tilde.

Haremos de Toni todo un hombrecito escritor. A ver qué te parece lo que ha escrito. ¿A QUE ES MUCHO MEJOR QUE SUS NOVELITAS DE DETECTIVES? Lee con atención.

«Cuando la culpa te enaltece es cuando empiezas a tener un grave problema», me dije mientras arrastraba por los tobillos el peso muerto de aquel cuerpo. Se cayó un zapato enorme y se perdió entre la hierba. Lo recogí y le di la vuelta de forma inconsciente, la suela estaba nueva y relucía. Era un mocasín italiano. «Mi mujer tiene muy buen gusto con sus amantes.»

Un 44. Joder con el capullo. Puede dormir de pie. ¿Tendrá la misma medida de polla? ¿Qué va a pensar Laura de todo esto? Pobre Laura. Sin sus zapatos del 44 y su polla gorda de 20 centímetros. Que se joda.

Seguí tirando de aquellos tobillos gruesos y peludos, los calcetines bajados para poder agarrar más fuerte, que no resbalase el cuerpo húmedo y repulsivo que arrastraba por el fango de la noche. De algo me tenían que servir las tardes de gym y piscina. Por lo menos para poder arrastrar con algo de gracia al contable de la empresa que se tiraba a Laurita desde hacía más de un año.

Laurita, Laurita. No te preocupes, encontrarás de nuevo el amor. Este señor no me gustaba nada para ti. Demasiado grande. Demasiado bien dotado. Sí, sí, un exceso. Vamos a dejarlo así. Pesado; excesivo. Hace una noche fantástica para darse un baño, ¿eh, Andrés? ¿Gemía mucho Laurita cuando se la metías por el culo? Con lo que a ella le gusta, pájara. Menuda pájara en la cama. A Laura siempre le ha gustado mucho follar al aire libre, en la playa, o con las ventanas abiertas, como en los sueños de Dalí, que anhelaba follar a Gala en los cines en verano, con los grandes ventanales abiertos. Aquí mismo, en estos acantilados, lo hicimos al principio. Mirando el faro, la luz ¡nos iluminaba, zas! Y luego, todo oscuro. ¡Y luego, nos iluminaba, zas! Y luego todo oscuro... Se nos veía como luciérnagas, la piel pálida, a ratos cambiábamos la postura, a ratos nos quedábamos tendidos en la hierba, tú escuchando mi corazón, tú, perra, hija de puta, escuchabas mi corazón. Luego te lo comiste.

Ahora escucha tú el mío.

Arrastro de nuevo el peso muerto hasta el borde del acantilado y le beso la frente. Veo el cuerpo caer sobre las rocas, golpeando una y otra vez. Rueda, se despelleja, se arrastra entre los tojos y los espinos. Cae al agua con un sonoro chapoteo. Las olas, irritadas, lo envuelven con espuma de sudario. Durante unos segundos, lo veo flotar, como si su rostro cobrase vida me sonríe; luego, el adiós...

Lúa abrió mucho los ojos, sin acabar de comprender demasiado lo que estaba escrito. Continuó leyendo el correo con el corazón golpeándole el pecho como un tambor indio. Cuando terminó, escuchó el sonido de la llegada de otro mensaje.

Tienes que publicar el relato en el periódico o Toni... en fin, sé que es un cliché, pero hay veces que no se pueden evitar. Sí, Toni morirá. Soy un poco torpe con las armas, lo pudiste ver el día en el que encontraste al bueno de Basilio, así que no confío en poder matarlo sin sufrimiento. Es curioso: Un hombretón tan guapo y musculoso reducido a un guiñapo muerto de miedo. Si lo vieran ahora sus fans... Si te portas bien te mandaré una foto para demostrarte que está conmigo. Bien, Lúa, sé que avisarás a la policía, pero no importa. Si no quieres que este chico tan prometedor en la literatura muera, en dos días tanto en papel como en digital publicaréis su relato. Y la vida o la muerte dependerán del juicio del público. Haced que los lectores voten: si el relato gusta y quieren seguir leyendo, Toni vivirá. Si no gusta, entonces Sherezade morirá. ¿No te parece apasionante? Veremos si el afecto que le tiene Toni a la vida es capaz de mejorar su estilo...

Lúa permaneció varios minutos releyendo los dos correos. Luego, casi enajenada, cogió el teléfono y llamó a Valentina.

Estela miró su teléfono. Reprimió las ganas de encender un cigarrillo. Cabanas no contestaba a sus llamadas. Menudo cretino hijo de puta, todos los tíos eran iguales. Daba igual: poco se podía esperar de un presidiario, un macarra de barrio lleno de tatuajes. Había quedado para comer con una vieja amiga, así que decidió pasar del tema. Cogió el bolso y salió de la habitación, tomando precauciones. No se fiaba demasiado, aunque la policía había montado un dispositivo de seguridad en el hotel. Por lo menos cuando dormía con Cabanas no tenía miedo, pensó, resignada.

Al pasar por la recepción, uno de los empleados la avisó para que se acercara al mostrador.

—Tiene un ramo de flores a su nombre... acaba de llegar. ¿Quiere que se lo subamos a la habitación? —El joven le mostró un espectacular buquet de margaritas, rosas blancas y azucenas, digno de una novia. A Estela se le iluminó el rostro, le encantaban las flores, así que se acercó a recogerlo.

—No se preocupe. Lo subo yo misma. Es precioso... —Aspiró el aroma de flores frescas, el penetrante olor de las azucenas, el suave de las rosas pálidas y delicadas.

Subió tras pedirles que le llevasen un jarrón cuanto antes.

Al llegar a la altura de su habitación, Estela sacó del bolso la tarjeta magnética y en ese momento cayó del interior del ramo un pequeño sobre de color marfil. Se agachó para recogerlo. Primero abrió la puerta y se dirigió a una mesa para colocarlo con cuidado, luego abrió el sobrecito y sacó un pequeño cartón del mismo color.

Al momento miró el ramo como si en vez de flores estuviera hecho de ortigas.

Con las manos temblorosas alcanzó a leer:

«El Ciego ha vuelto a verte.»

En la parte de atrás, la mancha negra llenó sus dedos de grafito.

Museo Unión Fenosa, 19.00

Los acontecimientos siniestros no habían mermado un ápice el interés del público; al revés, como era propio de la condición humana, los asistentes se habían multiplicado, quizá con la esperanza de ver, con sus propios ojos, una nueva actuación del asesino apodado el Fantasma. Cabanas, sentado entre el jefe de la Policía Local de A Coruña y un fiscal, que le acompañaban para presentar su libro, meditó unos segundos sobre ello, pero lo comprendió perfectamente. ¿Acaso no eran ellos, los escritores, los bufones de esa corte de horrores? ¿Por qué debían esperar del público la angustia o el rechazo cuando eran ellos mismos las víctimas de un asesino despiadado? ¿No querían los que alimentan la imaginación y el escalofrío, precisamente, lograr ese impacto con su literatura? Pues bien, ¿acaso los crímenes reales no eran mejor que sus chorradas escritas? ¿Cómo criticarles si precisamente ellos les habían enseñado a pensar y sentir así? Además, la sala llena le ayudaría a vender muchos libros, y al fin y al cabo... ¿no se trataba de eso?

En primera fila estaban Torrijos, el editor, y Cristina Cienfuegos con su eterno iPad, ambos con semblante triunfal: se estaban llevando todo el protagonismo literario con el libro de Hugo Vane. El suyo era otro de los nominados para el premio Jim Thompson de novela, pero sabía que frente al tal Vane tenía poco que hacer y ya estaba resignado. Sabía también que Torrijos lo quería para su colección de novela negra, y él se dejaba querer. Cabanas alargó sus brazos de hierro, tatuados, para coger el botellín de agua y echarla en el vaso mientras escuchaba al jefe de la policía loar su novela de principio a fin. Cuando terminó, Cabanas miró al público con ojos fulgurantes. Era consciente de que su condición de ex presidiario era parte del márketing. Por el pasillo del fondo vio a Estela Brown avanzar hacia las filas delanteras buscando un sitio, vestida como si fuese a una boda real. Apartó la mirada.

—La literatura no es lo mismo que el crimen real, eso seguro. —Cabanas levantó su libro y empezó fuerte: quería aprovechar lo que estaba ocurriendo, relacionándolo con su doble condición de escritor y asesino—. Sí, yo he matado, ustedes ya lo saben, pero eso ni significa que actuara correctamente, ni tampoco que ustedes no tengan derecho a perdonar mi vida pasada... si es que yo quisiera que me perdonaran..., algo que en realidad no quiero. —Su gesto era grave, y al final incluyó una mueca ligera de desprecio, que a Estela, nerviosa pero muy atenta, no le pasó desapercibida—. Porque mi literatura, mi exposición ante ustedes, no tiene el propósito de que me juzguen, sino de que encuentren alguna razón para comprender cómo el ser humano puede ser, en muchos casos, víctima y verdugo a un tiempo...

La charla continuó, Cabanas hizo un esfuerzo por señalar

cómo una vida marcada por el abuso y el infortunio podía dar lugar a una literatura que él denominó «de redención», y que aquello era bien diferente de matar de forma sádica para cumplir propósitos delirantes, lo que sin duda estaba detrás de los actos del Fantasma.

—No, estimado público, matar a escritores que escriben crímenes no convierte a quien los ejecuta en un modelo estético sublime, por disparatado e irónico, o en una figura admirable por buscar la digresión última, aunque los iconoclastas del mundo se estén frotando las manos... Nosotros solo somos bufones en vuestra corte, ¿quién puede aprobar que se mate vilmente al bufón? ¿Acaso no está siempre ahí para decirnos la verdad, aunque nos incomode?

Cabanas terminó su discurso y dio paso a las preguntas. El público, muy participativo, centró la charla en la vida en la cárcel, las motivaciones del asesinato, ¿cómo empezó a escribir? ¿Se arrepintió? ¿Cuáles eran sus autores favoritos? Al fin dio por terminada la charla, y segundos después siguió una atronadora ovación que, sinceramente, el ex recluso no esperaba. Como tampoco esperaba ver a Estela Brown, quien se había apresurado a acercarse a su mesa, ganando la posición a una señora mayor, con su libro en la mano, quien la miró con cara de pocos amigos.

—Has estado genial, de verdad —le sonrió Estela con una mirada que, sin embargo, resultaba ajena y perdida—; enhorabuena... —Y le dio dos besos en la mejilla. Pero Cabanas vio en sus ojos que, lejos de haber reproche por no haberle cogido el teléfono repetidas veces, había una profunda inquietud. Así que olvidó las palabras de disculpa que tenía preparadas y, cogiéndola del codo, la separó de los demás que estaban junto a la mesa.

—¿Sucede algo?

—Bien... tengo que hablar contigo; es algo complicado de explicar... cuando termines la firma vámonos a mi hotel, si te apetece. He encargado una botella de Bollinger y tengo un escocés de los que te gustan. —Estela entreabrió sus labios húmedos mientras su evidente nerviosismo le daba un aspecto de fragilidad, lo que a Cabanas le subyugó de inmediato.

—Sí..., desde luego, está bien, te acompaño —dijo en voz queda, mientras señalaba la cola de gente que se estaba formando delante de ellos— en cuanto termine de firmar. ¿De acuerdo?

Marta sacó el libro de Cabanas de la bolsa mientras se le iluminaba la cara. Lo acababa de comprar en el *stand* que habían colocado a la salida.

—Me ha encantado la charla. Este tipo es un *crack*. ¿No te recuerda un poco a Pérez-Reverte?

Albelo se encogió de hombros. A él le había parecido un cretino chulesco que vendía muy bien su pasado carcelario. En el fondo quizás un resabio de celos anidaba en su alma al ver al tipo rehabilitado y a Marta tan entusiasmada. Al final ella lo había convencido para acudir a la presentación, a pesar de sus reticencias. El ojo hinchado era muy evidente, y los sucesos de la noche anterior lo habían turbado más de lo necesario. Pero la capacidad de convicción de la chica consiguió arrastrarlo fuera de casa. Tenía que fingir que no pasaba nada...

Esperaron la cola hasta llegar a la mesa de firmas.

Cabanas notó un perfume conocido. Todo su cuerpo se puso en tensión y levantó la vista hasta contemplar a la pareja que se había situado ante él. Pudo ver ahora, de frente, a Esteban, como Marta lo conocía, o a Marcos Albelo, el temible violador que ahora tiene un rastro nuevo. Con un golpe en la cara que le había tintado el ojo de morado.

Por un segundo sus miradas se cruzan. El escritor busca acoplar la imagen que tiene delante con la figura oscura y amenazante con la que ayer se peleó en la playa. Pero no está seguro; ayer eran solo dos sombras sobre la arena que tuvieron un contacto feroz, pero muy breve.

—Nos ha encantado. —Marta de Palacios rompió de pronto ese tiempo suspendido—. De verdad, es muy interesante. —Ahora Cabanas repara en ella, y admira la frescura y belleza serena de su rostro de muñeca—. Quiero decir..., tus experiencias, tu conocimiento de esa vida donde tuviste que pasar por esas circunstancias... en fin... —sonrió, buscando salir del apuro—, que escribir de lo que uno ha vivido hace que juegues en otra liga.

—Sí, desde luego —confirma Albelo, que presiente con la viveza del cazador que el hombre que tiene delante fue el que ayer salvó la vida a su presa—, es extraordinario lo que has conseguido; ha sido una charla fantástica.

—Gracias..., gracias de verdad, para eso escribo, para exorcizar mis demonios. Os aseguro que funciona... ¿Y eso? —dijo, súbitamente, señalando el hematoma de Albelo.

—Ah... —Albelo se toca la cara y sonríe con cara de circunstancias—, esta mañana he resbalado en la ducha... y me he pegado contra el borde de la bañera... qué torpe, ¿verdad? ¡Casi me parto la crisma de la manera más estúpida!

Marta lo mira, apenada; en su rostro hay signos claros de que tal posibilidad la ha aterrado sin género de dudas.

—Desde luego, Esteban, me hubieras dado un disgusto de muerte...

La salida de Marta les provoca una sonrisa. Cabanas les da de nuevo las gracias y busca a Estela con la mirada mientras se levanta y se pone al lado de Albelo. No está seguro, maldita sea. La complexión del tipo coincide; el lugar del golpe juraría que también, aunque no puede estar seguro de ese extremo. No se paró a ver dónde exactamente habían impactado sus golpes. Pero tiene su camisa, recuerda, y también ese perfume tan intenso... no puede ser casualidad.

Cabanas se marcha con Estela, la mira, saca su móvil y, sin ocultarse, llama a Thalía. Ya está harto de tener que contemporizar. No quiere hacer más daño a Thalía, pero él no puede, sencillamente, prescindir de Estela. Ella es una mujer, en una sola palabra. Thalía es una cría, y no puede ni en un millón de años suscitar el tsunami que lo envuelve cuando Estela cruza su espacio personal. Thalía aún está en su habitación; él le dice que quizá no vuelva, que si se encuentra bien. Ella solloza durante unos instantes, pero luego le da las gracias y le dice que no se preocupe, que llamará a Paco Serrano, ya le ha dejado varios mensajes y llamadas perdidas, que no ha tenido fuerzas ni deseos de contactar con nadie, pero que ahora ya está más animada.

Estela lo agarra por el brazo y nota sus músculos duros y morenos, Se siente bien. Sonríe, sobreactuada como la protagonista de un drama *noir* americano. Los dos llaman a un taxi, mientras Albelo, de la mano con Marta, los ve marchar con el rostro ensombrecido por la preocupación.

Jefatura Superior de Policía de Madrid.
Al mismo tiempo

—El primer vuelo a A Coruña con plazas libres sale mañana a las 10.30 de la mañana... —Velasco soltó el teléfono y miró a Valentina con una interrogación en el rostro.

—Tendremos que ir en coche o no llegaremos nunca. Si salimos en una media hora de aquí nos da tiempo incluso a ir a Urueña, aunque solo sea un rato. —Cogió aire—. Por lo menos Toni sigue vivo, o eso parece. Habrá que decirle a Lúa que pida una prueba de vida.

Diego Aracil levantó las manos en señal de rendición.

—Siento no haber sido de más ayuda. Pero os puedo llevar yo. Conozco Urueña muy bien. Es un pueblo muy pequeñito y tiene muy pocos sitios para pernoctar.

Valentina negó con un gesto.

—No te preocupes, bastante has hecho. La visita a Madrid ha sido productiva. Hemos averiguado bastantes cosas de Estela Brown. Algo es algo —pensando que la intervención telefónica de poco está sirviendo—. Por lo visto ha llamado varias veces a Cabanas pero no le ha cogido el teléfono. Todo lo demás, insustancial. Un par de llamadas de su ex, otra a su representante...

—Insisto en llevaros. Estos días tengo poco que hacer... —Diego continuó—: y conduzco rápido. En pocas horas nos plantamos en Urueña: tomamos allí algo, e incluso podríamos pernoctar. Podemos buscar alguna pista de la mujer misteriosa que acudió varias veces a la exposición.

Bernabé asintió.

—De todos modos voy a revisar de nuevo toda la investigación del crimen de Cecilia. Si el asesino tiene una cómplice, quizás estuvo también en la Semana Negra de Gijón. El problema es que hay muchas invitadas, pero será cuestión de cotejar las personas que coinciden en ambas jornadas.

—Es buena idea. Una vez descartadas será cuestión de centrarse en los eventos en que hayan estado las dos, que con suerte no serán demasiados —dijo Valentina—. Otra cosa: Lúa Castro ha descubierto algo muy curioso, me lo ha dicho Sanjuán: Por lo visto Hugo Vane, el escritor «anónimo», puede que sea Estela Brown. Vamos, que por lo visto, *No morirás en vano* está escrito por ella.

—Otra vez Estela. Es increíble —dijo Bernabé, negando con la cabeza—. Es como si todo girase a su alrededor, hagas lo que hagas acaba apareciendo Estela Brown. En cuanto lleguemos a A Coruña habrá que hacerle otra visita. —Se levantó—. En fin: si te parece, Valentina, vamos al hotel a hacer la maleta. Hay que salir cuanto antes para allá.

Cabanas suspira, negando con la cabeza, cuando entra en la habitación de Estela y ella coloca la tarjeta magnética en su sitio en la pared.

Ella le dice que se ponga cómodo mientras va al baño. Se sienta en la cama, pensativo. Sabe que Paco Serrano no es peor que él, al fin y al cabo, ¿qué ha hecho él con Thalía? Dejarse adorar, servirse de su fama y su apariencia de tipo peligroso para seducir a una jovencita... aprovecharse de ella, en suma. Y luego dejarla tirada por otra tía.

—Vete abriendo la botella, Enrique. Está en el minibar. Han traído hielo.

—De acuerdo, ahora mismo, hay dos copas aquí —dice, elevando la voz para que lo oiga Estela, mientras coge la botella y a continuación la descorcha con un golpe seco. Llena las dos copas con cuidado. Es la primera vez que tiene en sus manos una botella de Bollinger.

Sin embargo, sigue pensando en Thalía, él nunca le prometió que la haría una escritora, o que con él llegaría lejos, ni nada de esas chorradas que Serrano le ha metido en la cabeza solo para follársela. Ahí él ha jugado legal con la chica. Le gustaba mucho, era una niña preciosa, su tipo, o eso creía. Antes de que apareciese la Brown.

Sus pensamientos se interrumpen cuando se abre la puerta del baño. Estela llena sus pupilas por completo. Lleva una ropa interior imposible, recargada y llena de puntillas y botones delicados bajo un picardías de color nácar, transparente. Ella se acerca, recién perfumada, descalza, coge la copa de sus manos y bebe mirándole a los ojos. Cabanas musita algo parecido a qué puedo hacer por ti. Estela acerca sus labios a su oído.

—Estoy en peligro, o quizá no... Ahora te lo contaré, pero tengo miedo... Por favor, quítame por unos minutos esa preocupación... te lo suplico. —Y, acto seguido, deslizó la lengua, húmeda del champán, dentro de los labios del escritor, que se estremeció de placer culpable y se abandonó sin fuerzas al contacto sensual del cuerpo de Estela.

25

Descubrimiento en Urueña

La voz de Mendiluce resonó con burla en los oídos de Albelo a través del auricular.

—¿Qué te pasó en el ojo? Te he visto hoy en el museo. ¿Te pegó la niña Marta? ¿Estás con ella?

Albelo dejó el mojito sobre la mesa, se levantó y se alejó un momento de Marta, disculpándose con la mejor de sus sonrisas. Salió fuera del local, La Barbería, y buscó un lugar discreto. Había mirado la prensa y no había rastro de su «hazaña» en la playa, y cruzaba los dedos para que la cosa siguiera así, en secreto. ¿Por qué la mujer o su rescatador no habían denunciado lo sucedido? Engoló la voz, que sonó creíble:

—Me caí en la ducha del apartamento. Es resbaladiza. Demasiado.

—¡Oh! —Mendiluce soltó una carcajada—. Les diré a los chicos que te compren una esterilla. Tu cara me ha costado un dineral para correr el riesgo de que te la rompas. —Permaneció unos segundos en silencio—. Espero... ¿cómo decirlo de forma delicada? Espero que no te hayas golpeado haciendo de las tuyas, *Esteban*. Me llevaría un gran disgusto si malgastaras tus energías en otros *objetivos* menos interesantes para ti y para mí que tus chicas. Para eso te saqué del trullo y te voy a pagar un montón de pasta. ¿Has pensado ya cómo vas a hacerlo? ¿No te gustaría tenerlas a las dos juntas? A las dos a la vez, me refiero: que una vea lo de la otra. Tengo unas buenas cámaras, para grabarlo todo...

Albelo torció la cabeza hacia la puerta de La Barbería y luego contestó sin titubear.

—Estoy con Marta. No se preocupe. Todo está bajo control. Tengo que dejarle, está acercándose y me puede oír —mintió, fingiendo apuro—. Adiós.

Colgó y regresó al interior del pub. Dentro, un tipo alto y fuerte, bien vestido y con el pelo engominado, se había acercado a la chica y conversaba con ella de forma animada. Marta sonreía, parecía encandilada, el hombre mostraba todo su plumaje de gallo y una ira sorda comenzó a poseer a Albelo como una planta trepadora.

Una sensación incontrolada de acercarse a ellos y romperle la cara a aquel petimetre le sorprendió. No era lógico. Nunca le había pasado algo así.

Albelo se quedó quieto unos segundos, su cerebro reptiliano enviando órdenes de ataque, su mente intentando procesar todo lo que estaba ocurriendo dentro y fuera de su cabeza. Aún resonaba en sus oídos la voz de Mendiluce, apretó los puños hasta clavarse las uñas para contenerse.

«La cárcel me ha convertido en un débil, ¿qué cojones me pasa?» Notaba su cuerpo tenso, paralizado, como si su voluntad no pudiera gobernarlo. Siempre había sido un hombre calmado, frío como un reptil, contenido. Capaz de fingir con gran convicción todo tipo de emociones, de hacer invisible para todos los demás sus motivos, de parecer totalmente normal y empático. Y, sin embargo, era como si su personalidad hubiese mutado en algo que no sabía manejar, un reloj estropeado que marcaba la hora al albur de la química mutante de su cerebro.

Los golpes de la puta aquella de la Negro, se dijo. Le habían desequilibrado. Una razón más para joderla viva y muerta. El cóctel de medicamentos, la anestesia de las operaciones, las drogas que se había metido…, sí, todo eso le había convertido en alguien al que no siempre podía reconocer, no podía haber otra explicación.

La felicidad de Marta se hizo más evidente al verlo allí parado, mirándola; levantó su mojito invitándolo a volver con ella, hacía caso omiso de las palabras del pretendiente acicalado al que despidió.

Albelo se relajó, su boca curvada en una sonrisa estúpida.

La sonrisa que tanto había despreciado una y mil veces al verla en los demás.

Valentina Negro admiró la belleza de las murallas de Urueña mientras el Volvo se aproximaba con lentitud hacia el pueblo por aquella estrecha carretera. Se había ofrecido a conducir y sonrió al ver la palidez de Aracil tras imaginar el disgusto al recibir alguna que otra multa de tráfico a su nombre. Ya había anochecido y el espectacular cielo estrellado de Valladolid permitía admirar la Vía Láctea a pesar de la luz lechal de la luna creciente. Su mente no paraba de cavilar. ¿Qué importancia tenía la aparición de Carlos Andrade en todo esto? ¿Qué conclusión podía extraerse del hecho de que Basilio Sauce, Estela Brown, Cecilia y Toni Izaguirre hubieran tenido relaciones tan estrechas? Y ahora, además, la llamada de Lúa contándole el correo en el que se chantajeaba a la *Gaceta* para que publicara un relato de Toni Izaguirre. Ansiaba estar ya de regreso; mañana iba a ser un día muy movido: a las nueve tenía que estar ella y su jefe en la *Gaceta* para ver qué decisión tomar con el asunto de Toni, y dos horas más tarde había convocado una reunión general en Lonzas con objeto de integrar la información disponible y decidir los próximos pasos a dar. Pero en el camino estaba el tenedor del hereje, y se conminó a poner toda su atención en la tarea que les había llevado a Urueña.

Hacía frío, un frío seco y por momentos glacial. Al caminar por el suelo de tierra Valentina se acordó de pronto de un romance extraño y perturbador que había leído en la página web del Ayuntamiento de Urueña, el de la muerte del conde Pedro Vélez, al que habían condenado a morir por ser amante de la prima del rey Sancho en aquel castillo del que solo quedaban las ruinas.

> *No le den cosa ninguna donde pueda estar echado*
> *y de cuatro en cuatro meses*
> *le sea un miembro quitado*
> *hasta que con el dolor*
> *su vivir fuese acabado.*

Aracil interrumpió sus pensamientos. Valentina lo miró al escuchar su voz y se dio cuenta de que por su boca salía vaho.

—Será mejor que nos dividamos en dos grupos: los lugares para pernoctar aquí son pocos, y ya es tarde. Corremos el riesgo de que cierren. Hay dos casas rurales y dos pequeñas pensiones. —Sacó de su cartera dos tarjetas y se las dio a Valentina—. Vosotros podéis encargaros de las casas rurales. Están cerca. Bajando por esa calle —señaló las casas de piedra, coquetas y medievales— ya os encontráis una cerca de la iglesia, se llama, sencillamente, Casa. La otra se llama Posada de Don Pedro y está en una placita.

—Velasco, ven conmigo... —Valentina le hizo un gesto al subinspector, mientras el asturiano la miraba de soslayo, frustrado por no poder acompañarla. Avanzaron un trecho: en los tejados de las casonas dormían las palomas, arrebujadas—. Estoy agotada. Mataría por una cerveza. Una buena Estrella, bien fría.

—Con el frío que hace yo prefiero tomarme una sopa caliente, inspectora. Por cierto, creo que a Bernabé no le ha hecho mucha gracia no poder acompañarte. —Velasco observó a Valentina intentando no reír. Ella le devolvió la mirada con una mueca, y le dio un codazo. Sus mejillas pálidas se tiñeron de granate.

—¿Tanto se nota? ¿No son figuraciones mías?

—Es muy evidente, Valentina. Está colado. Hasta las trancas. Y no está nada mal, esa mirada intensa, esa barba de dos días..., es un tipo inteligente. Y está en forma. Además —sonrió—, tiene pinta de ser de los que se casan. Esos no abundan, inspectora.

Valentina soltó una carcajada amarga.

—Ese es el problema, Velasco. Ese es el problema... —suspiró con resignación—. Yo soy una solterona empedernida. A mi edad tener una relación seria, vivir con alguien, se me hace cuesta arriba. Estoy acostumbrada a no depender de nadie, a no dar explicaciones.

Velasco la miró de soslayo, e intentó no sonar paternalista, pero se vio en la obligación de darle su consejo, al fin y al cabo, era no solo su jefa sino también su amiga, aunque tanto él como Bodelón se cuidaban mucho de que tales lazos interfirieran en su trabajo.

—Valentina, sinceramente, deberías probarlo. Yo soy muy feliz. Y mira por dónde me apetece casarme. —Valentina lo miró sorprendida, nunca le había comentado nada al respecto—. Sí, lo hemos estado hablando —siguió Velasco—, y lo cierto es que los dos lo deseamos. En mayo del año que viene.

Pero la inspectora negó con la cabeza.

—Hay que valer para eso. Estoy acostumbrada a vivir sola, a ver de vez en cuando a Sanjuán..., no sé. Es todo confuso. Prefiero no pensar. Y además Bernabé también vive fuera.

—Eso no sería problema. Gijón está a dos horas y media. Bueno, para ti, a dos horas justas —se carcajeó. Valentina se quedó callada, prefería el silencio incómodo a seguir con aquella conversación que la perturbaba. Avanzaron con rapidez por el suelo empedrado hasta la calle de la Parra: Urueña era un lugar pequeño y acogedor, pero solitario. A aquella hora no se veía a nadie por la calle. Alguna luz en las casas, el brillo de los ojos de un gato que se escondía bajo un viejo R-5... La casa rural estaba efectivamente cerrada, pero dentro se podía escuchar música y las voces del televisor. Valentina llamó al timbre, que se escuchó a lo lejos, en el interior, a través del portón de madera que intentaba imitar el estilo medieval. Al poco el portón se abrió y una joven de pelo rizado y teñido de rubio ceniza les sonrió. Tenía un lunar sobre el labio.

—Estamos completos. Lo siento. Hay otro hotelito un poco más arriba, cerca de la iglesia, aunque no les puedo asegurar que haya plazas libres.

Valentina sacó la placa y la colocó a la altura de los ojos de la chica. Mostró una sonrisa tranquilizadora.

—No buscamos alojamiento, somos de la judicial. No se preocupe, no pasa nada. Queríamos hacer unas preguntas, nada importante. En realidad, queríamos ver el libro de registro de unas fechas determinadas. Estamos investigando un robo que se produjo en el pueblo hace unos meses, en la exposición de artefactos de tortura.

La chica abrió mucho los ojos.

—Oh, desde luego —dijo, emocionada; no todos los días se presentaba la Policía Judicial en su casa—. Tenemos libro de registro y tenemos una «cámara»: mi padre, sabe usted —sonrió—, se acuerda de todo. Salvo en determinadas fechas no hay mucha gente que pernocte en Urueña, es un pueblo más bien de paso. La gente viene a casarse, a sacar fotos o poco más. Así que si esperan un momento, a mi padre le va a encantar su visita. Aquí se aburre, ¿saben?, ya está prejubilado. Por favor, pasen y siéntense.

»¡Papá! —lo llamó, dirigiéndose hacia el interior—. ¡Papá! Está aquí la policía.

Valentina y Velasco habían permanecido de pie. Vieron bajar por las escaleras de madera a un hombre de tez morena y arrugada, no muy alto. Llevaba un parche, pero el ojo sano brillaba como un diamante. Calvo, lucía un inconfundible bigote militar y cojeaba de manera leve. Se parecía a su hija, pensó Valentina mientras le daba la mano y aguantaba el apretón descomunal con dignidad. Su aliento olía a caramelos de menta.

—Soy la inspectora Valentina Negro, de la Policía Judicial. Él es el subinspector Velasco. —Ambos se estrecharon también la mano—. Estamos investigando un robo que se produjo aquí hace meses, concretamente en la exposición de objetos de tortura.

—Sí, sí. El robo. Aquí no hay muchos robos; en realidad nunca pasa gran cosa. Yo soy Paco Vega, capitán del TEDAX. Bueno, estoy retirado. Cosas del servicio. —Se señaló el parche—. Mi mujer es de aquí y era dueña de una casa bastante grande, como pueden ver, así que nos ganamos la vida... —El capitán les ofreció sentarse junto a una mesa de roble que albergaba un hermoso candelabro de hierro forjado—. El robo: en efecto, estuvo por aquí la Guardia Civil, pero si les soy sincero, entre nosotros, la dotación del puesto es muy escasa y no se esforzaron demasiado. No era nada demasiado valioso, creo recordar que una horquilla del hereje y una máscara que no era original siquiera.

—Su hija me ha dicho que es usted un hombre muy observador —dijo Valentina—. Hemos preguntado en la exposición, que ahora está en Segovia, si vieron a alguien extraño durante los días anteriores, alguien que preguntase por el tenedor del hereje u otros objetos. Y, en efecto, vieron a una chica joven, de melena castaña, baja y delgada, de aspecto normal. Algo que se podía aplicar a cualquiera. La cuestión es que esa chica preguntó por el tenedor del hereje.

Paco Vega entrecerró el ojo y ladeó la cabeza, pensativo.

—Sí, recuerdo a una chica parecida. De voz dulce. Unos veinticinco años. Vino aquí con un hombre mayor que ella, unos veinte años más. Pálido, pelo gris. Lampiño. Un tipo fuerte. Parecían pareja. Pero no iban de la mano. No sé, desprendían una complicidad extraña. Él no hablaba, solo ella, fue la que entregó la documentación. Era febrero, casi no había nadie en el pueblo, hacía un frío terrible. —Se levantó—. Voy a buscar los libros de registro y a mirar en el ordenador, siempre me quedo con una copia del DNI. —Y dirigiéndose a su hija, quien también se había sentado junto a ellos, pero de forma discreta—: Tráeles algo caliente mientras tanto, les vendrá bien.

Esperaron un rato, la joven les trajo dos grandes tazones de café con leche y unas galletas que les reconfortaron. Al poco apareció de nuevo el dueño de la casa rural, con una sonrisa triunfante en el rostro.

—Aquí la tengo. Se llamaba Mercedes Cadarso Iglesias. Estuvieron varios días y la verdad es que la estancia coincide con la fecha del robo.

Valentina ahogó una exclamación de sorpresa cuando desde la fotografía del DNI, y al lado del nombre de Mercedes, les sonreía una foto nítida de Cristina Cienfuegos. Sabía quién era. Estuvo hablando con ella en la fiesta de inauguración de A Coruña Negra. Trabajaba con José Torrijos en la Editorial Empusa.

—No llores. Venga, mujer. Si es un patán. Te lo he dicho muchas veces, ¿cuándo vas a darte cuenta? —Serrano cogió de la barbilla a Thalía, deshecha en lágrimas—. ¿No te das cuenta de que te está toreando?

Thalía asintió, las lágrimas bajaban por las mejillas y acababan en su boca, saladas y amargas. Serrano, sentado a su lado en la cama, la abrazó con fuerza y luego empezó a acariciarla. Se fijó en su cuello. La línea roja que había dejado a fuego la correa en la piel de la chica lo asustó.

—¿Qué te ha pasado? ¿No habrá sido ese cabrón?

—¿Cabanas? No, por Dios. Es un tío legal. Nunca me ha puesto la mano encima. La Brown le ha sorbido el seso, pero él siempre ha sido amable conmigo.

—¿Entonces?

Apartó la cara para no mirarlo a los ojos.

—No quiero hablar de ello. Ya pasó. Estoy bien y eso basta.

Serrano la agarró por los brazos:

—No permitiré que te pase nada malo. Eres mi diamante en bruto, no lo olvides, mi Galatea. No quiero que te acerques más a ese personaje. No te aporta nada bueno, escúchame bien. Si está confuso, no es tu problema. Bastante le has ayudado ya para encima tener que aguantar su desdén. Conozco muy bien a Estela, es una víbora sin escrúpulos, pronto lo succionará y lo dejará tirado, y ahí es cuando llegarán nuestras risas. Quédate conmigo, Thalía. Mañana te llevaré de compras, cambiaremos tu imagen. Voy a hacer de ti una gran escritora. Cuando volvamos a Madrid todo será distinto... —Comenzó a besarle el cuello y a acariciar con levedad sus pechos por encima de la camiseta—. Tengo muchos amigos, influencias, las editoriales me temen. Con tu talento y mis contactos, verás. Basta ya de perder tu vida por un cretino. Ha llegado la hora de convertir la oruga en mariposa... —susurró, y la joven gimió y echó la cabeza hacia atrás cuando la mano del hombre apartó el tanga y acarició el clítoris con pequeños toques maestros de perro viejo.

Lúa pensaba delante de una copa de Albariño frío, sentada en su escritorio. Su cabeza daba vueltas y más vueltas. Toni Izaguirre. Hasta el día siguiente, cuando llegase Valentina de Madrid y tuvieran la reunión, no sabrían qué hacer exactamente con aquel extraño correo. ¿Y si era falso? A ver qué decía Javier Sanjuán, se fiaba por completo de su criterio. Por fortuna, la decisión de publicar el artículo no dependía de ella, era algo que tendrían que decidir sus superiores y la policía.

Por un momento sintió miedo. El secuestrador y asesino se había dirigido a ella. También era escritora, llevaba ya dos libros bastante decentes, aunque entre la comunidad *noir* habían pasado sin pena ni gloria. Y lo había visto dos veces: cuando iba a la habitación de Sauce y en la cena. Deseó que estuviese Jordi con ella en vez de siguiendo al Deportivo. Se levantó, copa en mano, y fue hacia la puerta por enésima vez para asegurarse de que estaba bien cerrada y la alarma conectada. Decidió pensar en otra cosa: ¿Desde cuándo Lúa Castro tenía miedo?, se reprochó para animarse, aunque sin demasiado éxito, así que decidió seguir cavilando sobre su descubrimiento sensacional. Faltaban pocos días para la entrega de premios. Se preguntó si cuando dijeran bien alto el nombre de Hugo Vane saldría Estela a reivindicar la autoría de *No morirás en vano*.

Estela era de Pontedeume. Tenía que prepararse: ¿qué haría si Estela no destapaba el asunto en el momento de la concesión del premio? Es cierto que tenía los resultados del estudio comparado que hizo Ramiro Toba, pero de pronto llegó a la conclusión de que necesitaba completar el asunto. Tenía que ir a su pueblo, a los orígenes, tener el reportaje preparado ya para ganarle la mano a todo el mundo. Dar la sorpresa por partida doble. La vida de Estela era de sobra conocida por todos, sin embargo, su infancia y adolescencia no lo eran en absoluto. En realidad, poco se sabía de su vida antes de hacerse famosa con los libros.

«Seguro que en Pontedeume hay gente que la conoce bien, incluso familiares. En cuanto pueda escaparme mañana haré una visita al pueblo. Pasaré por el bar de Petra. Seguro que allí Luis Carral tiene algo que contarme. Se sabe la vida de todo el mundo.»

Valentina abrió la puerta de casa con mucho cuidado, procurando no hacer ruido. Eran las tres de la madrugada y estaba agotada. Necesitaba dormir unas horas, reposar las ideas, tener la mente fresca para la mañana siguiente. Se quitó las botas en el recibidor y dio unos pasos descalza. Vio luz en el salón, la luz tenue del televisor con la voz muy baja.

Sanjuán se había quedado dormido en la butaca. Valentina le había llamado para contarle lo que habían descubierto en Urueña, y le había dicho que llegaría tarde, que no la esperara. Dudaba si despertarlo para que no estuviese allí toda la noche, cuando el criminólogo abrió los ojos, adormilado.

—Ya has vuelto. —Alargó la mano para tocarla y la acarició—. Quería esperarte despierto, pero...

—No te preocupes. No hacía falta..., ya te lo dije antes —suspiró de cansancio—. Vamos a la cama. Necesito dormir un poco, estoy muerta. Mañana va a ser un día largo. Menos mal que este último tramo se ofreció a conducir Diego, desde Urueña hasta aquí. Ha sido muy amable al traernos con el coche desde Madrid.

Sanjuán se incorporó, con los ojos aún velados por el sueño, y la abrazó, comenzando a besarla casi de forma inconsciente. Valentina se dio cuenta de que estaba sin duchar desde la mañana, se sintió algo incómoda e intentó apartarse.

—¿Qué te pasa? —la retuvo Sanjuán, extrañado.

—Nada. Estoy agotada. Necesito una ducha. De verdad, no me pasa nada. Solo que llevo todo el día de aquí para allá. Y muchas horas de viaje, y encima lo de Urueña. Y lo de esa niña, Cristina Cienfuegos. No se me va de la cabeza.

—Mañana lo pensaremos. A mí me parece que estás preciosa. Y hueles divinamente... —Acercó su rostro al de Valentina para besarla. Ella apenas respondió.

—No, no. Necesito dormir, Javier. Casi no puedo mantener los ojos abiertos... Venga. —Se zafó de sus manos—. Me voy a la ducha y vamos a la cama. Son las tres de la madrugada. Nos quedan cuatro horas y media para dormir. Las necesito...

Poco después, ya ambos en la cama, Sanjuán, desvelado, la miró mientras dormía. Aspiró el olor a gel y a fresco que desprendía el cuerpo desnudo de Valentina y a duras penas consiguió serenarse. Le acarició el cabello y, sin poder acallar su preocupación, intentó dormir abrazado, notando sus nalgas rotundas y su calidez a través del pijama. Al fin consiguió conciliar el sueño antes de que la luz del amanecer atravesara las cortinas de la habitación.

26

Ese oscuro laberinto de tu alma

> Qué ningún hijo de puta se me atraviese en el camino.
>
> Salutación a Walt Whitman, Fernando Pessoa,
> Libro de versos de Álvaro de Campos

Apartamento de Albelo en el barrio de Matogrande,
a las afueras de la ciudad.
Jueves, 4.00

Marta se dio la vuelta y se quitó la braga negra de forma sensual. Todo en ella era sensual, pensó Albelo, que a duras penas aguantaba sin quitarse el pantalón y los bóxers. Luego se acercó hacia la cama, totalmente desnuda, el cuerpo menudo y moreno, fibroso, de senos puntiagudos y comenzó a besarlo en los labios con levedad, como el pico de un gorrión. Marta se apretó con fuerza contra el cuerpo de su amante, moviéndose lentamente, su mano bajó hacia el cinturón y lo desabrochó con pericia.

Albelo soltó un gemido apagado.

Notó los pezones duros, erectos, clavados en su pecho. Se llenó de su vulnerabilidad, su delicadeza, era como un cisne de cuello largo y etéreo, pero su destreza sexual contrastaba con toda aquella pureza. Marta parecía en trance, cada célula de su cuerpo entregada al placer.

«La tengo entre mis brazos. ¿Qué me impide matarla? ¿Quién me impide matarla? Nadie. Nadie sabe que está aquí, conmigo. Solo tengo que apretar ese cuello delicado y suave, y ella dejará de existir.» Albelo se imaginó por un instante el resultado de esa acción conclusiva sobre Marta: su lengua indecorosa proyectada hacia el exterior, los ojos fuera de las órbitas, su tráquea rota de un golpe seco, y finalmente el borboteo de la sangre y la saliva.

Albelo la acarició y subió sus manos hacia el cuello, posando los pulgares a la altura de la nuez. Ella echó su cabeza hacia atrás, transida de gozo, y se movió sobre él en una cadencia infinita que lo cogió totalmente por sorpresa. La joven asió su pene, ya totalmente erecto, acarició el glande, las manos de Albelo se clavaron en su cuello.

Pero no pudo apretar. La mano de Marta subía y bajaba con ritmo, ella se retorcía como una hiedra, firme y tierna, sus cuerpos resbalaban por el sudor y se mecían al compás de la respiración húmeda; la habitación se comenzó a transformar en un lugar distinto, su mente vencida claudicó cuando ella lo besó, su lengua entrelazada, los dientes mordiendo y succionando, su pene buscando con desesperación entrar en ella, poseerla, violarla, follarla toda la noche.

Se dejó ir. La agarró con fuerza, dominándola, y la penetró mientras ella seguía besándolo, arañándolo, la pasión desatada y completa, violenta, y durante varias horas Marcos Albelo, el violador de adolescentes, se convirtió en Esteban, el hombre que recorría el cuerpo de la mujer amada como en una epifanía de placer doloroso.

La prisión de Toni. Algún lugar cerca de Pontedeume.
Jueves, 6.00

—Por favor. Dame agua. Por favor...
La voz de Toni sonó patética, pegajosa, seca, a través de la puerta.
—No grites o te oirá. Y se enfadará mucho. Toma...

Por debajo, por una trampilla, deslizó una botella de agua mineral.

Toni se pegó a la puerta y la golpeó.

—Cristina, sé que eres tú. Déjame salir de aquí. Me va a matar. Está loco, joder. ¿No te das cuenta? Está totalmente loco. ¿Qué haces con él? Te matará a ti también. No atiende a razones. Es un perturbado.

—Te he dicho que no hagas ruido, chsss. ¿Ya has hecho lo que te mandó?

—Sí. Busca algo de comer, por favor. Me muero de hambre. Claro que lo hice. No quiero morir. Cristina..., por favor. Abre la puerta. Déjame salir.

—No puedo. ¡No puedo! No quiero que se enfade. Ahora ya no es como antes, Toni. Ahora..., es otra persona. No te lo imaginas. Calla y obedece. En cuanto se vaya te daré algo de comer. Por favor, te lo suplico.

Toni bebió el agua con avidez antes de contestar.

—Dime.

—No le digas que hablo contigo. Bebe el agua y dame la botella.

Toni obedeció. Después escuchó los pasos de Cristina alejarse por el suelo de madera y, desesperado, golpeó la puerta maciza con furia hasta hacerse daño. Luego se dio la vuelta y miró el viejo portátil Samsung.

Tenía que continuar escribiendo o lo mataría.

Se puso la máscara de la infamia. Era de cuero, le asfixiaba y sudaba, el olor era insoportable, pero si entraba y lo veía sin ella, lo mataría.

Escuchó fuera el rugido del viento y una ráfaga de lluvia contra la ventana tapiada. Se estremeció como una hoja de otoño. ¿Qué hora sería? Era de madrugada, le habían quitado el reloj. Daba igual, tenía que seguir escribiendo.

O lo mataría.

Edificio de la Gaceta de Galicia
Jueves, 9.00

Valentina se inclinó para coger la curva y luego enfiló su Triumph por la rotonda camino de la *Gaceta de Galicia* en Sabón. Antes de marcharse le había dado a Sanjuán impreso el relato de Carlos Andrade que le había enviado a primera hora de la mañana Karina, la profesora de instituto que tanto le echaba de menos. En un apresurado desayuno, le puso al corriente de lo averiguado el día anterior, y le rogó que examinara el relato por si podía arrojar alguna pista sobre la personalidad de Andrade y, de paso, si podía encontrar algo valioso para seguir investigando. Sanjuán, visiblemente contrariado por no acompañarla a la *Gaceta*, aceptó a regañadientes, no sin antes preguntarle sin demasiado disimulo si Bernabé iba a estar ahí. Valentina, a un tiempo con sentimiento de culpa pero también con una cierta irritación por lo que consideraba un comentario fuera de lugar, le contestó algo así como que «Bernabé es un inspector que nos está ayudando de forma desinteresada, podría venir sin problemas, pero yo le he dicho que no era necesario, que descansase y luego nos veríamos en la comisaría».

Ahora lamentaba haber sido tan brusca. Sintió una punzada de culpabilidad. Al fin y al cabo, era cierto que Sanjuán era intuitivo y que podría percibir esa sintonía que había entre ella y Bernabé; tenía que ser sincera consigo misma, ¡hasta Velasco lo había notado! Pero no pudo evitar sentirse molesta por la pregunta de Sanjuán, quizás ella misma estaba confusa y no quería reconocerlo... atacar era una manera de estar a la defensiva, pensó, y no le agradó haber actuado así. Por otra parte, si alguien estaba trabajando de manera desinteresada era el propio Sanjuán: él podría si quisiera desentenderse de todo el asunto, al fin y al cabo no era sino un consultor del todo voluntario, unido al caso por la relación que existía entre ambos, aunque desde luego siempre le resultaban estimulantes los retos intelectuales a los que su trabajo le obligaba a hacer frente.

«En fin, centrémonos en lo que viene ahora», se dijo, mientras enseñaba la placa al vigilante para que le abriese la valla. Aparcó la moto y saludó a Iturriaga, que justo acababa de descender del coche llevado por un policía vestido de civil. Valentina aprovechó el camino hacia la nave de la *Gaceta* para ponerle al corriente de lo investigado en su estancia en Madrid y Urueña. Solo las ideas esenciales, porque luego tendrían una reunión de puesta en común con todo el operativo en Lonzas. En la puerta ya les estaban esperando el director del periódico, Avelino Luengo, un hombre alto, elegante, con abundante pelo canoso frisando los sesenta, y el jefe de la sección local, Carrasco.

Entraron en el despacho del director. Lúa Castro, que estaba mirando a través de los amplios ventanales que cubrían toda la pared, saludó con una sonrisa mesurada a Valentina mientras daba la mano a Iturriaga. Se sentaron en una mesa de reuniones, donde en cada asiento había una copia del email enviado por el supuesto secuestrador de Toni Izaguirre a la periodista. Avelino fue el que inició la reunión.

—Bien, delante tienen en papel el correo que recibió ayer Lúa. Saben que nos dio un plazo de dos días para publicar el relato que, según él, ha escrito Toni Izaguirre. Ya ha pasado un día; solo nos queda mañana. Así pues, hemos de decidir ahora si acceder o no a su petición.

Valentina miró a Iturriaga y con los ojos le pidió permiso para intervenir. Iturriaga asintió.

—La primera cuestión es si realmente el email es auténtico, es decir, si Toni Izaguirre está en su poder. En principio mi opinión es que sí; por una parte, el desparpajo del mensaje recuerda la audacia del asesino de Basilio y del secuestro de Toni. Hay un exhibicionismo, un aire de superioridad, que yo diría que aparecen también en la ejecución de ambos delitos. Por otro lado, la dirección de correo electrónico que usó, compuesta por el nombre y apellido de Auguste Maquet nos lleva directamente al escritor Alejandro Dumas; como saben aquel fue el principal negro o «colaborador», como ustedes prefieran llamarlo, del autor de *El conde de Montecristo*, y sabemos que tanto Basilio Sauce como Cecilia recibieron mensajes amenazantes de un tal señor Zaccone, que era uno de los nombres que usaba en la novela el Conde de Montecristo. Así pues, estos tres delitos están unidos por la figura de Alejandro Dumas, y me parece que una coincidencia así es muy improbable. Y finalmente —miró a Lúa—, no olvidemos que en el mensaje interpela directamente a Lúa, cuando escribe: «Tú me viste. Fuiste tú, lo sé», lo que nos hace pensar que él la reconoció la primera vez, en el pasillo del hotel, cuando salía de la habitación de Sauce después de haberlo matado, y esa información, lógicamente, solo la posee quien estuvo realmente allí.

Lúa ya se había asustado cuando leyó ese enunciado del secuestrador, así que hizo caso omiso a esto y se concentró en la afirmación realizada por Valentina acerca de la relación entre los crímenes de Cecilia y de Basilio Sauce, que nadie hasta ese momento conocía fuera de la policía.

—¿Quiere decir —Lúa guardaba muy bien las formas en público y por eso se abstuvo de tutear a Valentina— que hay una conexión manifiesta entre el crimen de Cecilia y el de Basilio Sauce, y ahora también con el secuestro de Toni Izaguirre?

—Lúa, esta reunión no tiene como objetivo poner en conocimiento del público los avances de la investigación —intervino Iturriaga con un tono de censura—, sino poder tomar la mejor decisión con respecto a la seguridad del secuestrado. Y lo que importa es que lo que ha dicho la inspectora refuerza la idea de que, en efecto, el autor del email puede tener al señor Izaguirre en sus manos.

—Pero, inspector —Avelino Luengo se vio en la obligación de defender los intereses del periódico—, nosotros hemos contado desde el minuto uno con la policía; si hemos de colaborar estrechamente, y confío que así sea, debemos disponer de la información necesaria... —Iturriaga lo miró con ira, y él se apresuró a añadir, como el gran negociador que era—: Por supuesto, que dispongamos de la información no significa en modo alguno que la hagamos pública; siempre actuaremos según las necesidades de la investigación, pierda cuidado... Pero, simplemente, no podemos ir a ciegas.

«Vaya, así que al final esto es un *quid pro quo*; cuentan con la policía pero a cambio se reservan la exclusiva...», pensó Valentina mirando fijamente a Lúa, quien, con un gesto, le dio a entender que ella no tenía nada que ver en esa decisión.

Iturriaga cerró los puños, contrariado, pero comprendió que si el periódico no colaboraba, la judicial no tendría margen de maniobra en su trato con el asesino, y eso era lo último que necesitaban. Así que accedió, poniendo cara de resignación.

—Está bien, tendrán acceso a parte de lo que vayamos descubriendo al hilo del contacto que ustedes tengan con el secuestrador, pero si algo no autorizado sale publicado en papel o digital créanme que tendremos problemas.

Carrasco y Luengo asintieron con una leve sonrisa, dando el asunto por zanjado y se estableció un incómodo silencio que aprovechó Lúa para intervenir.

—Inspectora, el plazo para publicarlo vence mañana..., pero ¿cómo sabremos que vive todavía Izaguirre?

—Sí, Lúa, tiene razón. La dirección de correo es una vía muerta; los de informática no pueden rastrear el origen, como era de esperar. Eso significa que no podemos escribirle, lo que únicamente nos deja una opción. He pensado que el modo de presentar todo esto es disfrazándolo de una actividad complementaria a A Coruña Negra. Hagamos de la amenaza un acto lúdico. No sé, Lúa, usted podrá darle la redacción necesaria, pero lo que he pensado es presentar a los lectores un juego: ¿Quién es el autor de este texto? Den su opinión..., pero antes señalen si les gusta o no les gusta... Si aciertan recibirán algo, lo que ustedes decidan, no sé, una suscripción gratis por un año o lo que sea. Digan que de ese modo la *Gaceta* colabora en el descubrimiento de jóvenes talentos, y bla, bla. Seguro que usted lo sabe poner muy bien. —Valentina dijo esto con una cierta complicidad, que Lúa no supo si era un gesto de confianza o de reproche.

—Pero ¿y la prueba de vida? —insistió la periodista.

—Pongan una nota que parezca un gesto de complicidad literaria. Algo así como: en cada reportaje el autor aparecerá con el número del periódico en que se publicó el texto anterior..., o algo que indique al secuestrador que necesitamos saber que Izaguirre vive.

Lúa asintió, la idea era buena. Cuando terminaron la reunión acompañó a los policías hasta la puerta y los vio marchar con la mente aún perdida en el destino incierto de Toni Izaguirre.

Comisaría de Lonzas, 11.00

Valentina e Iturriaga entraron en la sala de reuniones. La inspectora captó en un solo golpe a Sanjuán y Bernabé charlando de pie, quienes a su vez, como en un acto reflejo, la habían mirado con una cierta ansiedad. Ella misma estaba ansiosa, por la investigación desde luego, pero también por los sentimientos confusos y encontrados que albergaba por ambos. Era la primera vez desde que conoció a Sanjuán, tres años antes, que se había sentido atraída por otra persona. Durante ese tiempo Valentina lo había amado a rabiar, lo había odiado y finalmente se había reconciliado con él para instalarse en una rutina aparentemente satisfactoria para los dos, según la cual no tenían un compromiso formal pero estaban en contacto telefónico de modo frecuente, y ocho o nueve veces al año pasaban varios días juntos, en vacaciones, fines de semana largos o cuando pudieran.

No obstante, en su fuero interno Valentina se sentía decepcionada por la falta de un interés mayor por parte de Sanjuán. No es que ella quisiera casarse, y ni siquiera que estuviera segura de querer vivir con él; es solo que, en su fuero interno, pensaba que Sanjuán no la quería lo suficiente como para intentar convencerla, para insistir en el hecho de que deberían ser una pareja comprometida ante los demás. Y esto es justamente lo que había visto en Bernabé: tenía el convencimiento de que él sí la podía querer de ese modo; que estaba dispuesto a lo que fuese con tal de que fuera su pareja. Y ella sabía que si le abría las puertas a las que él estaba llamando no habría marcha atrás. Intuía que Bernabé era un hombre apasionado y cabal, y no se contentaría en modo alguno con una relación esporádica, al menos no por mucho tiempo.

Iturriaga la sacó de sus ensoñaciones cuando conminó a todos a sentarse. En ese mismo momento vio entrar a Abel, el investigador de la Guardia Civil que se ocupó del caso de Andrade. Se saludaron con una sonrisa. A Valentina no le había dado tiempo a hablar con nadie; su jefe estaba también muy ansioso, pero en su caso por razones estrictamente profesionales. Comenzó de inmediato a centrar la reunión.

—Venimos de la *Gaceta*. Hemos acordado publicar el texto enviado por el secuestrador, que aparentemente ha escrito Izaguirre. El periódico lo planteará como una actividad literaria en consonancia con la Semana Negra, así que en principio hemos cedido con la esperanza de ganar a su debido momento, y ojalá eso implique salvar a Izaguirre. Mientras tanto, vamos a poner en orden todo lo que tenemos y ver qué pasos vamos a seguir a continuación. Inspectora —dirigiéndose a Valentina—, pónganos al día de sus pesquisas en Madrid y Urueña.

Valentina hizo un resumen con lo más esencial: la supuesta implicación de Cristina Cienfuegos en el robo del tenedor del hereje, y que iba acompañada por un hombre de unos cuarenta años cuando estuvo en Urueña, es decir, en el tiempo coincidente con el robo. A continuación refirió lo investigado en Madrid: que Basilio Sauce copiaba sus libros, que había tenido una relación íntima con Cecilia y Estela Brown. Luego les explicó cómo, siguiendo el rastro de Cecilia en un instituto exclusivo de Madrid donde estudiaba, habían llegado hasta un nuevo personaje llamado Carlos Andrade, quien de nuevo aparecía sorprendentemente unido a Cecilia y Estela Brown. Andrade era profesor de literatura y de actividades artísticas extraescolares y había tenido una relación con Cecilia cuando esta contaba diecisiete años; ella lo veneraba y absorbía todas sus enseñanzas; era una chica muy atractiva y que sabía lo que quería; que acusó a Andrade de violación cuando este conoció a Estela Brown, y que a partir de ese momento Andrade y Brown se hicieron uña y carne, abandonando el instituto a raíz de ese escándalo. El ya ex profesor había comentado a una amiga de aquellos años, a la que encontró tiempo después en un acto social, que estaba ilusionado de poder vivir de la escritura. También señaló la inspectora que Andrade formaba parte de una fotografía tomada en la playa de Ares donde estaban Brown, Sauce e Izaguirre, pero desafortunadamente estaba muerto, ya que se había suicidado hacía más de tres años precipitándose con su propio coche por un acantilado.

—Ya conocen a Abel Amado, sargento investigador de la Guardia Civil que se ocupó del caso de Andrade. Muchas gracias por venir, sargento. Por favor, Abel... —Valentina le invitó a hablar. Abel era un hombre recio pero de musculatura fina, cabello muy corto, estatura media y unos ojos expresivos que emanaban inteligencia.

—Gracias, Valentina. En efecto, la investigación se cerró con un dictamen de suicidio tomando en cuenta fundamentalmente el hecho de que su hermana, quien identificó el cadáver, manifestó en su momento que estaba muy deprimido, y que en alguna ocasión le había dicho que estaba cansado de vivir... Él trabajaba en Madrid, como saben, pero pasaba aquí sus vacaciones; así que era Semana Santa de hace cuatro años cuando esto sucedió... aunque el cadáver no apareció sino veinte días después, devuelto por el mar. Tenía un tatuaje en el omóplato izquierdo, que reconoció su hermana, por lo demás el cuerpo estaba ya bastante desfigurado, y parte del mismo había sido comido por la fauna del mar.

—¿No podía haberse tratado de un accidente, en vez de un suicidio, es decir, que Andrade simplemente hubiera perdido el control del vehículo y se hubiera precipitado al mar? —preguntó Isabel.

—Sí, desde luego, cabía esa posibilidad... pero a los tres días de no dar señales de vida vino su hermana a denunciar la desaparición, y nos comentó que temía por su vida debido a la depresión que sufría; esa es la razón por la que nos pusimos en alerta con objeto de encontrar su paradero si nos topábamos con él, claro está. Piensen que Andrade era un hombre adulto que podía disponer de su tiempo como quisiera; no había cometido delito alguno y no existían indicios de que hubiera sido víctima de un acto violento. Por otra parte en el lugar donde se halló el coche no pudimos encontrar indicios de que se había producido algún vuelco de vehículo u otros signos que indicaran que el conductor había perdido el control, precipitándose al mar... aunque es verdad que en esos días hubo grandes lluvias que pudieron alterar la escena de los hechos...

»Pero, no obstante, la ventanilla del vehículo estaba rota por fuera, y a pesar de que se pudo romper debido a la caída (de unos quince metros de altura), me parece difícil si previamente no hay un golpe fuerte en tierra, antes de que cayera al mar; pero como digo no hallamos indicios de tal circunstancia cuando examinamos el sitio desde el que se precipitó. En fin —suspiró—, una vez identificado el cadáver llamé por teléfono a la directora del instituto donde había trabajado y le causó una gran extrañeza que le comentara la posibilidad del suicidio... Pero ya que la hermana había señalado esta cuestión y no había ninguna razón por la que pensar que Andrade podía haber sido víctima de un homicidio, se decidió cerrar el caso.

—Muchas gracias, Abel —dijo Valentina—. Bien, en nuestra estancia en el instituto también averiguamos que Carlos Andrade había ganado un premio literario de relato corto del género negro, mientras que Estela Brown había quedado en segundo lugar. El relato lo hemos recibido esta mañana temprano, y le he pedido a Sanjuán que lo examine y nos dé sus impresiones sobre cómo podría encajar la figura de Andrade en todo este caso.

Sanjuán asintió; extrajo su Moleskine de su cartera y unos folios con anotaciones manuscritas. Estaba angustiado; el tono de Valentina durante el desayuno por la mañana había sido muy frío, la discusión acerca de Bernabé le pareció que la había alterado mucho, y apenas le había mirado desde que entró en la sala. Por otra parte, podía sentir que el propio Bernabé, aunque siempre muy correcto, había marcado una estrecha línea de separación entre ambos, como si previera hacer un movimiento para reclamar a Valentina, y fuera mejor mantener la relación con él en un terreno exclusivamente profesional, lo que ahorraría reproches y explicaciones.

En todo eso estaba pensando, y él mismo se sorprendió de ello, de no estar realmente pendiente en esos momentos de lo que tenía que decir. Así que se censuró a sí mismo, bebió un poco de agua, y comenzó, dubitativo, a leer sus notas. Tardó una eternidad, o eso al menos fue lo que le pareció a Valentina, que en un principio había estado ojeando sus papeles para no mirarlo directamente pero luego, en vista de que Sanjuán no se arrancaba a hablar, había puesto su atención en él con profunda inquietud.

—Eh..., gracias, inspectora. Bien, en efecto, he estado leyendo el relato de Andrade. Ganó el premio de relato breve policíaco convocado por una editorial, tiene poco más de seis páginas, y eso le da realmente mucha fuerza porque cada palabra tiene cincelado su lugar en el texto. Ciertamente es de una concisión admirable. —Sanjuán consiguió al fin centrarse; se dejaba llevar ahora por la investigación apoyada en interpretaciones arriesgadas pero con base lógica, según su criterio—. Ahora bien, dentro de estos parámetros, *Ese oscuro laberinto de tu alma*, ese es su título, nos propone un lúcido y muy penetrante análisis de la violencia y su castigo. Procedo a leerlo en alto; no tardaré, no se preocupen.

ESE OSCURO LABERINTO DE TU ALMA

¿Obtener el perdón y disfrutar de la ofensa?
En los torcidos rumbos de este mundo,
La enriquecida mano de la ofensa aparta a la justicia.

Hamlet, Acto III, escena III

El hombre sudaba. Notó el mal olor que despedía su entrepierna, se había orinado encima. Estaba de rodillas, las manos sujetas a la espalda con cinta de embalar plateada. Él no lo sabía, pero se encontraba en una vieja central eléctrica abandonada en medio del monte, rodeada de un bosque, al lado de una cascada, un lugar por donde casi nunca pasaba nadie, salvo algún pescador de la zona o algunos senderistas. Hacía pocos minutos que se había podido incorporar en esa posición incómoda, pasados los efectos del golpe en la nuca con el que su captor lo había reducido al ofrecerse a llevarlo a su casa en su vehículo. Solo se escuchaba el ruido sordo del río al deslizarse, algún crujido, quizá de algún jabalí o de un zorro que aprovechaba el ocaso para salir a alimentarse. La luz era amarilla y escasa, y surgía directamente de un foco que Virgilio había colocado delante del prisionero.

Virgilio surgió de entre las sombras y se situó justo delante del hombre. Arrastró hacia él una caja de madera que en sus tiempos había contenido bobinas y recambios y se sentó sobre ella.

El hombre sometido lo miró durante un instante, tratando de procesar lo que veía, intentando desasirse de las pegajosas ataduras.

—¿Qué me ha hecho? ¿Quién es usted? ¿Por qué estoy aquí?

—¿Quién soy yo? —Soltó una ligera risa amarga—. Eso no tiene la menor importancia. En cambio, sí la tiene lo que quiero de usted. —Hizo una pausa; tenía las manos quietamente entrelazadas, su cuerpo inclinado hacia delante, a unos dos metros del cautivo, asegurándose de que su presencia llenaba su foco de visión. Iba vestido de negro, con una cazadora de piel de motero, el cuero olía suavemente a piel vieja y gastada. A su derecha había un maletín igualmente negro de ejecutivo—. Estoy aquí para ayudarle a entender, para iluminarle. Para que al fin pueda pasar página. Ser libre.

El hombre se quedó pensativo unos segundos. No acababa de entender. Estaba todavía algo espeso, le dolía mucho la cabeza, pero hizo un esfuerzo por recordar las palabras y hallarles un significado.

—¿Comprender qué? ¿De qué me está hablando? Usted me invitó a beber y luego, en vez de llevarme a casa como dijo que haría, me golpeó y me trajo aquí. ¿Quiere dinero? Ya entiendo —sonrió con un destello de inteligencia—, piensa que le puedo dar dinero para que me libere, pero se ha equivocado de hombre. Amigo, ha metido la pata: yo vivo de mi trabajo de vendedor, y mis padres viven con lo justo.

—No quiero su dinero. No soy un vulgar delincuente. ¿No se da cuenta?

—Entonces, ¿qué? Yo no le había visto antes de esta tarde en mi vida. ¿Quién coño es usted? ¿No se da cuenta de que se ha equivocado de persona?

—No me he equivocado —dijo Virgilio, con un tono pausado—. Hábleme de usted. Hábleme de su matrimonio y se lo demostraré.

—¿Qué? ¿Matrimonio? Amigo, está loco de atar.

Virgilio lo observó como el pastor que observa a la oveja descarriada, una mezcla de pena y reprobación.

—No, no lo estoy; créame, solo soy su guía espiritual, estoy aquí para ayudarle. Sea honesto conmigo, y le dejaré finalmente libre, para que siga su camino.

El hombre sometido volvió a quedarse callado durante un rato, negando con la cabeza, preguntándose si no estaría en medio de una pesadilla que parecía extraordinariamente real. Hacía frío. Al fin decidió entrar en el juego que le proponía aquel tipo que, sin duda, estaba loco. Lo mejor, se dijo, era hablarle, parece que quiere que le hable, que me relacione con él; ha dicho que me liberará si colaboro.

Al fin contestó.

—Estoy separado desde hace un año; estuve casado siete, la cosa no funcionó, eso le pasa a todo el mundo. —Miró a Virgilio y como este no contestó, se limitó a permanecer en silencio, sin inmutarse, siguió hablando—: Tengo un hijo de cuatro años, Ismael. Ella se llama Pilar. ¿Qué más quiere saber?

—¿Quién dejó a quién? ¿Por qué se separaron?

—Bueno, no nos llevábamos bien, discutíamos mucho... Fue algo de común acuerdo, aunque es verdad que por mí lo hubiéramos seguido intentando, no solo por nosotros, ya sabe, sino por el crío. Yo... —titubeó—. Yo amo a Pilar. Es la mujer de mi vida.

—Es curioso que diga esto, porque —extrajo unas hojas grapadas del maletín que reposaba a su lado— tengo la declaración de su mujer hecha ante el juzgado, donde le denunciaba por violencia física y por graves humillaciones; al fin pedía no solo el divorcio sino la custodia del hijo para ella, alegando que en un par de ocasiones había amenazado de manera sutil con hacer daño al niño si ella se marchaba. La resolución judicial —le mostró el documento— no pudo probar que hubiera violencia física porque los hechos pasaron tiempo atrás y no había testigos, pero sí concluyó que hubo malos tratos psicológicos, porque hubo varios testigos que le vieron a usted vejar y amenazar gravemente a Pilar repetidas veces, aunque es cierto que nadie salvo ustedes dos oyeron esas amenazas hacia su hijo. No es de los que pierden los papeles en público, ¿verdad? Se lo monta muy, muy bien —dijo esto último con marcada ironía.

El cautivo abrió los ojos atónito, no esperaba nada semejante. ¿Cómo sabía todo eso? De pronto comprendió que debía de ser alguien contratado por su ex esposa para amedrentarle, ¡valiente hija de puta! Se llenó en un instante de ira, aunque el peso de la sorpresa todavía le atenazaba. ¡Jamás hubiera creído que Pilar hiciera una cosa así, ni en un millón de años! Ella era sumisa y dulce, buena madre. Pero a veces lo sacaba de quicio. Ella era la culpable por no fijarse en lo que se tenía que fijar.

—Escuche... como se llame. Son cosas de la convivencia. Ella tampoco era una mosquita muerta; muchas veces me faltaba al respeto, pasaba de mí, ¿comprende? Decía que no había oído el teléfono cuando la llamaba, se le olvidaba decirme que tenía gente que visitar... ¡joder, no me respetaba! Era muy mentirosa —por unos segundos sus palabras llevaban la carga emocional del pasado, como si aquello todavía fueran pecados de Pilar que no había purgado—. Por si fuera poco, siempre estaba sacándome pegas, comparándome con otros, que si no ganaba bastante dinero, que si volvía a casa muy tarde porque había quedado un rato con mis amigos en el bar, que si apenas veía al niño... ¡como si fuera fácil hoy en día llegar a fin de mes y no tuvieras que matarte a trabajar por tu familia!

Virgilio atendía plenamente, le escuchaba de forma empática, asentía, con su actitud le incitaba a continuar.

—Vale, es verdad que a veces perdía los nervios, ¡joder, a todos nos pasa!, y puede que le hubiera puesto la mano encima, alguna vez, sí..., pero, coño, yo siempre la he querido. Es cierto, no quería que se fuera, fue ella la que me dejó, se lo digo para que comprenda que a pesar de los problemas nunca dejé de quererla. Si le dije cosas feas era por impotencia, es la verdad. Pero también pasamos ratos maravillosos, y Pilar sabe muy bien que para mí no había nadie más que ella. ¡Pregúnteselo y verá que no miento!

—Sí..., eso a veces pasa, tiene razón. Pero ¿sabe qué? En realidad no estoy aquí por lo que hizo durante su matrimonio —dijo pausadamente Virgilio—, sino por lo que pasó después. Me explico —adoptó ahora un tono didáctico—. Le condenaron a un año de prisión y a mantenerse alejado de ella, sin tener ningún contacto durante el mismo período, si bien la condena de cárcel fue suspendida... Y verá, es esto justamente lo que me preocupa. Ella *le ha visto* varias veces; dice que la ha seguido, escondido entre portales. Que ha recibido cartas anónimas, muy preocupantes, donde se puede leer, y cito textualmente, «que no te duermas nunca tranquila, porque no sabes quién puede llegar de repente», y también que «ese niño no vas a tenerlo tú sola para que le llenes la cabeza de mentiras». También han aparecido perfiles de ella en Facebook donde ofrecía servicios de prostituta, e incluso tarjetas en los coches del vecindario con fotos «muy explícitas», que asegura hizo usted sin consentimiento durante un encuentro sexual. Ella ha denunciado todo esto, pero por ahora la justicia no ha reaccionado; dicen que están investigando. A mí lo que cuenta me parece bastante creíble. Está aterrada. Y el niño también.

Siguió un silencio prolongado. El hombre sometido estaba digiriendo todo aquello. Se llenó de ira pero, gradualmente, esta dejó paso al miedo. De algún modo la serenidad de su captor le atemorizaba, lo que se sumaba al hecho de que él estuviera maniatado y en un lugar donde nadie podía acudir en su auxilio.

—¡Todo eso es mentira! No tengo nada que ver en lo que ha dicho; nunca le haría daño —acertó a decir, pero enseguida se dio cuenta de que su tono no había resultado nada convincente, tanto por el temblor de su voz como por lo absurdo que le estaba pareciendo todo. Era verdad, por supuesto, pero... *¿cómo* lo podía saber aquel tipo?

—Verá. *Es esto* lo que me preocupa. Usted *no quiere entender*; en realidad nunca quiso comprender las cosas. Nunca quiso ver la realidad de lo que *usted es* y de lo que hace. Este es el problema fundamental que nos trae aquí —negó con la cabeza—, usted debe colaborar si quiere que le libere. Si no me dice la verdad, yo no le puedo ayudar.

—Vamos, por Dios, usted es un hombre, sabe que muchas mujeres mienten; está resentida, quiere joderme la vida, ¿no lo comprende? ¿Qué quiere en realidad de mí? ¿A usted qué le importa todo esto?

Virgilio movió la cabeza con pesadumbre.

—Se lo he dicho: quiero liberarle, pero usted no colabora. ¿Por qué actúa de ese modo? ¿Qué laberinto oscuro encierra en su alma? ¿Qué quiere conseguir en esta vida? ¿Por qué no acepta que usted es una persona profundamente equivocada e intenta reparar el mal que ha causado? Usted es padre. ¿Cómo puede hacerle eso a su hijo?

Virgilio volvió a coger el maletín y esta vez extrajo una pistola, una vieja Beretta, reluciente y magnífica. Continuó hablando.

—Tiene derecho a saberlo porque de este modo tendrá la oportunidad de que su vida al fin tenga un sentido, de que realmente, por vez primera, comprenda quién es usted. De que lo libere. —El tono de voz se elevó como el de un pastor en una iglesia llena de fieles, monótono pero firme, una regañina que escondía el sermón.

—¡Dios mío! —El hombre se retorció en vano hasta casi perder el equilibrio—. ¿Qué va a hacer? ¿Se ha vuelto loco?

La voz de Virgilio descendió ahora, pero ganó en la intensidad de su reproche.

—Usted torturó durante varios años a Pilar, pero eso no es nada con lo que está haciendo desde que se separaron. Ahora su existencia es una pura angustia; teme por su vida y por la de su hijo. Sabe que usted tiene malas entrañas. Es un monstruo lleno de hiel. Y, lo que es peor: *ahora usted encarna un peligro mayor,* porque bebe demasiado; no me lo niegue, no, me fue muy fácil fingir un encuentro casual con usted en aquel bar y animarle a beber. Fue sencillo vencer su resistencia en mi coche, usted ya estaba borracho... Y todos sabemos que la gente que ahoga sus penas en alcohol puede cometer un disparate si cree que tiene buenas razones para ello. Y este es el problema: usted cree que sí las tiene, que debe castigar a Pilar por haberle abandonado, por haber hecho de su vida algo miserable, por haberle ofendido... sin comprender que usted *ya era un miserable* antes de casarse con ella.

El hombre sometido empezó a temblar, sus ojos adoptaron una profunda expresión de horror y súplica.

—Oiga yo... No lo entiende, joder, es muy duro que te tiren a la calle, que te den una patada de tu propia casa, que te quiten a tu hijo... ¡Yo la quiero!

Virgilio lo miraba con ojos indescifrables, pero no abrió la boca, así que continuó.

—¿Qué quiere? ¿Quiere que le pida perdón? ¡Está bien! Le pediré perdón, no la volveré a molestar, pero déjeme ir, por favor.

—Sus disculpas no arreglan esto —dijo Virgilio, ahora con un tono de gran dureza—. Usted tiene que comprender *quién es de verdad,* que su alma está podrida, que nunca la quiso, que solo quería sentirse importante al vejarla y amenazarla. Que usted es una desgracia para el género humano, y que constituye un grave peligro tanto para ella como para su hijo. Dígame —alzó la voz con ira—, ¿por qué decidió actuar de ese modo?

El hombre sometido estaba sudando profusamente, la camisa empapada se le pegaba a la piel. Su cerebro tenía que enfrentar a un tiempo las señales emocionales que le alertaban de un peligro claro e inminente y la presión provocada por las preguntas de Virgilio para que hiciera introspección sobre su personalidad, a lo que estaba muy poco acostumbrado. Buscó de forma dolorosa algunas palabras con las que decir algo coherente. Agachó la cabeza, mirando hacia el suelo.

—Yo..., no sé, yo la quería, pero a veces se me llevaban los demonios..., tiene razón, no he sabido quererla. ¡Pero le juro que soy incapaz de hacerle daño, y mucho menos a mi hijo!

—¡NO! —Se incorporó Virgilio, y el cautivo levantó rápidamente los ojos hacia él—. Todavía no lo comprende... ¿No ve que solo puede redimirse si acepta que mientras viva usted su familia no estará segura? ¿No entiende que ha de ser capaz de ver que ahora tiene la gran oportunidad al fin de expiar lo que ha hecho? ¿Que puede deshacer el mal que ha causado?

El hombre, aterrorizado, sollozaba, y se derrumbó al fin.

—¡Déjeme! Me marcharé muy lejos de aquí, se lo prometo. ¡No volverá a verme más! No los volveré a ver. Nunca me pondré en contacto con ellos...

La mirada del captor adquirió una cualidad extraña, soñadora.

—Una vez amé a una mujer, era joven, tenía un hijo poco más o menos de la edad que tiene el suyo. Ella me quería mucho, y yo ya había comprado la casa donde íbamos a vivir, bien lejos del individuo con el que había estado casada... —Sus ojos se perdieron como si estuviera viviendo de nuevo todo aquello—. La amaba más que a mi vida, aunque esto se diga muchas veces faltando a la verdad pura de lo que expresa. Un día había quedado con ella para que viera cosas que íbamos a comprar para la casa. Me quedé esperando mucho tiempo, pero no vino. La llamé, pero no cogía el teléfono. Hasta que no fui a su casa no supe que su ex marido había ido a su antiguo domicilio y la había matado... la quemó con gasolina —su voz se quebró—; al niño también. Luego se suicidó pegándose un tiro. —Miró su pistola—. Yo ahora velo por esas mujeres.

El hombre escuchaba todo aquello como si fuera una alucinación, pero llegó a un punto donde se supo condenado. Había comprendido al fin. Por eso no se sorprendió de que Virgilio apuntara con la pistola a su frente. Cerró los ojos, las lágrimas corrieron por sus mejillas, sus hombros se movían con virulencia al compás de los sollozos.

—En nombre de ella, de su ex mujer, y de todas las que padecen a gente como usted, le libero. Muera en paz.

Levantó la Beretta, esperó unos segundos y disparó entre ceja y ceja. Un solo tiro.

Fuera de la central, los pájaros levantaron el vuelo, asustados. Después, el ruido de un coche deslizándose hacia la carretera.

Se hizo el silencio.

Todos permanecieron unos segundos callados, hasta que Sanjuán recuperó el resuello y continuó hablando:

—Como han podido escuchar, su trama es sencilla: un hombre llamado Virgilio tiene relaciones con una joven mujer divorciada que tiene un hijo de cuatro años de su ex pareja. Él la ama con locura, pero un día el ex marido entra en casa de la ex mujer y asesina a ambos; luego se suicida. Nuestro hombre se queda devastado; pero realmente esto lo sabemos al final. Lo cierto es que casi todo el relato se centra en cómo el protagonista secuestra y se dispone a matar a un maltratador que ha estado amenazando gravemente a su ex pareja. No se dice explícitamente, pero mi impresión es que en la frase «Yo ahora velo por esas mujeres», se da a entender que Virgilio forma parte de una organización liderada por mujeres, todo secreto, que se dedica a matar a maltratadores que hayan amenazado gravemente a sus ex parejas e hijos con hacerles daño, y que muestren un historial importante de dominio y abuso. Él es el ejecutor. —Sanjuán respiró hondo y continuó—: Ahora bien, ¿de qué trata realmente el relato? Virgilio no busca solo venganza. Quiere indagar en la psicología de los que ejecuta; a su modo, quiere ofrecerles la oportunidad para su redención. ¿De qué modo? Cuando él les pregunta y les interroga acerca de sus actos (por qué acosaron a sus ex mujeres, por qué las persiguieron y amenazaron, por qué no les dejaban que tuvieran nuevas parejas, por qué las golpearon durante la convivencia y las humillaron...), no solo él quiere poder entenderlos, sino, sobre todo, quiere que ellos comprendan que si siguen vivos constituirán siempre un peligro para esas mujeres y sus hijos que ya sufrieron un infierno a su lado, o como mínimo contribuirán a que su miseria se prolongue durante años, cercenando sus oportunidades para que al fin puedan tener un poco de felicidad. Por eso él tiene que asegurarse de que ellos sepan antes de morir que esa muerte es la forma de expiar sus actos de violencia, que pueden compensar todo el mal que han infligido aceptando su destino que, inexorable ahora, una vez estuvo en sus manos pero lo dilapidaron.

Todos escuchaban con atención, pero Iturriaga se estaba impacientando.

—¿Adónde nos lleva esto, Sanjuán?

El criminólogo asintió.

—Un poco de paciencia. Bien. Gracias a la perspicacia de Lúa Castro, hemos podido averiguar que el autor de *No morirás en vano*, la novela que ha causado sensación en el mundillo literario y que es la segura ganadora del premio Jim Thompson que se entrega en esta Semana Negra, es el mismo que ha escrito las novelas del Detective Invidente. Lógicamente, en un principio pensábamos que era Estela Brown que, por razones de estrategia comercial, había ocultado su autoría. Estela hacía más de tres años que no publicaba nada, y era lógico pensar que en ese tiempo había estado trabajando en una novela rompedora, innovadora, que la situaría en un plano superior al que había alcanzado en los años anteriores con la saga de Miguel Román, el Detective Invidente. Sin embargo... —Sanjuán dejó unos segundos en suspenso la frase, como si estuviera decidiendo si formular o no lo que iba a continuación—, ahora ya no lo tengo tan claro.

Valentina quedó sorprendida por esta afirmación, y no pudo callarse:

—¿Por qué?

—Porque, en mi opinión, el tema esencial de *No morirás en vano* es muy semejante al de este relato corto de Carlos Andrade, es decir, de un muerto —todos abrieron los ojos, expectantes—. Permítanme que lea uno de los fragmentos que hizo sospechar a Lúa de la conexión existente entre esta novela y los libros del Detective Invidente: «[...] si matar en ocasiones era ciertamente un deber moral, y solo un dios puede verse liberado de ese deber...». Es decir, de nuevo nos propone un análisis de la culpa, de la posibilidad de redención, la eterna cuestión de si estamos legitimados para matar cuando lo sentimos como un deber interior, o si por el contrario somos marionetas de una fatalidad o un destino que nos supera y se burla de nosotros.

—Entonces... —dijo Valentina—, ¿Carlos Andrade escribió también las novelas del Detective Invidente?

—¿Y cómo pudo hacerlo, si está muerto? —preguntó Isabel, sabiendo ya cuál era la respuesta, por improbable que fuera.

—Esa es la cuestión —dijo Sanjuán—. Creo que las sospechas de Abel tienen mucho fundamento; Andrade sigue vivo.

Valentina intentó poner orden en el caos que siguió a esa nueva hipótesis.

—Entonces, Sanjuán, ¿Andrade sigue vivo... y ha secuestrado también a Toni? ¿Es el autor de los crímenes...? —Sanjuán iba a responder, pero la propia Valentina había atado ya los cabos—. ¡Tiene sentido! Andrade fue amante de Cecilia y de Estela, y conocía a Basilio Sauce y a Toni Izaguirre... él, al dejar el instituto, se metió en el mundo literario junto con su amor de entonces, Estela. Y de algún modo ahora se está vengando..., pero entonces, ¿fingió su muerte, su suicidio?

—No necesariamente —dijo Bernabé—. Si el perfil de Sanjuán es correcto, el asesino tiene una misión: matar a los impostores, a los que engañan al público fingiendo tener un talento que no es suyo. Recordad que en uno de los anónimos aparece un trozo de la canción de los Smiths «Cemetery Gates» que dice algo parecido a esto: Si tienes que escribir prosa o poemas, asegúrate de que estén escritos con tu propia voz, no las copies o las tomes prestadas..., siempre hay en algún lugar alguien con una gran nariz que sabrá que no son tuyas y que se regodeará cuando caigas, más o menos.

Valentina asintió, complacida con la traducción.

—Pero para llegar a este punto tuvo que sucederle algo, algo que le desquició y le llevó a la locura y al crimen.

Sanjuán se sintió confortado por esos comentarios; él mismo no podía por menos de albergar dudas importantes sobre su teoría, que si era errónea comprometería gravemente la investigación. Añadió:

—Sí, no sabemos bien lo que ocurrió, pero si estoy en lo cierto, ahora mismo Toni está expiando lo que hizo. Bernabé tenía razón cuando me dijo que el asesino podía tener algún motivo añadido al de vengar la integridad del literato... estoy convencido de que tanto Cecilia como Basilio y ahora Toni, le hicieron algo terrible. Fijaos en el email que el secuestrador le envió a Lúa. ¡De nuevo nos encontramos con el tema esencial de la redención y la culpa! El autor de la misiva, según sus palabras, le va a dar la posibilidad a Izaguirre de sobrevivir si tiene éxito en el doloroso y terrible proceso de desnudar su ser ante todos, contando un relato donde él ha matado al amante de su mujer... ¡Le está pidiendo que cuente ante todos cómo se convirtió en un asesino...! Pero no solo esto: para no ser ejecutado tendrá que convertirse ahora a su vez en un buen escritor, en alguien que hace un arte auténtico..., ¿se dan cuenta?

—Si cumple su palabra... —apostilló Iturriaga, y todos guardaron silencio. Valentina lo rompió.

—Entonces, Abel, lo primero que tenemos que hacer es encontrar a la hermana de Andrade y hacer un cotejo de su ADN con el del cuerpo que yace en la tumba de Carlos Andrade. Y algo más: de todas las personas que estaban en la foto de la playa de Ares, la única que no ha sufrido daño alguno es Estela Brown. ¿Qué significa esto? ¿Por qué no la ha atacado? ¿Se portó ella bien con Andrade, y la ha respetado, o quizá...?

—... Quizá la está dejando para el final, Valentina —añadió Sanjuán.

Todos se quedaron pensativos durante unos segundos. Fue Valentina la que volvió a hablar.

—Bien, tendremos que ocuparnos de proteger a Estela, aunque antes habría que interrogarla de nuevo. Pero hay otra cosa importante: Cristina Cienfuegos tiene que explicarnos qué estaba haciendo en Urueña cuando la horquilla del hereje fue robada... Y no olvidemos que iba acompañada por otra persona.

—Es cierto, inspectora, pero no podemos acusarla ahora de ningún delito. Estar en ese pueblo durante la exposición de instrumentos de tortura no la convierte en una delincuente —dijo Velasco.

—Así es —dijo Valentina—. Tenemos que averiguar si existe una conexión entre Cienfuegos y Andrade, no sea que se trate de una casualidad extraña, cosas más raras se han visto..., aunque ella preguntó por la horquilla, y eso haría todavía más improbable esa casualidad...

—Bien, lo primero es garantizar la seguridad de Estela Brown, y hacer la prueba de ADN del cadáver —dijo Iturriaga, que todavía estaba masticando mentalmente el nuevo escenario de la investigación—. Valentina, distribuya las tareas, pero tenga cuidado con el tema de Cristina Cienfuegos. Ahí tenemos que andar con pies de plomo.

Valentina asintió, se levantó y se puso a hablar con sus colaboradores. Miró a Sanjuán por un instante, y esta vez sus ojos mostraban mayor calidez, como si la admiración que siempre le había profesado hubiera vuelto a reverdecer el amor que le acompañaba. Él le sonrió y le hizo un gesto para que saliese con ella a fumar un cigarrillo. Lo necesitaba.

27

De entre los muertos

Cuando mi madre murió, en la funeraria nos preguntaron si la familia quería ver el cuerpo. Yo dije que sí; mi hermano dijo que no. En realidad, su respuesta fue: «Dios Santo, no. Estoy de acuerdo con Platón en esto.» [...] «¿Qué dijo Platón?», pregunté. «Que no era partidario de ver cadáveres.»

Nada que temer, JULIAN BARNES

Museo de Arte Contemporáneo Gas Natural Fenosa

Bernabé escrutó la expresión de sorpresa de Torrijos y le pareció bastante sincera.

—Llevo todo el día sin ver a Cristina. Habíamos quedado aquí hace una hora y aún no ha aparecido. Es raro en ella, es muy cumplidora, pero me dijo que tenía que hacer unos recados urgentes..., cosas de mujeres. Además, tiene el blog al día y la mesa redonda de hoy. ¿Qué ocurre? ¿Ha pasado algo? ¿Se sabe algo de Toni?

—Nada importante. Investigación protocolaria, nada más. Estamos interrogando a todos los autores, editores o blogueros que han coincidido en varias Semanas Negras. Pronto le tocará a usted. —Isabel sonrió, conciliadora.

Por supuesto, Bernabé no pensaba contarle a Torrijos que

su empleada había aparecido en las fotografías que Karina había enviado, fotos de Andrade en el grupo de teatro, junto a Cecilia y otros alumnos del colegio. La constatación de que Cristina Cienfuegos conocía a Carlos Andrade y por ende a la primera víctima del Fantasma la había puesto en un lugar destacado a la hora de resolver todo aquel maldito embrollo. Y ahora parecía haberse volatilizado. Habían entrado en la habitación del hotel donde se alojaba, y salvo su maleta y ropa no había nada más. Esperaban los resultados de la triangulación de la señal telefónica, pero mientras tanto él como Isabel peinaban todos los lugares en donde se celebraban actos de las jornadas negras con la esperanza de que pudiese aparecer, ajena a la búsqueda que se efectuaba. Detrás de ellos, Bodelón hablaba con Paco Serrano, que hacía ademanes bastante ostensibles señalando la sala que se encontraba en el otro lado de la estancia.

—Estela se encuentra ahí dentro, con Cabanas. Están dando una mesa sobre la realidad y la ficción en las novelas junto con el americano. Deben de estar a punto de terminar, ya llevan tres cuartos de hora.

Bodelón asintió y entreabrió la enorme puerta. Allí estaban, en efecto, hablando para una sala bastante atestada de gente. Ya se estaba celebrando el turno de preguntas, y el moderador intentaba acelerar un poco el proceso regalando unas camisetas de las jornadas negras.

En cuanto salieron, Bernabé, Bodelón e Isabel los interceptaron en la puerta.

—Señora Brown. Tenemos que hablar con usted. —Bernabé hizo un gesto con la barbilla señalando a Cabanas, que puso mala cara—. En privado. Es urgente...

Estela golpeó el suelo con su tacón de forma violenta.

—¿Otra vez? Estoy un poco harta, ¿no lo entienden? Esto se está convirtiendo en un acoso terrible. Ayer ya estuve con la inspectora Negro, hablamos largo y tendido.

Isabel intervino.

—Tenemos sospechas fundadas de que usted es el próximo objetivo del secuestrador de Toni. Es necesario que reciba protección policial de inmediato, lo quiera o no.

—Yo la protejo perfectamente —Cabanas intervino, tenso, los tendones del cuello inflamados—: estando yo, nadie se atreverá a hacerle nada.

—No necesitamos superhéroes en este momento, señor Cabanas. —El ex presidiario fulminó a la agente con la mirada, pero ella no se inmutó.

Estela emitió un suspiro de resignación muy audible.

—Bien, si no hay más remedio, hablaremos... —y dirigiéndose a Cabanas con voz aterciopelada, posó su mano en el brazo—: Enrique, ¿te importa quedarte aquí unos minutos?

Cabanas gruñó algo parecido a un «de acuerdo», y los tres se dirigieron a una mesa que estaba en una esquina, cerca de donde había un camarero sirviendo bebidas a los asistentes a las mesas redondas que preferían estar de pie para compartir anécdotas o decir comentarios ocurrentes de corrillo en corrillo. Nada más sentarse, Estela miró desde lejos a su nuevo paladín con una sonrisa de complicidad y mudó a un semblante pétreo cuando se dirigió a los policías.

—Ustedes dirán...

—Estela —Bernabé había decidido que la mejor manera de romper las defensas de Estela era ser directo—, tenemos razones para sospechar que un antiguo amigo suyo ha vuelto de forma... sorprendente.

Estela puso cara de sorpresa genuina.

—¿Un amigo? ¿A quién se refiere?

—A Carlos Andrade. —Una bomba soltada en medio de la mesa no hubiera dejado más helada a la escritora de lo que estaba al escuchar ese nombre. Se quedó muda; su rostro era el vivo retrato de la palidez enfermiza. Pasaron unos segundos, y al fin, por toda respuesta solo pudo balbucear:

—¿Carlos Andrade? No entiendo... Carlos... Carlos murió. Murió hace tiempo.

—Creemos que Andrade puede tener un papel muy importante en todo lo que está pasando aquí —continuó Bernabé, conciso, frío, optando por presentar la mínima información posible para que fuera Estela quien se viera obligada a hacer el trabajo de revelar todo lo que pudiera saber. Lo que fuera ese «todo» lo ignoraba ahora la policía. Tenían la sospecha de que Estela sabía cosas muy importantes, pero estaban a ciegas acerca de la naturaleza del papel que ella había jugado en el pasado de Andrade.

Estela respiraba pesadamente, conmocionada, así que decidió huir hacia delante y llamó con gestos al camarero para pedir una copa. Este se acercó, pero ella escuchó de forma lejana cómo el camarero preguntaba lo que querían tomar. Solo cuando Isabel la miró a los ojos y le preguntó qué le apetecía beber, bajó de nuevo a la tierra. Pidió un *gin-tonic*, y se animó a hablar, aunque todavía en un tono ausente.

—Lo que me dicen no tiene sentido. Carlos Andrade está muerto; se suicidó hace cuatro años.

—Creemos que no es así. Tenemos razones para pensar que la persona que fue enterrada con su nombre no era él.

—¿Cómo dice? Eso es sencillamente absurdo... leí en la prensa que lo identificó su hermana.

—Sí, eso fue lo que se creyó, y oficialmente se cerró el caso como un suicidio. Pero ya no hay duda: hemos cotejado el ADN del cadáver, y no coincide con el de su hermana. Ese tipo que lleva allí enterrado cuatro años no es Carlos Andrade. —No tenían todavía esa confirmación positiva, pero Bernabé tiró de farol para apretarla; si luego tuviera que pedir disculpas, ya buscaría cualquier excusa.

—¡Dios mío! —exclamó Estela, llevándose las manos al rostro—. ¿Están seguros?

Era una pregunta retórica, pero Bernabé asintió igualmente.

—Créame, tan seguro como que estamos aquí hablando en este instante.

Por fortuna para Estela en ese momento el camarero le sirvió la bebida. Dio un buen trago a su copa balón coronada con una rodaja de naranja. Sintió entrar la ginebra en sus venas con profundo anhelo, como si su percepción de la realidad se hubiera hecho pedazos y precisara de un bebedizo mágico para volver a recomponerse y permitirle hablar y actuar como cualquier otro ser humano.

Bernabé miró de reojo a Isabel, y ella tomó la palabra.

—Tenemos razones para pensar que Carlos Andrade se sintió de algún modo agraviado por personas que entonces estaban muy unidas, entre las cuales estaba usted. —Le mostró la foto de la playa de Ares—. ¿Tiene alguna idea de lo que pudo ser?

Estela negó con la cabeza.

—En absoluto. —Pero no podía quitar sus ojos de Andrade en esa foto, joven y feliz, y de Sauce, asesinado de un modo espantoso, y de Toni, ahora secuestrado.

—Es curioso, Estela, porque sabemos que usted tuvo una relación muy estrecha con él. Hemos hablado con Karina, una profesora del instituto muy amiga, que incluso llegó a verles a ustedes en alguna ocasión... Nos ha dicho que él estaba loco por usted.

Estela sintió que pisaba suelo muy resbaladizo; se dijo que tenía que medir cada palabra que saliera de su boca.

—Sí, es verdad, durante un tiempo fuimos novios... eso fue hace mucho tiempo; cuando él murió procuré seguir mi camino, ya sabe, recordar el pasado doloroso no nos ayuda a avanzar en la vida.

—La cuestión es que creemos que está en peligro, señora Brown. Creemos que Andrade no ha terminado, que falta usted. —Isabel quería ver el efecto de esa amenaza en su semblante, pero si lo tuvo, la escritora no lo mostró—. ¿Comprende? Necesitamos que nos diga lo que sucedió, y lo que es más importante, dónde podemos encontrarlo, si tiene alguna idea al respecto.

Estela guardó silencio unos segundos largos, y luego dijo:

—No, lo siento. No comprendo por qué él querría hacerme daño, más allá de que nuestra relación acabara por cosas comunes a muchas parejas. Y no tengo ni idea de dónde puede estar si, como ustedes afirman, está vivo, cosa que todavía me parece increíble.

Isabel y Bernabé se miraron resignados. Habló Isabel:

—Está bien, pero no podemos permitir otro asesinato. Hasta que todo se esclarezca tendré el gusto de ser su policía asignada para protegerla. Estaré a su lado discretamente, y me quedaré fuera de su habitación hasta que me releven, luego por la mañana me volverá a ver. Confío en que no sea una molestia para usted, pero entienda que es por su bien.

Ella asintió, musitó las gracias y se levantó. Fue hacia Cabanas, hablaron unos minutos. Luego Estela se dirigió a Isabel.

—Me voy a retirar a mi habitación, me siento muy fatigada. —Isabel asintió y la siguió.

Cabanas maldijo por lo bajo. Ansiaba estar con Estela, quería abrazarla y protegerla. ¿Por qué estaba en un peligro especial Estela, por encima de cualquier otro escritor que estuviera alrededor? ¿Qué sabía la policía que ella no le había contado? Esas dudas le reconcomían, pero era poco lo que podía hacer al respecto. Procuró serenarse, centrar sus prioridades. Ya había terminado su participación en los actos literarios, solo le quedaba una firma final de libros poco antes de comenzar el acto de clausura. ¿Qué iba a hacer ahora? De pronto recordó a Thalía, y la promesa que había hecho de ocuparse personalmente del cabrón que la había atacado. «He de buscar a ese tipo y aprender más cosas de él, quiero ver cómo respira», pensó. Viendo alejarse a Estela con los policías, miró el programa de A Coruña Negra que llevaba en el bolsillo de su cazadora y lo repasó. Si no lo encontraba durante la tarde en las jornadas, esperaría a la noche. Apostaba lo que fuera a que no se iba a perder la jornada de poesía *noir*, y seguro que después iría con su novia al concierto «Jazz & thriller».

—Suéltalo, Carlos, por Dios. No vale la pena. ¿No te das cuenta? Ya ha pagado lo suficiente. Te lo suplico. Ya basta. Por favor.

Cristina Cienfuegos se apiadaba de Toni. Era un psicópata, un manipulador, Andrade lo conocía bien y sabía el efecto que provocaba en las mujeres. Este susurró entre dientes, los ojos con un brillo especial que la amedrentaron; la agarró por los brazos, apretando, sin reparar en que le estaba haciendo daño.

—No. No ha pagado. Me intentó matar. Fue él. Me drogó y me tiró al mar. Por ella. Por Carmen. —Cristina forcejeó e intentó desasirse, muerta de dolor, en vano—. ¿Cómo puedes tener piedad de él? Sabes perfectamente lo que pasó. Y la otra hija de perra me acusó de violación. Todos merecen un castigo mayor del que les he proporcionado, aún estoy teniendo bastante piedad. A Toni le estoy permitiendo que se salve, le estoy dejando un camino de redención, ¿no te das cuenta? —Al fin la soltó, con un gesto suave, intentando contemporizar unos segundos, manipularla, hacerla salir de sus dilemas morales.

—La culpable, la inductora, fue Carmen, Toni fue una marioneta en sus manos. Eso lo sabes bien, Carlos, lo sabes. Fue ella, Estela, para quedarse con todo el mérito de tus novelas y que no la dejaras expuesta a la humillación pública cuando revelaras la verdad. Toni no fue muy diferente a ti, sois las caras de la moneda, los títeres de esa sinvergüenza. Tú le escribiste los libros, Toni se deshizo de ti. Todo por ella. Los dos por ella.

—Hay una gran diferencia entre escribir unas novelas y matar a un hombre, Cristina. Parece mentira que no lo veas claro.

—Lo veo muy claro y por eso quiero que lo dejes libre. Ya has matado. Ya te has vengado, Carlos. Date por satisfecho. La policía está cerca, nos van a coger, y no quiero que vayas a la cárcel de por vida o te maten... —Cristina puso sus dos manos en su rostro—: Sabes que te amo, y que haría cualquier cosa por ti, pero esto ya ha durado demasiado.

—Aún no he terminado mi misión. Me da igual si me cogen, antes haré lo que tengo que hacer. Y tú encárgate de hacer lo tuyo. —Se deshizo del gesto amoroso de Cristina de forma abrupta y señaló la puerta—. Él no tendría ninguna empatía por ti, igual que no la tuvo conmigo en su momento, cuando me metió dentro de mi propio coche para arrojarme luego por el acantilado. Y ahora es un autor de éxito. Todos tienen el éxito que me pertenece a mí. Y lo van a pagar. Pregúntale a «tu amigo» si ha terminado el segundo relato, quiero enviarlo ya. A mí me da asco hablar con él.

Lúa saludó a su amigo, el dueño del restaurante As Pedras, un gastrobar situado en una vieja casa marinera de soportales restaurada hacía poco tiempo. Luis Carral estaba sirviendo un plato de pulpo a unos valientes que se habían atrevido a comer en la terraza a pesar del mal tiempo que había hecho por la mañana. En cuanto la vio se le iluminó el rostro, se apresuró a servirles la mesa y así poder atenderla.

—¡Cuánto tiempo, guapísima! ¿Y tú por aquí en noviembre? Siempre nos abandonas cuando se acaba el verano. Cómo se nota que tienes planes mejores...

—Estoy bien, muy bien. Y no digas trolas —sonrió, mientras le daba un abrazo—, siempre vengo durante todo el año. ¿Cómo está Mari?

—Está dentro, si quieres pasar a verla, cocinando, claro. Como siempre. Hoy tenemos poca gente, así que te invito a comer. Tenemos chipirón de la ría. Y un *Godello* buenísimo. Confía en mí.

Lúa se sentó y le miró con cariño.

—Eres un manipulador. Claro que a eso no me puedo resistir, ¡cómo me conoces!

Una hora después, una vez que hubo departido un rato con Mari, la esposa de Luis, Lúa se puso a charlar animadamente con el padre de Luis, un hombre ya jubilado que a veces echaba una mano en el restaurante. Llevaba toda la vida en Pontedeume, conocía a todo el mundo y los entresijos de todo el pueblo desde su privilegiada posición: había regentado durante muchos años un restaurante en el centro y resultaba casi imposible no enterarse de vida y milagros de todos los habitantes de la zona. Por otra parte, era un autodidacta, y hablaba con una propiedad que a Lúa la admiraba para alguien que había hecho de la hostelería en una región rural de Galicia su vida.

—¿Carmen Pallares? Siempre fue la más guapa de Pontedeume. Era espectacular, ese pelo rubio fino, como una inglesa. El tipito. Y la piel blanca, se le podían seguir las venas por todo el cuerpo, decían por ahí —dijo con picardía—. Oye, sigue siéndolo. Todos decían que su madre se lo había hecho con un ingeniero de Oxford que venía todos los veranos a pasar aquí las vacaciones, porque el padre no podía ser más moreno. —Rio exageradamente, era un hombre grueso y expansivo, y dio un trago a su chupito de hierbas antes de continuar—. El caso fue que Carmen siempre había querido irse de aquí, medrar, el sitio le quedaba pequeño. Era una chica con mucho talento. Y le gustaban los hombres con dinero, no iba a quedarse aquí dando clases en un instituto, necesitaba algo más. Y eso que los padres no eran precisamente pobres: heredó bastantes propiedades. Un montón de tierras que expropiaron para la autovía, un pequeño molino a orillas del Eume, la casa familiar, que está justo subiendo la colina y lleva años cerrada, aunque es preciosa, merece una visita. Tiene las galerías de principios de siglo perfectamente conservadas. Es una pena que ya no viva nadie allí. Carmen iba de niña a jugar al molino con otros críos, recuerdo que cerca había una central eléctrica que está abandonada. Un sitio precioso, el molino. Digno de ver. No está demasiado lejos pero no es fácil encontrarlo, hay que saber; el bosque se hace más espeso justo por esa zona, por eso no es más conocido. Hay que coger la carretera hacia As Neves.

—¿Seguro que vale la pena? —Lúa, que andaba tras la pista de la juventud de Estela Brown para su reportaje especial, no lo dudó; por algún sitio tenía que empezar—. Me acercaré. Dime cómo se llega hasta allí.

Se acercaban las horas finales; su mente navegaba entre el pasado doloroso y un presente que él vivía como una alucinación, como si un espíritu superior gobernara su voluntad y le conminara a acabar con tanto dolor de una forma definitiva. A veces se preguntaba si no había enloquecido, o si en realidad estaba imaginando todo aquello que le ocurrió desde que su coche se hundió en el mar.

Carlos Andrade se sentó en un viejo banco de piedra y de una cartera donde guardaba notas y dibujos que hacía de la naturaleza, extrajo un viejo diario. Sintió la necesidad de leerlo, algo que se había prohibido tajantemente en su nueva vida (o acaso era en su nueva «no vida»). En su interior eran tan fuertes los sentimientos antagónicos de amor y odio hacia Carmen Pallares que no podía permitirse flaquear, que atisbara con un mínimo de luz su antiguo yo. El que despreciaba, el del hombre crédulo que se había dejado la piel para que la mujer que adoraba con todas las células de su cuerpo y de su mente fuera reconocida, famosa. Todo lo que él pensaba que la haría completamente dichosa a su lado. ¡Qué necio había sido!

Y, sin embargo, todavía le parecía imposible, absurdo, lo que había marcado su vida a fuego: la doble traición de Carmen, primero en el amor, y luego aprobando e instigando su propia muerte. ¿Acaso había sido todo una mentira fabulosa, un ardid supremo para embaucarlo primero y luego arrojarlo como un despojo? «Sí, sí...», se repitió, atormentado porque en los millones de veces que repasó cada instante vivido con Carmen, las novelas del Detective Invidente, escritas por él en su esencia pero comentadas y matizadas con Carmen gracias a su impulso y amor, que creaba en su amada las imágenes que luego ella transmitía como suyas, todas esas posibilidades de almas enfermas, débiles y crueles que convergían en las tramas criminales, habían sido objeto de discusión apasionada. Una y otra vez había comprendido, aunque le sangraba el alma al hacerlo, que Carmen disfrutaba y aprendía de los aciertos y errores de Miguel Román, de los peligros en que se veía implicado, porque ella misma estaba creando su propia novela negra perfecta. A su costa. Como una viuda negra.

Al fin se atrevió a mirar en su diario: 12 de junio, 2008. Madrid, Café Central. Leyó como si fuera un lector ingenuo, alguien que por casualidad tropezara con el escrito, y leyó porque necesitaba volver a sentir el hierro de la injusticia, la vesania de Carmen, su lugar como cordero sacrificado en el plan de una mujer monstruosa que, sin embargo, le había inspirado palabras que ahora, al leerlas después de tantos años, le dieron vergüenza.

Ayer estuvimos en el Café Central, uno de nuestros sitios favoritos. Las ocho de la tarde, saludamos a algunos amigos; ahí estaban Toni y Basilio y otros que no conocíamos, amigos de Toni. Yo, como siempre, poco expresivo, no participo mucho en la charla, me basta con sentir a Carmen a mi lado, ella sonríe a todos, tiene en la tensión de sus labios la réplica perfecta, el comentario preciso que despierta admiración, mientras sus ojos iluminan y ratifican el sentido de lo que dice, no importa que sea algo serio o una mera ocurrencia. Estar con ella y poseerla, sentirme su dueño, el único que la besa y la ama cada noche, y al tiempo crear con ella las palabras que luego estarán a la vista de todos es un milagro, algo que puede que no merezca, porque ella es, simplemente, la razón por la que cada día me levanto y sobrevivo, por la que participo en sus novelas sin que me importe que no aparezca mi nombre, porque, ¿qué significa mi nombre si ella es así feliz y me colma con un fulgor que todo lo puede? ¿Qué es la vanidad ante eso, sino una fruslería de seres que precisan del ego inflado ante un camino ciego? ¿Qué me importa ya sentirme reconocido? ¿Acaso no vale mil veces más cada beso que le robo mientras escribo o cada sonrisa que me obsequia cuando algo le gusta de verdad?

Sé que todos me envidian. Veo a Toni devorar el cuerpo de Carmen cada vez que ella camina y se aleja de nuestra mesa, él es así, siempre descarado y vulgar, pero en el fondo debería darse cuenta de que ella es mi alma gemela, mi otro yo, somos como dos personajes de las Brontë, Heathcliff y Cathy, fundidos en uno en la vida y la literatura... Son horas perfectas, únicas; cuando volvimos a casa, durante todo el camino no paró de decirme los sueños que albergaba de felicidad y éxito. Yo la veía y no la veía, la sentía y no la sentía, me dejaba llevar por el embrujo de sus ojos ambarinos, de su piel perfecta, de aquellas venas azules que la asemejaban a una estatua de Bernini, pero al tiempo tenía un miedo terrible a que esa felicidad no durara siempre. Ella reía, señalaba cosas o lugares como si fueran nuevos, con la ingenuidad de la niña que jugaba en Pontedeume. Recuerdo que, sin avisarme, enfrente del Prado, me besó tan profundamente que me dejó sin habla... «¿No dices nada?», me preguntó, divertida y coqueta, con un punto de malicia, y yo solo pude mirarla con desesperación, porque expresar el miedo que me albergaba por dejar de vivir en el paraíso de sus brazos me hizo sentir que era un estúpido, un patán...

Carlos cerró el diario con furia y lo lanzó al río Eume que corría debajo de la vieja central eléctrica. Es posible que todo aquello fuera una alucinación, que estuviera viviendo una vida ficticia o en el reino de la locura, o simplemente que ya estuviera muerto. Pero aún le quedaba algo por hacer, y estaba determinado a hacerlo. Vivo o muerto.

Valentina detuvo el coche y miró de reojo a Sanjuán, que, sumido en uno de sus momentos de concentración, miraba a lo lejos, hacia las pequeñas casitas que salpicaban aquí y allá el paisaje de Miño, oscurecido por los nubarrones que le daban un aire británico y borrascoso a la campiña. La residencia estaba aislada a la salida de un bosque de robles y chopos, los árboles tintados de los colores ocres del otoño. El edificio, de tres pisos, aún mantenía la estructura antigua de construcción, con tres pisos, una hornacina, dentro una virgen, y un viejo reloj de sol en la fachada.

Llamaron al timbre y al poco tiempo abrió la puerta una monja con cofia blanca y hábito azul claro. Su rostro era blanco y blando, era gruesa, llevaba gafas, y a Valentina le pareció una de las hermanas de la ópera *Suor Angelica*: se la imaginó en la enorme cocina de un convento haciendo pasteles y licores. Y, en efecto, su voz se le antojó cantarina.

—Buenas tardes. Pasen. Son de la policía, ¿no? Adelante.

Entraron en el recibidor, cuya primera impresión era de confusión, sin duda por la extraña mezcla de modernidad y eclecticismo de varias épocas. Valentina sintió luego como una bofetada el olor agrio a hospital, aquel olor que la había acompañado tantas veces mientras cuidaba a su padre después del accidente. Por el recibidor vio a dos enfermeros llevando un carrito con medicamentos, y a una familia que posiblemente iba a visitar a un familiar, niños serios con padres vestidos con muchos billetes encima. Dos ancianos en bata paseaban en silencio con un andador. La monja los acompañó hasta el despacho de la directora del centro, Teresa Gómez, que los esperaba en la puerta.

Valentina enseñó la placa y presentó a Sanjuán. Los dos se sentaron enfrente de la mujer, sorprendentemente bien conservada, de melena castaña lacia, y brillantes ojos oscuros. Se expresaba marcando cada palabra, como si mover la boca y la lengua le costara gran esfuerzo, pero era más bien un modo de resaltar su protagonismo. Miró un dosier que tenía ya abierto en su mesa e hizo un breve resumen.

—Elena Andrade, sí. Una pena. Es una mujer relativamente joven, pero sufrió un tumor cerebral. La operaron de urgencia y, contra todo pronóstico, sobrevivió. Pasó en coma inducido unos meses. Cuando la despertaron ya no conocía a nadie. Poco a poco se ha ido recuperando. Tiene episodios de lucidez, hay cosas que hace sin problema, por ejemplo, comer sin ayuda, vestirse, pasear, ver la tele, leer. Pero de pronto tiene visiones, o episodios de delirio. Así que no puede valerse sola. Antes regentaba una casa rural a las afueras de Pontedeume. Tuvo que cerrar.

Valentina acotó.

—Está sola en la vida, ¿no? Toda su familia falleció, incluido su hermano. ¿Quién paga la residencia? No parece un lugar barato precisamente.

El semblante de Teresa se ensombreció.

—Eso es información confidencial, compréndanlo. No estamos autorizados a hablar de ello. —Lo dijo con gravedad, ella mandaba ahí, y aquello lo juzgó del todo inadecuado.

—No creo que pueda negarse... —sacó un papel del bolso— delante de una orden judicial. Mire, Teresa, entiendo que quiera proteger a sus clientes, pero estamos investigando un asesinato y un secuestro. Necesitamos toda la información de la que podamos disponer.

Teresa vio los ojos de Valentina, serios pero con un reflejo salvaje. Suspiró y torció la mirada.

—Toda la investigación está bajo secreto de sumario, Teresa. Nadie sabrá que usted nos ha proporcionado esos datos, no habrá trascendencia. Se lo prometemos —terció Sanjuán, que decidió intervenir para atemperar la discusión y evitar así que la directora se cerrara en banda y no quisiera decir nada más, aunque lo supiera—. Es muy urgente. Todo lo que podamos saber puede ayudar a salvar la vida de ese hombre.

—Está bien. No me queda otro remedio que darles el archivo donde figuran los datos de Elena Andrade, pero espero que respeten esa condición. Que no trascienda. Aquí hay gente que busca la confidencialidad más férrea, por diversas razones, todas sin duda comprensibles. —Movió la cabeza—. Si son por temas monetarios o familiares, no es asunto nuestro. En resumen y con respecto a Elena: alguien gestionó la venta de la casa rural a un matrimonio belga por una muy buena suma de dinero y es ese dinero el que paga la estancia.

—¿Quién fue el autor de la venta?

—Una mujer, se llama Verónica Johnson. Vive en Oleiros.

Valentina asintió, pensativa, y se dirigió a Sanjuán.

—Me suena mucho el nombre. Creo que tiene una agencia de investigación privada. —Y ahora mirando a la directora—: ¿Qué pinta de representante legal de Elena? No es notario, ni abogado...

—No tengo ni la más remota idea. Hacen el ingreso puntualmente. No pedimos más.

—¿Viene gente a visitarla? ¿Familiares? —Sanjuán se echó hacia delante en la silla, interesado en la respuesta.

—Sí, claro. Es una persona muy conocida en Pontedeume. La gente la quiere. Vienen hombres, mujeres, le traen cosas, libros, dulces...

—¿Llevan un registro de la gente que viene?

Teresa levantó las cejas y puso cara de aprensión.

—Por supuesto que no. No nos metemos en la vida de los clientes más de lo necesario para su historial médico.

—Otra cosa. Necesitamos hablar con ella. ¿Es posible? —preguntó Valentina.

La directora asintió, resignada.

—Vengan conmigo. A esta hora estará en los jardines. Le encanta mirar el paisaje. Si no les importa llamaré al médico para que nos acompañe.

Elena estaba en un banco de metal forjado. Desde el jardín se veía el mar a lo lejos. Hacía frío, se abrigaba con una manta gruesa de cuadros. Era una mujer pálida de cabello corto prematuramente gris y grandes ojos miopes de color castaño oscuro. Su cara estaba salpicada de lunares. A Valentina le recordó inmediatamente la foto de Carlos Andrade, podrían pasar por mellizos. Les sonrió. Tenía un libro en su regazo.

—Hola, Elena. Tienes visita —dijo suavemente Teresa.

La mujer se levantó, dejó el libro a un lado, cogió la manta y se arrebujó en ella con fuerza. Les dio la mano de forma solícita, aunque Sanjuán no pudo por menos de observar que su rostro transmitía desorientación, como si la mirada no acabara nunca de saber dónde posarse.

—Son muy amables por venir a visitarme. No les conozco, ¿verdad? —Sonreía de forma estereotipada, sin energía, y miró en señal de reconocimiento al médico, que estaba detrás, junto a Teresa—. O por lo menos no les recuerdo; después de la enfermedad perdí mucha memoria. A veces tengo que apuntar las cosas... —Sacó del bolsillo del vestido amplio unos papeles adhesivos y un bolígrafo y se lo enseñó, como si así quisiera reafirmarse delante de los visitantes.

—No. No nos conocemos. Yo soy de la policía... —dijo Valentina.

—¿De la policía? Oh. —Los miró con apuro y se tapó todavía más con la manta—. ¿Hice algo malo?

Valentina se acercó a ella con un ademán cariñoso y la cogió por los hombros para acompañarla de nuevo al banco.

—En absoluto. Es solo que te necesitamos para hablar de una cosa muy importante. —Sanjuán permaneció de pie frente a ellas.

La directora los observó con el semblante grave y concentrado y asintió. El médico observaba la escena de forma profesional.

—Escúchame bien. Quiero que me hables de tu hermano. De Carlos.

La mujer abrió los ojos desmesuradamente y luego los cerró, permaneció así unos segundos. Sus dedos de araña hicieron gestos repetitivos. El médico se acercó al grupo al verla reaccionar, pero no dijo nada ni intervino.

—Sí, Carlitos. Es adorable... y tan bueno conmigo. Y cuando monté la casita rural también me ayudó. Y los muebles. Mamá lo quería mucho. Y su novia, Carmen. De eso me acuerdo. De niños jugaban en la playa al ahorcado. Se sabían todas las palabras. Carmen decía que Carlos se las robaba, le llamaba «El ladrón de palabras». Era tan rubia y blanca..., como él. Siempre se quemaban los dos. Mamá les ponía crema pero ellos escapaban al mar. Corrían, riéndose de todos, se salpicaban y se ponían las algas en la cabeza, en el cuello, estaban locos y nos volvían a todos más locos... —Rio con una risa queda y tierna—. Luego no dormían. Se ponían rodajas de tomate en la espalda roja...

Valentina miró a Sanjuán, sus ojos decían: Carmen es Estela, tiene que ser ella. Eran amigos desde niños, novios desde niños, y Sanjuán asintió, había pensado lo mismo.

Elena continuó.

—Luego Carlitos se fue a Madrid. Mamá murió. ¿O fue al revés? No recuerdo... —Los ojos de Elena relucieron con un brillo extraño—. Es todo tan confuso... También me cuidó cuando estuve enferma. Venía al hospital a leerme. Escribe tan bien. Siempre escribió bien. Luego se cayó. En el mar. ¿Saben? Estaba muerto y vivo a la vez.

Valentina sacudió la cabeza, intentando sacar algo en claro de aquel diálogo del Sombrerero loco de Alicia. Lo de los acantilados había ocurrido bastante antes de la enfermedad de Elena, pero ella lo cambiaba de fecha; claro que si Andrade había sobrevivido, todo tenía más sentido. En su bolso estaba la tarjeta FTA para coger el ADN de Elena y compararlo con el del supuesto cuerpo de Carlos y con el hallado en las escenas del crimen; esperaba el momento adecuado para hacer el frotis bucal sin molestarla demasiado, buscando una disculpa convincente. Sanjuán intervino en la conversación por primera vez.

—Elena, sé que nos vas a ayudar. Queremos encontrar a tu hermano. Y así lo podrás ver de nuevo. Es muy importante. Creemos que está vivo. Necesitaremos coger una muestra de tu ADN, no te hará daño, ni una pequeña molestia...

—No. Está muerto, pero vivo. Y a veces viene, a veces no. Me trae sus libros... —Rebuscó el ejemplar que tenía entre los pliegues de la manta. Lo sacó.

Era *No morirás en vano*.

—Es precioso. ¿Lo han leído? ¿Han leído la dedicatoria que me hizo? —Lo abrió y se lo tendió, el rostro iluminado por la emoción.

Valentina lo cogió y leyó en alto: «Para Eleanor Rigby, mi única verdad.»

—«Eleanor» soy yo. Es mi canción favorita de los Beatles. La de Carlos siempre fue «The fool on the hill» y se reía de mí porque decía que yo había salido de un sueño. Pero él estaba loco, ¿saben? ¡Y veía el sol ponerse desde lo alto de la colina! Era igual que la canción. Era todo igual que la canción.

Lúa decidió dar la vuelta: ya llevaba un cuarto de hora caminando y pronto se haría de noche. No iba preparada para hacer senderismo con los botines, el suelo estaba muy húmedo y la temperatura comenzaba a bajar. Quería seguir las indicaciones que le había dado el padre de Luis y encontrar el viejo molino a orillas del Eume, sacar una foto de la infancia de Estela Brown, pero el camino se hacía cada vez más espeso e impracticable, así que desistió. Dio la vuelta, amenazaba lluvia y no llevaba un equipo fotográfico que pudiese hacer justicia a la belleza del río y las fragas que lo bordeaban, los abedules, hayas, castaños... ya tintados del color ocre del otoño.

Caminó con premura, intentando orientarse por el sendero. Miró el móvil, pero se había quedado sin cobertura y el Google maps no quería responder.

«Mierda, tengo que salir a la carretera antes de que se haga de noche.» Buscó una referencia en el río, pero de pronto, todo el paisaje le parecía exactamente igual. Lamentando su orientación poco ortodoxa, decidió aprovechar la puesta de sol para apurar el paso buscando un cartel orientativo.

En un recodo del camino encontró un antiguo puente de madera que no parecía demasiado seguro.

—¿Algún problema? —Escuchó una voz detrás de ella que la sobresaltó.

Lúa se dio la vuelta al momento. Tras ella, un hombre la miraba con curiosidad.

—¿Se ha perdido?

—No, no se preocupe... —Se fijó en que era alto y fuerte, pero su expresión parecía muy juvenil, más juvenil de lo que su edad indicaba. Tenía el pelo entrecano, las facciones delicadas, la nariz aguileña y los ojos muy oscuros. En su mejilla pudo ver dos lunares. Le agradó lo que vio, no parecía amenazante, a aquellas horas y sola, a punto de oscurecer. Llevaba un chubasquero verde como los que solían usar los pescadores, botas y una vieja cartera de cuero marrón.

—La salida del bosque está a cinco minutos de aquí. Mejor la acompaño. Es tarde y está a punto de ponerse el sol.

Lúa accedió, no sin cierta aprensión, a caminar al lado del hombre, que la guio hasta un sendero que desembocaba en el viejo molino. Lúa se detuvo y lo fotografió, memorizando el lugar. Las pequeñas cascadas del río resonaban en murmullos, y pronto vio cómo el camino se despejaba, se hacía más ancho y, a lo lejos, una pareja y los ladridos de unos perros que jugaban.

—¿Es usted un guarda de las Fragas?

El hombre rio.

—¡Qué va! Vivo por aquí cerca, en As Neves. Me gusta inspirarme al atardecer paseando a la orilla del río... a veces vengo a pescar, me relaja, pero otras veces me gusta perderme para tomar apuntes para mis obras —levantó la cartera—. Soy pintor, primero hago dibujos, bosquejos al carboncillo; la zona es ideal para inspirarse, ¿no cree?

—¿Pintor? Vaya. ¿Qué es lo que pinta?

—Paisajes, naturaleza, cualquier cosa en realidad menos personas.

—Oh, entiendo... Y dígame, ¿es usted oriundo de esta zona?

—Sí, aunque no siempre he vivido aquí... —De pronto su cara expresó sorpresa—. Yo soy Carlos. ¿Tú... yo te conozco: eres Lúa, la de la *Gaceta de Galicia*? Te leo a menudo, escribes muy bien, la verdad. —La miró de arriba abajo y le dio la mano—. Encantado de conocerte.

—Igualmente —Lúa correspondió al saludo y sonrió, halagada porque la reconociera, pero no tenía mucho tiempo así que enseguida fue directa al grano—. Quería hacerte una pregunta. Estoy haciendo un reportaje sobre Estela Brown, la escritora de novela negra, seguro que la conoces, en realidad su nombre es Carmen Pallares... Estoy interesada en averiguar cosas de su infancia, de su juventud... Ella es de Pontedeume. Por lo visto su familia tenía por aquí unos terrenos. ¿Sabes algo de ella, la conoces?

Carlos se quedó pensativo, unos segundos sin hablar, lo que no le pasó desapercibido a Lúa. Luego dijo:

—Eh... pues he oído hablar de ella, pero en realidad no la conozco personalmente. —Y entonces, cediendo a su anhelo interior, el hombre preguntó—: ¿Es buena escritora? Nunca la he leído...

—Francamente buena. Verás... creo que ha escrito un libro extraordinario, se llama *No morirás en vano*. Es impresionante. No hay nada igual en novela negra en España, eso seguro. Ni en estos momentos ni antes. Por eso estoy haciendo este reportaje —Lúa sonrió maliciosamente—, porque ha empleado un seudónimo, y me gustaría ser yo la primera en desvelar quién es de verdad el autor de esa novela excepcional.

—Ah... —El rostro de Carlos Andrade cambió, primero de forma imperceptible, luego, sin solución de continuidad se transmutó, perdió el aura de inocencia y por breves instantes asomaron los ojos del abismo febril, antes de que siguiera hablando con la turbación ya bajo control—. Qué interesante. Un seudónimo. Eres muy lista, en efecto. Espero que tengas mucha suerte...

Lúa se quedó muda: había visto esa transformación y su cerebro le había enviado un *flash* de memoria aterrador: la de un camarero caminando por un pasillo después de matar a Basilio Sauce. Rápidamente giró la cabeza, buscando una maniobra de distracción; esquivó la rama de un árbol cubierta de líquenes y vio a lo lejos, al fin, su BMW azul marino.

Carlos se acercó a ella.

—Ya llegamos al aparcamiento. Bueno, he de dejarte. —Le tendió la mano con rapidez y gesto adusto. Alcanzó a guiñarle un ojo—. Que tengas suerte con tu artículo.

El hombre se marchó, y Lúa se quedó quieta, intentando disimular sus piernas temblorosas. Cuando lo perdió de vista cogió su móvil, pero no había cobertura.

«¡Joder, menuda mierda!», pero el aparato hizo caso omiso de sus imprecaciones.

Entonces hizo lo que siempre había hecho, a veces jugándosela: no desperdiciar nunca la oportunidad de conseguir una gran noticia.

Intentaría seguirlo sin que la viera.

Cementerio de Liáns, Oleiros
Jueves, 19.30

Valentina caminó entre las tumbas blancas de cruces de hierro y apartó unos helechos enormes y húmedos que entorpecían el camino. Detrás, Bodelón hablaba por teléfono con Iturriaga, indicándole que el forense Xosé García ya estaba esperándoles justo en el lugar de la exhumación, junto con Velasco, una mujer, un hombre y dos operarios del cementerio vestidos con mono de trabajo. El ataúd permanecía al lado de un hueco enorme, limpio ya de tierra. El sol se estaba poniendo y habían habilitado unos focos para facilitar la extracción de los restos. A Valentina aquella imagen le recordó al momento a *Hamlet*: los sepultureros al anochecer, Carlos Andrade como una extraña Ofelia que no estaba ni viva ni muerta, como había dicho la hermana. Ofelia, la primera víctima del artista. «Ya han pasado tres años y la visión de Lidia Naveira, muerta, pálida, rodeada de flores, flotando como un nenúfar en el estanque de Eirís aún me acosa por las noches», pensó la inspectora.

Rezó para que el cuerpo estuviese ya esqueletizado. Había estado en varias exhumaciones y no eran plato de gusto: el olor a putrefacción, la vista de los necrófagos y sus restos, la ropa impregnada de líquido reseco..., por no hablar de los cuerpos, a veces las cuencas oscuras le miraban desde el más allá con desesperación, otras el abdomen inflado había reventado todas las costuras de la ropa.

La voz de Xosé García la sacó de sus pensamientos morbosos y Valentina lo agradeció para sí. Sanjuán se situó a su lado y también saludó a los presentes.

—Caballeros, aquí estamos de nuevo. No me digan que no es una estampa pintoresca esta que tenemos. —Miró a los presentes con aspecto teatral y recitó una línea célebre de *Hamlet*—: «Esta calavera tuvo lengua y podía cantar. Y el muy patán la tira al suelo»... Bien. Les presento a Alberto Rodríguez, técnico del Ayuntamiento de Oleiros y a Alma Bouzas, del Instituto de Ciencias Forenses de Santiago de Compostela, experta en la extracción de ADN de casos complicados o tan degradados que resultan muy difíciles hasta para nosotros.

Todos le hicieron un gesto de reconocimiento mientras Alma, que si estaba halagada por esa presentación no lo demostró en absoluto, vestida con una bata blanca y botas de agua, se limitó a señalar el ataúd.

—Procedan, si hacen el favor. Cuanto antes terminemos, antes podremos salir de aquí.

Los operarios procedieron a abrirlo mientras los forenses se colocaban una mascarilla.

—Apártense, si hacen el favor, va a oler realmente mal y no tenemos mascarillas para todos.

La caja se abrió y el cuerpo apareció a la vista de los focos. Una polilla atravesó la luz, interesada por el olor repulsivo del cadáver descompuesto, apergaminado ya, con la mandíbula desprendida y el sudario, antaño blanco, ahora tintado de marrón oscuro y verdoso. Casi sin darse cuenta, los presentes, salvo los médicos, retrocedieron, huyendo del hedor.

—Bien. Entiendo que este caso es muy urgente... —Alma se agachó sobre el cuerpo y observó la mandíbula—. El cuerpo está ya esqueletizado, por lo menos en su mayor parte. Solo necesitaré cuatro molares y un hueso..., bien... Con los molares, que parece que están en buen estado —cogió la mandíbula con la mano enguantada y la observó con una linterna; un pequeño escarabajo negro recorrió su mano—... me las puedo arreglar. Lleven el cuerpo al anatómico forense de A Coruña, yo me llevaré a Santiago la mandíbula. Mañana por la mañana les podré dar un resultado comparativo, o eso espero —suspiró, mirando los restos—. La verdad es que no somos nada, ¿verdad?

Valentina dio un paso adelante, haciendo de tripas corazón, mientras sin poder evitarlo miraba el interior del ataúd.

—Tengo las muestras de ADN de la hermana de Carlos Andrade en el coche. Ahora se las proporcionaré.

—Perfecto. Yo salgo ahora mismo para Santiago, dada la gravedad del asunto tengo a todo el equipo preparado. No se preocupen, en cuanto tengamos el resultado les llamaremos.

Valentina vio acercarse el coche de la funeraria con lentitud por el camino de tierra que bordeaba el cementerio y sintió unos segundos de aprensión: allí mismo, unos metros más hacia el interior del bosque, hacía varios años que se había enfrentado al Artista, salvándole la vida a Javier Sanjuán. Se acercó a él y lo cogió de la mano. Apretó con fuerza, recordando la tensión de aquellos instantes fatídicos, y él le pasó con ternura el brazo alrededor de los hombros, como si supiera exactamente lo que estaba pensando.

Se recompuso con esfuerzo y se dirigió hacia el forense.

—Necesitamos una segunda autopsia, Xosé. Tanto si estos restos son de Carlos Andrade como si no lo son. No me fío demasiado de los resultados de la primera. A ver qué puede hacer.

—Confíe en mí. Algo podremos sacar de este buen hombre.

Valentina asintió. Lo siguiente sería ponerse en contacto con Verónica Johnson, a ver qué podían sacar también de allí.

Cabanas sonrió y saludó a Marta y a Albelo, que se removió incómodo en su asiento y lo fulminó con la mirada. La joven no se enteró: el concierto de «Jazz & thriller» colmaba toda su atención.

Aquello no podía ser casualidad, pensó Albelo. El hijo de puta del escritor aparecía en todos los sitios adonde iba él, sin cortarse, se sentaba muy cerca como si fuera un puto sabueso vigilando cada paso. Casi podía olerle el aliento a ajo y cazalla, seguro que solo se alimentaba de aguardiente y anís, aquella pinta de macarra de barrio lo ponía negro. Y más negro lo ponía la sensación de que se lo encontraba todo el tiempo porque sospechaba de él.

Decidió cortar por lo sano.

Susurró al oído de Marta: «Vamos a cambiarnos de sitio. He visto dos delante de todo, así disfrutaremos más del concierto. Aquí estoy algo incómodo.»

Cabanas vio que la pareja se levantaba y se alejaba de donde estaba él sentado y decidió salir a fumar fuera. Aquel concierto le aburría soberanamente: donde estuviera una buena sesión de metal que se quitase aquella mierda para viejos y señoritas.

Esperó una media hora deambulando por la zona. De pronto vio que la gente comenzaba a salir del pub. Rápidamente se pegó a la pared, cubierto por las sombras. Marta y Esteban salían abrazados, besándose. A unos pocos metros entraron en un Mini rojo y blanco, propiedad de Marta, fue ella quien pulsó el mando a distancia para abrirlo. Cabanas maldijo por lo bajo y miró alrededor con premura: por suerte un taxi acababa de dejar a sus pasajeros justo delante del local.

—Oiga —dijo Cabanas al taxista en cuanto subió en tono amable de complicidad—. Soy escritor de novelas de misterio, estoy aquí por lo de la Semana Negra, ¿sabe? Le voy a pedir que hagamos algo muy típico pero siempre eficaz... —El taxista, expectante, no había dicho nada—. ¿Ve ese coche de ahí? Muy bien, quiero que lo siga a una distancia prudencial... ¿De acuerdo? Se ganará una buena propina... Quiero probar una cosa para una novela que estoy escribiendo. ¿Hace?

—¡Esto está hecho, caballero! —dijo el taxista, visiblemente emocionado.

El coche de Marta se movió, y el taxi salió tras él. Atravesaron el Orzán y luego cruzaron la ciudad hacia las afueras. El tráfico era escaso, pero había suficientes vehículos como para que un taxi detrás de alguien no llamara demasiado la atención; además, el taxista dejaba una separación bastante grande, pues se había tomado en serio la aventura.

Finalmente el coche se detuvo en Matogrande. El taxi de Cabanas lo hizo a unos cincuenta metros. Marta y Albelo salieron poco después, todavía abrazados hasta que Esteban se desasió y sacó unas llaves de su bolsillo con las que abrió el portal, para perderse un momento después ambos en su interior.

—Muy bien, señor. Ahora acérquese a ese portal y luego lléveme al hotel Riazor. Lo ha hecho perfecto. —Al llegar a la altura del portal, Cabanas sacó su móvil y lo fotografió.

»¿Cómo se llama esta calle?

El taxista se dio la vuelta antes de emprender camino.

—Se llama Juan Díaz Porlier. Un gran militar liberal que fue ajusticiado en el Campo da Leña. ¿Quiere que le cuente su historia?

28

Verónica Johnson

Despacho de Investigación Privada Johnson,
Barrio de Perillo, Oleiros

Verónica Johnson miró el reloj que, en forma de lupa holmesiana, adornaba uno de los rincones de su mesa de pino, regalo de una de las promociones de Criminología de la Universidad de Santiago en gratitud por haberles impartido un seminario de diez horas con el título de «El investigador privado: verdades y leyendas». Por lo demás la mesa estaba casi expedita, a excepción del ordenador portátil, un bote con bolígrafos, lápices y un abrecartas, el teléfono fijo y una libreta de notas. Verónica odiaba los despachos recargados, así que el suyo solo estaba compuesto de una sala amplia, una habitación para las cámaras fotográficas y los diferentes dispositivos de vigilancia y un aseo al que se accedía por una puerta a la izquierda. Como objetos de decoración, un jarrón con flores, y fotografías y diplomas distribuidos por las paredes. La estancia se completaba con dos sillas, dos sillones estrechos aunque cómodos, una estantería con libros y un fichero antiguo que servía de adorno más que para otra cosa.

Esa austeridad iba en consonancia con su ser, pero también con su aspecto. Tenía treinta y tres años, medía metro sesenta y cinco y pesaba cincuenta y ocho kilos, pero eran todo músculo, principalmente labrados en el gimnasio y la natación. Con media melena, rubia, Verónica era un híbrido afortunado de la herencia genética española de su madre y de la irlandesa de su padre, un militar norteamericano que estuvo veinte años destinado en la base conjunta de Morón, en Sevilla. Así, los ojos azules enjaezaban su rostro esculpido por las finas líneas andaluzas de su madre. Pasados esos años su padre regresó a Estados Unidos y se llevó a su familia, pero Verónica echaba de menos España y cuando cumplió los veinticinco regresó con sus estudios de Administración de Empresas y monitora de Submarinismo. Comenzó a estudiar Criminología y la ambición de empezar de cero esta vez en Galicia, lugar que conocía bien por ser el viaje favorito de vacaciones de sus padres, le llevó a especializarse en la investigación privada.

Verónica acabó de redactar un informe, apuró un café en un vaso de plástico, lo tiró a la papelera y cerró el ordenador. Estaba inquieta desde que, poco a poco, había comenzado a darse cuenta del alcance de las noticias que surgían de A Coruña Negra. La lectura en la *Gaceta de Galicia* de la desaparición de Toni Izaguirre le había dejado anonadada. No podía ser una casualidad. El asesinato anterior de Basilio Sauce le había sorprendido, aunque en ese momento no lo relacionó con su pasado laboral. Pero lo de Toni Izaguirre ya no podía ni debía ser ignorado.

De algún modo su instinto le avisó cuatro años atrás. Sabía que no hacía bien en guardar el secreto sobre lo sucedido con Carlos Andrade, pero en aquellos años necesitaba el dinero y Paco Serrano le dio una buena suma por no dar parte a la policía. Ella en un principio se había negado en redondo, pero cuando la propia víctima superviviente le rogó que no dijera nada, su resistencia se quebró. Al fin y al cabo, si el propio interesado quería dejar el asunto así, ¿por qué ella debía ser tan escrupulosa? Por supuesto, el código ético de los detectives exige denunciar a la policía los delitos que conozcan en el transcurso de su trabajo, pero ella se dijo que, por una vez, si tanto su cliente como la víctima querían pasar página, podría hacer una excepción; sabía por propia experiencia que la policía podía hacer la vista gorda en determinadas situaciones. Por otra parte, no se trataba de que ella hubiera dejado suelto a un psicópata que fuera a seguir matando. Ella tenía claro que el homicidio frustrado tenía un móvil pasional, y que difícilmente Toni Izaguirre iba a repetir la hazaña

En todo caso, este tendría que vivir con su conciencia. Si Andrade prefería perdonarle —eso le dijo: «Olvídelo, señorita Johnson, prefiero dejar atrás todo lo sucedido y perdonar»—, allá él.

Pero ahora esa culpa latente que nunca le abandonó por acceder al fin estaba quemándole por dentro.

Respiró hondo para intentar calmarse, volvió a mirar el reloj y de paso sus ojos se quedaron prendidos, como hacía muchas veces cuando disponía de un rato de asueto, de las fotos de su familia que colgaban en la pared de su izquierda. Su hermano Dave, rubio también, el día que fue licenciado de los marines con todos los honores. Ella y Dave en el despacho de este en Nueva York, como empresario de éxito en la bolsa. Ella con un diploma de campeona de su universidad en natación en la distancia de 800 metros y como miembro del equipo ganador de su universidad en la competición del estado de apnea. Sus padres con cerca de setenta años en el último 4 de julio, trinchando un enorme pavo en su casa de Nueva Jersey. Les echaba de menos, no cabía duda, pero a pesar de que no había constituido una familia propia todavía, estaba feliz en A Coruña, le encantaba España y su gente. Su madre la miraba orgullosa porque siempre decía que en ella «la sangre andaluza había ganado a la testaruda sangre irlandesa».

Se sobresaltó cuando sonó el timbre de la puerta. Se levantó, nerviosa. Miró a través del cristal hacia fuera, se dirigió a la puerta y abrió. Ahí estaba Paco Serrano, acudiendo puntual a la cita de las nueve de la noche.

Serrano le dio la mano y se disculpó por lo intempestivo de la hora, lo de A Coruña Negra le quitaba todo su tiempo y no había podido llegar antes, lo sentía mucho. Una vez sentados en los sillones del despacho, el primero en hablar fue él, quien lucía un semblante afable y despreocupado. La detective se dio cuenta de que olía bastante a alcohol.

—Hacía tiempo que no nos veíamos, Verónica. La veo estupenda, aunque a su edad es difícil no estarlo, la verdad. —Sonrió y a continuación miró alrededor y siguió hablando—. Este despacho es una mejora con respecto al anterior, cuando requerí sus servicios; enhorabuena, este sitio es muy bueno, se ve que las cosas le están yendo bien. Me alegro mucho.

—Gracias, Francisco —dijo Verónica, quien no perdió más tiempo en cortesías porque estaba muy angustiada—. Ya le dije por teléfono mi preocupación por lo sucedido con Toni Izaguirre, así que no creo que el motivo de esta reunión le coja por sorpresa.

Serrano puso un semblante serio pero no dijo nada, así que continuó la detective.

—Cuando me pidió que siguiera a Carlos Andrade sin que lo advirtiera porque temía que algo pudiera sucederle está claro que acertó. Usted fue capaz de adivinar de algún modo que las fotos que enseñé a Andrade donde se veía la traición de Carmen Pallares en brazos de Izaguirre iban a hacer que todo estallara. No sé exactamente lo que sucedió, no sé de qué modo Andrade enfrentó el asunto, imagino que muy mal. Yo solo sé que mientras seguía a Carlos, vi cómo el propio Toni Izaguirre empujaba el coche por el barranco de Seixo con él dentro. Eso fue lo que vi. Y gracias al cielo estaba yo allí y sé bucear muy bien o a estas alturas Andrade estaría dentro de una tumba de agua.

—Todo eso ya lo sé, Johnson. ¿Adónde quiere ir a parar? Si mal no recuerdo, hicimos un trato. Yo le pagué una buena suma (que por cierto, creo que la ha invertido muy bien) —dijo, abarcando con sus ojos una medio panorámica del despacho—, y quedamos en que guardaría el secreto de lo sucedido. Todavía recibe una comisión por gestionar el pago de la residencia de su hermana, si no me equivoco... —Verónica asintió—. Al fin y al cabo, y eso quedó muy claro, cuando habló días después con Andrade, ya recuperado y con la perspectiva del tiempo transcurrido, le rogó que no diera aviso a la policía. Que prefería olvidar y perdonar.

Verónica aspiró profundamente mientras asentía.

—Así es, pero por lo que parece no creo que aquello fuera verdad. En suma, no creo que su deseo de perdón fuera sincero, sino un modo de ganar tiempo hasta que pudiera tomarse la justicia por su mano. —Miró con fijeza a su interlocutor.

Serrano abrió los ojos en signo de sorpresa.

—¿Qué quiere decir exactamente?

—Serrano, no me tome por idiota. Cuando me enteré de lo de Basilio Sauce me quedé horrorizada, como todo el mundo, pero a pesar de que sabía que formaba parte del círculo de Andrade,

Pallares e Izaguirre, no lo relacioné con el caso para el que me contrató. Al fin y al cabo siempre hay locos sueltos o gente que tiene deudas pendientes, y yo no sabía gran cosa de la vida anterior y posterior de Sauce, así que podría haber sido cualquiera, incluso un marido rayado y sádico que quisiera vengarse de Sauce, ya que era conocido por ser muy libertino con las mujeres ajenas... Pero el secuestro de Toni Izaguirre ya no podía ser una nueva coincidencia. Si alguien tiene una buena razón para secuestrarle, ese es Carlos Andrade, ¿me equivoco? —Suspiró, como si estuviera exhausta por la angustia—. No me cabe duda de que Carlos Andrade es el asesino Fantasma del que habla la prensa.

—¡Eso es ridículo! Créame, Johnson, no tiene por qué ser tal y como dice. Por supuesto que parece sospechoso, pero lo que parece no siempre es verdad. De hecho esta misma mañana acabo de hablar con Andrade. —Verónica dio un respingo—. Sí, le llamé, en parte inducido por lo que usted me adelantó cuando hablamos por teléfono. Está viviendo fuera de Galicia desde hace varios años, en realidad desde que pasó aquello... y me ha asegurado que no tiene nada que ver con lo sucedido.

—¿De veras? —preguntó, escéptica, Verónica—. ¿Quiere decir que Izaguirre, además de intentar ser un asesino, se ha metido en otros líos que han provocado su secuestro? ¿Cómo le ha dado tiempo, si además resulta que se dedica de lleno a la literatura —y levantándose se dirigió a la estantería, de donde sacó dos ejemplares diferentes escritos por Toni Izaguirre— y a ligar con chicas, como siempre? Por no hablar de que sigue siendo amigo de la Pallares.

—Quizá sea uno de esos maridos celosos, de los que usted hablaba hace un momento. Tenga presente que Izaguirre no le iba a la zaga a Sauce en cuanto a meterse en camas ajenas se refiere, como usted tuvo ocasión de comprobar de primera mano.

Verónica sonrió y se volvió a sentar; decidió poner todas las cartas sobre la mesa.

—Serrano, es usted increíble. No quiere ver delante de sus ojos, o finge que no quiere verlo. Estoy segura de que si me pongo a investigar encontraré una relación entre Carlos Andrade y Cecilia, la chica que murió en la Semana Negra de Gijón. Un amigo mío periodista que cubrió la noticia me ha dicho que Izaguirre también tenía una relación con ella... No, hablemos claro —endureció su voz, y su ritmo cardíaco se alteró visiblemente—. Andrade me engañó o nos engañó con lo de «olvidar y perdonar», y ahora ha vuelto para vengarse. No sé exactamente por qué en estos momentos, ni qué persigue matando a los escritores, pero está claro que Carmen está en un grave peligro. No puedo seguir cumpliendo el trato, he de avisar a la policía de lo que ha pasado. He de decirles que el hombre que está enterrado no es Carlos Andrade. No quiero más asesinatos sobre mi conciencia.

—¿Qué dice, ha perdido el juicio? —Esta vez fue Serrano quien se levantó—. Si va a la policía la acusarán a usted de encubrimiento de un homicidio, y a mí también, puesto que yo se lo pedí.

—No se preocupe, ya he pensado en esto. No lo implicaré; no diré nada. Simplemente diré que la víctima me lo pidió. —Johnson se calló que había ya hablado con Valentina y se habían citado para dentro de un par de horas.

—Claro, ¡cómo si fueran idiotas! ¿Y qué dirá cuando le pregunten quién era su cliente? ¿Quién le encargó seguir a Andrade?

—No diré nada. Secreto profesional.

Verónica se levantó a su vez y se dirigió a su escritorio. Estaban uno frente al otro, separados por la mesa de pino. La detective continuó:

—Lo siento, lo he pensado bien. Mi decisión es firme. Me retirarán la licencia, pero no creo que vaya a la cárcel. He hablado con una amiga penalista, y me ha dicho que dadas las circunstancias, que la propia víctima me insistió encarecidamente en que no dijera nada y que mi intervención le salvó la vida, es muy posible que la condena no supere los dos años. Eso sí, tendré que cambiar de profesión, y es una lástima, pero he de hacer frente a las consecuencias de mis propios actos; es algo que me enseñaron mis padres, y no lo he olvidado —dijo, con tono quejumbroso, mientras abría el cajón para coger su bolso. Pero al encarar de nuevo a Serrano se quedó paralizada: el crítico literario tenía una pistola en la mano.

—Es una lástima, Verónica. Tienes mucho talento, y seguro

que habrías llegado muy lejos. —El tuteo le salió de forma natural, como si la situación de extremo peligro de la joven provocada por él mismo justificara ese trato más cercano por su parte—. Esta sociedad está llena de corruptos y de tramposos por donde quieras mirar, hay mucho trabajo para la investigación privada... —Levantó la pistola con gran aplomo—. Pero me temo que no podrás verlo.

Verónica pensó rápido. Su entrenamiento en la natación le había enseñado a utilizar sus músculos de forma sincronizada y explosiva. Decidió que tenía que ganar algo de tiempo mientras buscaba una solución.

—¿Qué coño hace, Serrano? ¿Se ha vuelto loco? ¿Me va a matar porque le puedo poner en aprietos legales? ¿No comprende que nada grave puede pasarle, porque usted ni siquiera fue testigo como yo del homicidio, y solo podrán decir de usted que guardó un secreto terrible por hacer un favor a un amigo?

—No..., no es solo por eso, por supuesto. Mereces saber la verdad. Lo primero de todo es que yo tampoco sabía que Andrade había enloquecido. Te juro que no sabía que iba a matar a Cecilia y a Sauce, o que iba a secuestrar a Toni. Yo solo le he ayudado a que se convierta por vez primera en un escritor reconocido, el gran literato que es y siempre fue. Lo que planeaba era una venganza incruenta, créeme, no toda esta locura —negó con la cabeza, como si todavía le costara aceptar lo que estaba ocurriendo—. Tú no sabes, porque nunca te lo dije, que Carlos Andrade era el autor de los libros del Detective Invidente, sí, los que firma Carmen bajo el nombre de Estela Brown. —Verónica negó con la cabeza, añadiendo una nueva sorpresa a las vividas esa tarde—. Pues bien, ahora Carlos está triunfando con el seudónimo de Hugo Vane y ha llegado el momento en que puede desquitarse de ella y desenmascararla. ¡Pero no tenía que matar a nadie!

La detective vio ensimismado a Serrano en sus explicaciones, y ese era el momento que estaba esperando. Al acabar esa última frase Verónica le lanzó el bolso que había asido con su mano derecha. No era particularmente grande ni pesado, pero Serrano no se lo esperaba y le distrajo una décima de segundo que aprovechó la detective para saltar sobre él. Serrano disparó casi a ciegas e impactó en el hombro derecho de la chica. Ella acusó la herida pero tuvo tiempo de caer sobre el crítico, rodando ambos por el suelo. La mesa cayó al suelo, y una patada de Verónica que le hizo proferir un gemido de dolor hizo que la pistola se alejase de la mano de Serrano.

Verónica, aunque malherida, estaba en forma y acostumbrada a sufrir hasta el límite, así que sacó fuerzas de flaqueza y no tardó en ponerse a horcajadas sobre él y golpearle donde su brazo alcanzaba a pesar de la defensa numantina del hombre. Estaba furiosa, pero no quería perder energías hablando. Volvió a golpear, con menos fuerza esta vez, notó su propia debilidad e intentó saltar hacia donde estaba la pistola como fuese. Serrano era más grande, pero también mayor, y no había dado un puñetazo en su vida: se vio desbordado por la energía de Verónica y le invadió la angustia de verse perdido. La agarró por la pierna y la hizo caer de bruces. Con la rapidez de la desesperación, cogió del suelo el abrecartas, trepó sobre ella y se lo clavó con fuerza en el oído, penetrando hasta el cerebro mientras soltaba un grito feroz.

Verónica abrió la boca, nuevamente sorprendida, aunque esta vez con el sabor a muerte entre sus labios, que en unos segundos se llenaron de sangre. Los ojos se tornaron vidriosos y todo el cuerpo, antes tenso y duro como una piedra, se relajó bajo el de Serrano, que siguió aferrado al abrecartas hasta que las piernas cesaron de moverse.

Cuando se dio cuenta, estaba jadeando, desconcertado. Se levantó como un muerto viviente y fue a cerrar la puerta y a bajar las cortinas. Era de noche, pero alguien podría verle.

Luego, recordando los cientos de *thrillers* que había leído y criticado con saña, fue al baño, cogió un paño y lejía, y se dedicó a limpiar la escena del crimen, mientras pensaba cuál sería la mejor forma de simular un robo sin que pareciese algo amañado.

PARTE TERCERA

LOS MUERTOS VIAJAN DEPRISA

Quiero un arma, quiero una víctima
Quiero un asesinato, quiero un deseo,
La boca de sangre quiero,
Reventar de pólvora y cuerpo
Quiero la silla eléctrica, quiero
Un hijo que me odie,
No tener dinero en los bancos quiero,
Quiero un cáncer, quiero arder y quemar
Llorar sin consuelo quiero
Quiero que alguien repare en mí
Y me lastime y me quiera olvidar
Quiero no querer quiero.

Se busca, CARLOS ZANÓN

29

La muerte llega de noche

> ¿Cuánto tiempo puede estar un hombre bajo tierra sin pudrirse?
>
> *Hamlet,* Acto V, escena I

Rúa Kenia, Oleiros

Valentina chasqueó la lengua, frustrada, mientras miraba la pantalla del iPhone.

—Qué raro. Verónica no contesta, ni en la oficina ni en el particular. Esta es la calle... creo que es ahí, en los soportales, la acristalada que tiene la placa blanca en la puerta.

Ambos avanzaron por la acera. Comenzaba a llover. Enfrente había un parque en donde aún jugaban unos críos a la pelota, que gritaron al notar las gotas de lluvia repiqueteando en los columpios y corrieron hacia los soportales para refugiarse. En unos segundos, arreció con fuerza, formando una pantalla de agua que los empapó.

Miró hacia el interior de la oficina. Había una luz encendida, así que avanzó hacia la puerta y empujó. Estaba abierta.

—¡Hola! ¿Hay alguien? ¿Verónica? —Avanzaron por el pequeño *hall* hacia el despacho, donde había unas butacas y una mesa con revistas, la puerta entrecerrada, por la que se filtraba un rayo de luz artificial.

La inspectora llamó con los nudillos. Nadie contestó, así que abrió la puerta.

Valentina se quedó paralizada al ver los ojos abiertos de Verónica Johnson mirándola, sin vida, desde el suelo del despacho. Corrió hacia ella, sacó del bolso unos guantes azules y posó sus dedos en el cuello, con la seguridad de que no había ya nada que hacer. El cabello rubio aparecía negro de sangre, y del oído surgía un fino abrecartas que había atravesado la vida de la joven, apagada en un charco rojo aún sin coagular que rodeaba su cabeza como un halo.

—Está caliente. No hace mucho que ha muerto y además... tiene un disparo en un hombro. —Se incorporó con agilidad y cogió el teléfono para avisar. Sanjuán se quedó en la puerta, analizando todo lo que se mostraba ante sus ojos. Avanzó unos pasos, procurando no contaminar la escena.

El despacho estaba desordenado, los cajones abiertos, una silla por el suelo, papeles aquí y allá. Los libros de las estanterías, tirados. Signos de lucha... A primera vista, un robo. A primera vista. Sin embargo, para su mente analítica, todo estaba excesivamente revuelto. ¿Qué botín esperaba encontrar un ladrón en una oficina de un detective privado? A menos que lo que pretendiera era llevarse algo en particular, como una prueba que pudiera incriminarle. O que la detective supiera algo que su asesino quisiera acallar para siempre.

Sanjuán se fijó en el mango del abrecartas en forma de espada que sobresalía de la oreja, sin poder identificarlo.

—¿Con qué la mató?

Valentina colgó el teléfono y lo guardó en el bolso de forma automática, estaba conmocionada. El trato ocasional con Verónica le había hecho recordar en más de una ocasión su propia biografía, cuando peleaba por hacerse un lugar en un mundo de hombres, y había reconocido en ella el deseo de luchar y de superar los prejuicios y miradas de desconfianza de informadores y testigos, por no hablar de los propios compañeros, algo que, estaba segura, era igualmente corriente en la investigación privada.

—No estoy segura. Parece un abrecartas, una imitación de un sable. —Valentina miró con detenimiento el lugar—. Él disparó, lucharon, pero con el hombro inútil ella llevaba las de perder. No obstante, el asesino se vio obligado a utilizar un objeto del escritorio para reducirla —suspiró—. Sanjuán, Verónica era una chica fuerte, seguro que no se lo puso fácil. ¿Tú qué piensas? No creo que Verónica tuviera aquí mucho dinero. ¿Quién mata por robar a un detective privado?

—Creo que tienes razón. Buscaban algo que ella tenía, o quizás algo que ella sabía.

—Sí, habrá que ver su agenda de trabajo, los casos en los que estaba inmersa. —A continuación sacó una linterna y barrió el cristal que había sobre la mesa, que se había resquebrajado durante la lucha. El haz de luz mostró una marca que delimitaba rastros del contorno de un ordenador portátil, una marca medio borrada por el paño que había pasado Serrano intentando eliminar huellas—. Por lo visto se han llevado el ordenador. Tampoco veo un bolso, ni el móvil. Javier, ¿tú crees que Andrade ha tenido algo que ver con esto?

Sanjuán negó con la cabeza.

—Acabamos de salir de la residencia de Elena. El crimen debió de producirse más o menos poco después de hablar con ella por teléfono. No creo que haya sido Andrade... ¿Por qué iba a matar a la persona que estaba ayudando a su hermana?

Valentina asintió, miró hacia el techo, cavilosa.

—Tendremos que pedir todas las llamadas que hizo o recibió, en la oficina o personales. Quizá saquemos algo de ahí. —Luego se acercó a la puerta que llevaba al recinto en donde Verónica tenía los aparatos de espionaje: grabadoras, cámaras, microcámaras, encriptadores, detectores de radiofrecuencia, y comprobó que todo estaba en su sitio—. Si el asesino es un ladrón vulgar se ha dejado todo lo que había de valor en esta oficina. Este equipo vale una pasta.

Lúa había perdido de vista al hombre en un recodo del camino. La luna llena surgió entre las nubes durante unos segundos y fue entonces cuando lo vio subir por las escaleras llenas de musgo, resbaladizas por la tormenta que había caído, que llevaban a la parte trasera de la vieja central hidroeléctrica. Llevaba una linterna. Al final, cobijándose detrás de unos enormes tubos de hierro, oxidados por el abandono, la periodista esperó a que las gruesas nubes ocultaran la claridad lunar. Al poco consiguió ver el foco de la linterna de Andrade, que continuaba su ascenso por los escalones empinados hasta llegar a una casa, en parte tapiada, que antaño había pertenecido a la central. Allí desapareció.

Lúa esperó un rato y decidió sacar su linterna del bolso. Estaba muy oscuro; a lo lejos se podía escuchar perfectamente el sonido de los generadores de la nueva central del Eume y el discurrir del río unos metros más abajo de donde se encontraba ella. Se acercó con lentitud al puente que cruzaba hasta el complejo fabril, procurando no ser vista, y comprobó de nuevo si el móvil tenía cobertura. Respiró con alivio.

«Al fin.»

Llamó a Valentina Negro con los dedos húmedos. Había comenzado a llover de nuevo.

—Huele a lejía que apesta, ¿se han fijado? —Xosé García acercó la nariz al suelo mientras analizaba el cuerpo de Verónica—. El que la mató limpió después. Un tanto aparatoso... —chasqueó la lengua—, se ve que no estaba ni acostumbrado a disparar, ni acostumbrado a limpiar.

Valentina levantó una ceja, ya con el traje protector puesto. Nunca se acostumbraba al humor irónico del forense cuando estaba delante de una víctima. Sentía una profunda pena por aquella joven que había muerto de un modo tan atroz. El forense continuó, mientras se inclinaba sobre el cadáver.

—De todos modos, aún se las arregló bastante bien para clavarle el abrecartas con una gran fuerza. Se tuvo que hacer daño en la mano, la empuñadura es muy escueta. La muerte fue instantánea. Bien, voy a tomarle la temperatura rectal para que ustedes puedan realizar su trabajo con tranquilidad. No hay signos de agresión sexual, ¿verdad? ¿Menuda nochecita, eh, inspectora? Primero una exhumación y luego un homicidio. Se están tomando lo de las jornadas negras muy a pecho...

Valentina decidió obviar este último comentario.

—Cuando llegamos no hacía mucho que había muerto. El cuerpo aún estaba caliente. No. No apreciamos signos de agresión sexual, pero no lo descarte. Aunque yo lo dudo, es una posibilidad.

Notó el móvil que sonaba en su bolsillo, pero en aquel momento, con el traje puesto y en plena faena, no podía cogerlo. Al cabo de un rato entró el secretario judicial seguido del juez López Córdoba para realizar el levantamiento del cadáver, vestido con una gabardina, totalmente mojado, pero se quedó en la puerta y le hizo una señal. Era un hombre alto, de pelo oscuro, largo y engominado, de voz muy potente. Valentina se acercó y comenzó a quitarse el traje protector. Ahora poco podía hacer ya, lo que restaba era trabajo de la científica.

—¿Qué tal, inspectora Negro? Esto es un no parar, de verdad. Menuda semana. Veo que tiene a su inseparable Sanjuán ahí fuera. Me alegro, toda ayuda es poca. Es una pena lo de Verónica. —Puso gesto grave, los ojos mirando al cadáver de la joven—. Yo la conocía. Peritó en varios juicios. Una chica encantadora y muy válida. Bien —dijo, cambiando de registro—, ¿qué sabemos de Toni Izaguirre?

—Por ahora pensamos que sigue vivo. Su Señoría, creo que este crimen está relacionado con los otros de alguna forma. Hemos estado por la tarde en la residencia de la hermana de Carlos Andrade, Verónica era su albacea. No puede ser casualidad.

El teléfono de Valentina volvió a sonar antes de que diera tiempo al juez a responderle. Era Lúa. Le hizo un gesto de disculpa y salió a los soportales, donde estaban Sanjuán y Bodelón hablando con los niños que jugaban en el parque cuando llegaron ellos, sin duda preguntándoles si habían visto a alguien entrar en la oficina.

La voz de Lúa sonó apurada, temblorosa, casi inaudible.

—¿Qué ocurre, Lúa? ¿Estás bien?

—Sí. Por ahora... Estoy en las Fragas do Eume. En As Neves.

—¿Dónde? No te escucho bien. ¿Qué ocurre? ¿En las Fragas del Eume? ¿Qué coño haces ahí?

—Creo que está aquí. El que mató a Sauce. En la central abandonada. No puedo asegurarlo, pero creo que es él. Los mismos ojos de loco. La misma mirada. Hablé con él, se llama Carlos.

—¿Estás sola? ¡No me jodas, Lúa! Vamos ahora mismo para allá. No te preocupes, voy a contactar con la Guardia Civil, llegarán antes que nosotros, hay un puesto cerca. Lúa, ten mucho cuidado. ¿Lúa? ¿Estás ahí? Es un hombre muy peligroso.

Ahora Lúa se limitó a susurrar.

—Sí. Ha entrado en la central eléctrica abandonada. Lo he seguido, creo que no me ha visto.

—¿Lo has seguido? ¡¿Estás loca?! Haz el favor de salir inmediatamente de ahí. ¿Me oyes?

El teléfono enmudeció. Valentina lo miró durante unos instantes con impotencia, procesando lo que le había dicho la periodista. Luego respiró profundamente y llamó a la Guardia Civil para ponerlos sobre aviso y que fuesen cuanto antes a As Neves. En cuanto colgó, corrió hacia Sanjuán y Bodelón.

—Lúa ha descubierto dónde está Carlos Andrade. No me preguntéis cómo, pero lo ha descubierto. Está en Pontedeume. Joder, ¡teníamos que haberlo pensado! En su territorio.

Sanjuán asintió.

—Tiene sentido. Y el de Estela. ¡Lúa estaba buscando información de Estela y se ha topado con Andrade!

—Bodelón, avisa a Bernabé y al equipo, quiero a los GOES por si hay un asalto. Nos vamos para allá. Sanjuán, intenta contactar con Lúa. No responde. —Su voz la traicionó, y mostró la preocupación que la embargaba—. Espero que sea porque no tiene cobertura. Todos la conocemos: es una verdadera inconsciente, y vendería a su propio padre por una exclusiva —dijo, esta vez con ira producto de su ansiedad.

Lúa comenzó a tiritar. Pero no cejó: estaba en el centro de la noticia. No pensaba irse justo cuando empezaba lo bueno. Guardó el móvil, apagó la linterna, cruzó el puente y decidió subir las escaleras hacia la central vieja, cuidando de no resbalar.

Se agarraba a las ramas de las hayas que surgían a su paso como las finas patas de una araña, apartándolas de su cara. La lluvia comenzó a amainar al fin, convirtiéndose en un orvallo fino que, sin embargo, la empapaba todavía más.

Al acercarse al edificio pudo escuchar una voz femenina muy cerca de ella y se agachó asustada, resbaló, se hizo daño en la rodilla y aguantó como pudo un grito. La voz transmitía una angustia profunda; Lúa se acercó para oírla mejor:

—Paco, no. ¡NO! No me hagas eso. Necesito tu ayuda. Ha enloquecido, quiere matarlo. Va a hacerlo. Y no podré detenerlo sola. Ya basta de muertes... No puedo más. ¡No puedo más, de verdad! —sollozó.

La voz se calló unos instantes. Lúa reptó por las escaleras, arrastrándose hasta llegar hasta la esquina del edificio situado en la parte superior. Allí, con asombro, reconoció a la bloguera Cristina Cienfuegos, llorosa, mesándose la cara mientras hablaba, las lágrimas confundidas con el agua de lluvia.

—Habla con él. ¡Por Dios, eres el único que puede hacerlo parar! Antes de que sea tarde. Sí, Toni me da pena a pesar de todo, si paga, que pague sus culpas en la cárcel, ¡no muriendo aquí como un miserable animal!

«Hostia, ¡quieren matar a Toni Izaguirre! La Cienfuegos está en el ajo... increíble. Más vale que se den prisa los maderos, porque la cosa no pinta nada bien.»

Lúa miró hacia la carretera, que se perdía en lo alto del monte, pero no vio nada. Ni una miserable luz. ¿No vendría nadie a ayudarla?

—Cristina.

Se escuchó otra voz, de un hombre, y unos pasos, la respiración anhelante, Cristina colgó el teléfono y lo introdujo en el bolsillo. La periodista se agazapó, escondiéndose como pudo, mientras intentaba que no la descubrieran, muerta de miedo. Las palabras sonaron suaves, cariñosas. La periodista se asomó y vio al lado de Cristina al hombre que había estado hablando con ella hacía un rato, delante de la puerta herrumbrosa de la parte superior de la central.

—Necesito tu ayuda. Ven conmigo. Hemos recorrido un

camino muy largo hasta llegar hasta aquí. Ahora no puedes abandonarme. Entiendo que se te haga duro. Es muy duro. Siempre lo ha sido, desde el principio. ¿Ya lo has olvidado? Hasta mi hermana enfermó. Casi se muere. ¿No crees que todo esto clama por ser reparado? ¿Qué hombre sería yo si dejo que todos estos canallas se salgan con la suya sin pagar por lo que hicieron? Piensa en Estela, ella se ufana de su triunfo, un éxito labrado con la traición y el asesinato... ¡Sí, el asesinato! ¿O crees de verdad que lo que ella me ha dejado puede llamarse vida? —Sus ojos se habían estrechado, y su voz se acercaba a la insania en su determinación y el odio que la impulsaba.

Cristina comprendió que sus ruegos no iban a ser escuchados, así que decidió ganar tiempo.

—Está bien. Ahora bajo. Déjame fumar otro cigarrillo, por favor.

En cuanto Andrade entró otra vez en la vieja central, Cristina comenzó a sollozar. Sus hombros se movían con pequeños espasmos mientras las lágrimas caían por las mejillas, inconsolables. Lúa Castro aprovechó aquel momento de debilidad para salir de su escondrijo y acercarse con el dedo índice apoyado en los labios, indicándole que no hablase. Cristina, al principio, se quedó atónita, no la ubicaba en aquel lugar y en aquel momento, pero al fin la reconoció.

—Escucha, Cristina, soy Lúa Castro, la periodista, ¿te acuerdas de mí? Escucha: te quiero ayudar —susurró—. Sé lo que quiere hacer, matar a Toni Izaguirre, ¿verdad?

Ella asintió y musitó, casi inaudible:

—Sí.

—¿Dónde están?

—Abajo, detrás de la sala de turbinas, ha construido una especie de zulo, lo tiene allí desde el día del secuestro. Casi no le ha dado de comer ni de beber. —Cristina sollozó de nuevo y se tapó la cara, avergonzada y temblorosa—. Le quiere pegar un tiro. No razona, está como loco.

Lúa notó el temor de plomo instalarse en su vientre, pero se sobrepuso, no le quedaba otra.

—Vamos. ¡Venga! ¿Quieres que lo mate, joder? ¿Te vas a

rajar ahora? No sé tú, pero yo no me voy a quedar aquí sin hacer nada.

Lúa hizo acopio de un valor que no sentía y entró en primer lugar. La casa estaba en ruinas, aquí y allá vigas y piedras tiradas en el suelo, todo invadido por las ramas de los árboles, los helechos, el musgo y las raíces que dificultaban el avance. Cruzó la primera estancia, que apestaba a humedad y bajó por unas escaleras en bastante buen estado. Se apoyó en la pared, la pintura se caía a trozos. Detrás de ella, Cristina la seguía a poca distancia.

—Es por ahí, a la derecha —dijo Cristina—. Hay una especie de nave en ruinas, no muy grande y luego otras escaleras que dan hacia una bóveda llena de tuberías y turbinas. Ten cuidado..., ten mucho cuidado. Déjame bajar a mí primero. Esto es la boca del lobo, ¿no te das cuenta?

—Odio volar. Joder, lo odio. Menos mal que va a ser muy poco tiempo...

El helicóptero comenzó a mover las palas de los rotores a gran velocidad y Valentina lo miró con aprensión mientras se ajustaba el chaleco antibalas y montaba su arma reglamentaria USP Compact tirando de la corredera. Bodelón llegó corriendo hacia donde estaba el grupo, ya dispuesto a subir a la aeronave, y gritó para vencer el ruido.

—Inspectora, hemos triangulado el móvil de Lúa Castro. Está justo en la zona de la Central eléctrica da Ventureira. Y el de Cristina Cienfuegos, lo mismo. Lo ha encendido al fin. Los dos móviles están allí.

—Perfecto. ¡Nos vamos!

Valentina, a pesar del miedo que sentía, se dio cuenta de que Bernabé la observaba con una mezcla de admiración y algo más, muy palpable y turbador. Le hizo un gesto con la cabeza, sin saber qué decir en realidad. En aquel momento todo aquello la superaba. Y no quería que los demás notaran su miedo a volar: en avión era obvio, pero en helicóptero ya se disparaba. Lo miró con aprensión y apretó los dientes; Bernabé le apretó el hombro con disimulo y sonrió para tranquilizarla. Durante un momento interminable Valentina se perdió en sus ojos, en sus rasgos viriles y honestos, en la frente despejada. Luego respiró profundamente y se dirigió con pasos decididos hacia el aparato, rezando para que no le diese un ataque de vértigo cuando tuviesen que desembarcar en estacionario del helicóptero.

Toni levantó las manos. Estaba desesperado, exhausto, muerto de sed. El polvo del zulo en donde lo habían metido y la humedad casi no le permitían respirar. El cañón de la pistola que empuñaba Andrade apuntaba hacia su frente, pero ya casi le daba lo mismo. Se dirigió a él con voz pastosa, humillada.

—Dame agua, por favor. He hecho todo lo que querías. He escrito el relato. Me he portado bien.

—¿Qué me diste tú la noche en la que me tiraste por el acantilado? ¿Qué me diste? ¿Agua? ¿Los somníferos te los proporcionó Carmen? ¿Qué creías, aprendiz de escritor? ¿Que nunca ibas a pagar por lo que me hiciste?

Toni miró a su captor fijamente, con cara de profunda tristeza.

—Ella me manipuló, Carlos. Ella. Fue ella la que organizó todo: seducirme, acostarse conmigo, los libros, todo. ¿No te das cuenta? Es una manipuladora. Siempre lo ha sido. A ti te hizo escribir tres novelas para su propio beneficio y éxito. A mí me usó para desembarazarse de ti una vez que consiguió lo que quería. No quiere a nadie, nunca ha querido a nadie. Solo a ella misma. Estoy muy arrepentido de lo que pasó. ¿Qué crees tú? ¿Que nunca me arrepentí de lo que hice? ¡Todas las putas noches de mi vida han sido una tortura desde entonces!

Andrade lo observó con la misma expresión con que un gato hambriento miraría a un ratón sujeto en una trampa, inerme ante él.

—Por eso has denunciado por activa y por pasiva que los libros de Estela Brown son míos. Ah. No. No lo has hecho..., ¿verdad? Está claro que tendrías que dar muchas explicaciones, Toni. Da lo mismo, muy pronto todo el mundo lo sabrá. Y todo el mundo sabrá que soy el autor de *No morirás en vano*. Sí, es mío. ¿No te lo habías imaginado? Pensabas que estaba muerto,

bajo tierra, en Liáns, pero estaba escribiendo mi gran obra...
—su voz estridente se relajó, ahora invadida por la tristeza—,
aunque en cierto modo, lo estaba. Cuatro años de calvario, cuatro años escondido como una rata. Mi hermana se puso enferma, casi no lo cuenta, y ahora está en una residencia, incapaz de
valerse por sí misma. Sois todos responsables. Y ahora vamos.
Quiero acabar con esto. Tus cuentos no han sido suficientemente buenos, como siempre; eres un ser mediocre, no mereces
mucho más. Date la vuelta y arrodíllate.

La voz del escritor tembló, pero como buen vasco, decidió
que era mejor morir con dignidad que arrastrarse más.

—¿Me vas a matar por la espalda? ¿Ni siquiera tienes huevos de mirarme a la cara mientras disparas?

Desde fuera, Lúa escuchaba la conversación, intentando
procesar lo que oía a toda velocidad. Miró a su alrededor, en el
pasillo vio un trozo de madera húmedo, no demasiado grande
pero pesado: lo cogió.

—Te voy a matar como te mereces, como un perro. ¡Date la
vuelta y arrodíllate! ¡Obedece o no voy a ser tan clemente como
para matarte sin dolor!

Toni se iba a agachar cuando una sombra rápida pasó detrás
de Andrade, y escuchó a su captor gritar mientras la pistola caía
al suelo. No dudó ni un segundo: sacando fuerzas de flaqueza se
tiró sobre él y lo golpeó en la cara con brutalidad; Andrade, cogido por sorpresa, reaccionó tarde. Lúa arrojó el madero con el
que había golpeado al asesino e intentó coger la pistola, pero Izaguirre se adelantó, sus años de deportista de élite continuaban
proporcionándole una indudable ventaja. Toni trastabilló durante unos segundos, pero recuperó el equilibrio y rápido apuntó a Carlos Andrade, que intentaba incorporarse, aún conmocionado por los golpes. Lúa vio con espanto que estaba a punto
de disparar y empezó a gritar, aterrada. Justo en el momento en
el que Izaguirre apretaba el gatillo, Cristina Cienfuegos entró en
el zulo y, sin dudar un momento, se cruzó delante de un salto. La
bala penetró en su pecho como una barra de hielo primero, luego
notó un calor inmenso y cómo el aire y la vida se escapaban.

—¡NOOOOO! —gritó Andrade, y se abalanzó, lleno de ira,

aprovechando el desconcierto, sobre Toni, pero este consiguió zafarse y salir corriendo por el pasillo hacia las escaleras. Lúa no perdió el tiempo: se quitó el chubasquero y el jersey, abrigó a la joven y comenzó a presionar la herida, de la que brotaba la sangre con cada latido del corazón.

Carlos Andrade miró con impotencia a Cristina, pálida como una muerta, la boca llena de espuma roja. Lúa le hizo un gesto mientras él boqueaba, sin saber qué hacer. La periodista pensó rápido, y llegó a la conclusión de que no podía sentirse segura junto a un asesino lunático, así que le dijo lo que en ese momento podría salvarle la vida.

—Está a punto de llegar la policía. Vete. ¡Huye, joder! Yo la cuidaré, no puedes hacer nada. ¡VETE!

Sanjuán, en Lonzas, miró el panel donde estaban expuestos todos los pasos de la investigación y se relajó: mientras el operativo intentaba liberar a Toni Izaguirre él no tenía otra cosa que hacer que meditar sobre el caso y así no pensar en el probable peligro que podría estar corriendo Valentina. Un caso que ya estaría resuelto a la espera de capturar a Carlos Andrade, el principal sospechoso. Pero en aquella especie de caja china, se cerraban unas incógnitas y se abrían otras, como quién podía haber asesinado de una forma tan brutal a Verónica Johnson. Si Carlos estaba en la central eléctrica, no había podido estar en Oleiros al mismo tiempo. Además, ¿para qué iba a matar Carlos a la persona que hacía de representante legal de su hermana?

El asesino no era un ladrón, eso estaba claro. ¿Podía haber muerto por alguna razón no conectada con ese caso? Podía ser, pero el hecho de que muriera después de haberse citado con Valentina hacía que esa posibilidad fuera muy improbable. No, tenía que ser un cómplice de Andrade que, quizá, lo que quería era que Verónica no hablase, no dijese algo que ellos ya sabían: Que Carlos Andrade estaba vivo, y que era un asesino. Un cómplice que, por la fuerza desarrollada en el crimen y el *modus operandi*, tenía que ser un hombre.

Respiró profundamente y dejó que convergieran en su mente todos los datos, las imágenes, lo que había vivido durante todos aquellos días de jornadas con escritores. Recordó a Estela Brown, a Cabanas, al propio Toni. Comenzó a tomar notas. ¿Cabanas? Parecía totalmente rehabilitado, y, además, ¿un escritor con el ego de Cabanas para qué iba a ayudar a un rival? Cabanas no era de largas venganzas. Cabanas era de arrebatos repentinos, para luego arrepentirse y purgar los pecados, en busca de redención. Demasiado ocupado consigo mismo y embebido de su pasión por Estela para programar algo tan sofisticado.

Sanjuán volvió a mirar el corcho y las fotos de las víctimas. Abrió una ventana de la sala de reuniones y fue a su chaqueta a por un cigarrillo.

Largas venganzas. *El conde de Montecristo*, era verdad. Los correos eran diferentes personalidades que adoptaba Edmundo Dantés en la novela para completar su misión, los anónimos...

«*El conde de Montecristo* —dijo para sí—. Alguien más habló esta semana de *El conde de Montecristo*.» Encendió el Winston en la ventana que daba a la calle. Ya no llovía, la luna llena iluminaba las calles mojadas de la ciudad a lo lejos. Se oyó el ladrido de un perro. Sanjuán se concentró mientras fumaba. Exhaló el humo. Se dio un golpe en la frente.

—Joder. Paco Serrano. ¡En el taller literario de Paco Serrano!

Sanjuán fue hacia uno de los ordenadores y sacudió el ratón para activarlo. Buscó a Serrano en Google. Era el crítico literario más influyente en novela negra de todo el país, y el principal impulsor de *No morirás en vano*, de hecho había sido de él la primera reseña importante y el primero también en hablar del libro en *Página dos*, en el programa de televisión sobre literatura.

«Pero no es suficiente. ¿Qué interés iba a tener en matar a Verónica Johnson? Simplemente le gustaba la novela, era lógico, es una obra espectacular. De todos modos..., cuando haces una crítica buena no solo estás encumbrando una novela. Puedes estar tapando otras también buenas; le estás dando a una más visibilidad que a las demás, y si eres el crítico más importante y con más contactos, también puedes hundir —o intentarlo— a las demás.»

Sanjuán decidió entonces cambiar de estrategia: Se aplicó en encontrar las reseñas de Paco Serrano de la trilogía de Estela Brown.

Después de un rato de búsqueda, constató que todas las críticas de Serrano hacia Estela eran terribles, crueles. Injustas, terriblemente injustas. Y las de Toni todavía peores. Alguna invectiva brillante y con toda la razón, porque Toni no era tan bueno como la gallega ni de lejos, y quizá fuese cierto que abusaba de los clichés, pero tampoco necesitaba semejante paliza.

«Entonces, Serrano hizo lo posible para hundir a Estela, aunque sin demasiado éxito. Pero ha quedado claro que no la aprecia en absoluto. Serrano estaba en Gijón, en el Tren Negro. ¿Y si fue él el que le proporcionó los datos de dónde se alojaba Cecilia, el vagón exacto?»

Sanjuán se quitó las gafas y se frotó los ojos. No tenía sueño, estaba muy nervioso pensando en Valentina y en la suerte de Lúa.

Valentina se agarró fuerte mientras el arnés la conducía hasta el suelo. Detrás de ella bajaron Bernabé, Bodelón, Velasco y dos miembros de los GOES. El helicóptero remontó el vuelo y se mantuvo en el aire como un pájaro gigante y amenazador, la luz enfocando los árboles. Había dejado de llover, y la luna asomó durante unos segundos de nuevo entre las nubes negras. Más abajo estaba la central abandonada y el río, cada vez más crecido por los continuos chaparrones de la tarde. Por la cuesta ya bajaba un coche de la Guardia Civil con las sirenas atronando la oscuridad.

El teléfono de Valentina vibró en su bolsillo. Era Lúa, anhelante. Habló con ella brevemente y colgó.

—Hay una persona herida. Por lo visto tanto Toni como Andrade acaban de salir de la central, no pueden estar lejos. Toni va armado. Velasco, Lúa está dentro de la central con Cristina Cienfuegos, la chica ha recibido un balazo y por lo visto la cosa pinta mal. Pide una ambulancia. ¡No hay tiempo que perder!

Toni corrió por el sendero, intentando no resbalar. El fango hacía el camino impracticable, y él estaba débil por la falta de comida y de agua. Sujetaba la pistola como si estuviese fundida a su mano, mirando hacia atrás a cada segundo. Las ramas de los árboles le azotaban el rostro, tropezaba en las piedras puntiagudas y el caudal de la crecida del Eume resonaba furioso a pocos metros. Solo pensaba en alejarse de allí, pero en realidad no sabía ni hacia dónde iba ni dónde estaba. Vio luces, y el sonido del agua dejó paso al de los potentes generadores de la central hidroeléctrica nueva, que reposaba en la noche como un lobo dormido. Era un lugar fantasmagórico, extraño. Solitario. Se detuvo unos instantes, agotado, y se dio cuenta de que dentro quizás hubiese alguien que le pudiera ayudar. Un vigilante, alguien que estuviese de guardia, lo que fuera. Pero el ruido atronador de un helicóptero y la luz cegadora del foco frontal barrieron de repente toda la zona, y Toni súbitamente se dio cuenta de que quizá no solo buscaran a Carlos, sino también a él si habían descubierto que intentó matar a Andrade. En un instante tuvo una visión del pasado: se vio metiendo a Andrade en el acantilado del Seixo Branco dentro de su coche, soltando el freno de mano y dejando que el vehículo se deslizara suavemente hasta convertirse en una tumba marina. Y se dijo, una vez más, lo estúpido que había sido.

«¿Cómo coño se libró de morir? Estaba totalmente sedado... Alguien le tuvo que ayudar, pero ¿quién? Y luego escribió *No morirás en vano*. Estaba claro que había sido él. Tenía que haberme dado cuenta, nadie escribe así en España. Puta, puta Estela...»

El potente foco de luz volvió a pasar y Toni se agachó detrás de un contenedor. La verja que separaba el camino donde se encontraba de los transformadores no era muy alta, así que metió la pistola en el pantalón: decidió trepar por ella antes de que volviese a pasar el helicóptero de la policía. Cuando estaba a punto de pasar la pierna por encima, algo se aferró a su tobillo como una garra de hierro. La mano de Andrade parecía un garfio al rojo vivo y tiraba hacia abajo con la fuerza del odio y la desesperación. Toni pateó mientras la verja se le clavaba en la piel de las manos, balanceándose. Consiguió liberarse y saltó hacia dentro de las instalaciones. Detrás, Andrade hizo lo mismo. La luz del helicóptero los iluminó mientras peleaban peligrosamente cerca de los transformadores eléctricos. Los cables de alta tensión impedían al helicóptero acercarse, así que avisaron a los de tierra de que los habían localizado.

Valentina corría por el sendero, seguida por los demás. El río estaba cada vez más crecido, el caudal aumentaba cada segundo por la apertura de la presa convirtiendo las aguas mansas en un curso rápido y peligroso. La radio les avisó desde el helicóptero de que habían visto a dos hombres dentro de la central, así que apuraron todavía más el paso hasta llegar a la carretera que llevaba hasta allí. Llamaron al timbre de las oficinas pero nadie contestó.

—Joder. ¿No hay nadie aquí? ¿Ni un miserable vigilante? —exclamó Valentina, desesperada.

Toni intentó sacar la pistola pero Andrade no le dio tregua y comenzó a golpearle la cara con los puños una y otra vez. Notó un dolor terrible y el ruido seco de los huesos al romperse su pómulo. Eso le hizo reaccionar, la sangre y las lágrimas corrían por su cara mientras le devolvía los puñetazos a su atacante y cogía aire, el momento suficiente que le permitió sacar el arma del bolsillo, empuñarla y apuntar, con las manos temblorosas.

—Carlos, de verdad que lamento lo que hice —dijo, jadeando, la mano trémula por el cansancio y la adrenalina—, pero eso ya no tiene remedio. Y no quiero morir, ¡joder! Así que otra vez he de matarte.

—¡Policía! ¡Suelta el arma, Toni! ¿ME OYES, SUELTA EL ARMA! —Valentina, desde fuera de la verja, apuntaba directamente a la cabeza de Izaguirre, mientras el foco del helicóptero iluminaba la escena. Sus compañeros se apostaron cerca, todos con las armas prestas para el disparo. Izaguirre levantó las manos de forma instintiva.

Todos quedaron paralizados durante unos segundos.

En ese momento, Carlos Andrade se abalanzó sobre él con fuerza descomunal y lo lanzó contra uno de los transformadores que estaban justo detrás de ellos. El ruido y el chisporroteo iluminaron la escena y sorprendió a los policías que, alejados del lugar por la verja, no pudieron hacer nada más que escuchar primero los gritos, y luego mirar con impotencia el cuerpo inerte de Izaguirre, preso de convulsiones eléctricas, del que surgía el olor a carne quemada. Andrade aprovechó el instante para correr hacia la nave principal. Valentina vio cómo desaparecía por la parte de atrás, mientras Bernabé le daba el alto y a la vez trepaba por la verja seguido de los dos guardias civiles.

Bernabé dio la vuelta a la nave apuntando con la pistola. Al fin apareció un operario de la central, que salió de una de las puertas principales. Hablaba por teléfono, llamaba a los bomberos a gritos, visiblemente alterado. Cuando vio al inspector le hizo señas.

—¿Qué coño está pasando aquí?

—¿Hay más gente ahí dentro? Tienen que cortar la corriente ya, hay una persona electrocutada en los transformadores.

El operario comenzó a andar rápido y sacó un juego de llaves.

—Hoy solo estoy yo. De noche solo hay un retén y mi compañero se ha ido a dormir. Lo siento mucho, pero me temo que es imposible sobrevivir a una descarga de semejante potencia. En unos pocos segundos acabaría con la vida de un toro. ¿A quién se le ocurre acercarse a los transformadores? Ya he llamado a los bomberos. ¿Me puede decir qué está ocurriendo?

Bernabé señaló la nave e hizo un gesto de urgencia.

—Aquí dentro hay una persona muy peligrosa, un asesino. Por eso estamos aquí. Necesito saber si hay alguna vía de escape que no sea la puerta principal.

—¡¿Qué?! Sí. Hay un acceso que da al río desde las turbinas, un pequeño túnel. Pero con esta crecida es un lugar peligroso...

Valentina corrió. Rodeó la central por fuera y se acercó al remolino que la crecida había formado en el río, cada vez más caudaloso y con la corriente más rápida. Miró hacia abajo.

Carlos Andrade, jadeante y totalmente empapado, estaba intentando salir por el desagüe de las turbinas hacia la orilla del río sin caer al agua. Valentina apuntó con la pistola y gritó para hacerse oír por encima del ruido estruendoso.

—Andrade. Ya se terminó. Estate quieto. Sube las manos, que yo pueda verlas. ¡Venga! ¡Esto ha acabado! ¿Me oyes?

Carlos Andrade se volvió hacia ella, en sus ojos refulgieron durante unos segundos el odio y la demencia. Pero no levantó los brazos. Se limitó a dejarse caer al remolino y desaparecer bajo las aguas oscuras ante la mirada de impotencia de Valentina Negro.

30

Sísifo

La corriente lo sacudió contra una roca y notó que la rama de un árbol le golpeaba, clavándose durante unos segundos con dolorosa intensidad en un brazo. Tragó agua y la escupió, tosiendo, braceando con desesperación. Andrade conocía el río desde niño, conocía las crecidas, sabía de cada recodo y cada cascada, pero la corriente de aquella noche era fuerte, muy fuerte, dura, intentaba llegar a la orilla, y cada vez el río parecía poseerlo más, lo agarraba como si una náyade se hubiese enamorado de él y lo quisiera hundir para siempre, para a continuación dejarlo libre en un juego sádico. Pero al fin pudo abrazarse a las ramas de un abedul que pendían sobre él con un último esfuerzo y aferrar sus pies descalzos en el fango de la orilla. Andrade se libró de la corriente haciendo caso omiso del dolor y se arrastró entre las sombras, hurtando su visión al foco del helicóptero que barría una y otra vez el lecho del Eume. Jadeante, vio una vieja caseta de madera, un refugio de pescadores, y se dejó caer unos segundos para alcanzar resuello y poder continuar. Al poco pensó en Cristina: se había sacrificado por él, él no merecía semejante acto: era un ser infame, repugnante, débil, un asesino, un cabrón. Él la había metido en aquel asunto oscuro, turbio, la había arrastrado a su abismo, provocando quizá su muerte. Era despreciable. Pero ya no podía parar: había empezado y llegaría hasta el final.

Oyó el ladrido de unos perros a lo lejos y voces. El helicóptero volvió a barrer el río y él continuó oculto hasta que la luz se perdió entre las hayas. Luego salió de su escondrijo y se arrastró hacia la profundidad del bosque, evitando los senderos que utilizaban los turistas, acallando el dolor que las rocas y las pequeñas piedras que se clavaban en la piel le infligían con la desesperación de la huida. Pronto dejó de escuchar a los perros y alcanzó el lugar donde la luz no podía atravesar el follaje de los árboles del bosque. No podía volver a su refugio, pero era un hombre previsor: sabía dónde tenía que dirigirse para estar a salvo, por lo menos hasta el amanecer.

Cuando llegó al viejo molino de piedra que había pertenecido a la familia de Carmen Pallares y constató que no había nadie, el alivio inundó sus miembros doloridos. Allí había guardado dinero, provisiones y ropa. Y algo mucho más importante dentro de un teléfono móvil, una grabación que había conseguido de Toni durante su cautiverio. Mientras se cambiaba, las manos temblorosas del frío, recordó con placer el olor a carne quemada del escritor vasco mientras se retorcía entre espasmos pegado al transformador como una lapa a la roca. Sabía que aquel placer era repugnante, que no le correspondía por naturaleza, que su ser primigenio nunca había sido así. Su madre no lo había educado para ser un monstruo que gozase con la violación, con la muerte de los demás, al revés, lo había educado para ser una persona decente. Su madre había muerto de cáncer hacía unos años; en los meses en los que la cuidó en el hospital de paliativos aprendió una lección de vida. Pero ella había muerto en vano, las lecciones que ella le había inculcado desaparecieron como una gota de sangre lo hace en una vasija de barro llena de agua, lecciones incapaces de detener nada. Lecciones que delante de Carmen no tenían ningún sentido.

Comió una barrita de cereales y bebió un trago de Ballantine's. Se echó whisky en las heridas. Luego, mareado, decidió dormir un rato, atormentado con la imagen de su madre moribunda, las manos cerúleas acariciándolo, despidiéndose de él y de su hermana. Las facciones de Cristina Cienfuegos se sobreponían sobre las de su madre justo cuando se quedó dormido.

Central hidroeléctrica abandonada en las Fragas del Eume

Velasco cogió la máscara infamante, la miró en todo su horror con cara de repugnancia y la metió en una caja. Las manchas de sangre del balazo que había recibido Cristina estaban siendo fotografiadas por los técnicos y los de la científica entraban y salían enfundados en sus trajes con bolsas de pruebas. Se habían llevado a la joven en un helicóptero medicalizado, y ahora les quedaba a ellos analizar la escena, el lugar en donde Toni Izaguirre había permanecido secuestrado.

—¿Esto no acabará nunca? Menuda nochecita. Primero Verónica Johnson, y ahora...

—No se puede negar que la Semana Negra de A Coruña ha sido mucho más negra que cualquier otra. Incluso que la de Gijón... —Bernabé intentó bromear. También estaba exhausto, aunque la excitación de haber descubierto al fin al asesino de Cecilia Jardiel le mantenía en pie y bien espabilado. Por lo menos, caso resuelto, aunque no estuviese cerrado.

Velasco lo miró con una expresión entre tierna y amistosa mientras levantaba la caja con la máscara de la Inquisición dentro.

—Ya sé que no es algo que me incumba, y es una pregunta un poco rara en este contexto, pero... te gusta Valentina, ¿verdad?

Bernabé, sorprendido, no supo qué decir. Luego hizo un gesto con los brazos, rendido. Era vano ocultar lo obvio.

—La verdad es que me gusta mucho. No sé..., con ella siento cosas que ya había olvidado —decidió sincerarse con Velasco, notaba que le hacía bien hablar de ello—. Es una mujer especial —sonrió con dulzura—. Es complicado ser heterosexual y permanecer indiferente ante ella. Además, cuando te gusta alguien resulta ridículo expresarse... De todos modos en cuanto esto termine, me volveré a Gijón. Cada uno volverá a su vida normal, tampoco tengo demasiadas esperanzas. A ella le gusta Javier Sanjuán. En resumen, está muy enamorada de él y...

—Sanjuán también se volverá a Valencia. —Velasco sonrió. Apreciaba a Sanjuán, pero estaba un poco harto de tanta indecisión. Y Valentina era una de sus mejores amigas, además de su jefa. Quería lo mejor para ella, y le gustaba aquel tipo recio y masculino, tan decidido, tan valiente—. Yo insistiría. La conozco bien.

Bernabé sonrió, agradecido, confuso.

—Gracias por el consejo, Velasco. Ya se verá —suspiró a su pesar—. Nunca sabemos lo que nos puede deparar el futuro.

Valentina, de nuevo en casa, se frotó las sienes con los dedos, agotada. Las ojeras ennegrecían su mirada, y su piel aparecía casi gris, macilenta. La bronca de Iturriaga la había dejado todavía más destrozada, pero aquella bronca tenía su razón de ser: Cristina herida, Toni electrocutado, Andrade desaparecido, quizá muerto. El resultado del operativo había sido desastroso. Mantuvo las palmas de las manos cubriendo la cara hasta que las manos de Sanjuán agarraron sus muñecas y se las separaron. La besó con ternura y la abrazó hasta casi fundirla con él.

—Tranquila, Val. Todo va a salir bien. Ahora duerme un poco. Necesitas un descanso. No te tortures, las cosas no siempre salen de manual. Bernabé y Velasco están haciéndote el relevo. Lo harán bien, tenlo por seguro.

Valentina fue hasta la mesa del comedor y le robó un cigarro de la cajetilla. Iturriaga la había amonestado, pero la mayor fuente de reproche era ella misma. Odiaba el fracaso, y siempre se recriminaba no haber sido más diligente, o no haber pensado en otra alternativa para actuar. Aunque racionalmente sabía que es imposible que las cosas salgan bien todas las veces, su sentido de autoexigencia la atormentaba, por muy irracional que ello resultara.

—Ya, pero no hemos podido salvar a Toni. No me lo puedo perdonar. Y Cristina Cienfuegos..., es un milagro que esté viva. Déjame un mechero —resopló, angustiada y nerviosa, con aquella angustia que le corroía los nervios y que algunas veces le provocaba eccemas en la piel. El sonido del móvil la sobresaltó, y lo cogió al momento del bolso. Era Alma, la antropóloga forense: había cumplido su promesa de trabajar toda la noche a marchas forzadas. En efecto, los resultados les daban la razón:

el ADN del cuerpo del cementerio de Liáns no coincidía ni con el de la hermana de Andrade, ni con el ADN de las evidencias de la escena del crimen de Cecilia. Sin embargo, la confirmación llegaba tarde, ya todos sabían que Carlos había salido de su tumba marina para convertirse en un ángel vengador. Pensó en el destino de Carlos Andrade. Si había sobrevivido a la crecida del río. Quizá fuese como Sísifo, pero en vez de la tortura de la piedra, estaría condenado a renacer una y otra vez de las aguas para consumar su venganza.

Valentina abrió la ventana de su ático del barrio de los Rosales para fumar y no apestar la habitación. Ante ella, a lo lejos, se mostraba el Atlántico, las luces de A Coruña amortiguadas por la bruma. El amanecer se dibujaba entre las nubes que empezaban a tener un color más blanquecino, liberadas del agua por las lluvias del día anterior. Exhaló el humo, intentando relajarse, mientras Sanjuán le masajeaba la nuca y los hombros. Al final la venció el cansancio. Necesitaba dormir, era cierto. Aunque la idea de Sanjuán sobre Paco Serrano siguió rumiando en su cerebro, así como el misterio de la identidad del cuerpo enterrado en Liáns, pero el sopor acabó por vencerla. Ni se dio cuenta de que Sanjuán cogía el teléfono y llamaba a Ignacio Bernabé.

Viernes, 9.00

Cabanas, ya desayunado, bajó al bar del hotel Riazor y se tomó un café americano en la barra. Muchos escritores deambulaban con cara de sueño y charlaban en corrillos, aún traspuestos por la resaca de la noche anterior. Era el último día de las jornadas negras y el más importante, el de la entrega de premios, y a aquella hora el hotel ya bullía de animación, abundaban fotógrafos y admiradores de unos y de otros que se acercaban con los libros con la esperanza de conseguir una firma y alguna fotografía.

—¿Qué? ¿Alguna esperanza de ganar el Jim Thompson? —Torrijos se acercó a Cabanas y le guiñó un ojo.

—No seas cabrón, coño. Sabes que se lo va a llevar el tal Hugo Vane, ese que mantenéis tan en secreto. ¿Va a venir a recoger el premio? ¿O vas a recogerlo tú?

El editor sonrió con picardía y negó con la cabeza mientras le hacía una señal a la camarera.

—¿Quién sabe? Con los escritores nunca se sabe. Sois todos una caja de sorpresas, por cierto, no sé nada de Cristina desde ayer. ¿La has visto? Estoy preocupado. Ya tenía que estar aquí.

—No. Tampoco me he fijado, tengo que reconocerlo. A partir de ahora me fijaré, si la veo te aviso.

Cabanas pagó el café y se despidió de Torrijos, algo incómodo. Sabía perfectamente que si *No morirás en vano* no se presentase al concurso, él se lo llevaría casi con seguridad; las críticas habían sido muy prometedoras. Pero se presentaba, eso era un hecho, y su ego de escritor no lo llevaba demasiado bien, aunque en su fuero interno sabía que la novela de Vane era una obra maestra. Tensó su cuello nervudo y se pasó la mano por la nuca antes de subir al salón.

En la puerta se encontró con dos chicas que le pidieron una dedicatoria. Aceptó, complacido. La mañana estaba llena de actos, proyecciones de algún corto premiado en los días anteriores, firmas de autores. Saludó a más colegas. Firmó más libros. De pronto, cuando levantó la vista para devolver una de sus novelas firmadas, divisó a lo lejos a Esteban y Marta: estaban entrando en una de las salas anexas donde iba a celebrarse una mesa redonda sobre «Las mujeres y la novela negra. ¿Una nueva sensibilidad?».

Era lo que estaba esperando. Cuando terminó de atender a la gente que se le había aproximado bajó a la salida por las escaleras a todo correr. Ya en el exterior llamó por teléfono. Muy pronto apareció en el paseo marítimo un viejo Seat Ibiza azul turquesa que se detuvo en doble fila en el otro lado. Sorteando los coches con agilidad, entre bocinazos de cabreo, Cabanas llegó hasta él y se introdujo con rapidez.

—Hola, Amancio, me alegro de verte —dijo Cabanas, mientras chocaba un puño con el conductor y se ponía el cinturón—. Joder, gracias —jadeó—. Te debo una, macho.

—Y que lo digas, «escritor». Que sepas que esto es un marrón de cojones. Estoy en libertad condicional, y me la juego —dijo Amancio, alias el Cerrajero, arrancando con rapidez—. ¿Adónde vamos?

—Siempre estás en libertad condicional, no me vengas ahora con mariconadas, joder. —Cabanas sabía a quién pedirle un favor así. En su estancia en la cárcel había conocido a delincuentes de todo pelaje, pero nadie era tan bueno como Amancio para abrir cualquier clase de cerradura, ya estuviera esta en una puerta o en una caja de seguridad. Y eso es justamente lo que necesitaba en esos momentos: alguien que abriera una puerta de un piso sin que su inquilino sospechara nada.

—Ve hacia los Nuevos Ministerios, a partir de ahí ya te voy diciendo. Y no te preocupes, esto va a ser coser y cantar. El tipo estará ausente durante un buen rato, y yo solo necesito cinco minutos. Créeme, ese cabrón es un violador de mierda, y lo único que quiero es cerciorarme, no meter la pata, ¿entiendes? ¿Has traído los monos de trabajo?

—Sí, los llevo atrás. Y no son monos, sino chaquetas. Son de la empresa en la que trabajaba antes de que me metieran en el trullo: «Reformas y albañilería Sanjurjo» —Amancio sonrió—. Menudo capullo era ese tío. Decía que las chaquetas daban empaque a la empresa, pero nosotros nos las quitábamos nada más empezar a currar. El cabrón te pagaba lo justo, pero eso sí, nos daba las putas chaquetas... y luego teníamos que llevarlas nosotros a limpiar. Tócate los huevos.

—¿Tienes trabajo ahora? ¿Has dejado la coca? —preguntó Cabanas, que sabía mucho de su vida por las largas horas de charla compartidas en su vida carcelaria.

—Sí a todo. ¿Te acuerdas de mi hermana Felisa? Pues la tía, con dos cojones, ha abierto un bar por el polígono industrial de Bergondo, ya sabes, para trabajadores; cierra después de las cuatro, aunque abre a las seis de la mañana. Siempre ha sido una mujer con cabeza; con lo ahorrado después de veinte años trabajando en la fábrica ha abierto el bar; ella sola, sin maromo, ya sabes lo que había... pero yo le dejé un par de recaditos al cabrón y desapareció. —Se volvió hacia Cabanas, exhibiendo una sonrisa de orgullo y dientes muy negros que dejaban bien a las claras la necesidad urgente que tenía de una buena ortodoncia—. Pues estoy con ella; me firmó los papeles para salir de la trena y ahora me encargo de llevarle todo lo que necesita para el bar: comida, cosas de limpieza... y de vez en cuando la sustituyo unas horas —suspiró—. No es la hostia, pero a mí ahora me sirve. Juego a los dardos. Toda esa mierda. Estoy limpio, tío.

—Me alegro, chaval... Gira ahora hacia la derecha y métete hacia la avenida de Monelos.

Cinco minutos después habían llegado a la calle Juan Díaz Porlier, en Matogrande, donde vivía Esteban; buscaron un sitio donde aparcar en una calle paralela y salieron poniéndose la chaqueta que les identificaba como albañiles, que a Cabanas le quedaba visiblemente grande. Amancio, con una caja de herramientas; Cabanas, una bolsa de deportes. El Cerrajero abrió el portal como quien abre una caja de regalo. Cabanas avanzó hacia los buzones y se fijó en que todos tenían varios nombres menos una vivienda, donde figuraban las iniciales E.V.: el cuarto C. Al menos la E coincidía con el nombre. El cabrón podía llevarse a una chavala a su piso, así que vivía solo, sin duda. Se dejó llevar por la intuición y salió a pulsar el timbre del interfono. Nadie contestó. Volvió a entrar.

Escucharon el ascensor y comenzaron a subir por las escaleras ágilmente y en silencio hasta el cuarto piso. Al salir, Amancio vio con satisfacción que la puerta era blindada pero de las que ponían los constructores de serie, nada infranqueable. Tenía dos cerraduras convencionales. Casi se sintió decepcionado: estaba preparado para puertas mucho más jodidas.

Los dos anduvieron con sigilo. Cabanas acercó el oído a la puerta: no escuchó nada. Con un gesto le indicó a su colega que procediera: cuarenta segundos más tarde ya estaban dentro.

La luz entraba por las ventanas del salón y de las habitaciones, ya que el piso era casi todo exterior y daba a la avenida de Alfonso Molina. A Cabanas le chocaron las pocas cosas que Esteban tenía allí. Apenas un par de libros de química en el mueble del salón, un equipo de música, y la cocina presentaba pocos signos de haber sido utilizada. Se dirigió al que suponía que era el dormitorio principal mientras Amancio se quedaba detrás de la puerta de entrada. Dejó su bolsa sobre la cama y extrajo de ella el pedazo de camisa que había arrancado al agresor de Thalía. Aspiró de nuevo el perfume y, sacándola de la bolsa, abrió la puerta del armario. Colgaban un par de trajes y cinco o seis camisas. Miró el número de cuello de la suya y lo comparó con los números de las que estaban colgadas. Era el mismo: talla 40, o número 3.

«Lo sabía, cabrón», masculló para sí Cabanas. A continuación se encaminó al cuarto de baño. Se dirigió a la repisa que daba paso al espejo de la pila. Miró los frascos: aftershave, crema hidratante para la cara... y un perfume: Egoiste, de Chanel. Sacó el tapón y se puso un poco en la muñeca. Luego lo olió profundamente. Su cara se iluminó: «Te tengo, hijo de puta de colonias caras.»

—Vámonos —le dijo a Amancio—, aquí ya hemos terminado.

Amancio miró por el visor de la puerta y luego la abrió. Tardó de nuevo menos de un minuto en pasar otra vez las dos cerraduras. Luego, bajaron en el ascensor sin apenas mirarse.

Al llegar a la calle se dirigieron al coche con paso lento.

—Gracias, tío, eres un *crack*. Te dejo aquí, no quiero que nos vean juntos. No es que me avergüence de ti, jodido cabrón —le sonrió—. Te debo una: te llamo antes de que me vaya de la ciudad y te invito a unas birras. —Cabanas le dio un abrazo y vio partir a su amigo. Ahora tenía que pensar bien lo que iba a hacer. Es verdad que sus pruebas no hubieran bastado en un tribunal para condenar a Esteban, eran solo pruebas circunstanciales. Pero él no era juez, y con lo que había visto se sentía más que satisfecho. Paró un taxi. Mientras volvía al hotel meditó: No le iba a matar, eso no, pero le iba a dar una buena paliza, para que no olvidara con quién se había metido esa noche en la playa de Riazor.

Complejo Hospitalario Universitario de A Coruña

Lúa esperaba de pie, en la UCI, mirando la puerta blanca que la separaba de Cristina Cienfuegos. Había un constante trasiego de médicos, enfermeras y enfermeros, auxiliares, familiares llorosos, gente con caras de zozobra o, directamente, personas que rezaban y miraban al cielo y a la puerta blanca que los separaba de los suyos una y otra vez con el desconsuelo y la esperanza clavados en las pupilas. En la puerta había un policía nacional con las manos hacia atrás, vigilando.

Los médicos le habían dicho que en las próximas horas se sabría si estaba fuera de peligro, pero que muy probablemente saldría de esta. A Lúa le daba mucha pena aquella joven, víctima en realidad de los delirios homicidas de un hombre que la había llevado hasta un lugar que no le correspondía. Ella había visto su tortura interior, y también la de él, poseído por algo que le superaba, por un afán abominable de hacer sufrir que provenía de su propio sufrimiento. Lúa no era psicóloga, pero muchos años trabajando en sucesos le había procurado un instinto especial para detectar aquel tipo de personajes. Se preguntó si sus padres ya lo sabrían, o incluso si tendría familiares, y qué pensarían cuando se enteraran de que su hija estaba confabulada con un tipo como aquel, capaz de matar a tres personas.

Alguien le hizo señas desde la barandilla de las escaleras angostas que desembocaban en la UCI. Lúa se acercó después de constatar que aquel hombre se dirigía a ella.

Era Carlos Andrade.

Tenía un aspecto terrible, como recién salido de la tumba. Lúa se volvió hacia el policía, aterrada, pero Andrade la siguió mirando con los ojos de un perro perdido y todo su cuerpo se convirtió en un gesto de súplica. La periodista dudó otra vez, al fin asintió y caminó hacia las escaleras, Andrade ya las estaba subiendo de nuevo. Cuando llegaron al pasillo de Urgencias, lleno de gente, Lúa lo agarró de un brazo y lo guio por los intrincados pasillos que llevaban hacia el interior del hospital. Empujó la puerta de la capilla, que estaba vacía, y los dos entraron. Se arrodillaron uno al lado del otro en uno de los bancos fingiendo rezar en un acuerdo tácito que surgió con un gesto de él.

—Lúa... ¿Cómo está? ¿Cómo está Cristina?

—Aún no se sabe, pero por lo visto se va a salvar. Ha perdido mucha sangre. Tiene un neumotórax. Pero va a salir de esta. Seguro. —Lúa fijó sus ojos enormes en la cara demudada de Andrade—. Necesito avisar a su familia.

El pecho de Andrade se elevó y se hundió de forma acompasada con su respiración, que intentaba ser rítmica.

—Sus padres viven en Madrid. Ya se encargará su jefe Torrijos, no te preocupes, es un buen hombre... Yo estoy aquí para pedirte un favor muy importante, Lúa. Ya sé que me consideras un monstruo. Si me ayudas, te contaré toda mi historia. Quizás así me entiendas mejor. Solo a ti.

Lúa lo miró con expresión vacía. De repente notaba la profunda vulnerabilidad de aquel hombre que hacía pocas horas le había parecido un sádico desalmado. Su intuición le decía que ahora ese monstruo había desaparecido, y en su lugar solo quedaba la sombra de un hombre derrotado. Y en su periódico no habían valorado lo suficiente lo que ella podía hacer cubriendo los sucesos. No encontró mejor forma de resarcirse y demostrar que era la mejor.

—Dime —sintió una extraña piedad a su pesar—. Haré lo que pueda, pero no cuentes con que te ayude a escapar. Tendrás que responder de tus actos.

31

Movimiento arriesgado

Thalía intentó sacar un trozo de magdalena del café sin que se le desmenuzara. Se le había caído mientras miraba, hipnotizada en la televisión del bar, la noticia de la muerte de Verónica Johnson la noche anterior. No se concretaban los detalles, pero se mencionaba que presentaba una herida por arma de fuego y otra por objeto punzante. La policía solicitaba ayuda, por si habían visto a alguien sospechoso en Perillo, en la calle Kenia, a partir de las nueve de la noche.

«Esta ciudad es un no parar. Y Toni. Y Sauce. Joder, quién lo diría.» Le recorrió un escalofrío por la médula pensando en lo que le había ocurrido en la playa, pero intentó alejar esos recuerdos desagradables y pensar en positivo. Quedaba muy poco ya para el final de las jornadas negras: la entrega de premios y luego, por la tarde noche, una fiesta que organizaba uno de los patrocinadores, un tal Mendiluce, personaje con fama de empresario corrupto y recién indultado. Pero había barra libre. Y pinchos.

Subió hasta la habitación de Paco Serrano y llamó a la puerta. Dentro se escuchó un exabrupto y luego pasó un buen rato hasta que al fin asomó la cabeza. Despeinado, y con aspecto de no haber dormido demasiado bien, Serrano la dejó pasar mientras se ponía las gafas. Estaba oscuro y olía a cerrado, a lo que se añadía ese aroma ácido de un cuerpo que ha sudado entre pesadillas durante horas.

—Hola, guapa. Siéntate. Tenía ganas de verte. —Thalía se fijó en que tenía el desayuno en una bandeja casi sin tocar—. Ya solo queda hoy, ¿eh? La entrega de premios, la fiesta, y vuelta a Madrid —lo dijo de modo que parecía más una esperanza que un hecho trivial, pero eso Thalía no lo percibió.

—¿Puedo tomarme el zumo?

—Claro. A mí no me apetece. Tengo el estómago cerrado. Algo me sentó mal.

Thalía vio que Serrano sacaba las camisas de las perchas y las colocaba con cuidado en la maleta.

—¿Nos vamos a seguir viendo en Madrid? —Su voz sonó algo vacilante. En realidad no sabía si le gustaba demasiado, pero la había tratado muy bien, y prometido muchas cosas, quizá demasiadas, ella tampoco se hacía muchas ilusiones al respecto; había aprendido a desconfiar de los hombres. Pero pensó que le ayudaría a olvidar la traición de Cabanas, del que seguía perdidamente enamorada.

—Claro, Thalía. —Se volvió hacia ella, con una sonrisa forzada, triste—. No eres un simple entretenimiento. Todo lo que te dije es verdad. Voy a lanzarte al estrellato. Serás una gran escritora.

Dejó de meter calcetines en zapatos y se sentó junto a ella en la cama. Tenía la boca con pequeños restos de zumo naranja y los recorrió con el dedo. Luego la besó.

—¿Cómo no me vas a gustar? Eres preciosa. Y yo un viejo verde —sonrió con malicia.

Se levantó y fue a correr las cortinas, de manera que la claridad inundó la habitación. Abrió la ventana, que daba a la playa, y dejó paso al ruido de las olas y de los coches. Luego intentó estirar algo las sábanas para adecentar la cama.

—Ven aquí, Thalía, pequeña. —Golpeó con la mano la superficie del colchón—. Siéntate.

—¿Sabes que dicen por ahí que Toni está muerto?

Serrano acusó el golpe, se puso muy pálido, todo el cuerpo tenso y se apartó de ella.

—¿Qué estás diciendo?

—Que no lo cuentan para no tener que anular en el último momento las jornadas negras. Que murió ayer por la noche, pero hasta después de la entrega de premios no se sabrá. Lo escuché en la cafetería del hotel hace un momento. Lo estaba comentando uno de los organizadores, los demás no sabían nada.

Serrano se incorporó y comenzó a pasear por la habitación, pensando rápido. No quería perderse la entrega de premios. Quería ver la cara de Estela cuando se desvelara que ella no había escrito su trilogía tan alabada. Años de denostarla sabiendo que aquellos libros eran una obra de arte escrita por Carlos Andrade, su descubrimiento. El hombre al que había salvado de una muerte segura en cierto modo. Todo había salido mal: Carlos se había ido de madre, había enloquecido tras la enfermedad de su hermana y la traición de Estela, se había convertido en algo más que un escritor: era un ejecutor trastornado e implacable. Y él, en un asesino, casi sin quererlo, de la mujer a la que había contratado y que paradójicamente había salvado la vida a Andrade. Por un momento se sintió sin fuerzas, abatido. ¿Cómo había podido salir todo tan mal? Aspiró con fuerza, pensando en que ahora lo importante era llegar hasta el final y salvar el culo. Tenía que ir a la entrega de premios, aunque su principal instinto era el de huir de allí. No estaba fichado, así que si había dejado alguna huella, no tendrían con quién compararla. Pero no debía salir corriendo como una comadreja, era necesario hacer acopio de sangre fría y templanza.

—Es horrible, Thalía. Si es cierto, es horrible. No era un gran escritor, pero... bueno. Dejemos de hablar de muertos... —Se aproximó a la joven contrita y la besó en el cuello con sensualidad, dejando la lengua en cada caricia—. Vamos a hacer el amor por última vez en A Coruña. Vamos a conjurar a Thanatos con Eros...

Valentina colgó el teléfono, que hasta el momento había estado en modo manos libres. Permaneció unos instantes meditabunda. Miró la taza de café y respiró hondo. Ya estaban a punto de salir de casa hacia Lonzas cuando llamó Lúa Castro y trastocó todos los planes.

Sanjuán escuchó a Valentina después de que terminara de

hablar con Lúa; se quedó meditando unos segundos y se decidió a hablar.

—Yo creo que es arriesgado, sí, pero... ¿Qué podemos perder? Lo que dice parece muy lógico. No son peticiones disparatadas. Tendrías un beneficio total a cambio de algo asumible. Recuerda que ahora no está en tu poder, no sabes dónde está. Y desde el punto de vista de la psicología su comportamiento es muy coherente. Creo que cumplirá su palabra —dijo, en tono aseverativo.

—Ya. Lo entiendo. ¿Y si no sale bien? Después de lo que pasó en la central eléctrica tenemos la espada de Damocles sobre la cabeza... —Valentina tomó otro sorbo de café y pensó en cómo le iba a presentar a Iturriaga todo aquel marrón de una forma convincente. Pero meditó sobre lo que le había dicho Sanjuán y miró en su interior: su intuición le decía que «adelante», así que decidió hacer caso del instinto policial. Si la cosa funcionaba, podrían cazar dos pájaros de un solo tiro...

Sanjuán escuchó un pitido en su móvil. Lo miró unos segundos y lanzó una exclamación.

—Ya ha salido en la *Gaceta* el texto de Toni Izaguirre. Ahora resulta todavía si cabe más trágico leerlo; ese dolor se transformó en el preámbulo de su muerte.

Valentina asintió, pero ahora no tenía tiempo de pensar en eso. Ya era agua pasada desde el punto de vista policial. Era lo que quedaba por venir lo que enervaba ahora cada músculo de su cuerpo.

—Voy a llamar a Iturriaga y a Bernabé. Vámonos, hay que organizar todo el dispositivo de manera muy concienzuda. Esta vez no podemos fallar.

—Te voy a pedir un favor, Thalía. Es muy importante. Escúchame. —Serrano retiró el cabello de la cara de la chica y la besó en la mejilla. Se incorporó para buscar sus calzoncillos y pantalones—. Ayer por la tarde-noche tenía que haber ido a una reunión de negocios. La verdad, se me olvidó por completo. Por favor..., si alguien te pregunta, quienquiera que sea, di que estuve contigo, que no te encontrabas bien. A partir de las ocho, más o menos, y que pasamos la noche juntos. Es crucial que te acuerdes. O perderé un viaje a Boston y mucho dinero.

Ella, somnolienta tras el coito, sonrió y emitió un gemido mimoso mientras se tapaba con la sábana.

—OK. No habrá problema.

El crítico se terminó de vestir y fue hacia la puerta.

—Voy un momento a recepción a arreglar unos asuntos. Espérame aquí. Luego te busco para bajar a la entrega de premios.

Thalía le hizo un gesto vago y se dio la vuelta en la cama. Intentó dormitar, pero estaba desvelada, y le estaba empezando a doler la cabeza. Se levantó y buscó en su bolso un ibuprofeno, pero los había terminado. Allí estaba el blíster totalmente vacío. Bebió un sorbo de agua de un vaso del baño y volvió al dormitorio.

«A ver si Paco tiene alguna aspirina o algo por ahí que me pueda servir.»

Abrió los cajones y revolvió algunos calcetines y camisetas que aún no había ordenado en la maleta. Luego fue al armario y continuó con la búsqueda. Metió la mano en el bolsillo de una gabardina de color verde oscuro y palpó algo metálico.

Era una pistola.

Sobresaltada, la volvió a meter en el bolsillo. ¿Para qué iba a necesitar Serrano una pistola? Su corazón comenzó a ir a toda velocidad, asustada. Pero..., ¿por qué? Con ella había sido encantador desde el primer momento. ¿Y si quería matar a Cabanas? No, era absurdo. ¿Para qué iba a matar a nadie? ¿Y si estaba amenazado por alguien y era para protegerse? Pero, entonces, ¿por qué la llevaba en la gabardina...? ¿Temía que alguien le atacara cuando saliera?

Se vistió deprisa y decidió salir de allí. En su mente empezaba a tomar forma lo que le había dicho minutos antes.

«Dile a todo el mundo que estuve ayer contigo.»

Joder. Joder. La noche anterior había muerto una chica que presentaba una herida de bala. Lo había dicho la tele.

Decidió dejarle una nota de disculpa por si acaso. «Voy a pasear un rato por la playa, me duele la cabeza, nos vemos en la entrega, besos.»

Luego abrió la puerta de la habitación, se cercioró de que no había nadie en el pasillo y caminó hacia las escaleras.

—Esta noche es la fiesta. Estoy impaciente por que empiece la función, y yo quiero estar dentro de ella. Para eso pago, y quien paga, manda. Primero Marta, y luego Valentina. ¿Me está escuchando, Marcos?

Albelo asintió. Solo escuchar el nombre de Valentina Negro activaba todas sus alarmas. ¿Se acercaba ya el momento esperado?

—Estoy aquí, sí. Le escucho. Estamos en las jornadas negras, tengo a la chica muy trabajada ya. No sospecha nada. Come de mi mano. Es una pequeña corderita a mis pies.

—Me alegro mucho, Albelo. Sé que va a superar mis expectativas. Esta noche nos vamos a poner las botas. Prepárese. La inspectora va a caer como fruta madura. ¿No está nervioso, anticipando el festín?

Albelo se imaginó a Mendiluce relamiéndose en su casona de Mera, una visión repugnante pero sugestiva. Durante unos segundos, la visión de Marta entregada a él en la cama lo turbó, pero consiguió dominarse con toda su voluntad.

Le habían contratado para hacer un trabajo y lo iba a cumplir.

Centro comercial Marineda

—Creo que este le servirá.

La dependienta de Massimo Dutti es morena, con melena lisa y brillante, tan brillante como sus ojos verdes felinos, casi perfecta. Solo una pequeña cicatriz en la ceja izquierda que la desvía y provoca una calva llamaría la atención, eso está pensando Carlos Andrade, los ojos fijos en el pequeño cortafuegos de la ceja castaña y perfilada cuando coge en sus manos el traje gris perla y la camisa berenjena que ella le ofrece. Detrás, Lúa lo observa, fascinada. Piensa en el artículo que la llevará a la cumbre, que callará todas las bocas en su periódico. La historia de Carlos Andrade es suya. Suya y de nadie más.

La periodista aprueba la elección de la chica de la ceja rota.

—Pruébatelo. Yo creo que es tu talla. Te acompaño, ven. Esperaré fuera.

Andrade se ve en el espejo de la tienda, recién afeitado en los baños, trajeado. No se reconoce. Está más delgado, los días de cautiverio de Toni han sido un tormento para él. Ha encanecido, incluso tiene menos cabello. Sus ojos oscuros destacan en la piel tan blanca y pecosa, piel de lord inglés, piel de fiebre, de Missolonghi, le decía Carmen cuando eran adolescentes y se intercambiaban libros en la playa, descubriéndose mundos, quemados por el sol, besándose entre las algas y las historias de Verne. El puto mar de los Sargazos se lo llevó todo, piensa, y recuerda cuando despertó en la casa de Verónica Johnson, la mujer que arriesgó su vida por salvarlo y ahora está muerta. Andrade siente que la pena ya no le cabe más, y su odio hacia Carmen se magnifica por momentos, porque de algún modo sabe que ella está implicada en su muerte por el destino inexorable de los acontecimientos.

Lúa se felicita de su ocurrencia: ¿quién va a imaginar que están de compras en medio de un centro comercial? Si quisieran joderle el plan irían a su casa. Nadie les va a buscar allí.

Lúa introduce en el probador unos zapatos negros de piel y Andrade los toca y huele con placer.

Se escucha decir a la dependienta.

—Si necesita otro número, aquí estoy.

La chica de la ceja rota se va a atender a otros clientes mientras Lúa Castro hace guardia en el probador. Le habla desde fuera.

—Date prisa. Ya es la hora. ¿No querrás llegar tarde? No te agobies por el dinero. Pago yo.

—Estela —Bernabé adoptó una expresión de gran entereza—, no se preocupe. No pasará nada. Las medidas de seguridad son extremas. Jamás la pondríamos en peligro.

Analía Paredes insistió.

—Es usted la escritora más famosa que hay aquí hoy. Nos

encantaría que entregase el premio. Teníamos a un actor coruñés pero no puede venir, le han surgido otros compromisos. Por favor. Háganos ese honor.

—Comprendan que no estoy en mi mejor momento. Toni ha..., Toni ha muerto —dijo, con voz queda—. ¿No entienden que estoy muy afectada? Y ese tipo, si está vivo, anda suelto por ahí. Tienen al jurado. Ellos pueden leer los veredictos.

—Pero el jurado es una cosa, y la entrega de premios es otra. Estará toda la prensa. A usted le vendrá de perlas el protagonismo —porfió la comisaria del evento, que no pensaba dejar una oportunidad para provocar mayor expectación.

—Acompáñeme, Estela, por favor —Bernabé la dirigió hacia la mesa donde iban a efectuar la entrega de premios antes de que Estela respondiese airada a la organizadora—. Mire. A los lados de la sala hay dos policías apostados, ¿los ve? Ese es el principio. A su lado habrá otros dos. Y por toda la zona. Cualquier intento de sabotaje sería abortado de inmediato. No debe temer nada.

Estela suspiró. En realidad, no tenía nada importante que hacer hasta que saliera su avión por la tarde de Alvedro. Cabanas no aparecía por ningún sitio, y a ella en realidad le daba igual: Lo había meditado bien y no lo pensaba ver hasta que coincidiesen en otras jornadas. Ya se lo había tirado, y era un tipo rebelde, independiente, tampoco parecía demasiado dispuesto a complacerla. Por otra parte, la policía la protegía ahora, ya no lo necesitaba. Y Toni..., él se lo había buscado, concluyó al fin. Prefería no pensar más en ello. No iba a solucionar nada. Una lástima, él también estaba nominado al premio...

32

Yo acuso

> ¿Por qué me despreciaste? ¿Por qué traicionaste,
> Cathy, a tu propio corazón? No puedo tener una sola
> palabra de consuelo para ti; te mereces lo que te pasa.
> Eres tú quién se ha matado a sí misma.
>
> *Cumbres Borrascosas*, EMILY BRONTË

Hotel Riazor

—Hola, inspectora.

A Valentina le costó unos segundos reconocer a Carlos Andrade de traje, recién afeitado. Se dio cuenta de que era un hombre alto y se podría decir que, de algún modo muy especial, incluso apuesto. No obstante, recordó aquellos ojos extraños, grandes y acuosos, pero ya no tenían el brillo animal de la noche anterior. Lúa Castro permaneció unos pasos atrás, sin mostrar miedo alguno.

—Hola, Andrade... —sacó los grilletes de la funda del cinturón del uniforme—. Sabe que tengo que detenerle, ¿verdad? Queda usted detenido por ser sospechoso de secuestro.

Los agentes levantaron sus armas y Andrade hizo lo mismo con los brazos.

El escritor asesino sonrió.

—Para eso estoy aquí. Yo nunca le mentiría. He cumplido mi palabra. Cumpla usted la suya.

—No quiero ninguna estupidez por su parte. —Lo esposó con las manos hacia delante y le hizo un gesto a Bodelón para que lo registrara. El subinspector procedió con meticulosidad.

—Está limpio.

—Bien. —Valentina le recitó los derechos—. Acompáñenos. Le daré unas instrucciones que deberá seguir a rajatabla. Vamos a llevarnos bien, ¿verdad? Y todos saldremos ganando.

—Especialmente usted —Andrade asintió, abrió los ojos, la sonrisa etrusca.

Parecía divertido, pensó Valentina, intrigada ante los extraños recovecos de la mente humana. No era el primer asesino que decidía entregarse a las autoridades, pero aquel caso tan retorcido le parecía muy perturbador. ¿Qué había en la mente de aquel hombre? ¿Odio? ¿Vanidad? ¿Orgullo? Sea lo que fuere lo que le había impulsado a actuar, estaba claro que su mente se había roto, y el asesino despiadado en que se había convertido no había borrado del todo lo que en su momento llegó a ser. Quizás el amor traicionado de un modo tan infame había sido la causa de todo. «El amor no siempre sigue un camino obligatorio, a veces se vuelve tortuoso y difuso...»

Pero ahora no tenía tiempo para disquisiciones psicológicas. Era imperativo que todo saliera bien. Sabía que al no llevarlo derecho a los calabozos había tomado una decisión arriesgada, pero seguía su instinto, y además había hecho un trato con Andrade. Él no estaría ahora en sus manos si no hubiera decidido entregarse. «No puedo permitirme un nuevo error», pensó, cortando el razonamiento anterior. Con suerte, ya se encargaría Sanjuán de hablar con él para analizarlo más adelante.

El salón de actos estaba repleto. La prensa copaba los sitios más adecuados para las fotos y las cámaras de televisión. Escritores, blogueros, lectores entregados, curiosos, personalidades de la cultura, todos se revolvían nerviosos, expectantes. Los nominados a las diferentes categorías fingían tranquilidad, pero por dentro sus estómagos rugían de opresión. Cada uno de los premios estaba dotado de una cantidad estimable, 5.000 euros, además del prestigio de ser el ganador de la primera Semana Negra de A Coruña. Los trofeos, pequeñas Torres de Hércules de plata coronadas por una gorra de cazador a lo Sherlock Holmes de diferente tamaño según la categoría, ya esperaban en la mesa junto a botellines de agua y copas. Los organizadores, Analía Paredes y el librero Emilio Durán esperaban a un lado, de pie, visiblemente alterados. En las esquinas del salón, varios miembros del Cuerpo Nacional de Policía intimidaban con su altura, los brazos sujetando la «pajillera» con semblante adusto.

Analía se sentó y vio llegar, limpiándose el sudor con un pañuelo, a Torrijos con un aspecto más lamentable que de costumbre. Se sentó delante de todo junto a Lúa Castro, que retiró la chaqueta y el bolso de la silla antes de que se aposentase encima y jadeó, intentando recuperar la respiración.

—¿Cómo está Cristina? ¿Ha avisado ya a los padres? —preguntó la periodista.

Torrijos miró a Lúa con asombro, pero contestó de forma casi intuitiva que «bien, algo mejor» y «sí, viene la hermana para acá», a la vez que pensaba cómo demonios sabía aquella periodista que Cristina estaba herida en el hospital.

—Tú sabes qué pasó realmente, ¿no, Lúa? A mí no me han querido contar nada.

—Pronto te enterarás. No puedo contar nada. Lo importante es que salga de esta.

—Claro. Bueno... Por lo menos he pillado sitio en primera fila, la sala está abarrotada. ¿No está ocupado? —Torrijos se dio cuenta de que quizá Lúa le estaba guardando el sitio a alguien.

—No, por Dios. ¿Qué tal? ¿Nervioso? Los mentideros dicen que tu misterioso Hugo Vane es el candidato mejor posicionado.

—¡Por Dios no lo gafes! —Aquello le arrancó la primera sonrisa forzada a Torrijos—. En estos eventos nunca se sabe. El jurado se reunió esta mañana, no se ha filtrado nada. Pero bueno, yo confío.

—Desde luego, es la mejor. Por no decir que es la mejor novela negra que se ha escrito en este país desde hace muchos años... ¿Ya habéis pensado en la continuación?

La entrada de Estela rodeada de policías hizo que todo el mundo se quedara en silencio primero, y luego comenzase a murmurar. Lúa se dio la vuelta, como todos. Detrás de la comitiva de Estela, Paco Serrano, el crítico, vestido como un dandi de provincias, con una corbata bastante elegante —Lúa tuvo que reconocerlo—, de colores chillones que se veía de lejos, un traje oscuro y una gabardina en el brazo, se quedó en la puerta, y se apoyó en la pared.

«El juego ha empezado», pensó la periodista, mientras sacaba su iPhone para grabar todo el acontecimiento y se mordía, expectante, el labio inferior.

Paco Serrano analizó el entorno con ojos de presa y de cazador, tenso, buscando lugares por donde huir y a la vez, desde donde poder disfrutar del evento. La pasma se camuflaba entre los asistentes de paisano, y los que estaban de uniforme no se cortaban demasiado a la hora de enseñar la cartuchera de la que sobresalía la pistola, defensas, bíceps y botas técnicas capaces de amedrentar a cualquiera. Carlos Andrade le había dicho que todo seguía según el plan. «Según el plan.» Su rostro adoptó el gesto de la desolación. Nada había salido según el plan. Toni había muerto. Lo había llamado y se lo había dicho, como si él fuese el custodio de su perversidad. Bastante tenía con la suya propia, sus manos manchadas de sangre que no lavaría toda la inmensidad del océano.

Dejó de torturarse con gran fuerza de voluntad. Mientras los organizadores y algún famoso local otorgaban los premios menores, sacó el iPad del maletín y buscó el último relato de Toni, publicado póstumamente justo el último día de las jornadas en la *Gaceta de Galicia*. No era un cuento como la vez anterior, era una especie de poema. Lo volvió a leer para cerciorarse de que la primera lectura, más rápida e imprecisa, le había dejado las impresiones correctas. El falso concurso de relatos era todo un éxito, y el cabronazo de Toni estaba cosechando un montón de fans. Después de muerto. Suspiró. Desde luego, no había sido un tipo con suerte...

Enroscaste tus brazos alrededor de mi cuello.
Tus besos eran hielo, fuego que arrancaba mi carne como un san Lorenzo en su hierro candente.
¿Qué querían que hiciera?
No podía negarme. Solo hacer lo que ella suplicaba, ordenaba, mandaba, quería.
Solo llorar.
Solo traicionarme.
Solo traicionarte.
Obedecer. Como un autómata, muerto en vida para poder matar.
La mente en explosión. El coche blanco se hunde en la espuma blanca, aguanieve. Y yo muero contigo y renazco convertido en un puto títere con suerte...

Joder. Al final no iba a ser tan malo el muy cabrón. Y durante el secuestro no había tenido a nadie de donde inspirarse ni plagiar. En el fondo solo había tenido la necesidad de que algo le llevara al límite para ser un escritor de verdad, claro que con una pistola en la sien cualquiera encontraba ese límite... El poema era una confesión de lo que había ocurrido aquella noche en el Seixo Branco, cuando, obedeciendo las órdenes de Estela, Izaguirre había intentado matar a Carlos tirándolo con el coche por el acantilado. Lo que nadie sabía es que él les había puesto una detective privado a Carlos Andrade y Estela: Verónica Johnson. Y que fue ella la que se tiró al mar para sacarlo del coche antes de que se ahogara.

¿Qué necesidad había de matar a toda aquella gente? El plan era humillarlos, enviarlos a la cárcel, no matarlos. Y mucho menos a Cecilia. ¿Qué más daba que fuese una zorra chupapollas y plagiase? Era cierto que lo había acusado de violación en el colegio cuando él decidió liarse con Estela, pero... el castigo fue desmesurado. ¡Y Sauce! Andrade no estaba bien de la cabeza, eso estaba claro. Pero su locura era lo único que serviría para ver a Estela Brown mordiendo el polvo al final.

La voz de Analía Paredes lo despertó de su ensueño.

—El premio a la mejor primera novela corresponde a *Toda tu sangre*, de María Suárez Rey, una joven viguesa...

«Menuda mierda de primera novela», pensó Serrano con desprecio. Y de pronto volvió a recordar en toda su intensidad por qué él estaba ahí. Por qué había contratado a Verónica Johnson para que siguiera a Estela en sus devaneos con los hombres. Odiaba profundamente a Estela Brown. Notaba la boca reseca mientras esperaba su ajusticiamiento público. Esa hija de puta iba a pagar sus desprecios. Él, después de su fallida primera novela, la cortejó para que se dejara asesorar y guiar por sus manos expertas, pero ella lo rechazó de un modo feo, burlándose de él. La muy puta ya tenía en el bote a Carlos Andrade y sabía que había llegado su gran momento, que no le necesitaba. Serrano reconoció en la intimidad de sus pensamientos que él había llegado a amarla de verdad, que no buscaba simplemente tirársela; se lo explicó a Estela, le abrió su corazón, y ella le respondió entre risas —esas palabras estaban grabadas a fuego en su memoria—: «Serrano, eres un tipo insoportable, un engreído; no hiciste caso a mi primera novela, preferiría vender seguros a tener que depender de ti.» Después de aquello se conjuró para destruir su carrera: empozoñó sus críticas a cada uno de los libros del Detective Invidente; usó sus artimañas y recursos para que los ignorasen o vilipendiasen... pero todo fue inútil; eran libros muy buenos, a su pesar. De ahí que no descansara hasta llevarla al cadalso, justo ese momento que ahora iba a vivir, por el que había pagado un precio muy alto.

Estela se levantó y se dirigió hacia la tarima donde se iba a situar para entregar el premio Jim Thompson a la mejor novela negra. Cuando acallaron los aplausos del premio anterior, todo el mundo se quedó en silencio. Los extraordinarios sucesos ocurridos durante esos días, esos asesinatos reales en medio de literatos del crimen, habían conferido a ese acto una atmósfera especial, única, electrizante. Más de uno se preguntaba si el Fantasma no haría ahí su última aparición, creencia que se veía reforzada por la presencia abrumadora de policías en la sala y en el hotel. Torrijos comenzó a retorcerse las manos. Le daba mucha pena que Cristina Cienfuegos, la que insistió para que apostasen por *No morirás en vano*, no estuviese allí en aquel momento. Ella había sido la principal causante de que publicasen la novela, la fan más entregada del libro. La que lo había convencido de que, aunque el autor no quisiera ni aparecer con su propio nombre en la portada ni asomar siquiera la cabeza por la puerta de la editorial, siguiera adelante. Su corazón y su razón le decían que Vane era oro puro.

Estela Brown se echó el cabello rubio hacia atrás y, de pie delante de un atril de madera, cogió el sobre que contenía el nombre del ganador. A lo lejos, con el rabillo del ojo, vio entrar a Cabanas, que la miraba con expectación, aunque bien sabía el ex convicto que no iba a ser para él, tal y como ella misma le había comentado por activa y por pasiva antes y después de sus escenas de cama.

Con todos los ojos clavados en ella, con parsimonia, Estela recolocó el micrófono, abrió el sobre y comenzó a leer.

—El jurado de la I Jornada Negra de A Coruña, por unanimidad, declara ganadora del premio Jim Thompson, por su intensidad, por su laberíntica visión del espíritu y las emociones en permanente lucha y contradicción, por su estilo literario nada complaciente y decididamente arriesgado, por su capacidad para describir y entrar como un estilete en la naturaleza humana en lo peor y en lo mejor, a la novela *No morirás en vano*, del autor con seudónimo Hugo Vane, Editorial Empusa.

La gente empezó a vitorear nada más escuchar el fallo. Estela miró a Torrijos y sonrió. Esperó a que se hiciese de nuevo el silencio. Torrijos se incorporó en su silla, mientras Cabanas no escondía su cara de frustración.

—Recoge el premio... —las cejas de Estela se enarcaron en una sorpresa— el autor, Hugo Vane, que al fin ha decidido honrarnos con su presencia. Cuyo verdadero nombre es...

Se quedó paralizada. Las manos comenzaron a temblar, y con ellas el papel, de forma convulsa, que cayó al suelo.

Se escuchó una voz serena, masculina.

—Dilo, Carmen. Di mi nombre. Lo has pronunciado muchas veces. ¿Te acuerdas?

La tez de Estela enrojeció primero, luego se tornó blanca, como la de una muerta. Comenzó a mirar hacia los lados, buscando de forma instintiva un lugar hacia el que huir y quedar fuera de la vista de todos.

Carlos Andrade apareció por un lateral y caminó hacia la mesa con el aire digno de un ajusticiado rumbo a la guillotina. Los fotógrafos, intuyendo que aquello era mucho más que la entrega de un premio, se agolparon para sacar las fotos y grabar el acontecimiento.

—Tú —acertó a pronunciar Estela en un gemido. A distancia, Paco Serrano había dejado de respirar. Las uñas clavándose en las palmas de sus manos.

La estupefacción de Estela era cada vez más intensa, hasta tal punto que parecía estar a punto de desvanecerse. Valentina, desde la puerta, se dio cuenta de que Andrade también estaba perturbado, por un instante temió que perdiera la compostura, pero no fue así.

Hugo Vane se dirigió hacia todos los presentes.

—Yo. Yo he escrito *No morirás en vano*. Puede dar fe de ello Francisco Serrano, el crítico. Tiene una copia del manuscrito original. Y Cristina Cienfuegos, ella también tiene otra. Torrijos, mi editor, no sabe nada, solo tengo agradecimiento para él. —Luego, con parsimonia, se volvió hacia Estela, paralizada de terror—. Di mi nombre, Estela. O Carmen, como prefieras. Porque para mí siempre serás Carmen Pallares. La mujer que amé con toda mi alma desde niño, la mujer por lo que dejé todo, ¡la mujer —su voz se alzó como un trueno— para la que escribí la trilogía del Detective Invidente y que luego intentó matarme para quedarse con todo el mérito y la fama de los libros!

El murmullo de los asistentes se extendió, cada vez más intenso, hasta alcanzar casi un grito agónico de pura conmoción.

La voz de Andrade se convirtió en un martillo, subiendo por encima del alboroto que se empezaba a formar.

—¡Yo te acuso, Carmen Pallares! Te acuso de intentar matarme por medio de Toni Izaguirre, tirándome al mar en mi coche, en el Seixo Branco, con la complacencia de Basilio Sauce. Te acuso de mentir, diciendo que mis novelas fueron escritas por ti, cuando te limitaste a meter alguna que otra escena de cama para hacerlas más comerciales. Te acuso de la enfermedad de mi hermana, que enloqueció por culpa de todo lo que me hiciste.

Estela intentó tragar saliva pero tenía la boca pastosa y dura. Durante unos segundos pensó en negarlo todo, pero se dio cuenta de que no iban a creerla. Buscó una solución, pero lo único que pudo fue murmurar con un rictus de rabia desfigurándole los rasgos:

—¡Eres un sinvergüenza, un infame. Todo lo que dices es falso! Y, además, no puedes probar nada. Nadie creerá la palabra de un asesino y un violador de mujeres. Nadie tiene la culpa de que no tuvieses éxito y te quisieras suicidar por ser un perdedor. ¡Eres escoria!, ¿me oyes?

Sanjuán, que también estaba en la sala sentado junto a Bernabé, se quedó sin aliento. No pudo por menos de admirar el instinto de supervivencia de Estela. Otra persona se habría quedado muda y derrotada al ver aparecer a alguien a quien creía muerto, asesinado por deseo suyo. Pero ella ahora, después del *shock* inicial, contraatacaba, se revolvía como una pantera en medio de la red que la apresaba.

—Quizá tengas razón —contestó ya con voz más calmada Vane—. Nadie creerá la palabra de un asesino. Pero quizá crean la carta y la grabación que hizo Toni Izaguirre confesando con pelos y señales todo lo que ocurrió durante esa noche y los días anteriores: cómo planeasteis mi muerte Sauce, Toni y tú. Los somníferos en la bebida, el coche por el acantilado. El cuento que ha publicado hoy en la *Gaceta de Galicia*. Absolutamente todo. Está en manos de la policía, Carmen. Te aseguro que es muy creíble y concuerda con los datos que tiene la Guardia Civil, ellos siempre pensaron que no era un suicidio. En cuanto a los libros, la periodista Lúa Castro ha hecho una investigación que prueba que están todos escritos por la misma persona. *Tu* trilogía y mi novela, la que ha ganado hoy el premio, ambas por la misma mano. Premio que me tienes que dar, Carmen. Di mi nombre y entrégamelo. Seré un asesino, pero también soy un escritor. ¡Y he escrito cuatro novelas negras de puta madre! ¿Me oyes, Carmen?

Ella no dijo nada, al fin estaba vencida.

A continuación el escritor miró a los organizadores.

—El dinero se lo pueden quedar. Adonde voy a ir no me va a hacer mucha falta.

Hugo Vane en esos momentos de gloria para él, o Carlos Andrade en su vida anterior, alargó las manos y todo el mundo pudo ver que sus muñecas estaban esposadas. Estela se fue hacia atrás. Era como si la pequeña estatuilla le quemase las manos. Abría y cerraba la boca como un pez fuera del agua, y finalmente la dejó caer, mientras los flashes de las cámaras la cegaban y el murmullo del público se convertía en un grito que resonaba en sus oídos, la humillación más terrible que jamás hubiese podido soportar. Como una autómata, avanzó hacia su antiguo amante, no quería dar la satisfacción de su debilidad, su imagen fracturada por una acusación gravísima. Aspiró hondo y se dijo que no debía derrumbarse, que quizás habría más adelante alguna alternativa a esa espantosa situación.

Andrade había visto la figura caer al suelo, la recogió, se acercó a la mujer y se la dio. Estela, que a duras penas dominaba su ira y el temblor de su cuerpo, la recogió de nuevo. Desde una de las puertas, donde se encontraba vigilante, Valentina hizo un gesto, pero Sanjuán, que había abandonado su asiento y se había puesto a su lado, nervioso, la detuvo.

—Quieta. Espera un segundo. Déjalos.

Al fin, Estela no pudo aguantar más: la gente la miraba, todos los ojos clavados en ella, indefensa. Le entregó el premio, empequeñecida, y todos vieron cómo a Vane le cambiaba por completo la expresión. Su ira desaparecía para convertirse en una especie de adoración, algo que solo duró unos segundos hasta que se recompuso. Alguien con buena vista se hubiese fijado en que su mano rozó la de Estela al recoger el galardón y se detuvo allí unas milésimas de segundo.

Fue en ese momento cuando Valentina Negro salió al fin y se dirigió hacia Estela Brown. Sacó los grilletes y se los colocó con habilidad a la espalda. Apretó y ella soltó un gemido. Al mismo tiempo, Bodelón y Velasco rodearon a Carlos Andrade y lo escoltaron hacia la salida, flanqueados por miembros de la Policía Nacional.

—María del Carmen Pallares Beiras. Queda usted detenida por sospechosa de complicidad en el intento de atentado contra la vida de Carlos Andrade.

Valentina continuó leyéndole sus derechos. La gente asistía asombrada a aquel espectáculo, todos pegados a sus sillas, con la boca abierta de estupefacción. Habían ido a una entrega de premios como muchas otras y, de repente, le entregaban el premio a un asesino y le leían los derechos a una de las escritoras más famosas del género negro, además de acusarla de inducción al crimen. ¡Hugo Vane era el Fantasma! Los medios no paraban de enviar fotos y vídeos, los asistentes tuiteaban y wasapeaban todo lo que estaba ocurriendo allí. Paco Serrano, con una sonrisa de triunfo en la cara que nada podía borrar, decidió que ya era hora de marcharse.

Fue hasta recepción, donde había dejado la maleta, para hacer el *check out*. No había vuelto a ver a Thalía, ya la llamaría más adelante. Era raro que se hubiese perdido la entrega de premios. Allá ella. Lo primero era salir cuanto antes de A Coruña, y luego marcharse fuera del país una temporada hasta que se templaran los ánimos. Vivía de rentas desde hacía años, no iba a tener demasiados problemas para asentarse en Sudamérica. Pagó y cogió su factura. Al lado del mostrador había un cartel que informaba de la recogida de invitaciones para la fiesta de la noche en un lugar de moda.

«Lástima, me la voy a perder. Y por lo visto, Estela también», se carcajeó, lleno de satisfacción. De pronto, una voz tranquila se oyó detrás de él. Serrano la escuchó, pero por un segundo se maldijo y sus piernas flaquearon.

—Serrano. —Bernabé se acercó, seguido de Isabel. Se fijó en que la mano derecha del crítico estaba vendada y se acordó de que el forense había dicho que era probable que el agresor de Verónica se hubiese herido durante el ataque. Detrás estaba Thalía, medio agazapada detrás de los agentes—. Necesitamos hablar con usted. Al hilo de lo informado por Carlos Andrade, usted tiene una copia del manuscrito original de *No morirás en vano*. Lo necesitamos.

Serrano suspiró profundamente, aliviado.

—Se lo puedo mandar desde Madrid. No habrá problema. Puedo asegurar que todo lo dicho es verdad. —Les dedicó una sonrisa forzada y se apartó, arrastrando la maleta—. Perdonen, pero tengo que coger un avión.

—Me temo que no va a poder coger ese vuelo. Nos tendrá que acompañar a comisaría. Será un momento. Ya sabe cómo va esto, Serrano, no es la primera vez que hablamos.

Serrano asintió, mientras una descarga de adrenalina inundaba su cuerpo.

—Está bien. Les acompaño. Permítanme primero mirar una cosa en el móvil.

La expresión culpable de Thalía, que duró unos segundos antes de que la joven apartase la mirada, hizo que sus sospechas se hicieran muy, muy reales. ¿Cómo podían saber...? No era posible. ¡No les había dado tiempo a procesar la escena! Y no había ninguna cámara... De repente, con un movimiento inesperado, muy rápido, sacó la pistola de la gabardina y la puso en la cabeza de la chica, mientras la agarraba por el cuello con la presa de su brazo izquierdo.

—Apártense. ¡APÁRTENSE TODOS O DISPARO! ¿ME ESTÁN ESCUCHANDO BIEN?

La gente que había en recepción se quedó muy quieta, y callada. Pero alguien comenzó a gritar de miedo y cundió el pánico en el *hall*. La mano herida de Serrano no parecía demasiado segura empuñando la pistola, se movía con poca pericia, y ese gesto llenó de angustia a Bernabé, que había sacado también su arma y le apuntaba a su vez, al igual que Isabel, los dos cogidos totalmente por sorpresa. Thalía les había dicho que Serrano tenía una pistola, pero jamás habría pensado que fuese tan suicida... ¿Cómo podían haber sido tan poco cuidadosos? No solo podía matar a la chica, también podía montar una buena. Bernabé habló por el Pocket sin perder de vista a la pareja y lanzó un aviso a todas las unidades. Serrano caminó de espaldas hacia la puerta mirando alternativamente a los policías y hacia atrás con una Thalía llorosa que hacía de escudo humano. A su alrededor la gente se fue apartando mientras el crítico se abría camino con los ojos fuera de las órbitas.

Thalía sollozó más fuerte y negó con la cabeza cuando él la recriminó en un susurro feroz:

—¡Me has traicionado, puta!

Bernabé avanzó hacia él y levantó las manos en son de paz.

—Serrano, no sea inconsciente. —Decidió ponerlo nervioso y le expuso con voz pausada lo que les había contado Thalía sobre la pistola y las horas en las que le había pedido que mintiese; y también lo que había averiguado Sanjuán sobre la posible implicación del crítico a partir de su conferencia y sus reseñas feroces de las novelas de Estela Brown... todo ello le señalaba como el asesino de la detective. Así que Bernabé jugó fuerte, y soltó la noticia como una bomba sobre Serrano—: No tiene escapatoria. Sabemos que mató a Verónica Johnson.

Serrano, durante unas milésimas de segundo, pareció vacilar. Thalía lo notó y aprovechó para clavarle uno de sus tacones en la espinilla, a la vez que se desembarazaba de su abrazo y se tiraba al suelo.

Serrano, de forma casi inconsciente, disparó.

Valentina, junto a Velasco y otros dos agentes, acompañaba por el garaje a Estela Brown hacia el coche patrulla cogiéndola por el brazo, cuando escuchó la algarabía y a la vez la llamada por radio.

—Pero... ¡qué cojones...! —Al momento escuchó el inconfundible sonido de un disparo. Miró a Velasco y le ordenó—: ¡Vente conmigo!

Ambos salieron por la puerta del garaje y corrieron hacia la puerta, justo a tiempo para ver a Paco Serrano intentando huir, pistola en mano, amenazando con disparar a cualquiera que decidiese interponerse en su camino. Era una imagen surrealista, aquel hombre de aspecto intelectual, inofensivo, convertido en una presa desesperada.

Valentina escuchó por el transmisor a Isabel gritando: «¡Agente herido en hotel Riazor por arma de fuego!», y su corazón se encogió. Le dio el alto, mientras a grandes zancadas se aproximaba a Serrano, sacaba la pistola de la funda y apuntaba, conteniendo su ira. El hombre la vio y empezó a correr por los soportales del hotel, dirigiéndose a toda velocidad hacia uno de los restaurantes que había al lado, que atravesaba la calle del Paseo Marítimo hacia la avenida de Rubine.

«Si se mete ahí dentro, con todo lleno de gente, será un caos. Está fuera de sí», pensó rápido la inspectora.

Así que decidió quedarse totalmente quieta. Levantó la H&K USP, la sujetó con ambas manos, aspiró profundamente, apuntó hacia las piernas de Serrano, y disparó. El crítico soltó un grito sordo y cayó al suelo, el arma se desprendió de su mano. Instantes después Velasco lo alcanzaba y apartaba la pistola de una patada. Las sirenas de las ambulancias y de las patrullas de la policía que acudían a toda velocidad atronaron la playa de Riazor.

La inspectora se acercó a él sin dejar de apuntarle.

—Se ha terminado, Serrano. Ahora, no se mueva. Hágame el favor de no complicar más las cosas.

Serrano la fulminó con los ojos mientras se agarraba el muslo ensangrentado. Intentó incorporarse, pero la quemazón y la debilidad que le provocaba el dolor agudo le impidieron hacer otra cosa que darse cuenta de que su vida se había jodido por completo durante una buena temporada.

33

Sanjuán interroga a Hugo Vane

Quince hombres sobre el cofre del muerto.
¡Yo-ho-ho! ¡Y una botella de ron!

La isla del tesoro, R. L. STEVENSON

Comisaría de Lonzas

Sanjuán saludó a Iturriaga con un apretón de manos. Intentó sonreír, pero le salió una mueca forzada. Su cabeza estaba en otra parte: era un hombre intuitivo, le hacía falta la empatía para su trabajo, pero a veces resultaba una carga más que otra cosa, y la intuición de que Valentina tenía sentimientos por Ignacio Bernabé le atormentaba en todo momento. Lo había dejado en la puerta de Lonzas para irse al hospital en coche a ver cómo estaba. El disparo sorpresivo de Paco Serrano le había alcanzado en el abdomen. El inspector pasó la tarde en el quirófano y ya había salido a la UCI. En cuanto avisaron, Valentina no dudó en acudir a visitarle a pesar de que estaba agotada.

Sanjuán sabía que no tenía ningún derecho a quejarse: bastante había aguantado Valentina durante años su indecisión. Pero su ego masculino se sentía dolido sin poder evitarlo. Aunque se lo mereciera, aunque era algo inevitable, notar que a ella le gustase otro hombre le rompía el corazón. Y como no le apetecía demasiado estar en casa solo, pensando, decidió hacer caso de la llamada del inspector jefe Iturriaga para que les echase una mano con Carlos Andrade, el gran enigma.

—Sanjuán, gracias por venir. He hablado con el juez y ha autorizado sin problemas que esté presente en el interrogatorio de Andrade. —El criminólogo asintió, con una media sonrisa—. Como sabe, tenemos pruebas más que suficientes para incriminarle del secuestro de Toni Izaguirre, pero su muerte es algo más complejo. Se produjo una lucha, y habría que determinar hasta qué punto ese hecho es un homicidio. En todo caso tenemos aún pendiente de demostrar su autoría en los crímenes de Cecilia Jardiel y Basilio Sauce. Aunque confiamos en que él confiese, he pensado que quizá con su ayuda le podamos allanar el camino. Usted es un experto en asesinos tarados, en fin, quiero decir...

Sanjuán le interrumpió.

—No se preocupe, Iturriaga, le entiendo perfectamente. Y sí, los «tarados» son mi especialidad, así que ha hecho bien en llamarme. Haré mi trabajo lo mejor que pueda.

Iturriaga le sonrió a modo de reconocimiento.

—Gracias, Sanjuán. Está en el calabozo, dice que no quiere ver a ningún abogado. Parece un tipo normal, plácido, nos ha pedido un libro, hay que joderse —suspiró—, después de la orgía de sangre de sus asesinatos. Pero, bueno, eso ya no es nuestro problema. La justicia determinará si estaba loco o cuerdo cuando mató a los escritores; lo único que me preocupa ahora es que cante alto y claro. —Estaban de pie, junto a un dispensador de agua; Iturriaga dio un vaso a Sanjuán y llenó otro para él.

—De todas maneras —dijo Sanjuán, después de darle un sorbo al agua—, Lúa lo vio salir de la habitación de Sauce en el hotel, y muy probablemente el semen del cuerpo de Cecilia coincidirá con el suyo, así que creo que lo tienen cogido.

—Sí, así lo pienso yo. Pero lo que va delante va delante, y una confesión suya bien apoyada nos ahorraría mucho trabajo. Así que...

Sanjuán asintió con la cabeza.

—Entiendo, no se preocupe, vamos allá.

Isabel, que estaba cerca, saludó a Sanjuán con un movimiento de cabeza y le hizo un gesto para que le siguiera a los calabozos.

—Le han asignado un abogado de oficio; todavía no ha aparecido, pero ya le ha dicho a Iturriaga que no quiere ver a ningún leguleyo, para repetir su expresión —le comentó Isabel mientras caminaban—. Ha firmado su renuncia, así que no habrá problemas con eso.

—Entiendo —dijo Sanjuán, y se dispuso a entrar en la sala de interrogatorios.

El autor de *No morirás en vano*, flamante ganador del premio Jim Thompson, estaba sentado a un lado de la mesa, la mirada ausente. Su aspecto manso, las manos entrelazadas, contrastaba con su semblante profundamente pálido, donde destacaban los ojos huidizos primero, melancólicos después. Sanjuán se dio cuenta enseguida de que su mente estaba en otra parte, como si aquello no fuera sino un epílogo superfluo pero necesario al terrible libro de su vida que acababa de escribir con sus actos homicidas.

—Hola, soy Javier Sanjuán —dijo, al tiempo que se sentaba enfrente y juntaba las manos sobre la mesa—. No soy policía, pero estoy autorizado por el juez para preguntarle acerca de los hechos en que se ha visto involucrado; la conversación será grabada. —Sanjuán había omitido la expresión «interrogarle», desde el principio quería que todo aquello se pareciera más a una consulta psicológica que a una situación de sometimiento a la ley—. Si no tiene inconveniente, me gustaría conocer su historia, porque creo que ha tenido poderosas razones para hacer lo que hizo. —Ahora el criminólogo daba un paso más y, sin decirlo de manera explícita, le hacía entender que de algún modo él había actuado así porque le habían puesto entre la espada y la pared. Introduciendo la entrevista de ese modo, Sanjuán buscaba que Andrade se sintiera comprendido, y no juzgado como un monstruo moral.

Andrade permaneció en silencio un buen rato, mirando fijamente a su interlocutor, como si le costara un esfuerzo extraordinario orientarse en el tiempo y el espacio del momento que estaba viviendo. Al fin habló:

—¿No es policía? ¿Quién es, entonces?

—Soy un asesor de la Policía Nacional, soy criminólogo, y

me especializo en hablar con los detenidos que tienen, digamos, motivos y formas inusuales de realizar delitos graves...

—Como el asesinato —le interrumpió Andrade con una media sonrisa.

—Exacto, como el asesinato.

—Y, dígame, ¿qué quiere saber exactamente?

Esa pregunta tan directa desconcertó a Sanjuán, que esperaba transitar por el tortuoso camino de distorsiones, mentiras y justificaciones tan comunes en los asesinos. Decidió no correr riesgos, y emprender un método que quizás aseguraría más el resultado de una confesión plena.

—Bueno... podríamos empezar diciéndome cómo diablos escribió un libro tan bueno como *No morirás en vano*. Lo he leído, y es sobrecogedor, extraordinario.

Andrade, que no se esperaba en absoluto esa pregunta, sonrió halagado.

—Bueno, la experiencia hace mucho. Nace del infierno que viví, porque intentaron matarme para ocultar al mundo que soy un buen escritor, como quizás usted sepa si ha estado en el acto de los premios. —Sanjuán asintió—. ¿Sabe? La ironía es que si hubiera sido una mediocridad como Carmen, «Estela Brown» —hizo una mueca—, o como los impostores Sauce y Cecilia, nadie habría pensado en matarme... Así que decidí que al fin su fracaso solo podía venir si yo triunfaba, si vivía como un gran escritor, ¿comprende? Si al fin conseguía ser yo mismo. Y si podía demostrar mis capacidades. Siempre confié en ellas.

—¿Quiere decir que Estela intentó que muriera porque le tenía celos?

—¿Celos? ¡Claro que me tenía celos! Fingía que me amaba pero me odiaba porque ni de lejos podía escribir como yo... Eso fue lo peor... —su voz ahora se hizo un susurro y Sanjuán temió que perdiera el hilo de la conversación; se dijo que tendría que manejar mejor las emociones que salpicaban todo ese complejo interrogatorio—... Darme cuenta de que todo era mentira. ¡Esa mujer solo estaba conmigo para aprovecharse de mí...! ¡Yo, que la quería desde niño...! Éramos uña y carne. Nuestras familias se conocían. Los dos íbamos a la biblioteca del colegio a coger *La isla del tesoro*, *Ivanhoe*, *El conde de Montecristo*, *El noventa y tres*, ¿no lo entiende? Leíamos juntos. Nos queríamos...

Andrade empezó a sollozar. Pasados unos segundos, se enjugó las lágrimas con las manos, y se quedó en silencio.

—Usted escribió las novelas del Detective Invidente... entiendo que lo hizo porque la amaba, pero ¿por qué renunciar a ser reconocido? ¿Por qué al menos no los firmó junto a ella?

Andrade regresó de nuevo a la sala de interrogatorios de Lonzas; parecía inmerso en una lucha titánica entre mantener el contacto con la realidad y perderse en un dolor y unos recuerdos de los que quizá no podría regresar. Y esa era la mayor preocupación de Sanjuán, que estaba comprendiendo que este hombre llevaba dos vidas en una, desde que había regresado de la muerte. Quería anclarlo a la tierra, al aquí y ahora, hacerle razonar como alguien del todo normal.

—¡¿Qué me importaba a mí la autoría o el reconocimiento?! Yo era inmensamente feliz con ella, con solo estar a su lado... Yo sabía que para ella el éxito lo era todo; era muy niña, o al menos así la veía yo... Si podía hacerla feliz cumpliendo su sueño, ¿qué me importaba a mí el reconocimiento si me amaba y siempre estaría conmigo? Yo le cedía mi talento, y ella me cedía su compañía, su amor.

Sanjuán reflexionó por unos instantes. ¡Muchos escritores copian y se venden sin vergüenza alguna para tener algo de éxito, y ahí delante tenía a una persona a la que solo le había importado el amor, a pesar de tener un talento inmenso!

—¿Y por qué dejó de escribir para ella? —preguntó, aunque sospechaba la respuesta; el relato de Toni Izaguirre era muy clarificador.

—Descubrí que se veía con Toni Izaguirre, ese cretino; esa mierda de escritor guaperas y chulo se la follaba mientras yo escribía sus novelas... —Sus ojos se crisparon, y su boca era ya una mueca de odio que sobrecogió al criminólogo—. ¡A mí solo me estaba utilizando!

La cara de Andrade era un puro dolor ahora, como si alguien estuviera rasgando su cara con un cuchillo. Sanjuán pensó rápido, estaba a punto de derrumbarse.

—Entiendo, usted reaccionó, ¿verdad? —Había elevado un poco la voz, y se había inclinado hacia él, quería que su mente dispersa se focalizara en él—. Le dijo a Carmen que ya no seguiría escribiendo las novelas que firmaba ella... y más aún, le dijo que haría pública esa estafa que usted mismo había permitido... ¿no es así?

Andrade, demudado, en un vía crucis mental que somatizaba un dolor anímico cerval, solo pudo asentir.

—¿Cómo se enteró de que Carmen lo engañaba?

Pasaron unos largos segundos. Sanjuán apretaba los puños, ansioso.

—Una detective me mostró las fotos. Ella me salvó la vida arriesgando la suya, me había seguido cuando Izaguirre me tendió una trampa y luego me arrojó con el coche por el Seixo Branco... Pero, ¡ah! —Su cara se llenó de nuevo de una energía, esta vez demoníaca—. ¡Pero no sabían que los muertos viajan deprisa! ¡No sabían que volvería para hacerles pagar! —Soltó una carcajada llena de amargura y hiel. Sanjuán se asustó; al fin la insania estaba adueñándose de él, y no veía forma de rescatarlo si le seguía presionando. Pero Iturriaga quería una confesión... ¿debía seguir si mostraba signos claros de perturbación mental? De pronto, el propio Andrade acudió en su ayuda, de nuevo, como si fuera el hombre de las mil caras, con una expresión relajada—. Sanjuán, ¿sabe qué es lo peor? Que Carmen me abrió los ojos; sí, en cierto modo me hizo comprender cómo es el mundo, cómo es la gente... Sí, todo está podrido... el amor es una miseria intercambiable: Cecilia era una puta que me denunció por violación, consiguió que me echaran del colegio. ¡Ella, que solo quería triunfar rápido, a pesar de que si se hubiera esforzado podría haber llegado lejos! Pero no..., se contentaba con copiar, con robar ideas y temas, trepar como una hiedra mientras no dudaba en acostarse con quien pudiese beneficiarla... ¡Y Sauce! ¡El «experto» en Egipto! ¡Cuántas veces fingía ser mi amigo mientras bromeaba sobre de dónde sacaba sus ideas para los libros! —Sus ojos volvieron a perderse, como si alguien le poseyera intermitentemente en una profunda agitación—. Ni siquiera se inmutó cuando supo que iban a matarme.

Sanjuán siguió callado. Había comprendido. Después de muerto, Andrade había decidido contestar la traición y la mentira con el fuego purificador del crimen. Estela no necesitaba morir; quería matarla en vida de la peor forma posible: pregonando a todo el mundo que era una farsante y una asesina.

—¿Por qué metió a Cristina Cienfuegos en todo esto?

—¿Cristina? Me quería, ella me quería en silencio mientras yo solo tenía ojos en el colegio para Cecilia... Fui un imbécil. Le pedí a Paco Serrano que le dijera que yo estaba vivo, que la necesitaba... ¡pobre Cristina! Ya he preguntado y me han dicho que probablemente se recuperará. Ella no quería saber nada de todo esto, le repugnaba. Fui yo. Todo lo hice yo.

—Bien... —dijo Sanjuán—. Dígame, ¿qué le llevó a relacionarse con Paco Serrano? Leí críticas muy elogiosas de su libro, pero tiraba a matar con cada uno de los libros del Detective Invidente... ¿Por qué confió en él?

—Me lo explicó todo. Me dijo que criticaba ferozmente mis libros porque sabía que no los había escrito Carmen, por eso le puso un detective, pensaba que tenía un negro que le escribía... ¡pero descubrió que tenía un amante, porque en realidad el negro era yo! Serrano es el único tipo decente que conocí en aquella época; odiaba a los plagiadores, a los arribistas y mediocres... él me ayudó a recuperarme cuando me salvé de morir, me ayudó a permanecer en la sombra... Me dijo que yo podría vengarme de forma única, escribiendo un gran libro y desenmascarando a Carmen ante todos.

—¿Sabe que Serrano mató a Verónica Johnson, su salvadora?

Su rostro se ensombreció.

—Sí, me dijo que iba a entregarme, que no pudo hacer otra cosa... fue un sacrificio más, ¡por culpa del demonio de Carmen!

Andrade se echó hacia atrás y cerró los ojos.

—Quiero estar solo. Por favor. Otra cosa..., necesito leer. Estaba terminando una novela, *Middlemarch* de George Eliot. Si pudiese conseguírmela... y folios. Y un bolígrafo.

—Por supuesto. En cuanto pueda se lo traeré. Lo del bolígrafo no sé si será posible por ahora...

Sanjuán abrió la puerta de la sala y entró Isabel, para custodiarlo. No sabían si había riesgo de que intentara suicidarse. El
criminólogo ya había realizado su trabajo, pero aquella entrevista le había dejado un poso de tristeza filtrándose por sus venas. ¿Era Andrade un loco, alguien extraviado en un delirio homicida o solo un alma atormentada que llevó la venganza hasta
unos límites de violencia inusitados? En todo caso, no le tocaba
a él decidirlo. Salió de la sala y le hizo un gesto a Iturriaga, que le
dio la mano de nuevo.

—Enhorabuena, Sanjuán. Nos ha vuelto a ser de gran ayuda.

Sanjuán no dijo nada, solo movió la cabeza en agradecimiento, y salió de la comisaría. De nuevo su cabeza estaba en otra
parte. ¿Por qué era tan estúpido? ¿Por qué le costaba tanto apos-
tar decididamente por Valentina? Se había dormido, esa era la
verdad. Se sentía cómodo viéndola de vez en cuando, aunque
pensara en ella constantemente. Pero él, un espíritu solitario, había preferido engañarse con la excusa de que Valentina estaba a
gusto en esa relación y no necesitaba en realidad otra cosa; no
había querido pensar en que esa situación no podría durar siempre, porque era inevitable que tarde o temprano una mujer como
Valentina tuviera un pretendiente que quisiera dar todo por ella.

Y ahora esa posibilidad le aterraba.

34

Quis ut deus

—¿Cómo está? —Valentina le dio vueltas al móvil en la mano mientras basculaba el peso de una pierna a otra, en un gesto muy característico de ella.

—Le hemos extirpado el bazo. Lo estabilizaron muy rápido, es un tipo fuerte, así que creemos que va a ir todo muy bien.

Respiró aliviada y sonrió de oreja a oreja. «Ignacio está bien, Ignacio estará bien.»

—¿Está despierto? ¿Cuándo podré entrar a verlo?

La doctora sonrió al ver los nervios de Valentina. Había pasado la tarde en Lonzas, informando detalladamente de toda la operación, evitando la bronca de Iturriaga, al fin y al cabo habían cerrado el caso. Estaba visiblemente agotada, como delataban las finas arrugas que, como un arabesco, contorneaban sus ojos grises. Pero había guardado sus últimas fuerzas antes de caer rendida para visitar a su colega herido.

Valentina escuchó el acento argentino de la doctora como si estuviese hablando el mismo arcángel san Miguel a través de su garganta.

—Ya está bastante despierto. Puede pasar unos minutos, no mucho más. Tiene que descansar, y aún está bajo los efectos de la anestesia.

—¿Y cómo está Cristina Cienfuegos?

—Cristina sigue igual. Poco a poco..., hay que esperar.

Valentina entró en la UCI y la doctora le enseñó la cama de Bernabé. El inspector yacía entre cables y aparatos, con aspecto doliente que contrastaba con su vigor habitual. Tenía los ojos cerrados, su pecho se alzaba, acompasado con la pantalla que emitía pitidos que le parecieron aleatorios y preocupantes. Se acercó.

—Pareces el conde Orgaz, Bernabé —dijo, sonriendo con ternura.

El policía continuó con los ojos cerrados, pero su mano se alzó y buscó la de Valentina.

—No me hagas reír, haz el favor. Me duele mucho. No seas borde, Valentina Negro. —Y le devolvió una sonrisa que significaba implícitamente cuánto agradecía su presencia junto a su cama.

Ella cogió su mano y la apretó con fuerza.

—No vuelvas a darme otro susto, Bernabé. ¿A quién se le ocurre dejarse disparar por un crítico literario?

—Mejor que me disparara a mí que a los asistentes a la entrega de premios. Fue mala suerte..., me confié. ¿Lo habéis pillado?

Valentina levantó una ceja.

—Está aquí, en el hospital. ¿No te lo han dicho? Nada grave.

—¿Qué le hiciste? —Bernabé abrió al fin los ojos, al verla su semblante reflejó su amor por Valentina de una forma intensa y cristalina. Ella se sintió conmovida.

—Le pegué un taponazo en una pierna. Le hubiese dado una buena patada en los huevos, pero tuve que contenerme —bromeó—, estaba Velasco delante y no era cuestión. Así que opté por lo más limpio. Tengo muy buena puntería, ¿no te lo dije?; una lástima.

—Esa es mi chica. —Bernabé le acarició la mano y jugueteó con sus dedos—. Sí, había oído que eras la mejor tiradora de la toda la Policía Nacional. —Y ahora su mirada revelaba admiración.

La doctora se acercó y le hizo una señal a Valentina.

—Venga. Déjelo descansar. Mañana ya lo subimos a planta y lo podrá visitar más tiempo.

Valentina se inclinó y lo besó fugazmente en la comisura de los labios. Luego salió con rapidez hacia las escaleras, con un Hamlet en el corazón, envuelta en un mar de dudas que nada parecía solucionar.

La limusina negra rodaba con lentitud exasperante por el Paseo Marítimo a la altura del Estadio de Riazor. O eso pensaba Sara Rancaño, que lagrimeaba y aguantaba las ganas de vomitar mientras la polla de Mendiluce la ahogaba sin remisión, entraba y salía sin darle un momento de respiro. Aguantó las ganas de mordérsela. Dentro de la limusina estaban, además del conductor, Amaro, los dos esbirros que acompañaban al empresario desde su salida de la cárcel, Ginés e Iván, como si fuese un maleante del Chicago de la ley seca. Y contra ellos no podría hacer nada.

Desde la salida de la cárcel. Mendiluce había vuelto siendo otra persona peor. La trena, por supuesto, no le había convertido en un hombre más decente; no había redención para un narcisista patológico acostumbrado a explotar a sus subordinados como si fueran objetos. Antes respetaba a Sara Rancaño y la trataba como lo que era, su abogada: ahora la mancillaba y la vejaba como si culpase en ella a todas las mujeres por su propia miseria. Como si el indulto le diese carta blanca para hacer todo lo que siempre había querido, sus más bajos instintos sueltos maniobrando a la vez como si fuera el rey en un estanque de pirañas que borboteaba sangre.

Amaro soltó una imprecación, algo raro en un sirviente tan circunspecto como él.

—Están ahí. Camino del Moom. La fiesta ya ha empezado. ¡Los hay con suerte! Han encontrado sitio para aparcar a la primera.

Cabanas hizo una mueca al beber un sorbo del mojito de fresa.

«Este jarabe parece la granadina de las discotecas de pueblo que tomaba de crío.»

Echó una visual en el Moom y reprimió un bostezo. Era muy temprano, la gente empezaba a venir poco a poco, llevando ropas variopintas: desde atuendos de cóctel de noche hasta curiosos conjuntos que querían ser hipster, pero olían a artificio de última hora.

Luego dedicó un rato a pensar, otra vez, en Estela. Tenía en su mente grabadas a fuego las imágenes de Estela-Carmen con las esposas. Estela-Carmen detenida por intento de asesinato. Se sentía herido, utilizado. Con ella había bajado las defensas, y eso le escocía. ¡Y pensar que estaba dispuesto a ser su valedor ante el miedo que ella le había confesado! ¡Qué puta! Llevado por la ira, pensó en una Grace Kelly en Teixeiro sodomizada por la lesbiana con el mango del desatascador, como en una fotonovela cutre de su adolescencia.

«Dios nos cría y luego nosotros nos juntamos», suspiró pesadamente. A continuación la ira se combinó con una punzada de deseo; de repente le parecía mucho más atractiva. Todavía más. ¿Iría a verla a la cárcel? No estaría mal un vis a vis, tirársela allí dentro, follársela a cuatro patas mientras ella pensaba en el cabrón de Carlos Andrade, puto ídolo con los huevos suficientes como para cargarse al vasco amariconado, mandarla a ella al pozo y entregarse a la policía para vender más libros.

Al fin y al cabo con todo aquello le hacía un favor al *noir* español.

«Lo malo es que en la cárcel Andrade tendrá todo el tiempo del mundo para escribir. Adiós a los premios.»

Como si a él le importasen una mierda los putos premios, o eso quería creer.

Bebió otro sorbo y le entró mejor, se le pasó la sensación de «tenía que haber pedido un Brugal-Cola». El ambiente comenzaba a animarse, la música, sin ser gran cosa, había pasado de Maná, La Oreja y Amaral a Beyoncé, seguida por un par de viejos temas de Jennifer López que hicieron bailar a un grupo de chicas con muchas ganas de fiesta. Su mirada se detuvo en una de ellas, de pelo castaño y largo, y luego tropezó con la de Lúa Castro, que sorbía su *vodka-tonic* de una pajita con los ojos muy abiertos y muy verdes, ojos de lémur. Le hizo un gesto de reconocimiento y ella se acercó.

—Menuda semana, ¿eh? Lo de esta mañana ha sido brutal —dijo la periodista, de modo casual.

Cabanas se encogió de hombros. Lúa se fijó en los tatuajes carcelarios y le hizo gracia distinguir entre tanto dibujo hormonado un pequeño Capitán Haddock en el antebrazo. No le pegaba.

—Te hacía más de Astérix.

El ex presidiario soltó una carcajada.

—Los escritores no somos tan aburridos como parecía en un principio, señorita Castro. Me están gustando sus crónicas del periódico. Se salen de lo corriente. —Sacó una cajetilla de Ducados y le hizo un gesto con la cabeza—. Vamos a fumar.

—No suelo hacerlo, pero mira, un día es un día. ¿No sales a la terraza?

—Mejor fuera. Paso de la terraza, está llena de pijas. No soporto tanto culo engreído.

—Bienvenido a A Coruña, señor escritor.

Los dos caminaron hacia la salida sorteando un grupo de invitados muy bien vestidos y ya algo ebrios. Cabanas encendió el cigarro y le dio uno a Lúa.

De pronto vio a Marta de Palacios y a su acompañante, el «hijo de la gran puta», y se puso tenso. Charlaban animados y se dirigían hacia allí. Aquella noche era la última oportunidad que iba a tener de darle un susto al cabrón, al día siguiente tenía su vuelo para Madrid y no quería marchar sin despedirse «a su manera».

Una limusina paró cerca de la pareja.

Cabanas se acercó a curiosear. La puerta de la limusina se abrió, salieron dos hombres y al instante todos desaparecieron dentro. De alguna forma, aquello no le pareció normal, la cara de la chica, los ademanes de ambos. Se volvió hacia Lúa, que miraba sorprendida los gestos del escritor.

—¿Has venido en coche?

—Sí. Claro. Lo tengo ahí aparcado.

—Nos vamos detrás de esa limusina.

—¿La limusina? Creo que es de Pedro Mendiluce, un empresario de lo peor, célebre en estos lares... Tiene una colección de coches impresionante y... —Lúa quedó a medias en su comentario y, sorprendida, se vio como en una película que Cabanas la agarraba por el brazo y la hacía cruzar a toda prisa hacia donde estaba su BMW. «¿¡Joder, qué pasa ahora!?», llegó a pensar de forma instintiva.

Mientras unos segundos después conducía, Lúa miró a Cabanas, que parecía un aguilucho con los ojos fijos en el vehículo que iba delante.

—Ahora me vas a contar qué coño está pasando.

Cabanas le explicó lo de Thalía en la playa, el intento de violación, su seguimiento de aquel individuo que le apestaba desde el primer momento.

Lúa pensó rápido.

—La chica es la hija de Rebeca de Palacios. La magistrada de la Audiencia Provincial. La que condenó a Mendiluce a siete años de cárcel. ¡JODER! Tengo que avisar a Valentina Negro.

—¿A la pasma? Ni de broma.

—Mendiluce quiso chantajear a Rebeca con el secuestro de su hija en Roma: o lo dejaba libre o ella moriría. No trascendió, pero Valentina fue la que consiguió liberarla. A mí me ha salvado de más de una buena. Es una tía con un par de ovarios. No es una madero al uso —lo miró desafiante por un segundo—, y no vamos a discutir por eso, hostia, ya que estamos metidos en el fregado vamos a necesitarla. —Le dio a los botones del manos libres y el teléfono comenzó a sonar.

Valentina salió de la ducha a toda prisa para coger el móvil y escuchó la voz de Lúa con preocupación.

—¿Hacia dónde van?

—Hacia el Puente del Pasaje.

—Van hacia Mera, hacia su mansión. Joder. Voy para allá. No lo perdáis de vista.

—No se preocupe, inspectora —terció Cabanas con ironía—, con lo poco llamativa que es la limusina, va a ser difícil seguirla.

Marta intentaba dominar sus nervios: no quería que la viesen aterrorizada y totalmente asqueada. Mendiluce le clavaba aquellos ojos de sapo repulsivo mientras la abogada le seguía chupando la polla. Estaba claro que el empresario había comenzado ya su venganza con este primer cuadro de violencia moral sobre la joven, y para ello estaba utilizando a su propia abogada como si fuera una puta. A su lado, Albelo parecía una estatua de cera, permanecía callado, inmóvil, sin expresión. Los dos esbirros parecían divertirse con la humillación de Sara Rancaño, medias sonrisas asomaban y miradas de complicidad a cada rato que sacaban de quicio a la joven.

—¿Adónde vamos? —Consiguió Marta que su voz sonase templada.

—No preguntes. —Ginés juagueteó con la pistola mientras se relamía al verla tan frágil.

—Pregunto si me da la gana.

—Mira, niña. —El esbirro se incorporó y la agarró por el cuello—. O te callas o te rompo esa cara de pija que tienes.

Albelo, sin mover un músculo de su rostro operado, lanzó su brazo contra Ginés y asió su solapa como si fuera un garfio de acero, levantándole unos centímetros del asiento y haciendo que soltara el cuello de Marta.

—Déjala en paz —dijo, pero ni siquiera le estaba mirando. Ginés, lleno de ira, sintió el miedo que, por vez primera, de una manera instintiva, le había provocado Albelo.

Mendiluce se carcajeó. Ahora el violador de niñas se había convertido en Robin Hood. Aquello era sorprendente: nunca se sabía por dónde podía aparecer la humanidad en un psicópata. Pero era siempre cuando menos se la necesitaba.

—Quita, perra, quiero guardar la fiesta para después. —Cogió por el pelo a Sara Rancaño y la apartó con desprecio. La abogada permaneció con la cabeza gacha y aguantando el vómito a duras penas. Se incorporó, dominó su asco y la ira sorda que la colmaba, y alcanzó la pequeña nevera para coger algo de beber y quitarse de la boca aquel sabor repugnante.

—Ya que estás ahí, saca el champán, Sarita. Vamos a brindar por una noche mágica. No, nada de Möet, mejor el Dom Pérignon. Total, no lo vas a pagar tú... —Por toda respuesta Sara le lanzó una mirada de odio infinito, lo que Mendiluce no dejó de festejar con una sonora carcajada.

Valentina aceleró y adelantó a dos coches con su Triumph en línea continua. Estaba muy cansada, pero pensar en el peligro que podía estar corriendo Marta la espoleaba como una raya de cocaína al adicto. Vio a lo lejos la limusina bajando ya la cuesta de Canide, y bastante más atrás, el BMW azul de Lúa. Bajó la velocidad y tomó precauciones, no quería ser vista. A la altura de la playa de Espiñeiro vio que se detenía el BMW y salían de él Lúa y Cabanas. Más a lo lejos, la limusina se dirigió hacia Pena Touro, donde se ubicaba la mansión de Pedro Mendiluce, a velocidad de crucero.

Valentina saltó de la moto y se acercó al escritor y Lúa.

—Cuéntame todo lo que ha pasado, Cabanas. —Cabanas le hizo un resumen de lo acontecido con Thalía y de cómo había visto que Marta y Esteban habían sido obligados a introducirse en la limusina.

—¡Joder! Tenías que habernos avisado. ¿Por qué no fuisteis a la policía? —dijo Valentina, furiosa.

—Como comprenderás no soy muy amigo de la pasma, inspectora. Dentro del cuerpo hay mucho caimán que no la rasca. Reconoce que nunca hubiesen encontrado al tipo en cuestión, y además: no estarías aquí si no fuera por mí.

Valentina enarcó una ceja y decidió pasar por encima del ego de Cabanas, sobre todo porque tenía razón y ahora no había tiempo que perder. Mientras caminaban apresurados hacia la casa de Mendiluce el escritor le comentó sus averiguaciones sobre la pareja de Marta y lo que había visto mientras fumaban en la puerta del Moom.

—Sí, vi a Marta varias veces con ese tipo en las jornadas negras. No le presté demasiada atención, ya es mayor de edad, sabe cuidarse —dijo Valentina, visiblemente preocupada.

—Por lo visto, no. Ya es la segunda vez —apostilló con ironía Cabanas.

Valentina lo escrutó con intención, no le hacía demasiada gracia que la gente supiera lo que había pasado en Roma; comprendió que Lúa se lo había contado. Cabanas se encogió de hombros y miró hacia la mansión, grande y compacta sobre una colina y sobre el mar.

—Es bastante inexpugnable, ¿no?

—Pero tiene un punto débil. Y yo sé cómo utilizarlo. Lúa, quédate aquí por si entra o sale alguien de la casa. Cabanas, no tengo casco, pero el trayecto va a ser corto...

—Inspectora, déjese de mariconadas.

Mendiluce sonríe con la risa de una hiena hambrienta. Luego va hacia la cava de puros que tiene instalada en el fondo de su salón. Quiere que el goce sea completo.

Marta espera, de pie, flanqueada por los dos esbirros. Un poco más atrás, Albelo, todos los músculos tensos, pero el semblante imperturbable. Sara Rancaño está sentada en uno de los sillones italianos, la pierna cruzada, solo quiere irse de aquel sitio cuanto antes; nunca se había sentido tan humillada. Se ha jurado a sí misma que un día matará a ese cerdo.

—Desnudadla.

Ginés la agarra y empieza a quitarle el vestido negro y ceñido, pero en ningún momento ha contado con la agilidad de Marta de Palacios, que levanta su pierna como una bailarina e, impulsada por la potencia que produce el miedo y la desesperación, la lanza contra los testículos del hombre con una fuerza brutal. Ginés se dobla con un grito. Iván, el otro esbirro, va a sacar la porra de su bolsillo cuando la pierna de Marta vuelve a volar hacia el estómago de su enemigo. Aprovecha la sorpresa que ha causado para salir corriendo, buscando una salida, ante la inacción de Albelo, que no se mueve, pero mantiene todos los músculos en tensión. Ambos hombres se levantan, humillados, muy cabreados, hasta el punto de la ferocidad; se ha despertado la alimaña que llevan dentro. Albelo los observa, niega con la cabeza, y quiere disimular el fuego que le consume con un toque de ironía.

—Yo tendría cuidado con ella. Es cinturón negro de kárate.

—Albelo, no me sea ingenioso ahora —le reprende Mendiluce, contrariado por ver cómo una chavala dejaba en ridículo a sus matones. Así que, dirigiéndose a ellos, les habla con tono admonitorio—: ¡Sois unos inútiles! ¡Se han terminado las delicadezas! Ahora va a empezar lo bueno. ¡Venga, moved el culo, para eso os pago, joder! ¡No para que estéis mirándoos como pasmarotes!

Los dos hombres caminan hasta fuera del salón con rapidez, seguidos por un Albelo que parece remolonear bastante, y que se queda detrás de la puerta. La Rancaño, divertida por vez primera, saca un señoritas del bolso y un mechero dorado.

—Por lo visto la niña te ha salido respondona, Pedro.

—Mejor así. Más diversión. ¿No te parece? —La voz suena grave y perversa de repente—. Por cierto, quiero que te lo montes con ella. Me apetece veros a las dos en acción.

—Eres un cerdo, Mendiluce. Dile que se lo haga con tu puta madre.

—Esa boca, Sarita. Que eres una letrada de renombre...

Cementerio de San Cosme de Maianca, Oleiros

La luna iluminó las lápidas de mármol y los nichos neogóticos. Valentina dio una fuerte patada a la puerta del panteón de los padres de Mendiluce ante los ojos asombrados de Cabanas. Luego entró, decidida, y abrió una reja oxidada que daba paso al lugar en donde deberían estar los ataúdes de la familia. Encendió su linterna con la mano izquierda y bajó por unas escaleras cubiertas de polvo y telarañas; con la derecha acarició de manera instintiva su pistola personal, una Glock, que se ceñía en una funda a su cinto.

—No jodas que tienes miedo, Cabanas.

El escritor apretó los dientes, sin reconocer que aquello no era plato de su gusto. Odiaba los cementerios.

Ella rio.

—No temas, aquí no hay cadáveres como en las criptas de Poe. Es la entrada del túnel que va a dar a la casa de ese cabrón. Por lo visto los hicieron los estraperlistas en la época de la posguerra. Apura, aún tenemos un buen trecho, aunque es cuesta abajo. Me sé bien el camino, lo he recorrido varias veces durante la investigación de los crímenes del Artista.

Al final Cabanas, tocado en su orgullo masculino, se armó de valor y se decidió a bajar tras Valentina Negro. Los dos se introdujeron en un túnel que al principio parecía angosto, pero que luego se hacía más ancho y húmedo. Escuchaban el ruido de gotas al caer en charcos, y la luz iluminaba de vez en cuando los ojos amarillos de una rata que huía a los pocos segundos. La cuesta se hizo más pronunciada e intentaron no resbalar. Cuando llegaron a una bifurcación, Valentina no dudó y tomó la de la derecha. El túnel se estrechó de nuevo, tuvieron que agacharse, pero pronto se ensanchó. Cabanas vio unas celdas con las puertas semiabiertas y, un poco más atrás, una reja que parecía muy reciente.

—Es por ahí —susurró—, ya llegamos. La reja la colocamos nosotros cuando Mendiluce entró en la cárcel. Para evitar sorpresas.

Valentina sacó una llave y la abrió. Al fondo había un hueco en donde hacía tiempo funcionaba un pequeño ascensor para subir y bajar mercancía a las cocinas y que había sido sustituido por unas escaleras más funcionales.

—Escucha, inspectora. No es por hacerme el héroe, pero si subes ahí y no pasa nada te la puedes cargar. Sería allanamiento de morada. A mí me importa un pimiento, porque yo no soy policía y la ley, como bien sabes, me la trae al pairo. Así que si no te importa, subiré yo primero. Y si hay tema, te aviso.

Valentina meditó unos segundos y asintió.

—Subimos los dos. Yo espero fuera, pero ten por seguro que Mendiluce no tiene a Marta en su casa para invitarla a un té inglés. —Intentó que su voz pareciera controlada, pero toda ella estaba bajo una tensión que amenazaba con aplastarla de un momento a otro. Que ahí dentro estuviera Marta amenazaba su capacidad de actuar sin cortapisas, y ella lo sabía.

Cabanas cogió la linterna de Valentina y enfocó la oscuridad de las viejas cocinas. Estaban llenas de sacos de cemento, ladrillos, palas y otros útiles de obra. Avanzó hacia la puerta entornada, apagó la linterna y caminó por los pasillos de la mansión, deslizándose como una sombra.

—¿Dónde cojones se ha metido la cría esa? —Ginés movió dentro de su boca la dentadura postiza y la recolocó, con su otra mano sujetando una pistola. Le iba a meter el cañón por el culo en cuanto la viera, para que se relajara un poco. Encendió la luz de una de las habitaciones y se agachó para mirar debajo de las camas—. Nada. Aquí no está.

Iván, el otro esbirro, esperaba en la puerta; apenas hablaba, lo suyo era más bien actuar, seguir órdenes. Nunca le habían gustado las armas. Lo suyo era agarrar bien fuerte y partir el cráneo con su porra. Se encogió de hombros y sacó un chicle de un bolsillo de los vaqueros.

—Vamos a la sala de armas. Si no está allí habrá que mirar en la biblioteca. Luego bajaremos al garaje.

Cabanas cruzó la mirada con la vidriera de san Miguel y el dragón que dejaba pasar la luz de la luna, convirtiéndola en una miríada de colores que se reflejaba en el suelo. El santo parecía reír desde su prisión de vidrio con aquella media sonrisa tan eclesial y equívoca, y durante unos segundos aquella luz también pintó la cara del escritor de tonos azules, rojos y dorados, la leyenda QUIT UT DEUS grabada en el cristal. Escuchó voces. Vio en el pasillo a dos hombres, armados con sendas pistolas, y se encogió en la sombra. Decidió apartarse y llamar a la Negro, con la adrenalina viajando por su cuerpo de una forma brutal. Al fin se sentía vivo después de tanto tiempo con el corazón detenido en el día del doble homicidio.

Aquello era mucho mejor que escribir.

Valentina guardó el móvil, se cercioró de que no había moros en la costa y avanzó con rapidez a través de los pasillos enmoquetados hasta reunirse con Cabanas.

—Hay dos hombres, uno va armado, y buscan a una chica. Debe de ser Marta. ¿Con eso te vale?

Valentina escuchó una voz y agarró el brazo de Cabanas para hacerlo callar.

—MARTITA, VEN. No te va a pasar nada. Te lo prometemos.

Marta escuchó la voz de Ginés y se encogió todavía más. Casi sin tiempo, mientras buscaba alguna salida, escuchó las voces de los esbirros y buscó el primer sitio que encontró donde esconderse: detrás de una armadura italiana del siglo XV que había en la sala de armas que estaba situada en la planta baja de la mansión. Intentó controlar el temblor que sacudía todas las células de su cuerpo y pensó en las técnicas que le había enseñado su *sensei* para concentrarse. Pero su *sensei* nunca había estado en una situación parecida, seguro. Pensó también en Esteban. ¿Cómo había podido ser tan imbécil? Ya la habían secuestrado una vez por culpa del tal Mendiluce... ¿Quién era en realidad? La había engañado bien engañada.

Se encendieron todas las luces de la sala. Ginés caminó despacio buscando por todos los rincones, la pistola en la mano, dispuesta. La armadura era grande, pero era cuestión de tiempo que la encontraran. No podía salir, ni buscar otro sitio para ocultarse. Tensó su cuerpo y se preparó para el ataque.

Cuando Ginés se acercó a mirar, empujó con todas sus fuerzas la armadura, que cayó sobre el hombre con todo su peso. La sorpresa fue mayúscula, y aprovechó para saltar sobre los restos de la armadura y salir corriendo. Sin embargo, Ginés fue más ágil de lo que había previsto y consiguió agarrarla por un tobillo y tirarla al suelo. Ella forcejeó, pero el hombre era muy fuerte, demasiado, y comenzó a acercarla a él.

—Vas a pagar por la patada, pequeña zorra. Vas a aprender a comportarte... ¡Iván! ESTÁ AQUÍ ¡EN LA SALA DE ARMAS! ¡Ven y échame una mano!

Marta aprovechó para incorporarse, coger un trozo de metal y golpearle en la cabeza con él, mientras el hombre soltaba una imprecación. Se desasió con un gesto seco y comenzó a correr hacia la puerta, pero Iván, un tipo corpulento y de aspecto fiero, ya estaba tapando la salida. Sacó su porra en tono amenazante.

—Quieta, gatita. O escucharás crujir tus propios huesos como el cristal.

Marta se quedó quieta, jadeando, y levantó las manos en señal de rendición. Estaba exhausta, ese tipo era muy grande, ya no podía más.

«Mejor estar viva que malherida», pensó, mientras notaba con desagrado cómo Ginés, detrás de ella, le sujetaba las manos con una brida que se clavó en su piel, haciéndole mucho daño, pasaba sus manos por el cuello y los pechos, tomándose su tiempo, y la empujaba hacia la puerta.

Valentina contuvo el aliento: vio cómo se llevaban a Marta, recorrían el pasillo y subían las escaleras hacia el piso superior entre risas burlonas. Salió de la oscuridad, seguida por Cabanas, que no pudo evitar lanzar una mirada hacia la sala de armas, aún iluminada.

—Espera un momento, inspectora.

Entró y se quitó el jersey, lo enrolló en el brazo para que le hiciera de protección y se acercó a una de las vitrinas que guardaba una colección de dagas y puñales. La rompió, tratando de no hacer mucho ruido, y cogió dos, una de mano izquierda con cazoleta y otra más fina, blanca, de orejas venecianas, tan afilada y puntiaguda como el primer día que mató a alguien en los canales de la *Vecchia Signora*.

—Vámonos. —Valentina le hizo un gesto con la barbilla para que se apresurase mientras el escritor guardaba una de las dagas en el cinto. Los dos siguieron el camino que había tomado el trío, cerciorándose de que no les había visto nadie.

Mendiluce aplaudió con golpes fuertes y espaciados cuando los dos esbirros entraron con Marta, que se revolvía con todas sus fuerzas. La miró como si quisiera fijarla en su retina de un modo indeleble. ¡Ahí estaba el ser más preciado para esa hija de puta que le había metido en la trena! Uno de sus anhelos más vitales, amasado hora a hora en la agonía de su cautiverio, estaba a punto de cumplirse.

—Ya estamos todos, ¿no? Pues entonces, que empiece la fiesta. Vosotros dos, quitadle la ropa. Albelo, no estás nada participativo. ¿Qué opinas? ¿Quién se la folla primero? ¿Tú? ¿Ginés? ¿Iván? ¿Todos a la vez? ¿Qué le gustará a su querida mamá Rebeca? ¿Verla enculada? ¿Una paja cubana? ¿Un *bukkake*? Hay cámaras..., así que mejor poneos unos pasamontañas, no es cuestión de que os reconozcan. —Cogió un mando a distancia y lo enseñó. Luego miró con burla a Sara Rancaño, que había sacado otro cigarro y bebía un sorbo de whisky, totalmente asqueada por lo que iba a ocurrir de modo inminente, y porque ahora podía identificarse con la pobre joven; acababa de vivir una experiencia que todavía le revolvía el estómago. La media sonrisa de Albelo mientras Ginés le rompía el vestido de cóctel a la joven a la altura del cuello, dejando el sujetador negro al descubierto, le resultó especialmente repulsiva. Ella, que había contribuido a que ese degenerado participara en todo eso, se arrepentía con el dolor que da beber de su propio veneno. Por vez primera en mucho tiempo, sintió algo parecido al arrepentimiento.

—Imagino que todo puede resultar muy edificante para la señora magistrada. A Marta le gusta todo, y lo hace todo muy bien. No probamos el trío, pero estoy seguro de que estará abierta a todo, como siempre. —dijo Albelo. Mendiluce apreció la ironía y siguió actuando como maestro de ceremonias, exultante, como si fuera el mismo Satanás ordenando a sus ángeles caídos la celebración de un aquelarre.

Marta se revolvió con más fuerza y empezó a insultarlo con rabia, ante la satisfacción de Mendiluce, que con ello veía henchido su gozo. De pronto, Ginés dejó de romperle el vestido a Marta y caminó hacia la puerta con sigilo, pistola en mano.

—¿No habéis oído nada? A mí me ha parecido escuchar un ruido extraño. Como de cristales rotos.

—No me jodas, Ginés —protestó su amo, que odiaba los parones en las representaciones que preludiaban el placer más refinado—. Estamos en familia. Amaro tiene la noche libre. Aquí no hay nadie. Pero vete a echar un vistazo si te vas a quedar más tranquilo...

Ginés sacó la Walther, presa de un pálpito extraño. Avanzó despacio, los sentidos alerta, era un hombre acostumbrado a la caza y detectaba de forma precisa hasta los cambios en el ambiente: cualquier ruido, una respiración, la corriente de una puerta abierta. Y allí había algo que no le cuadraba, algo nuevo, amenazador. Llegó hasta las escaleras. Un retrato de Mendiluce lo observaba desde la pared, ampuloso, con la postura desafiante. Se perdió unas décimas de segundo en aquellos ojos de aguilucho.

Luego vino el golpe, terrible, el resplandor en el fondo de los ojos, el dolor cercenando el cráneo, y las botas de Valentina antes de sumirse en un pozo de oscuridad.

Valentina se inclinó y lo registró. Encontró las bridas y le sujetó las manos. Luego cogió la pistola que portaba Ginés, le sacó el cargador, se lo puso en el bolsillo de la cazadora y metió el arma en el bolsillo del hombre derribado. Mientras, Cabanas le quitaba los zapatos y los calcetines, que se los metió en la boca, y entre los dos lo arrastraron hasta una habitación de invitados y lo escondieron debajo de una cama.

—¿Dónde se ha metido Ginés? —Iván paseó nervioso por el salón. Era un hombre paciente, pero ahora no pudo evitar sentir una profunda inquietud: ya tendría que haber vuelto o haberlo llamado; él siempre esperaba que Ginés le dijera lo que había que hacer. Mientras desnudaba a Marta se había puesto muy cachondo pensando en cómo se la iba a follar, pero como si fuera un perro, de pronto había echado en falta a su amo.

Mendiluce le acercó un pasamontañas.

—Da igual. Empieza a follártela si quieres. Estará dando vueltas, ya lo conoces, es un tipo muy obsesivo. ¡Y yo no quiero esperar más! Hazle lo que te venga en gana. Cuanto más cerdo, mejor. Y tú, Marta, mejor que seas participativa. Quiero ver esa boca bien abierta, y comprobar si es cierto que eres una chica ardiente, como me ha dicho Albelo. Que la chupas como una diosa. Y quiero ver esa lengua subir y bajar. A ver si ponemos cachonda a Sara, que está algo mortecina...

Iván hizo un esfuerzo por concentrarse, se colocó el pasamontañas y comenzó a desnudarse con rapidez. La erección ya era plena, así que obligó a la joven atada a arrodillarse delante de él.

—Chúpamela, zorra. Quiero una buena mamada. Hasta la garganta. Y trágatelo todo.

Marta comenzó a negar y cerró la boca con fuerza mientras el hombre le pasaba el glande por la cara, recorriéndola con placer. Gimió. Albelo miró a Mendiluce, su expresión de triunfo, de perversidad; como si un rayo le atravesara la conciencia, se vio reflejado en él y, de pronto, sintió un asco inmenso, una oleada de ira, una pantalla negra que lo cegó. Se lanzó sobre el esbirro, los dedos contra los ojos, todo el cuerpo restallando como un látigo, la rabia y el horror de su propio ser proyectado contra Iván, que cayó al suelo, noqueado, gritando. Sara Rancaño se levantó del sofá y comenzó a gritar de gozo. Albelo se irguió a su vez, envuelto en un episodio de ira ciega y la golpeó en la cara; para él ella era tan culpable como el mismo Mendiluce.

—¡Cállate, puta, aquí no hay nada que celebrar! —le escupió entre dientes. La sangre comenzó a manar de la nariz rota de Sara y el dolor la dejó noqueada y llorosa. Luego Albelo siguió golpeando al matón mientras estaba en el suelo, patadas en los testículos y en la cabeza que sonaban secas, hasta que dejó de gritar.

Mendiluce comprendió, horrorizado, que aquello se le había ido de las manos, y aprovechó el ensañamiento de Albelo: comenzó a correr hacia la puerta. Estaba desarmado, pero no sería por mucho tiempo. Había que frenar a aquel degenerado o los acabaría matando a todos. Salió del salón y se dirigió hacia su despacho, allí tenía algo que le podía servir.

Albelo, el cabello revuelto, la respiración entrecortada, miró a Marta, aún de rodillas, los ojos llenos de lágrimas, el rímel corría por su rostro dejando un reguero de sal. No supo qué decir al verla de la misma forma que él había torturado a sus víctimas, desnuda e inerme.

Ella le devolvió la mirada y la rabia la poseyó.

—Eres un hijo de puta, quienquiera que seas. ¿Eres Albelo,

el violador de niñas? ¿El que se escapó hace unos meses? ¿Es eso verdad? ¿Eres el hijo de puta al que detuvo Valentina?

—Eso no importa ahora. —Sacó una pequeña navajita suiza del llavero y le cortó la brida de las muñecas—. Sal de aquí. Vete. ¡VETE, JODER!

Marta se incorporó y empezó a correr a toda la velocidad que daban sus piernas.

Mendiluce cogió su bastón y con un movimiento ágil sacó el estoque. Cuando regresaba apresurado al salón desde su despacho vio correr a Marta por el pasillo, y avanzó hacia ella. Todo había salido como el culo, pero él no iba a quedarse sin venganza.

—No corras tanto, pequeña. Ven con papá —dijo casi para sí, con los ojos brillantes del fulgor del mal.

Marta se detuvo, petrificada; miró a su alrededor buscando algo con que defenderse, pero no había nada que pudiese utilizar. Mendiluce se acercó peligrosamente, la punta del estoque a la altura de su cuello, ella retrocedió e hizo una finta para evitarlo.

Una voz atronó en la oscuridad.

—¿Por qué no te metes con alguien de tu tamaño, hijo de la gran puta?

Cabanas salió de su escondrijo y se acercó al empresario empuñando el puñal con cazoleta.

—Suelta eso. Te puedes hacer daño —le dijo, procurando hablar con un aplomo que realmente no sentía.

—¿Qué cojones haces aquí? ¿Cómo has entrado? —Mendiluce reconoció su arma de coleccionista en manos de Cabanas, sorprendido, y recordó fugazmente que Ginés había dicho algo de que había oído unos cristales rotos. Pero no esperó a la contestación y lanzó una estocada hacia el escritor con el estoque de su bastón, quien la paró con la cazoleta del puñal.

Cabanas sintió, en ese momento, algo particular: ya no era un escritor de *noir* carcelario, volvía a poder ejercer la violencia, ese animal que dormitaba dentro volvió a despertarse, y el miedo inicial fue sustituido por una rara euforia, que incluso le volvía locuaz.

—He venido con una amiga tuya. Estamos de visita...

Mendiluce dio una vuelta sin dejar de amenazarlo con el estoque, mucho más largo que las dagas, y mucho más afilado y letal.

—¿Una amiga? ¿Qué quieres decir?

—Que si yo fuese tú no estaría demasiado contento de tener a la policía en casa... ¡y no a cualquier policía!

Marta aprovechó la irrupción de Cabanas para separarse unos metros, andando hacia atrás. Entonces notó una presencia sigilosa y se giró, asustada. Soltó un suspiro de alivio al ver a Valentina, que ya había llegado junto a ella y la estaba cubriendo con su propia cazadora. Ella reprimió un sollozo mientras sus hombros temblaban.

—Valentina, es él. Lo siento, de verdad. Lo siento. ¡No lo sabía!

—¿Quién? ¿Quién es «él»? —le preguntó con ansiedad, mirándola directamente a los ojos, mientras sentía la urgencia de ir a auxiliar a Cabanas en su duelo con Mendiluce.

—El violador de niñas. Albelo, le han llamado así. Como el que raptaba a las niñas de los colegios...

Fue como si alguien hubiera arrojado una bomba de mano junto a sus pies. Su corazón empezó a desbocarse sin control. ¡Albelo, el violador que casi provocó que la echaran del cuerpo, estaba allí! Empezó a comprender. Mendiluce había sido el causante de la fuga de Albelo de la cárcel. Y había seducido a Marta para vengarse de Rebeca. ¡Albelo había cambiado por completo su aspecto mediante la cirugía!

«Albelo está aquí.» Por fortuna, todavía él no la había visto. Las dos estaban retiradas en uno de los recovecos del largo pasillo que comunicaba el despacho de Mendiluce con el salón, así que miró nerviosa a ambos lados, cogió el móvil e hizo una llamada, mientras se dirigía a Marta con voz queda pero firme:

—Sal de aquí: métete en el despacho de Mendiluce y enciérrate con llave. ¡CORRE!

Albelo, que había ido en busca del empresario, se agazapó en cuanto vio a Cabanas y a Mendiluce. Desde su posición no podía ver a Valentina.

La presencia del escritor le dejó asombrado. «¿Qué hace aquí ese tipo? ¡Joder, ese tarado me ha estado siguiendo!»

Se dio cuenta de que tenía que escapar. Estaba desarmado. Pero si quedaba vivo Mendiluce, ¿no sería para él un riesgo? ¿Podría estar tranquilo el resto de su vida sin necesidad de mirar por detrás del hombro? No, se dijo, nunca le perdonaría lo que había pasado.

Mendiluce, mientras tanto, estaba rumiando el significado de lo que acababa de decirle Cabanas.

—¿La policía? ¿Qué policía? —El empresario avanzó un paso y obligó a Cabanas a retroceder hasta apoyarse en la pared—. ¿Qué quieres decir?

Cabanas sonrió al verlo todavía más apurado. Las gotas de sudor caían por la frente, las cejas pobladas, las mejillas rubicundas del esfuerzo y los nervios. Le pareció que san Miguel los observaba desde la vidriera con una sonrisa divertida.

—Tu amiga Valentina Negro.

Esas palabras, dejadas caer una a una, provocaron unos segundos de estupefacción en Mendiluce, y Cabanas consiguió zafarse del peligro, entrechocando los aceros con fuerza y lanzándolo hacia atrás. Pero Mendiluce, espoleado por el coraje y el miedo, consiguió recuperar el equilibrio y lanzar de nuevo la mano, de manera que la punta del estoque logró alcanzar el brazo de Cabanas, que soltó un gemido mientras la daga caía al suelo.

Albelo también había escuchado el nombre de la inspectora de policía, la mujer que lo mantuvo vivo en su odio durante estos años pasados, y entró en pánico primero, pero luego se intentó calmar. Miró sus manos desarmadas. Necesitaba algo con que enfrentarse a ella. De forma instintiva comprendió que ese odio cerval ya no era el mismo, como si haberse enamorado de Marta le hubiera convertido en alguien más débil. Lo que en realidad necesitaba era huir de aquella casa maldita. El puñal de Cabanas estaba en el suelo, y Mendiluce, a punto de ensartar al escritor con el estoque como si fuera un carnero, no le prestaba atención.

Corrió hacia ellos, agarró el puñal y se lo clavó al empresario por la espalda.

Valentina, que se había acercado sigilosa a auxiliar a Cabanas, vio asombrada a Albelo apuñalar a Mendiluce: el empresario abrió los ojos de modo desmesurado, incrédulo, y cayó al suelo, desplomado, sin un gemido, mientras Cabanas, sujetándose el brazo que empezaba a sangrar profusamente, miró a Albelo sin saber cómo actuar. Este, todavía agitado por la adrenalina, se acercó a Cabanas, y los dos hombres, en unos segundos tensos, se miraron a la cara. Albelo conservaba el puñal en la mano, y ambos eran enemigos, por más que ahora estuvieran unidos en ese lugar demencial de crimen y venganzas. Pero de pronto, algo sucedió que acaparó el interés de los dos hombres.

—Albelo, levanta las manos. Suelta ese puñal, esto ya ha terminado. —Valentina Negro apuntaba con su pistola a Albelo.

Otro silencio espeso llenó la estancia. Albelo se dio la vuelta, totalmente fuera de sí, el puñal aferrado en el puño, enseñando los dientes como si fuera un lobo poseído por la rabia. Se dio la vuelta con rapidez y sujetó a Cabanas por el cuello con su brazo izquierdo, que era como un hierro, colocando la punta de la daga en su cuello con la otra mano.

—Deja la pistola en el suelo con cuidado. Luego le das una patada y me la mandas. Cualquier tontería y me cargo al tarado. —Su voz no dejó lugar a dudas de que el violador seguía tan implacable y peligroso como siempre.

Valentina procuró no perder los nervios. No bajó la Glock y lo miró con infinito desprecio.

—Olvídalo, Albelo. La policía está a punto de llegar. No tienes nada que hacer. Ningún sitio donde refugiarte...

—¡HE DICHO QUE TIRES LA PISTOLA AL SUELO, ZORRA! —Un hilo de sangre comenzó a manar por el cuello de Cabanas, que apretó los dientes.

Valentina escuchó esas palabras como si estuviese en medio de una pesadilla, y sintió una oleada de angustia llenar su cuerpo. Sin embargo, de ese miedo surgió una luz, una mínima posibilidad: mientras se agachaba con lentitud declinando el arma le clavó la mirada a Cabanas y, con un gesto que rogaba que él observara, giró los ojos hacia su cinturón, donde asomaba la daga veneciana de doble cacha.

Entonces, en vez de depositar suavemente el arma en el suelo, Valentina lanzó su Glock con fuerza por el suelo hacia Marcos Albelo, quien, sorprendido, la detuvo con el pie y luego se agachó para recogerla. Fue solo un segundo, pero fue suficiente. Cabanas, libre de la amenaza del filo de la navaja, sacó la daga del cinto y se la hundió en la pierna como si la carne fuese mantequilla. El violador aulló, sorprendido, pero con la adrenalina inundando todo su cuerpo, fue capaz de sobreponerse al dolor agudo, incorporarse de nuevo, darle un puñetazo brutal al escritor y lanzarse al suelo por la pistola.

Valentina, que ya había tensado sus músculos en espera de esa oportunidad, a su vez dio un salto con toda la potencia de que fue capaz, las manos de Albelo y las suyas luchando por asir la pistola. Pero el hombre había llegado unas milésimas de segundo antes, y ya tenía aferrada el arma; la inspectora, entonces, lanzó un golpe con todas sus fuerzas a la cabeza de Albelo, pero él lo paró con su antebrazo y, con su derecha que poseía ya el arma, la golpeó brutalmente en la cara.

Valentina acabó tendida en el suelo, conmocionada.

Albelo sonrió y se cercioró de que Cabanas seguía fuera de combate. Esa mujer tenía que morir. Comprendió que su existencia y la suya eran del todo incompatibles. Se puso a horcajadas sobre ella y giró su cabeza hasta ver su rostro; apartó sus cabellos de su frente malherida, que se habían pegado por la sangre. La hija de puta era muy hermosa, pensó, pero todo estaba decidido, como si una mano invisible moviera los hilos de su destino.

Albelo apretó la pistola en su mano y le clavó el cañón en la frente.

Valentina, sin embargo, le sonrió de forma extraña, con los ojos entrecerrados. Albelo dudó, curioso ante ese último gesto de vida de la policía, y a continuación sintió un dolor agudo en su muslo, y luego en todo su ser: la inspectora le había arrancado el puñal que sobresalía de su pierna, aquel que le había clavado Cabanas, y se lo hundió en el vientre con la fuerza de la desesperación, rasgando la piel, los músculos y las vísceras de Albelo en un paroxismo inhumano, en un *seppuku* mortal.

La sangre caliente de Albelo brotó como una fuente, corrió por sus manos y le salpicó el rostro herido, el busto, la moqueta;

el hombre se dobló sobre ella, que aún aferraba la daga con las dos manos, y se deslizó lánguidamente hacia el suelo.

El charco de sangre reflejó una miríada de colores mientras Valentina, medio incorporada, miró la daga veneciana de cachas blancas y la dejó caer, exhausta.

El santo había matado al demonio por fin, pensó Cabanas, medio desmayado por la pérdida de sangre. A su lado, Mendiluce yacía con los ojos abiertos, mirándole sin ver, como el arcángel de la vidriera, que seguía con su sonrisa etrusca y burlona, la espada eternamente congelada y la balanza de la justicia aplastando al dragón.

Epílogo

Solo estoy loco al norte-noroeste. Cuando hay
viento sur, sé distinguir un halcón de una garza.

Hamlet, Acto II, escena II

Sábado, 23 de mayo de 2015
Bodega La Trastienda, Jávea, 00.30

Juan Planelles y Alicia, su mujer, despidieron a los últimos
clientes de la noche. Luego se sentaron a la mesa que compartía
Sanjuán junto a sus íntimos amigos Pepe Martínez, jefe de la
Policía Local de Denia, y su mujer Eva, también policía.

—¿Cómo está nuestro criminólogo favorito? —dijo Alicia,
acariciando la nuca de Sanjuán al tiempo que se sentaba. Le había visto toda la noche un poco apagado; Valentina hacía meses
que no iba a Jávea, y eso era mala señal. «Cuando está Valentina
a su lado, los ojos de Javier resplandecen de orgullo y felicidad»,
pensó.

—Bien, feliz de estar aquí con vosotros, como siempre
—suspiró Sanjuán con tristeza—. Ya sé lo que estáis pensando,
pero una cosa no quita la otra. —Se forzó a sonreír, levantando
la copa de cava Tantum Ergo, un espumoso valenciano con que
Juan Planelles obsequió a Sanjuán y a sus amigos para prolon-
gar la velada de un fin de semana, ya solos en el restaurante.

Todos entrechocaron sus copas y Eva pensó que era un buen momento para hablar del último caso de Sanjuán en profundidad; quería hacerle algunas preguntas que sin duda le animarían y le librarían durante un rato de pensar en Valentina. Le fascinaba el asunto del escritor asesino.

—Javier, cuando nos hablaste del caso del Fantasma no pude sino pensar cómo es posible que ese hombre estuviera loco y, al mismo tiempo, diseñar un plan tan meticuloso para vengarse.

—Bueno, realmente no sé si Andrade ya ha sido evaluado por los psiquiatras forenses, y desconozco por consiguiente su diagnóstico, pero en mi opinión Andrade no estaba loco cuando empezó a pensar en su horrible plan de tortura y asesinato de los escritores. Era, eso sí, un hombre profundamente herido; sentía la traición de Estela Brown como un hierro candente, pero estaba cuerdo, muy cuerdo. Creo que fue la decisión que tomó lo que finalmente quebró su espíritu; me refiero a la decisión de romper con su viejo yo, su personalidad en esencia buena, y convertirse en un asesino despiadado.

—¿Quieres decir que de forma consciente decidió volverse loco? ¿Cómo es posible eso? —preguntó Pepe, sirviéndose ya una segunda copa del exquisito Tantum Ergo después de observar que las de sus amigos todavía estaban a medio llenar. La criminología siempre le daba sed.

—Hasta cierto punto es así. Veréis. Andrade era, para decirlo brevemente, un bendito antes de conocer a la Brown. Recibió una primera sacudida cuando Cecilia Jardiel lo acusó falsamente de violación, pero en esos momentos ya tenía la compañía de Estela para cautivar su imaginación, y tal hecho, aunque desagradable, no le dañó realmente. Luego, como sabéis, vivió por completo para hacer feliz a Estela; no le importó ni poco ni mucho que él fuera el auténtico escritor del Detective Invidente; con su amor le sobraba. Pero después de pasar todo aquello tomó una decisión terrible: se convertiría en un ser despiadado con todos aquellos que habían querido matarle. Una especie de Edmundo Dantés.

—Entiendo —siguió Eva—. Creo que quieres decir que para realizar esos asesinatos tuvo que aceptar que podía perder su salud mental en ese empeño, ¿es así?

—Exacto —dijo Sanjuán, apurando esta vez su copa—. Andrade decidió convertirse en la némesis de sus asesinos, y para ello se sometió a la violencia moral que suponía transformarse en un sádico. Recordad el cemento en el cuerpo de Cecilia, el tenedor del hereje en Basilio... Para actuar así tuvo que matar antes al hombre decente que una vez fue, y para ello tuvo que conjurarse y vivir en exclusiva para desarrollar una terrible fantasía de venganza. De hecho pensad que él castigaba no solo el crimen, sino el plagio. Cecilia, Basilio y Estela sufrieron sus iras porque también eran falsos escritores. Habían sido falsos con él, pero todo en ellos era mentira, por eso mató a Cecilia, aunque ella nada tuvo que ver con el complot urdido por Estela para matarle.

Ahora sí, Pepe rellenó las copas de sus amigos, y comentó lo extraordinario que era que unos escritores hubieran sido capaces de matar para que no se descubriera que eran unos farsantes. Luego, apostilló:

—Es decir, que una vez que le invadió la ira y la venganza se obsesionó con eso, y cada vez más perdía el control de lo que hacía... ¿no?

—Hasta cierto punto —dijo Sanjuán—. Perdió el control de poder actuar de forma moral; el crimen era su único destino, pero no perdió el control de los actos que le llevaban a cometer esos asesinatos.

—¡Qué complicada es la mente humana! —señaló Juan, un hombre que hacía honor al bodeguero erudito de la mejor tradición literaria—. Tú mismo nos comentaste una vez que temiste que se viniera abajo mientras le interrogabas, ¿recuerdas? ¿Te refieres a que una vez que decidió actuar como un asesino podía, sin embargo, funcionar todavía como alguien racional, al menos de forma parcial, es decir, durante diversos períodos?

—Sí, tal cual, Juan. De hecho cuando le visité en la prisión para dejarle unos libros que me había pedido le encontré extrañamente lúcido y calmado. Parecía el profesor de literatura que una vez había sido; le dije que era el mayor admirador de su cuento *Ese oscuro laberinto de tu alma*, y eso le complació mucho. Ya no necesitaba ser por más tiempo un cruel asesino. La disociación de su personalidad había terminado.

Alicia, una mujer morena y estilosa, abrió sus grandes ojos y no pudo sino protestar:

—¡Vamos, Javier, eso me suena a que se hizo el loco cuando le interesó, y ahora que estaba en la cárcel ya pasaba de todo!

—En realidad, Alicia, creo que su espíritu se quebró de manera irreversible. Ahora vive como si nada hubiera pasado; ha aceptado todo lo que ha hecho, y no puede importarle menos lo que decidan hacer con él. No tiene para él sentido el futuro, y es posible que algún día quiera acabar con todo. No sé —suspiró, pensativo—. Me dijo que estaba escribiendo otra novela.

—¿Por qué no mató a Estela, que era quien más le había destrozado? —preguntó Eva.

—En realidad hizo algo peor que matarla —dijo Sanjuán, que empezaba a sentirse achispado. Se habían ventilado dos botellas de Pelio y Valenciso como si fueran agua, y antes de la cena un buen vermú para abrir el apetito—; la van a juzgar por intento de homicidio y su nombre está en el barro. Ella, que se cree una mezcla de Grace Kelly y Patricia Highsmith...; de verdad, creedme, Estela se llevó la peor parte. Todos ahora han comprado y leído *No morirás en vano*, y no paran de ver con sus ojos cómo, aunque de forma menos magistral, estaba implícito el estilo y los temas que constituyeron las novelas del Detective Invidente. El libro de Vane es un superventas, pero a Andrade le da igual, es curioso.

—Es cierto —dijo Pepe—. Los amigos de Andrade quisieron matarlo para preservar su ego de escritores, pero nos dijiste que también Andrade buscó reivindicarse como un gran escritor, ¿no? Ahora dice que le da igual, ¿pero no intervino también ese ego en su plan homicida, en su venganza?

—En parte tienes razón. Pero su vanidad solo fue importante después de que intentaran matarle para que no revelara la impostura de todos los implicados; solo le importó ser reconocido como gran escritor una vez que la mujer a la que adoraba le demostró que lo quería para chuparle arteramente su genio. Entonces sí, entonces se erigió en el asesino de los estafadores, y parte de esa venganza era demostrar que solo él podía ser el escritor del Detective Invidente... De ese modo, siendo reconocido como un gran escritor, culminaba la humillación de Estela Brown: no solo era una asesina, también era un fraude. Pero todo empezó cuando descubrió que Estela le engañaba con Izaguirre, no lo olvidemos. La vanidad fue importante para él como instrumento de venganza una vez que perdió el amor de Estela. Lo traicionó en lo más hondo y él lo hubiese dado todo por ella.

—Entiendo. Él vivía por ella, y ella lo destrozó.

—No solo a él, a Toni también, convirtiéndolo en un asesino.

Eva terminó su cava y frunció las cejas.

—¿Y el cadáver que enterraron en el cementerio de Liáns? ¿El que hicieron pasar por el cuerpo de Andrade?

—Paco Serrano y Verónica Johnson urdieron un plan muy macabro: Compraron el cuerpo de un indigente a una funeraria y lo tiraron al mar. Sabían que nadie lo reclamaría y, además, aprovecharon un tatuaje que tenía el buen hombre para, con la connivencia de la hermana de Andrade, fingir que lo habían identificado sin tener que hacer la prueba de ADN. Probablemente nunca sabremos de quién se trataba en realidad.

Se hacía tarde. Siguieron hablando animadamente. La Trastienda ofrecía un marco espléndido para tertulias de misterio; cuadros y fotos con monturas pintorescas se alternaban bajo luces diversas de lámparas antiguas, modernas y elegantes que dibujaban sombras en el local a medianoche. Un muro de vinos en una de las paredes daba fe de que ese lugar era una capilla del buen beber.

Eva, que quería mucho a Sanjuán, no quiso dejar de lado del todo a Valentina, por si eso ayudaba a su amigo, por si quería hablar de ella. Así que se arriesgó y sacó el tema, aprovechando que en toda esa historia estaba metido nada menos que el Peluquero.

—Bueno, Javier, ¿cómo está Valentina? ¿Te apetece hablar de ella?

El criminólogo sonrió con tristeza.

—Está bien, después de lo del Peluquero creo que algo le cambió por dentro. No sé, fue un gran éxito personal, pero de algún modo le hizo tomar conciencia de lo capullo que soy...

—Todos rieron estruendosamente, y protestaron, pero Javier siguió hablando—: No, sois muy amables, pero sé muy bien que se ha tomado un tiempo. Bueno, parece que quiere explorar una nueva relación, no me lo ha dicho, pero..., en fin, ¿quién se lo puede reprochar?

—Sí, el amor es algo complicado. —Pepe quiso echar un capote, vio a su amigo con pocas fuerzas para hablar del tema—. Por ejemplo, nos comentaste que Albelo al final intercedió por Marta, ¡eso es algo extraordinario! ¡Un tipo que era un violador recalcitrante, lo peor de lo peor, salvando a Marta de Palacios!

Sanjuán agradeció a su amigo ese cambio de registro con un brillo peculiar en los ojos que se podía confundir con el brillo del alcohol.

—Es cierto, Sara Rancaño, aunque al principio negó que supiera nada, al final tuvo que cantar, porque Amaro, el mayordomo de Mendiluce, no quiso líos después de que muriera su jefe. Mendiluce contrató a Albelo para que matara a Marta y a Valentina, pero en medio de la vejación de la joven, Albelo se volvió loco y arremetió contra todos.

—Pensaba que un psicópata no podía amar —dijo Alicia, que había leído libros de Sanjuán al respecto.

—¡Yo también! —dijo Sanjuán; todos rieron, y al fin agradecieron que Juan llevara una nueva botella de cava a la mesa y empezara a servir. La noche en la calle era muy agradable, y por la ventana abierta entraba una brisa fresca que le confortó—. Pero lo cierto es que a veces ocurren fenómenos que nos dicen lo poco que sabemos de cualquier cosa. Ha habido asesinos en serie que han respetado a sus mujeres, a sus hijos, que nunca han tocado un pelo a sus novias. Es como si pudieran establecer una conexión especial, que no sé si llamaría amor... Pero es cierto. Por algún motivo, Marta fue capaz de llegarle dentro, como ninguna otra persona quizá lo había logrado.

—Pero al fin atacó a Valentina —dijo Juan—. Ahí no se rajó.

—Supongo que eso era otro tema —dijo Pepe—. Valentina lo había enviado a la cárcel, lo había desfigurado, le había humillado. Albelo pudo tener una conexión especial con Marta, pero seguía siendo Albelo. Y quería escapar, además.

—Sí, así es, Pepe —dijo Sanjuán—. Al menos en ese momento volvió a ser el violador, que por cierto era extraordinariamente fuerte y cruel. Pero quién sabe, me gustaría pensar que si no hubiera hallado a Valentina en su camino a lo mejor podía haber tenido alguna vía de redención...

Sábado, 23 de mayo de 2015
A Coruña, plaza de María Pita

Valentina miró al cielo: las nubes blancas dejaban ver una buena porción de cielo azul celeste. No iba a llover, era lógico: le había llevado los huevos a las monjas clarisas la mañana anterior. Abel, vestido de uniforme de gala de la Guardia Civil, salió por la puerta del Palacio de María Pita y, sonriendo, levantó el sable con la mano enguantada.

Iturriaga se acercó a Valentina, sable en mano, también vestido de gala, de punta en blanco y con las condecoraciones y la placa bien a la vista en el pecho.

—Hemos tenido suerte y no lloverá —suspiró elevando los ojos al cielo—, y además hace calor. Me estoy asfixiando con esta corbata.

—Valentina llevó los huevos a santa Clara ayer. Por supuesto que no lloverá... —Bernabé la agarró por el hombro y la apretó contra sí—. Nadie puede contra ella, ni siquiera las borrascas.

—¿Contra santa Clara o contra mí? —Valentina lo besó en la mejilla con cariño. Se sentía feliz—. Ha sido emocionante. A veces incluso me entran ganas de casarme... —Cuando dijo eso Bernabé le puso ojos de cordero degollado— ... pero se me pasan pronto —le hizo un guiño.

—Tú y yo nos casaremos en la iglesia de San Pedro, en la playa de San Lorenzo.

Valentina lanzó un suspiro y movió la cabeza. Soltó una carcajada.

—Bernabé, no aproveches el momento para arrimar el ascua a tu sardina asturiana, no cuela... Pero ahí salen los maceros, los novios vienen detrás —se revolvió, nerviosa—. Venga, todos en formación. Espero que recordéis lo que hay que hacer. Tenemos un guardia civil entre nosotros, no vamos a quedar mal. Alana, Diego, venga. ¡Isa! ¡Bodelón! Venga, ¡serios y muy rectos!

Todos formaron en dos filas con los sables desenfundados. Velasco, radiante con el uniforme de gran gala, la chaqueta ceñida por un cinturón y los cordones dorados que iban del hombro al pecho, la gorra en la mano, el rostro iluminado por la emoción. Su novio, Pepe Marlasca, vestido con un elegante chaqué azul, parecía algo avergonzado de tanto boato, todavía más al escuchar los aplausos de los invitados y de muchos curiosos que paseaban por la plaza o venían de misa o de tomar el vermú, que se arremolinaron a ver la formación de los policías en una boda gay. Velasco lo tomó de la mano para darle valor: hasta el último minuto su novio no supo que se iba a casar de uniforme y con arco, aún estaba conmocionado. Iturriaga hizo el saludo y Valentina, la última de la fila con Bodelón enfrente, se dirigió hacia la pareja para «darles las novedades», sable en mano. Volvió, tratando de mantener un porte digno con los altísimos tacones.

Dio la voz de mando.

—¡AL HOMBRO, SABLES! ¡PRESENTEN, SABLES!

Todos levantaron los sables en perfecta sintonía, formando un arco. Un violinista empezó a tocar «I can't help falling in love» mientras la pareja recorría el pasillo ante las miradas orgullosas y emocionadas de sus compañeros. Cuando Velasco y Marlasca se pusieron a su altura, Valentina y Bodelón les cerraron el paso con los sables. Los fotógrafos aprovechaban el momento para hacer las fotos, y ella le dio en el trasero el pertinente golpe a Pepe para «bautizarlo» como uno más de la familia.

Alguien gritó «¡Vivan los novios!» y los dos se besaron, mientras los hijos pequeños de los policías y algunas amigas empezaban a lanzar pétalos y arroz.

Valentina puso el sable cruzado sobre el pecho, y a continuación lanzó la orden de ¡FIRMES! ¡ENVAINEN!

Todos lo hicieron como si fueran autómatas, de modo perfecto. Valentina admiró su porte orgulloso y sonrió. Fue la señal para que todo el mundo rompiera filas y se lanzara a felicitar a los novios y a abrazarlos. Valentina a su vez los miró con orgullo y con un poso de envidia, pensando en lo feliz que podía haber sido con Javier Sanjuán.

Un grupo de invitados encendió una traca de petardos. El olor a pólvora se extendió por la plaza. La prensa sacaba fotos, no todos los días se celebraba una boda gay con policías vestidos de gala.

Pero Sanjuán aquella mañana estaba en Jávea, no estaba allí, con ella.

Al fin y al cabo, estaba sola y sobrevivía sola, pensó la inspectora. Siempre había sido así.

Los novios se sentaron entre risas en el capot de un Rolls Royce blanco que pertenecía a otra boda. La gente los jaleó mientras descorchaban una botella de cava.

Bernabé se acercó y la cogió de la mano. Ella no lo rechazó, la dejó así unos segundos, sintiendo su fuerza. Luego se soltó y se acercó a besar a la pareja y a fotografiarse con ellos.

Para ella, la felicidad siempre había sido un momento efímero que se escurría rápido entre los dedos como una gota de mercurio.

Cogió una copa de cava que le acercó Bodelón, y brindó por ella. Por la felicidad que siempre parecía hurtarla. Por el amor. Por el futuro de la pareja de Velasco y Pepe.

¿Quién sabía lo que le iba a deparar a ella el futuro?

Valentina bebió el cava, notó cómo las burbujas cosquilleaban su garganta y se encogió de hombros. Sonrió y saludó a Lúa Castro y Jordi, y también a Cabanas, que se acercaron, vestidos punta en blanco, para la foto. Iturriaga saludó al escritor con un abrazo y todos posaron con una sonrisa.

Mientras tanto, a mil kilómetros de allí, Javier Sanjuán, sentado en la playa de la Grava, dejó el iPad sobre la toalla y miró al horizonte. El día era soleado, transparente, y se podía ver la isla de Ibiza desdibujada y lejana. Estaba leyendo en el blog de Cristina Cienfuegos una buena noticia: Hugo Vane sacaría muy pronto su segunda novela, *Los muertos viajan deprisa*, escrita durante su estancia en la cárcel.

La novela saldría en octubre. Aún faltaba mucho tiempo, tenía ganas de leerla.

«Los muertos viajan deprisa», le había dicho Andrade cuando lo interrogó. Y era verdad: cuando salió milagrosamente vivo del océano, su antiguo yo era un muerto que emprendió un viaje frenético de venganza. Se alegró de que siguiera escribiendo: de forma paradójica había encontrado su camino vital a través de su propia muerte y del asesinato, como un Ave Fénix. ¿Sería capaz de enamorarse otra vez, como le había pasado a Cabanas, de reconstruir su vida, aunque pasara preso los próximos treinta años?

Un momento fugaz, Valentina Negro en su cabeza, una punzada de dolor en su estómago, un infructuoso intento de olvidar, de pasar página.

Hasta ese momento no se había dado cuenta de lo mucho que la necesitaba.